Ines Ebert
Sommergarben

Ines Ebert

Sommergarben

Historischer Roman
aus dem Allgäu

Silberburg-Verlag

Ines Ebert, geboren 1949 in Heubach im Ostalbkreis, ist Diplom-Museologin (FH) im Ruhestand und arbeitete freiberuflich für Städte und Gemeinden in den Bereichen Museum und Archiv. Sie lebt mit ihrem Mann und ihrer Katze Lilli in Wangen im Allgäu.

2. Auflage 2012
© 2011/2012 by Silberburg-Verlag GmbH,
Schönbuchstraße 48, D-72074 Tübingen.
Alle Rechte vorbehalten.
Umschlaggestaltung: Anette Wenzel, Tübingen,
unter Verwendung des Gemäldes »Ruhende Schnitter«
von Albert Ritzberger (1853–1915).
Lektorat: Bettina Kimpel, Tübingen.
Druck: Gulde-Druck, Tübingen.
Printed in Germany.

ISBN 978-3-8425-1152-1

Besuchen Sie uns im Internet
und entdecken Sie die Vielfalt unseres Verlagsprogramms:
www.silberburg.de

Martin, 1637

Wie konnte der Himmel nur einen so grandiosen Anblick bieten, nach allem, was geschehen war? Einer riesigen Schafherde gleich, verteilten sich auf einem strahlenden Hellblau unzählige weiße Wölkchen, so weit das Auge reichte. Noch nie habe ich so einen Himmel gesehen, dachte Martin Riedmüller, der mit dem Rücken an den Stamm der großen Linde im Hofraum gelehnt saß und seinen Gedanken nachhing. Einzelne Sonnenstrahlen zeichneten eigenwillige Muster von Licht und Schatten auf das langgestreckte Bauernhaus. Es war ein warmer Junitag.

Nüchtern – gerade so, als ob es sich um eine Bestandsaufnahme handle – umfasste Martins Blick das langgestreckte Haus. Das massiv aus Stein gebaute untere Stockwerk. Das darüberliegende Geschoss, mit seiner vom Wetter hellgrau verfärbten Bretterverkleidung, die das darunterliegende Fachwerk verbarg. Das in der Gegend übliche, flach geneigte und mit Landern gedeckte Dach, das das Wohnhaus mitsamt der angebauten Scheuer und dem Stall überspannte. Die quer darauf liegenden Holzstangen und die großen Steine aus dem nahen Rotbach, die, zum Schutz gegen den Wind, die hölzernen Dachschindeln in Abständen beschwerten. Den Brunnen vor dem Haus, auf der Höhe des Stalles, dessen Wasser aus einem hölzernen Rohr in den gemauerten Trog plätscherte. Den Überlauf, der das Wasser weiter in einen kleinen Wiesengraben leitete, von wo es in den nahen Bach abfloss. Martins Blick blieb kurz an dem ein gutes Stück entfernt stehenden, fast quadratischen Speicher mit der angebauten Wagenremise hängen, als er tief aufseufzte. Mit leerem Herzen betrachtete er das Anwesen, das er seit 14 Jahren bewirtschaftete.

Im Jahre 1580 hatte ein Blitzschlag den vorderösterreichischen Falllehenhof in Schutt und Asche gelegt. Martin Riedmüllers Vater und Großvater hatten ihn nach dem Unglück eigenhändig wieder aufgebaut. Sämtliche Baumaterialien wie Holz, Steine, Kalk und Sand stellte ihnen damals die Lehensherrschaft, in deren Interesse es lag, bald wieder Zins für das Anwesen einzunehmen. Das neue Haus war größer und ansehnlicher als das alte, und sie mussten eine Zeit lang, quasi als Belohnung für die Neuerstellung, nur die Hälfte der Abgaben zahlen.

Martin hatte die rund um den Hof liegenden Äcker und Wiesen so erfolgreich bewirtschaftet, dass die Familie immer ausreichend versorgt war und er pünktlich zum Zinstag die Abgaben erbringen konnte. Darüber hinaus gelang es ihm sogar, in manchem Jahr noch den einen oder anderen Gulden zurückzulegen.

Aber was für Zeiten waren dann gekommen! Vom großen Krieg, der seit 1618 vorgeblich im Namen Gottes geführt wurde, hatte man hier im Umland der Freien Reichsstadt Leutkirch zunächst kaum etwas bemerkt. Nur, als nicht weit entfernt kaiserliche Truppen durchzogen und Soldaten anwarben, verschwand über Nacht und ohne Vorankündigung der Knecht Bene. Ihn lockte wohl der Sold und das Abenteuer des Krieges mehr als die tägliche schwere Landarbeit.

Im Frühjahr 1632 änderte sich alles. Leutkirch geriet zwischen die Fronten der Schweden und der Kaiserlichen. Ein Jahr später, bei ihrem Rückzug an die Donau, plünderten die Schweden die Stadt auf das Unmenschlichste aus. Wer sich wehrte, wurde kurzerhand erschossen. Von Mord und Brandschatzungen auch außerhalb der Stadtmauern war zu hören. Hilflos fragte sich Martin damals, wie er sich und seine Familie vor den herumziehenden und plündernden Soldaten schützen konnte, falls sie den abgelegenen Hof doch irgendwann einmal entdecken sollten.

Im Februar 1633 dann erspähte er gerade noch rechtzeitig die aus Richtung Diepoldshofen am Horizont auftauchenden fünf Reiter. Obwohl die Gruppe noch weit entfernt war, konnte er erkennen, dass sie drei Packpferde mit sich führten. In Windeseile alarmierte er seinen Vater, seine Frau und die Kinder.

»Ich glaube, die Schweden kommen!«, rief er seinem Vater aufgeregt zu.

Noch heute sah er die vor Schreck geweiteten Augen seiner Frau Marianna vor sich. Zusammen trieben sie das Hornvieh und die beiden Rösser in den Wald und versteckten sich ebenfalls dort, in der Hoffnung, dass die Landsknechte den unvermeidlichen Spuren im Schnee nicht folgen würden. Die Sau und das Hühnervolk mussten sie in der Eile zurücklassen. Sie suchten, so gut es ging, Deckung hinter Bäumen und schneebedecktem Buschwerk.

Martin hatte nicht vergessen, wie ihm damals das Herz bis zum Halse schlug. Würden die Tiere und vor allem die beiden kleinsten Kinder sich still verhalten? Marianna hatte den erst fünf Monate alten Säugling mit den Enden ihres wollenen Schultertuches bedeckt und wiegte ihn beruhigend. Die dreizehnjährige Agnes hielt ihren zweijährigen Bruder Franz an sich gedrückt, die größeren Buben Joseph und Anton und ihre Schwester Elisabeth drängten sich dicht aneinander. Jedem war der Schrecken und die Angst ins Gesicht geschrieben. Martins alter Vater versteckte sich, mit einem besorgten Blick auf das Vieh, das sich bisher friedlich verhielt, hinter einem dicken Fichtenstamm.

Was dann geschah, konnten sie nur hören. Bruchstückhaft wehten Wortfetzen durch den Wald zu ihnen herüber: »... aus dem Staub gemacht ...« – »... oder verreckt ...« Eine Stimme im Befehlston war deutlich zu vernehmen: »Lasst uns nachsehen, was zu holen ist.«

Dann hörten sie geraume Zeit gar nichts. Die Kälte kroch ihnen unerbittlich in die Glieder. Martin legte gerade seinen Zeigefinger auf den Mund, um den Kindern zu bedeuten, sich ruhig zu verhalten, als ein schrilles »Iih, iih« der Sau zu ihnen herüberhallte. Dann folgte das aufgeregte Gegacker der Hühner.

Die Befehlsstimme erklang: »Steckt sie in einen Sack!«

Geschäftiges Hin und Her war zu hören, Türen schlugen. Dann endlich zeigte lautes Hufgetrappel und das Wiehern der Pferde an, dass sich die Plünderer in Richtung des Weilers Stegroth entfernten. Martin wagte es, auf der Stelle zu treten und die Arme um sich zu schlagen, um seine durchgefrorenen Glieder zu erwärmen. Die Kinder, seine Frau und sein Vater bewegten sich nun ebenfalls. Bevor Martin sich vorsichtig auf den Rückweg machte, bedeutete er den anderen, vorerst an Ort und Stelle zu bleiben. Er näherte sich in einem kleinen Bogen aus östlicher Richtung dem Hof. Hier war offenes Feld und er konnte in der Ferne noch das Reitergrüppchen erkennen, das auf den ein gutes Stück entfernten Nachbarhof zuhielt.

»Großer Gott«, stieß Martin hervor, als er an seine Nachbarn dachte – da nahm er den Brandgeruch wahr. Er stürzte zum Haus und gelangte fast gleichzeitig mit seinem Vater dort an. Aus der Scheuer drang Rauch.

»Die elenden Brandschatzer haben Feuer gelegt«, rief Martin.

Kleine Flammen fraßen sich durch am Boden liegende Heu- und Strohreste und züngelten ihnen entgegen. Martin ergriff einen Reisigbesen und schlug auf die Flammen ein. Sein Vater riss eine der Pferdedecken, die sie in der Scheuer aufbewahrten, vom Haken, warf sie auf den Brandherd und trampelte darauf herum. Mit vereinten Kräften gelang es ihnen, das Feuer zu ersticken. Sie hatten Glück, denn der Boden der Scheuer war nass vom Schnee, den die Plünderer an ihren Schuhen hereingetragen hatten. Das Heu hatte sich daher nur zögernd entzündet.

Später versammelten sie sich alle in der warmen Küche, erleichtert, dass sie mit dem Leben davongekommen waren. Eine Blutlache im Stall zeugte davon, dass die Sau noch an Ort und Stelle abgestochen worden war. Alle zwölf Hennen und der Hahn fehlten, ebenso wie ein großer Teil des Hafers und des Dinkels. Aus der Speisekammer waren die wenigen Würste und ein halber Schinken ebenso verschwunden wie die restlichen zwei Brote, die vom Backtag noch übrig geblieben waren. Die Schnüre, an denen noch einige Säckchen mit Dörrobst aufgereiht waren, baumelten leer von der Decke herunter. Nur das halb volle Fass mit eingesalzenem Kraut für die winterliche Kohlsuppe stand noch einsam in der Ecke ...

1635 war der Schwarze Tod über das Land gekommen. Im Juli war im nahen Leutkirch die Pest ausgebrochen und streckte ihre todbringenden Arme in kürzester Zeit auch nach den Dörfern und Gehöften der Umgebung aus. Die Seuche raffte die Menschen so schnell dahin, dass die Totengräber die vielen entseelten Leiber gar nicht mehr einzeln begraben konnten. Die Pfarrer hielten sich ein mit Kräutersud getränktes Tüchlein vor Mund und Nase und beschränkten sich darauf, bei den Leichenbegräbnissen über den übel riechenden Gruben, in denen an manchen Tagen oft zwanzig Tote und mehr zusammen beerdigt wurden, das Segenszeichen zu spenden.

Die noch Lebenden suchten nach Schuldigen und Erklärungen: »Die Soldaten der Kriegsheere haben die Krankheit eingeschleppt«, mutmaßten die einen, »es ist eine Strafe Gottes«, die anderen. Die gelehrten Herren disputierten darüber, ob eine aus dem Inneren der Erde entwichene schlechte Luft den Pesthauch verursache oder eine ungewöhnliche Konstellation der Gestirne zu einer Verunreinigung der Atmosphäre geführt hatte.

Auch Tiere blieben nicht verschont. Auffallend viele Ratten verendeten und so manche Katze quälte sich zu Tode.

Das Große Sterben war grausam. Der Tod riss unerbittlich Jung und Alt, Arm und Reich mit sich. Pfarrer Hepp von Diepoldshofen, der auf seine alten Tage mit dem Dahinschwinden der Dorfbewohner auch seine Pfründe und damit nach und nach seine Lebensgrundlage verlor, versuchte dennoch mit den wenigen von der Seuche verschont Gebliebenen diese neue Heimsuchung zu bewältigen. Die Bestattung der Toten, unter denen oft genug die nächsten Angehörigen waren, und die beständige Angst, als Nächster in der Grube zu landen, verlangte ihnen alles ab. Für die Arbeit auf den Feldern reichten die Kräfte nicht mehr aus, und so forderte bald eine unvermeidliche Hungersnot weitere Opfer.

Einige Einwohner hatten sich in den letzten Jahren voller Verzweiflung und doch mit einem letzten Rest Hoffnung auf bessere Zeiten in die benachbarte Schweiz und nach Österreich geflüchtet. Bevor die Pest zuschlug, war das Dorf schon während der lange andauernden Kriegsjahre wiederholten Plünderungen und den damit einhergehenden Gewalttaten ausgesetzt gewesen. Wie anderenorts mussten auch hier die Bewohner Quartier- und Naturalleistungen an die durchziehenden Kriegsheere leisten, obwohl sie bald selbst nicht mehr wussten, wovon sie sich ernähren sollten. Zu alledem war 1630 auch noch die zweihundert Jahre alte Kirche abgebrannt. Nur der mächtige viereckige Turm mit seinem Satteldach blieb vom Feuer verschont und überragte, rußgeschwärzt, als unheilvolles Zeichen das Dorf, das immer weiter in Verfall geriet.

Auf dem Unterburkhartshof stand Marianna eines Nachmittags Ende Juli in der Küche am Herd und erhitzte mit Essig versetztes Wasser. Ihr Gesicht war gerötet und der Schweiß rann ihr in Bächen den Rücken hinunter, als sie die dampfende, scharf riechende Brühe in einen Eimer goss. Sie wies Agnes an, damit alle Fußböden des Hauses aufzuwischen.

»Fang oben in der Bubenkammer an. Wenn das Wasser schmutzig ist, bereite neues zu und gib wieder einen ordentlichen Schuss Essig hinein, damit sich auf den sauberen Böden der Pesthauch gar nicht erst festsetzen kann.«

Marianna tauchte ein großes leinenes Tuch in kaltes Wasser, wrang es hastig aus und folgte Agnes rasch nach oben. In der Kammer standen insgesamt vier Betten, rechts und links vom Fenster jeweils zwei an den Längsseiten. Der zweijährige Johannes und der vierjährige Franz teilten sich eine Bettstatt. Schon nach dem Mittagessen hatten sie sich freiwillig hingelegt. In dem Bett rechts vom Fenster lag der elfjährige Jörg mit hohem Fieber.

Agnes hatte bereits die Hälfte des Raumes gewischt, als ihre Mutter, mit einem besorgten Blick auf die beiden Kleinen, an Jörgs Bett eilte. Das Fieber schien in der letzten halben Stunde weiter angestiegen zu sein.

»Mutter! Johannes und Franz sind auch ganz heiß.«

Marianna wandte sich um und sah, wie Agnes den Brüdern über Stirn und Wangen strich.

»Ich sehe gleich nach ihnen. Mach du mit den Fußböden weiter.«

Jörg warf sich unruhig hin und her und stöhnte: »Mein Kopf tut weh und mir ist so schwindelig.«

Marianna entkleidete den mageren, vor Fieber glühenden Körper und wickelte ihn in das kühlende Leintuch. Als sie dann an das Bett der beiden jüngeren Kinder trat, stieg eine eisige Angst in ihr auf.

»Es ist die Pest«, dachte sie, »wir haben die Pest im Haus. Vater im Himmel, bitte sei uns gnädig, bitte verschone uns.«

Und als ob sie mit ihren Befürchtungen das Stichwort gegeben hätte, erfasste die beiden Buben fast gleichzeitig ein heftiger Schüttelfrost. Marianna deckte die beiden zu und sprach beruhigend auf sie ein: »Gleich wird es besser. Ich muss nur in die Küche, dann komme ich wieder zu euch.«

Marianna rannte die Treppe hinunter. Auf der Suche nach den anderen Kindern warf sie einen Blick in die Küche und die Stube. Beide Räume waren leer. Sie hetzte den Hausgang entlang bis ins Freie. In einiger Entfernung sah sie auf der Wiese vor dem Hofplatz die Kinder, ihren Mann und Großvater Gabriel, wie sie das gestern geschnittene Öhmd zusammenrechten. Ross und Wagen standen schon zum Aufladen bereit.

»Martin«, rief Marianna aufgeregt und rannte so schnell sie konnte auf die Gruppe zu. »Martin«, keuchte sie außer Atem, »die Kinder, sie haben die Seuche!«

Martin sah seine Frau erschrocken an, als sie mit hochrotem Gesicht und schweißnass vor ihm stand. Eine Strähne ihres hellbraunen Haares hatte sich aus der Haube gelöst und hing ihr wirr ins Gesicht. Er wusste sofort, dass etwas Schlimmes passiert war, denn Marianna war eine ruhige und umsichtige Person, die nicht so schnell aus der Ruhe kam.

»Mir tut der Kopf weh«, meldete sich da die neunjährige Elisabeth.

Innerhalb von sechs Tagen verlor Martin seine Frau, seine Söhne Joseph, Anton, Jörg, Franz und Johannes und auch seine Tochter Elisabeth. Es war grauenvoll, sie unter rasenden Schmerzen sterben zu sehen. Die Krankheitsanzeichen waren bei allen ähnlich. Nach Kopfweh, Fieber und Schüttelfrost bildeten sich am Hals, in den Achselhöhlen und in der Leistengegend hühnereigroße, bläuliche Beulen. Es folgten krampfhafter Husten mit blutigem Auswurf, Brustschmerzen, Leibschmerzen und Durchfall. Kurz vor dem Tod fing die Haut an zu bluten und es breiteten sich auf dem ganzen Körper dunkelrote Flecken aus. Auch Martin, Großvater Gabriel und Agnes wurden krank. Agnes hatte allerdings nur eine Beule in der rechten Achselhöhle, die innerhalb von Tagen kleiner wurde und schließlich ganz verschwand. Einige der blauschwarzen Beulen von Martin und seinem Vater verschwanden ebenso, aber ein paar brachen auf und gaben eine stinkende eitrige Flüssigkeit frei.

Das ganze Haus war erfüllt vom fürchterlichen Gestank nach Eiter und Fäulnis. Marianna und die drei kleineren Buben konnten sie noch am Waldrand hinter dem Hof begraben, bevor sie selbst ebenfalls auf das Krankenlager geworfen wurden. Agnes, die als Erste wieder halbwegs zu Kräften kam, begann damit, eine weitere Grube auszuheben. Als Martin und Gabriel ihre Schwäche überwinden konnten, halfen sie ihr. Zusammen trugen sie die bereits in Verwesung übergegangenen Leichen von Joseph, Anton und Elisabeth aus dem Haus und legten sie zusammen in das Grab.

Die Zeit, die folgte, war schwer. Wie durch eine geheime Übereinkunft sprachen sie nicht über den schmerzhaften Verlust. Manchmal erschien es Martin ganz unwirklich, dass sie drei noch lebten. In der folgenden Zeit wuchsen sie zu einer eingeschworenen kleinen Gemeinschaft zusammen, die sich in die Aufgabe stürzte, den Hof so gut es ging zu bewirtschaften, um in diesen unsicheren Zeiten zu überleben.

Martin lehnte noch immer am Stamm der Hoflinde und fuhr sich mit dem Handrücken über die Augen. Es war niemand mehr da, vor dem er sich seiner Tränen hätte schämen müssen. Ein Schauer erfasste ihn, ließ ihn erzittern, als er an die Ereignisse des gestrigen Tages dachte. In seinem unbeschreiblichen Schmerz warf er sich in das Gras unter dem Baum und schluchzte hemmungslos.

Es ging alles so schnell und traf sie völlig unvorbereitet. Als sie das Hufgetrappel der Pferde und Männerstimmen hörten, war der verwahrloste Trupp vagabundierender Landsknechte bereits auf dem Hof. Drei der Kerle drangen sogleich ins Haus ein. Sie zerrten Agnes heraus, rissen ihr die Kleider vom Leib und warfen sie zu Boden. Während schon der Erste über sie kam, öffneten zwei andere hastig ihre ausgebeulten Hosenlätze, legten Hand an sich selbst und ergossen sich über Gesicht und Oberkörper des Mädchens.

»Lasst sie in Ruhe, ihr elenden Schandbuben!«, schrie Großvater Gabriel, der aus dem Stall herausstürzte und mit Fäusten auf den Nächstbesten der Männer einschlug.

»Ach Alter, hau ab«, rief der mit einem rohen Lachen und versetzte Gabriel einen kräftigen Stoß vor die Brust, so dass der alte Mann unsanft auf dem Boden landete.

Martin sah, wie sich sein Vater schwerfällig erhob und auf die ihm am nächsten stehenden Männer wild einzuschlagen begann. Wie eine lästige Fliege suchten sie ihn abzuschütteln, aber Gabriel ließ nicht von ihnen ab. Plötzlich zog einer der Männer ein Messer und stieß es Gabriel in den Hals. Einer Fontäne gleich spritzte das Blut, und noch als Gabriel zusammenbrach, versetzte ihm der Messerstecher einen Tritt, so dass der unliebsame Störenfried aus dem Weg war. Unter johlendem Beifall und unter den Anfeuerungsrufen der umstehenden Männer verging sich einer nach dem anderen weiter an Agnes.

Die durchdringenden von Angst und Ekel erfüllten Schreie des Mädchens gingen nach einiger Zeit in ein schmerzvolles Wimmern über. Als der Schmerz sie fast zerriss, entlud sich in ihrem Kopf ein verzweifelter, stummer Schrei: »Gevatter Tod, nimm mich mit!« Fast im selben Augenblick verschwanden die Schmerzen. Frieden und eine nie gekannte Leichtigkeit erfüllten Agnes. Bereitwillig ließ sie sich in die wohlige Dunkelheit sinken, die sie sanft in eine andere Welt davontrug.

Martin war fassungslos, als er das schreckliche Treiben beobachtete. Dennoch begriff er, dass sie ihn ebenfalls umbringen würden, wenn er seiner Tochter zu Hilfe kam. In ohnmächtiger Wut wandte er sich ab, wollte das Elend seines Kindes nicht mehr sehen, ihre Schreie nicht mehr hören, und rannte in den Wald.

Die ganze Nacht hörte Martin aus der Entfernung den Radau aus Richtung des Hofes. Bei Anbruch der Dunkelheit sah er den Schein eines Feuers, das sie wohl im Hofraum entzündet hatten. Aus dem gleichmäßig flackernden Feuerschein schloss er jedoch, dass sie nicht das ganze Anwesen, sondern nur ein Lagerfeuer angezündet hatten.

Am nächsten Tag stand die Sonne schon hoch am Himmel, als es Martin endlich gelang, sich aus seiner inneren und äußeren Starre zu befreien. Bis auf den Gesang der Vögel war alles still. Vorsichtig und darauf bedacht, möglichst wenig Geräusche zu machen, ging Martin zurück. Der Hof lag verlassen da. Keine Menschenseele war zu sehen und auch die Tiere schienen nicht mehr da zu sein. Mit wild klopfendem Herzen und der plötzlichen Hoffnung, dass Agnes noch lebte, wagte er, sich dem Haus zu nähern. Aber Agnes lebte nicht mehr. Ihr schmaler, bloßer und zerschundener Körper lag im Hof noch an der gleichen Stelle, wo der Überfall auf sie stattgefunden hatte. Nicht weit entfernt lag die Leiche seines Vaters. Die Erde um den Körper herum war vom Blut braunrot verfärbt.

Martin fühlte nichts. Nur den Drang, die beiden letzten Menschen, die ihm von seiner Familie geblieben waren, zu begraben. Und so machte er sich daran, zwei Gruben auszuheben. Er arbeitete langsam und stetig, bis die Gräber eine ordentliche Tiefe hatten. Er zog Agnes Rock und Bluse an, die zerrissen ein Stück von ihr entfernt lagen, trug sie zum Grab und ließ sie sanft hineingleiten. Dann hob er den nicht sehr schweren Körper seines Vaters auf seine Arme und ging mit ihm seinen letzten Weg bis zum Grab.

Martin warf einen letzten Blick auf die Toten. Dann begann er die Gräber zuzuschaufeln, ohne die Leiber noch einmal anzusehen. Und als ob die Anstrengung noch nicht genug gewesen wäre, holte er vom Rotbach mit einem Handkarren eine um die andere Fuhre Steine und bedeckte die frischen Grabhügel damit. Fünf mit Steinen bedeckte Hügel, die für neun Menschen die letzte Ruhestätte waren, lagen nun nebeneinander am Waldrand.

Erst jetzt, nachdem die Arbeit getan war, spürte er die bleierne Müdigkeit, die ihn ganz und gar ausfüllte, und so setzte er sich unter die Linde. Nach einiger Zeit ließ die körperliche Erschöpfung etwas nach – und die Erinnerung kam zurück. Nach einer langen Weile erhob sich Martin, ging zum Brunnen und stillte ausgiebig seinen Durst. Dann holte er aus der Scheuer die alte, noch immer gute Leiter, die schon sein Großvater aus den leicht gekrümmten, aber stabilen Ästen eines Apfelbaumes gefertigt hatte. Als er am leeren Stall vorbeikam, nahm er einen der Kälberstricke mit.

»Gott, vergib mir«, waren Martins letzte Worte, bevor er sich am Lindenbaum erhängte.

Melchior, 1637

Melchior Riedmüller war ein tatendurstiger junger Mann. Erst achtzehn Jahre alt, hatte er sich im Laufe seines noch jungen Lebens bereits eine feste Sicht der Dinge zu eigen gemacht. Als der große Krieg ausbrach, war er gerade ein Jahr alt gewesen. Er war das jüngste von elf Kindern. Sein ältester Bruder Dietrich war bei seiner Geburt schon einundzwanzig Jahre alt und frisch verheiratet. Vor der Hochzeit hatte er den Lehenhof im Weiler Haselburg, der an der Straße zwischen den beiden Freien Reichsstädten Leutkirch und Isny auf einer Anhöhe über dem Flüsschen Eschach lag, vom Vater übernommen.

Auch in Haselburg griff der Krieg immer wieder in das Alltagsleben ein. Die Pestseuche und die darauf folgende Hungersnot hatten auch hier ihre Opfer gefordert. Vater, Mutter und acht seiner Geschwister waren umgekommen. Melchior und seine ein Jahr ältere Schwester Elisabeth hatten überlebt. Ebenso Dietrich, seine Frau und drei ihrer acht Kinder. Der Hof ernährte sie schlecht. Kaum dachten sie, die Zeiten würden wieder besser werden, kam die nächste Teuerung, war die nächste Naturalleistung fällig oder sie wurden erneut von Soldaten überfallen und ausgeplündert.

Wie die meisten Bauern hier bestellten sie ihre Felder nur noch mit Mühe und Not. Neben Getreide bauten sie Flachs an, der im Winter von der ganzen Familie zu Garn gesponnen wurde und ihnen ein dringend gebrauchtes Zubrot verschaffte. Es war eine mühselige Arbeit, denn zuerst mussten die krautartigen Pflanzen mit ihren hohen Stängeln und den wunderschön anzusehenden blauen, fünfblättrigen Blüten in vielfältigen, meist von den Frauen verrichteten Arbeitsgängen aufbereitet werden. Das daraus gesponnene Garn brachten sie während des Frühjahres auf den Markt nach Leutkirch. Dort kauften die Leinenweber der Stadt. Den Bauern selbst war es verboten, Garn direkt an die Weber zu verkaufen, da der Markt die Kontrolle über Güte und Preis der Ware gewährleisten sollte.

Seit ein paar Jahren hatte das Weberhandwerk allerdings einen fortschreitenden Niedergang zu verzeichnen. Der Leinwandhandel war infolge des Krieges stark zurückgegangen, und die Pest hatte auch vor Bauern und Webern nicht haltgemacht. So kam es, dass sich der Markt in der stark entvölkerten und heruntergekommenen Stadt enorm verkleinert hatte.

Melchior liebte die Marktgänge und die damit verbundene Abwechslung trotzdem. Der Weg in die Stadt war nicht ungefährlich und ein Abenteuer, da man immer mit Gruppen von herumvagabundierenden Landsknechten und Wegelagerern rechnen musste.

So schulterte Melchior eines Tages im Mai wieder einmal sein mit Garnspulen voll beladenes hölzernes Tragegestell, und machte sich auf den Weg. Die Zeiten, als sein Bruder und er noch mit dem Fuhrwerk zum Markt fuhren, waren lange vorbei. Die Rösser und nach und nach auch das restliche Vieh hatten die Soldaten mitgenommen und dabei immer wieder aufs Neue die Felder verwüstet.

Bei diesem Marktgang hatte Melchior aber noch etwas anderes im Sinn. Während er kräftig ausschritt, versuchte er, sich die passenden Worte zurechtzulegen, mit denen er dem Herrn Gabriel Zollikofer sein Anliegen vortragen wollte.

Melchior kam das Leben auf Dietrichs Hof mit jedem Tag schwerer vor. Nie konnten sie sich satt essen und der tägliche Kampf ums Überleben schien kein Ende zu nehmen. Brot aus gutem Roggenmehl gab es gar nicht mehr. Das wenige verbliebene Korn hatten sie als Saatgut ausgebracht, in der Hoffnung auf Ernte. Dietrichs Frau Trude schnitt Baumrinde und sammelte Eicheln, die sie vor dem Mahlen in einer großen eisernen Pfanne röstete. Aus dem so gewonnenen Mehl buk sie dünne Brotfladen, die sie jetzt im Frühjahr zu einer Art Gemüse aus gekochten Wurzeln, Gras und Kräutern aßen. Mäuse, Schnecken, Würmer, alles, was kreuchte und fleuchte, wurde gekocht und gegessen, um die knurrenden Mägen zu füllen. Sogar die Katzen und zuletzt der treue Hofhund Rasso waren im Kochtopf gelandet.

Der Hunger und all die merkwürdigen Speisen verursachten Melchior ein beständiges Magendrücken und saures Aufstoßen. Beides wollte er ebenso gerne loswerden wie die Aussichtslosigkeit, mit der nie enden wollenden Arbeit jemals etwas zu erreichen.

Auf der Suche nach einem Ausweg zermarterte er sich das Gehirn. Eine Zeitlang überlegte er sich, in den Kriegsdienst einzutreten. Der damit verbundene Sold war verlockend. Allerdings schien der Krieg die niedrigsten Instinkte der Menschen wachzurufen. In den Kriegsheeren versammelten sich die verschiedensten menschlichen Charaktere und Melchior schreckte vor deren geballter Gesellschaft zurück. All die Plünderungen und Brandschatzungen ließen ihn vermuten, dass die Heere sich nicht besser benahmen als Räuberbanden, die vor keinem Frevel zurückschreckten. Da unterschieden sich auch die kaiserlichen Truppen in nichts von den Schweden. Dazu kam, dass der Sinn dieses fürchterlichen Krieges Melchior mehr als fadenscheinig erschien. Ein Glaubenskrieg, bei dem es letzten Endes doch nur darum ging, Macht und Besitzstände zu vergrößern. Nein, für eine solche Sache wollte er dann doch nicht kämpfen, geschweige denn sein Leben riskieren.

Eine andere Möglichkeit, die Melchior in Erwägung zog, war auszuwandern. Einige der vor den Kriegsnöten geflohenen Bauern waren inzwischen wieder aus Österreich und der Schweiz in ihre Heimatdörfer zurückgekehrt. Sie hofften, dass der Krieg dem Ende zuging, und versuchten, die wüst und öd liegenden Felder ihrer Höfe zu beackern. Da niemand mehr Ochsen oder gar ein Pferd besaß, spannten sie sich selbst vor den Pflug. Auch Dietrich und er mussten dieses Frühjahr zu dieser verzweifelten Maßnahme greifen. Ob der Krieg wirklich dem Ende zuging? Melchior hegte Zweifel.

Gabriel Zollikofer war Schweizer aus St. Gallen und in Leutkirch als Leinwandaufkäufer eines großen St. Gallener Handelshauses tätig. Schon vor dem Krieg war er Bürger von Leutkirch geworden, besaß ein stattliches Haus beim Rathaus und betrieb sein Geschäft selbst in diesen schweren Zeiten mit gutem Erfolg. Melchior war beeindruckt von dem Mann und dessen ausgeprägtem Geschäftssinn und Unternehmungsgeist.

Vor Kriegsausbruch hatte Zollikofer fremde Leinwand eingeführt. Die städtischen Weber waren darüber so erbost gewesen, dass sie das Rathaus stürmten und so ein Einfuhrverbot erreichten. Nur die Durchfuhr der Leinwand wurde Zollikofer danach noch gestattet. Seine späteren Versuche, die

Seidenweberei einzuführen, wurden von der Zunft sogleich mit dem Hinweis auf den Wert der traditionellen Weberei unterbunden. Zwar sorgte der Versuch erneut für Unmut und Unverständnis in der Stadt, die erfolgreiche Tätigkeit Zollikofers als Faktor konnte dieser neuerliche Vorfall aber nicht schmälern.

Melchior konnte die engstirnigen Ansichten der Räte nicht verstehen. Kamen nicht mit jedem Tag neue Zeiten, die auch ebenso gut neue Ideen mit sich bringen konnten? Er war sich sicher, wenn ihm überhaupt jemand weiterhelfen konnte, so war das Zollikofer.

Unbehelligt war Melchior inzwischen fast in der Stadt angekommen. Die Martinskirche, auf halber Höhe des sogenannten »Hohen Berges«, erhob sich wuchtig hinter der Stadtmauer. Melchior durchschritt die Obere Vorstadt mit ihren niedrigen Bauernhäusern und hielt an der Stadtmauer entlang auf das Obere Tor zu. Ein Ochsenfuhrwerk wartete dort, um beim Torwart das Pflastergeld zu entrichten. Beim Anblick des Ochsen fing Melchiors Magen heftig an zu knurren, und als er sich das Tier an einem Spieß über dem Feuer vorstellte, lief ihm gar das Wasser im Munde zusammen. Melchior riss sich aus seinen Gedanken und passierte das Tor. Er ging mit zügigem Schritt am mächtigen Zehntstadel des Spitals vorbei und die Marktstraße hinauf bis zum Marktplatz. Im Erdgeschoss des Rathauses befand sich die offene Markthalle. Dort und in einigen Laubengängen der umliegenden Häuser waren schon die Verkaufsstände aufgeschlagen. Melchior genoss das geschäftige Treiben, das den trostlosen heimischen Alltag für eine Weile vergessen machte. Die meisten Händler hatten bereits ihre Waren ausgebreitet und suchten sie aufs Vorteilhafteste zu präsentieren.

An dem Stand, den ihm der Marktmeister zuwies, stellte Melchior sein Tragegestell ab. Die ersten kauflustigen Weber waren schon zugange. Und noch bevor Melchior seine Ware gefällig auslegen konnte, hatte er bereits die ersten Garnspulen verkauft. Bald entdeckte Melchior auch Gabriel Zollikofer, der sich dem Marktplatz näherte. Zwischen seinen Verkaufsgesprächen versuchte er, den Herrn nicht aus den Augen zu verlieren, denn er wollte sein Anliegen unbedingt noch heute vorbringen. Zollikofer ließ sich Zeit. Hielt mit diesem und jenem Weber ein Schwätzchen und betrachtete ebenfalls ausgiebig die feilgebotenen Waren.

Gabriel Zollikofer war in fortgeschrittenem Alter und von stattlicher, nicht besonders hoher Statur. Er hielt sich gerade und seinen geschmeidigen Bewegungen nach zu urteilen hätte man ihn bei flüchtiger Betrachtung für einen weitaus jüngeren Mann halten können. Nur sein graues, leicht gewelltes halblanges Haar, das unter dem breitkrempigen schwarzen Hut hervorschaute, machte diesen Eindruck zunichte. Das volle Gesicht wurde von einem sauber gestutzten Oberlippenbart geziert, der sich bis zu einem spitz zulaufenden Kinnbart hinunterzog. Seine glatt rasierten Wangen waren von feinen roten Äderchen durchzogen. Er trug ein hochgeschlossenes schwarzes Wams mit einem feinen Spitzenkragen. Sowohl Wams als auch Ärmel waren mehrfach längs geschlitzt und mit hellgrauer Seide unterlegt. Die knapp bis zu den Waden reichende weite schwarze Hose wurde unter den Knien mit breiten, seitlich zu einer Schleife gebundenen Bändern zusammengehalten. Zu den ebenfalls schwarzen wollenen Strümpfen trug er vorne eckige, lederne Spangenschuhe mit einem kleinen Absatz.

Endlich war Zollikofer an Melchiors Stand angelangt.

»Guten Morgen, Herr«, grüßte Melchior freundlich, doch sein Herz wollte ihm fast in die Hose rutschen bei dem Gedanken an sein Vorhaben.

»Wie ich sehe, hast du ein schönes Angebot an feinem und grobem Garn zu bieten«, meinte Zollikofer anerkennend.

»Ja, Herr, es ist der Rest, den wir den Winter über gesponnen haben, und ich hoffe, heute alles verkaufen zu können.«

»Erlaubt Ihr mir, Euch etwas zu fragen?«, ergänzte Melchior, seinen ganzen Mut zusammennehmend, als sich Zollikofer schon zum Weitergehen anschickte.

Der Schweizer hob leicht verwundert die rechte Augenbraue und betrachtete neugierig den jungen Bauernburschen, dem die Not deutlich anzusehen war. Um dessen mageren Körper schlotterten ein abgetragenes schlichtes ärmelloses Wams und eine wadenlange Hose aus grobem naturfarbenem Leinen. Von dem gebleichten Leinenhemd waren nur die weiten Ärmel mit den an den Handgelenken grau angeschmutzten Bündchen zu sehen. Die Hose wurde von einem schmalen Gürtel gehalten und steckte in braunen Lederstiefeln.

»Was willst du mich denn fragen?«, ermunterte Zollikofer Melchior in freundlichem Ton.

»Herr, ich lebe auf dem Hof meines Bruders in Haselburg. Wir wissen bald gar nicht mehr, wie wir noch weitermachen sollen, und sind bald am Verhungern. Jetzt habe ich mir überlegt, in die Schweiz auszuwandern und erst wiederzukommen, wenn der Krieg vorbei ist. Und da Ihr doch Schweizer seid, dachte ich, vielleicht könnt Ihr mir helfen oder einen Ratschlag geben, wie ich es anfangen soll.« Schnell sprudelten die zurechtgelegten Worte aus Melchiors Mund, gerade so, als hätte er Angst, im letzten Augenblick doch noch den Mut zu verlieren.

»So, so«, antwortete Zollikofer nachdenklich und strich sich mit der rechten Hand mehrmals über seinen Kinnbart. »Wenn du vorhast, eines Tages wiederzukommen, so würde ich dir empfehlen, dir Kenntnisse über die Viehhaltung und womöglich auch der Viehzucht zu verschaffen. Denn wenn dieser Krieg vorbei ist, wird es wichtig sein, die verwüsteten Felder neu zu bestellen. Viel Vieh wird benötigt werden, um all das brachliegende Land wieder fruchtbar zu machen. Ich rate dir, lerne alles, was ein guter Bauer wissen muss. Wenn ich an deiner Stelle wäre, würde ich nach Appenzell gehen. Das ist gleich über dem Bodensee, also nicht allzu weit von hier entfernt und obendrein ein schöner Landstrich. Du könntest dort dein Glück versuchen. Du bist noch jung und augenscheinlich auch gewillt, etwas aus deinem Leben zu machen. Morgen schicke ich ein Fuhrwerk mit Leinwand nach

St. Gallen. Wenn du willst, kannst du als Begleiter mitfahren. In diesen unsicheren Zeiten ist es sowieso besser, wenn die Waren gut bewacht werden.«

Zollikofer hatte sich fast in Begeisterung geredet. Der Mut des jungen Burschen, auch wenn es der Mut der Verzweiflung war, beeindruckte ihn. Es erinnerte ihn an den Tatendrang seiner eigenen Jugend. Warum sollte er nicht einem jungen Menschen helfen, der sein Geschick in die eigenen Hände nehmen wollte?

»Am besten wäre es«, fuhr er fort, »du begleitest das Fuhrwerk bis Rorschach. Das ist ein wichtiger Schweizer Handelsplatz am Bodensee, an dem du vielleicht vorübergehend sogar Arbeit finden und Kontakte knüpfen könntest.«

Melchior konnte sein Glück kaum fassen. Der vornehme Herr hatte ihn nicht nur angehört, sondern wollte ihm bei seinem Vorhaben auch noch ein gutes Stück weiterhelfen. Große Zuversicht erfüllte ihn.

»Oh Herr, ich danke Euch vielmals, das ist mehr, als ich zu hoffen gewagt habe.«

»Nun denn, morgen kurz nach Sonnenaufgang geht es los. Sei pünktlich zur Stelle, ich wünsche dir Glück und alles Gute auf deinem weiteren Weg. Vielleicht sehen wir uns ja in besseren Zeiten einmal wieder.«

Schon am Abend, kurz bevor die Stadttore geschlossen wurden, fand sich Melchior wieder in Leutkirch ein. Mit eisernem Willen hatte er den anstrengenden Fußmarsch zum zweiten Mal an diesem Tag hinter sich gebracht. Er wollte auf jeden Fall ausschließen, dass seine Pläne noch im letzten Augenblick durchkreuzt würden.

Im Gasthaus »Hirsch«, einem großen Eckhaus an der Marktstraße und der katholischen Kirchgasse, war das schweizerische Fuhrwerk eingestellt. Der Wirt Hans Albrecht gestattete Melchior im Stall zu schlafen. Da sei er am Morgen auch gleich zur Stelle und könne beim Einspannen der Pferde und beim Beladen des Fuhrwerks helfen. Albrecht, einem geschäftstüchtigen Menschen, war alles daran gelegen, sein Gasthaus, das gleichzeitig auch Poststation war, in diesen mageren Zeiten am Laufen zu halten. Gerne wollte er einem guten Kunden wie dem Faktor Zollikofer und den Schweizern zu Gefallen sein.

Melchior suchte sich ein Plätzchen im Stroh und streckte nach dem anstrengenden Tag genüsslich seine Glieder aus. Im Stall war es warm und der schon fast vergessene Pferdegeruch war wie eine Verheißung auf eine bessere Zukunft. Auf dem Rücken liegend, die Arme unter dem Nacken verschränkt und mit seinem Umhang bedeckt, erinnerte er sich an den Abschied von seiner Familie.

Alle waren bestürzt gewesen und hatten ihn angestarrt wie vom Donner gerührt, als er das Geld für das restlos verkaufte Garn vor Dietrich auf den Tisch gezählt und ihnen dabei seine Pläne eröffnet hatte. Seine Schwester Elisabeth war in Tränen ausgebrochen. Seine Schwägerin Trude hatte unaufhörlich den Kopf geschüttelt, bis Dietrich endlich zu bedenken gab: »Es ist schwer, dich ziehen zu lassen, Melchior, das einzig Gute daran ist, dass wir dann einen Esser weniger auf dem Hof haben. Gott schütze dich auf deinen Wegen. Ich hoffe, wir sehen dich bald wieder.«

So verließ Melchior mit leichtem und schwerem Herzen den Hof, auf dem er sein ganzes bisheriges Leben verbracht hatte. Seine wenigen Habseligkeiten band er in ein Tuch, das er an einen Haselnussstecken knüpfte, den er sich über die rechte Schulter legte. Die linke Hand in der Hosentasche, fünf Kreuzer fest umklammert, machte er sich auf den Weg.

Außer dem Kutscher Karl begleitete Gebhard, ein strammer junger Schweizer, den Transport. Im ersten Morgengrauen hatte Melchior beim Beladen des Wagens geholfen. Nachdem alles verstaut war, spannten sie eine große Plane aus gewachster Leinwand zum Schutz gegen Wind und Wetter über die Waren. Vorne rechts und links machten es sich Gebhard und Melchior unter der Plane zwischen den Leinwandballen bequem. Gebhard drückte Melchior einen Eichenprügel in die Hand, er selbst war mit einer Pistole bewaffnet.

»Kampflos werden wir uns nicht von irgendwelchen Spitzbuben überfallen lassen«, sagte er grinsend zu Melchior.

Mit einem kurzen »Hü!« des Kutschers setzten sich die beiden kräftigen braunen Rösser in Bewegung.

In Gebrazhofen, dem Hauptort der oberen Landvogtei unter österreichischer Verwaltung, mussten sie den ersten Wegezoll entrichten. Die leerstehenden Häuser und die zu Brachflächen verkommenen Wiesen und Felder waren auch hier nicht zu übersehen.

Inzwischen lachte die Sonne und es schien ein schöner Frühlingstag zu werden. Gebhard und Melchior waren beim Zollhaus vom Wagen gesprungen, um sich die Beine zu vertreten und sich ein wenig Bewegung zu verschaffen. Gebhard hängte den Pferden den Futtersack um, solange Karl beim Oberzoller, einem für diese schlechten Zeiten erstaunlich beleibten Mann, den Zoll entrichtete. Melchior sog die milde Luft tief in seine Lungen und genoss das Gefühl von Freiheit und Vorfreude. Denn dass alles nur besser werden würde, davon war er fest überzeugt. Als Gebhard ihm auch noch einen Kanten Brot und ein Stück Speck mit der Aufforderung »Lass es dir schmecken« hinhielt, fand er seine Zuversicht mehr als bestätigt.

Und schon ging es wieder weiter. Kurz hinter dem Ort führte die Straße in Richtung Wangen durch einen Wald. Melchior biss genüsslich abwechselnd vom Brot und vom Speck ab und kaute gerade mit vollen Backen, als plötzlich drei zerlumpte Gestalten mit Geschrei zwischen den Bäumen hervorsprangen. Einer mit einem langen verfilzten schwarzen Zopf und einem fast ebenso langen Bart schwang sich behände auf den Kutschbock, die beiden anderen rannten neben dem Wagen her.

Geistesgegenwärtig ließ Melchior sein Vesper fallen und ergriff mit beiden Händen den neben ihm liegenden Knüppel. Bedrohlich schwang er ihn über dem Kopf des Mannes, der sich anschickte, auf den Kutschbock zu klettern.

Gebhard schrie: »Haut ab, sonst schieße ich euch über den Haufen!«

Er richtete die Pistole auf den Schwarzhaarigen neben dem Kutscher und drückte ab, als dieser Karl gerade die Zügel aus den Händen reißen wollte. Der Schuss traf seine Seite und ließ ihn laut aufheulen. Karl hatte alle Hände voll zu tun, die Pferde zu halten, die erschreckt in einen Galopp verfielen. Melchior zog dem anderen Mann derweil einen kräftigen Schlag mit dem Knüppel über den Rücken, so dass er vom Wagen abließ und auf der Straße schmerzgekrümmt in sich zusammensackte. Gebhard feuerte mit der in Windeseile nachgeladenen Waffe dem dritten Wegelagerer, der das Hasenpanier ergriff und in den Wald flüchtete, hinterher. Dann stellte er sich geschickt auf die Deichsel des inzwischen langsamer werdenden Fuhrwerks und schob mit aller Kraft den stöhnenden Schwarzhaarigen vom Kutschbock.

»Gut gemacht!«, rief Gebhard und klopfte Karl anerkennend auf den Rücken.

In der Tat war es dem erfahrenen Kutscher gelungen, die Pferde zu zügeln und wieder in eine langsamere Gangart zu bringen.

Melchior klopfte das Herz bis zum Hals und seine Armmuskeln waren von dem ungewohnten Gebrauch des Knüppels ganz verkrampft. Gebhard kramte aus dem Proviantkorb eine Flasche mit Most und nahm einen kräftigen Schluck.

»Den haben wir uns jetzt verdient«, sagte er und reichte die Flasche an seine beiden Mitstreiter weiter.

Nachdem sich ihre Aufregung gelegt hatte und sie sich nun immer mehr dem Gebirge mit seinen schneebedeckten Gipfeln näherten, verfielen alle drei in Plauderstimmung.

»Die Berge, sie sind viel größer, als wir sie von daheim aus sehen«, staunte Melchior ganz überwältigt von dem atemberaubenden Anblick, der sich ihnen bot. »Sagt, wie ist es in der Schweiz?«

Dem sonst eher wortkargen Karl sprudelten beim Gedanken an seine Heimat mit einem Mal die Worte nur so über die Lippen: »Oh, es ist schön. Die Berge sind dort ganz nahe. Eigentlich liegt das ganze Schweizerland mitten in den Bergen, deren Gipfel sogar im Sommer mit dicken Eisschichten bedeckt sind. Bis auf die Gegenden um den Rhein und am Bodensee sieht man fast kein ebenes Fleckchen. Im Landesinneren gibt es viele fischreiche Seen und Flüsse. Auf den größeren wird sogar Schifffahrt betrieben.«

»Vergiss nicht die vielen Tiere, vor allem die Kühe, die uns mit Fleisch, Milch, Butter und Käse versorgen«, fiel Gebhard, von Karls Begeisterung angesteckt, in dessen Ausführungen ein.

Melchior, der sich inzwischen an das für ihn anfänglich schwer zu verstehende Schweizerdeutsch gewöhnt hatte, blickte ungläubig von einem zum anderen: »Ja, gibt es denn dort noch so viel zu essen?«

»Ja klar, es wird auch Korn- und Rebbau betrieben, vom Obst ganz zu schweigen. Hunger müssen wir nicht mehr leiden«, meldete sich Karl wieder zu Wort. »Und aus dem Kriegsgeschehen halten wir uns heraus. Schwere Zeiten hat es aber in den letzten Jahren auch bei uns gegeben. Pest, Hungersnot und die große Teuerung letztes Jahr haben auch uns recht gebeutelt.«

Als sie das von den Schweden niedergebrannte Dorf Waltershofen passierten, erstarb die unbeschwerte Unterhaltung.

»Es ist jedes Mal aufs Neue schlimm. An den Anblick kann man sich einfach nicht gewöhnen«, brach Gebhard das bedrückende Schweigen.

Von weiteren Vorfällen unbehelligt, kamen sie durch den kleinen Weiler Oflings, der von einer quadratischen Turmburg dominiert wurde. Die Straße führte jetzt bergan und schon bald erblickten sie die mit Mauern und Türmen befestigte Freie Reichsstadt Wangen. Nun ging es wieder zügig bergab, durch die Leutkircher Vorstadt mit ihren verstreut daliegenden Wohnhäusern und den zahlreichen Scheuern und Wirtschaftsgebäuden.

Sie passierten Brücke und Vortor des Peterstors und entrichteten das Pflastergeld. Geschickt lenkte Karl das Fuhrwerk durch die belebte Schmiedstraße. In Wangen hatte es bisher kaum kriegsbedingte Verluste gegeben und so konnte Melchior die stattlichen mehrstöckigen Häuser bewundern. Manche waren hell verputzt und ließen nur an den Giebeln oder den oberen Stockwerken das Fachwerk sehen.

Vor der Wirtschaft zum »Schaf«, einem imposanten Gebäude am Ende der Straße, brachte Karl die Pferde mit einem lauten »Brr« zum Stehen.

Ein junger Bursche mit kurzen hellen Haaren, fast noch ein Kind, sprang flink herbei und nahm Karl geflissentlich die Zügel aus der Hand und fragte: »Soll ich die Pferde tränken?«

»Ja, Albert, und spann sie aus, solange wir einkehren.«

Karl, Gebhard und Melchior stiegen ab. Sie waren froh, ihre Glieder nach der langen Fahrt wieder strecken zu können. Karl warf Albert noch einen Blick hinterher, als der die Pferde in den seitlich am Haus gelegenen Stall führte.

Obwohl durch die kleinen Fenster nur wenig Tageslicht in die geräumige Gaststube fiel, machte sie mit ihren hellen, sauber gescheuerten Holztischen einen einladenden Eindruck.

»Ah, die Schweizer sind wieder da«, begrüßte sie der Wirt und führte sie an einen der freien Tische. »Ich kann euch frische Krautkrapfen und Most anbieten.«

»Oh, da sagen wir nicht nein«, antwortete Gebhard. »Den Most könnt Ihr mit Wasser verdünnen, wir müssen für den Rest der Reise noch einen kühlen Kopf bewahren.«

Nachdem sie das köstliche Mahl verzehrt hatten, setzte sich der Wirt Conrad Hütt zu ihnen. »Wie ich sehe, geht der Leinwandhandel immer noch gut«, stellte er fest und fügte dann betrübt hinzu: »Bei uns hier gehen die Geschäfte nur noch schleppend. Alles ist aus den Fugen geraten. Die Pest hat mir letzten Sommer meine Frau und meine Kinder genommen. Nur der Albert ist mir noch geblieben. Gott sei Dank habe ich eine fleißige Magd gefunden, die im Haus nach dem Rechten sieht und dazu noch gut kochen kann. Sofern wir etwas zum Kochen haben. Das ist auch nicht alle Tage gleich. Die Teuerung und die Profitgier mancher Zeitgenossen treiben die Preise in die Höhe und tragen so das Ihre dazu bei.«

»Ihr habt wenigstens noch manchmal was für den Magen«, entgegnete Melchior. »Ich komme vom Land und da wissen die Leute bald gar nicht mehr, was sie essen sollen.«

»Ja, der Krieg gibt uns noch den Rest.« Conrad Hütt nahm beharrlich den Faden wieder auf. »1632 öffnete der Wangener Rat den Schweden die Tore und vereinbarte mit ihnen eine Zahlung von 1200 Gulden, damit sie die Stadt verschonen. Genützt hat es nichts. Sie haben die Bürger entwaffnet und mit einer Brandschatzung gedroht, wenn sie nicht eine Summe von mehr als 5000 Gulden erhalten. Ein Jahr später überfielen sie die Stadt wieder, gerade so, als ob bei uns das Geld auf den Bäumen nachwachsen würde. Es gibt Tage, da weiß ich nicht, wie alles weitergehen soll. Die Wirtschaft wirft immer weniger ab, und manches Mal habe ich mir schon überlegt, sie zuzumachen und mit Albert nach Österreich oder in die Schweiz zu gehen.«

»Ich will mein Glück auch in der Schweiz versuchen«, meldete sich Melchior wieder zu Wort. »Schlimmer als zu Hause kann es bestimmt nicht werden.«

»Ja, Conrad, wer weiß, vielleicht sehen wir uns bald in der Schweiz wieder. Für heute müssen wir weiter.« Karl erhob sich und schüttelte dem Wirt zum Abschied die Hand. »Ich wünsche Euch auf jeden Fall eine gute Zeit, wie immer es auch kommen mag.«

Durch die Straße am Markt setzten sie ihre Fahrt fort. Linker Hand lag die Martinskirche, deren hoher schlanker Turm aussah, als ob er direkt zum lieben Gott in den Himmel strebte. Sie verließen die Stadt durch das Martinstor. Melchior bewunderte das mit bunten Bildern bemalte Gebäude und staunte über die kunstvollen Wasserspeier, die alle vier Ecken des Turmdaches zierten.

Weiter ging es durch die dörfliche Siedlung der Lindauer Vorstadt, vorbei an der Rochuskapelle mit ihrem ummauerten Friedhof. Bald schon kam der Galgen in Sicht, dessen Anblick

Melchior leicht erschaudern ließ. Das kurz darauf auftauchende Siechenhaus mit der Sattelkapelle, an dem die Straße unmittelbar vorbeiführte, lag wie verlassen da.

Kurz vor dem Dorf Niederwangen machte Gebhard Melchior auf ein hohes heruntergekommenes Gebäude mit einem langgestreckten hölzernen Anbau aufmerksam: »Das ist eine Papiermühle. Man erzählt sich, die Müllerin und ihr Gehilfe hätten das Wasserzeichen des Schwedenkönigs auf ihren Papieren verwendet, weil ihnen das besser gefallen habe als das Wangener Wasserzeichen. Dem Geschäftsgang war dieser Übermut aber offensichtlich nicht besonders förderlich«, grinste er.

Niederwangen selbst verdiente den Namen Dorf nicht mehr. Fast nur noch verkohlte, bereits von Buschwerk überwucherte Ruinen boten einen trostlosen Anblick. Vereinzelt war das eine oder andere Haus zwar verschont geblieben, ob noch jemand dort lebte, war nicht zu erkennen. Eine unwirkliche, bedrückende Stille lag über dem Ort.

Es war schon weit über Mittag, als die Straße sie auf eine Anhöhe über der Freien Reichsstadt Lindau führte. Der Anblick, der sich ihnen bot, war so atemberaubend, dass Melchior sogar seine drückenden Magenschmerzen vergaß – die Krautkrapfen waren wohl doch zu viel für seinen Hunger leidenden Magen gewesen. Im hellen Sonnenlicht lag die Stadt wie eine Perle im glitzernden Bodensee, hinter dessen gegenüberliegenden Ufern die schneebedeckten Berge Österreichs und der Schweiz aufragten.

»Da drüben über dem See ist die Schweiz«, rief Karl Melchior über die Schulter zu.

Melchior hatte Mühe, die Gefühle, die ihn bei diesem Anblick überwältigten, in Worte zu fassen. »So etwas Schönes habe ich noch nie gesehen«, sagte er nach einer Weile leise. Dann kniff er die Augen zusammen, noch einmal und noch einmal, aber die Stadt schien nach wie vor im Wasser zu liegen.

»Lindau ist eine Inselstadt und ein bedeutender Handelsplatz«, erklärte Gebhard schmunzelnd, der den staunenden Melchior beobachtet hatte. »Man nennt es auch das Tor in die

Schweiz. Von dort geht der ganze Fernhandel nach Italien und Frankreich. Karl und ich werden immer wieder von unserem St. Gallener Handelshaus aus mit Leinwandfuhren nach Italien geschickt. Auf dem Rückweg bringen wir dann Südfrüchte, buntes Geschirr, Seidengarn oder alle möglichen anderen Waren mit. Der Handelsherr klagt aber oft, dass die Kriegszeiten den Leinwandhandel erschweren und die Geschäfte nicht mehr so gut gehen wie früher.«

Auch in Lindau und in den Dörfern des Hinterlandes hatte die Pest gewütet, und wie in vielen anderen Orten litt die Bevölkerung ebenso unter den unseligen Abgaben von Naturalien und Quartierleistungen an die durchziehenden Truppen.

Karl und Gebhard planten keinen Aufenthalt in der Stadt. Über eine lange steinerne Brücke erreichten sie das Lukenhäuschen, wo Karl wieder einmal den Pflasterzoll entrichtete, damit sie in die Stadt eingelassen wurden.

Außer der Stadtmauer schützten mehrere Bastionen und Schanzen die Inselstadt. Es herrschte lebhafter Verkehr. Das Geklapper von Pferdehufen und das metallische Geräusch der mit Eisen beschlagenen Räder der Fuhrwerke hallten von den kopfsteingepflasterten Straßen wider. Rufe und lautstarke Unterhaltungen von geschäftig hin- und hereilenden Menschen erfüllten die Straßen. Der würzige Duft von frisch gebackenem Brot hing in der Luft. Links und rechts der Hauptstraße standen prächtige hohe Häuser. Manche mit Laubengängen, manche mit reich verzierten Fenstersäulen und bunten Fassaden. Vorbei am mächtigen, mit einem Treppengiebel gekrönten Rathaus schienen alle Fuhrwerke dem Hafen auf der Südseite der Insel zuzustreben.

An der mit Pfahlreihen geschützten Schiffslände setzte sich das geschäftige Treiben fort. Karl hielt Ausschau nach einem Schiff, mit dem sie möglichst heute noch nach Rorschach übersetzen konnten. Neben dem alten Leuchtturm sah er eine Lädine liegen. Der nach oben gebogene Bug des über fünfzig Fuß langen, hölzernen Lastenseglers war erst mit wenigen Säcken und Fässern beladen.

Nachdem Karl das Fuhrwerk angehalten hatte, sprang Gebhard flink vom Wagen, um mit dem Schiffer zu verhandeln. Nach einem kurzen Wortwechsel winkte Gebhard Karl heran, der zuerst die beiden Pferde ausspannte, um sie dann über die ausgelegten Bretter geschickt in den flachen bauchigen Kahn zu bugsieren. Dann schoben und zogen die Männer mit vereinten Kräften den Wagen ins Schiff. Nachdem alles gut festgezurrt war, wischte sich Melchior erschöpft den Schweiß von der Stirn.

»Der Wind könnte besser sein, aber mit etwas Glück werden wir Rorschach noch vor Einbruch der Dunkelheit erreichen«, rief der Schiffer seinen neuen Passagieren zu.

Zwei weitere Männer hatten sich neben ihren Waren niedergelassen. Das riesige Segel wurde aufgezogen und blähte sich sogleich im Wind. Die Römerschanze mit der Jakobskapelle darauf, eine eigene kleine Insel linker Hand, war das Letzte, was Melchior von seinem Heimatland sah, bevor sie den offenen See erreichten und das Schweizer Ufer ansteuerten.

Melchior, 1646

Rorschach war ein kleiner aufstrebender Ort. Schon im 15. Jahrhundert hatte der Abt des Klosters St. Gallen, Ulrich Rösch, den Grundstein für die weitere wirtschaftliche Entwicklung Rorschachs gelegt, indem er die einfache Schiffslände zu einem richtigen Hafen ausbaute. Zehn alte Häuser ließ er zu diesem Zweck kurzerhand abreißen und durch eine neue Häuserzeile, die unter anderem ein Badehaus und eine Taverne beherbergte, ersetzen. Die weitläufige Fläche, die durch die Neugestaltung bis zum See hin entstand, wurde zum äbtischen Markt- und Hafenplatz. Die östliche Begrenzung des Gevierts bildeten ein verschließbares Tor und das anschließende langgestreckte Kaufhaus, in dem die Schiffsgüter eingelagert wurden. Als westliche Begrenzung fand sich ein zweites, ebenfalls verschließbares Tor, an das sich das scheunenartige Kornhaus anschloss. Zudem ließ der Abt vom Kaiser die fast in Vergessenheit geratenen Markt-, Zoll- und Münzprivilegien erneuern – die Grundlage für einen wirtschaftlichen Aufschwung.

Ulrich Rösch war ein Bäckerssohn aus der Freien Reichsstadt Wangen gewesen. Er war als Küchenjunge in das Kloster St. Gallen gekommen. Als der damalige Abt eines Tages bemerkte, was für ein gescheites und aufgewecktes Bürschlein er da in seiner Küche beschäftigte, ermöglichte er ihm den Schulbesuch. Nachdem Ulrich seine Ausbildung beendet hatte, trat er schließlich in das Kloster ein, dessen Abt er später wurde.

Das Baumaterial für die Baumaßnahmen am Rorschacher Hafen war der heimische Sandstein. Der Steinbruch lag westlich des Klosters Mariaberg, das ebenfalls von Abt Ulrich erbaut worden war, mit der Absicht, das St. Gallener Kloster nach Rorschach zu verlegen. Aufgrund politischer Wechselfälle wurde das Kloster aber kurz vor der Vollendung zerstört, danach zwar wieder aufgebaut, aber nie seiner ursprünglichen Bestimmung zugeführt – eine Zeit lang beherbergte es eine Lateinschule.

Aber auch in Rorschach selbst hatte eine rege Bautätigkeit eingesetzt. Schon vor Jahren hatte der Konstanzer Leinwandhändler Balthasar Hoffmann, in Zusammenarbeit mit dem Abt und dem Konvent, in Konkurrenz zur Stadt St. Gallen eine Zweigniederlassung des Leinwandgeschäftes in Rorschach gegründet. In kürzester Zeit wurde eine Bleiche eingerichtet und die benötigten Gebäude der Walke, der Färberei und der Leinwandbank hochgezogen. Die Geschäfte gingen anfangs schleppend, blühten dann aber nicht zuletzt deshalb auf, weil die Ware mittlerweile auch in Schwaben Interessenten fand.

Der Umsatz der Rorschacher Leinwandschau hob sich, als auch Gabriel Zollikofer von Leutkirch Interesse für die Rorschacher Leinwand zeigte und sich löblich über deren Qualität und die guten Bleiche- und Färbeeinrichtungen äußerte. Einige Familien wurden nach und nach mit dem Leinwandgeschäft sehr reich und ließen sich prächtige Häuser mit schönen, gerade in Mode gekommenen Gärten an der Hauptstraße und der Straße nach Mariaberg errichten.

Melchior war in Rorschach hängen geblieben. Seit fast neun Jahren arbeitete er schon im Steinbruch. Abgebaut wurde der Sandstein dort vom Stock. Das heißt, der Abbau erfolgte, nachdem der Baum- und Pflanzenbewuchs erst einmal abgeräumt war, von oben nach unten. Große Blöcke wurden aus dem Felsen gelöst, indem die Steinbrecher unter enormer Kraftanstrengung mit dem Vorschlaghammer Eisenkeile in die mit dem Bohreisen vorgearbeiteten Löcher trieben. Die sogenannten Stockräumer wuchteten dann die so gewonnenen Blöcke mit Hilfe von Brechstangen zu den Arbeitsplätzen der Steinhauer, deren Aufgabe es war, den für Bauzwecke sehr begehrten Sandstein zu spalten und zu zerkleinern. Fuhrwerke mit schweren Kaltblutpferden transportierten die bearbeiteten Bausteine ab, nachdem Arbeiter sie auf hölzernen Karren bis an den Rand des Geländes gezogen hatten. Der Weitertransport der Steine, vor allem ins Ausland, erfolgte so weit wie möglich, mit Lädinen über den Bodensee und dann weiter mit Fuhrwerken.

Der Steinmeister hatte Melchior eine Stelle bei den Steinhauern zugewiesen, obwohl er anfangs seine Zweifel hatte, ob der schmächtige Bursche die Arbeit wohl bewältigen könnte. Alle Arbeiten im Steinbruch waren Schwerstarbeit.

Was Melchior anfangs noch an Kraft fehlte, machte er mit Ausdauer und Zähigkeit wieder wett. Und schon nach kurzer Zeit erkannten die Arbeiter und Vorgesetzten ihn und seine Leistung an. So unterschied er sich im wahrsten Sinne des Wortes bald nicht mehr von den andern, denn alle Beschäftigten im Steinbruch waren mit der hellgrauen bis leicht ins Grünliche spielenden Staubschicht des bearbeiteten Sandsteins bedeckt. Die schwere Arbeit mit Hammer und Meißel hatten Melchiors Körper verändert. Aus dem schmächtigen jungen Burschen war ein kräftiger und ansehnlicher Mann geworden.

Nachdem Karl und Gebhard damals nach St. Gallen weitergefahren waren, hatte sich Melchior zunächst ganz verlassen gefühlt. Obwohl sie nur einen Tag zusammen verbracht hatten, vermisste er die große Vertrautheit, die sich schnell zwischen ihnen eingestellt hatte. Bis in den Sommer hinein schlug sich Melchior mit Gelegenheitsarbeiten im Hafen und auf dem Markt durch. Auf keinen Fall wollte er sich seinen Lebensunterhalt durch Betteln verdienen, wie so mancher andere aus Gnade und Barmherzigkeit geduldete Einwanderer. Einen Platz zum Schlafen fand er anfangs im Dachgeschoss eines Turmes, der zum Kloster Mariaberg gehörte und Flüchtlingen wie ihm als Unterkunft bereitstand. Immer öfter durfte er aber auch im Pferdestall des »Goldenen Löwen« nächtigen. In dem angesehenen Gasthaus gab es Arbeit fast rund um die Uhr. Melchior machte sich dort mit allen möglichen Arbeiten nützlich. Schon bald war es seine tägliche Aufgabe, die Gasse und den Hafenplatz sauber zu halten.

Jacob Staiger, der Wirt, ein wohlbeleibter Mann jenseits der fünfzig, schätzte seinen jungen Helfer sehr, denn seine Leibesfülle und eine beginnende Gicht behinderten ihn bei körperlichen Arbeiten immer mehr. Jacob kochte gut und gerne, aber noch lieber verzehrte er die deftigen Speisen und vergaß dabei nie, alles mit einem guten Tropfen Wein aus dem Klosterkeller oder einer Kanne Bier hinunterzuspülen. Er war es auch, der Melchior den Vorschlag machte, sich um Arbeit im Steinbruch zu bewerben. In der freien Zeit und den Wintermonaten könne er ihm weiterhin zur Hand gehen. Um ihm seinen Vorschlag noch zu versüßen, bot er Melchior die kleine Kammer neben dem Pferdestall als Unterkunft an. Eine kräftige Morgensuppe und ein warmes Nachtmahl gäbe es obendrein. Melchior stimmte freudig zu und schon zwei Tage später nahm er die Arbeit im Steinbruch auf.

Melchior war froh, diese Arbeit zu haben, auch wenn sie überhaupt nichts mit Viehzucht zu tun hatte, wie vom Herrn

Zollikofer empfohlen, denn sie war gut bezahlt. Er sparte eisern und hatte schon den einen um den anderen Gulden zur Seite gelegt – sicher verstaut unter einem losen Bodenbrett in seiner Kammer. Trotzdem machte er sich in letzter Zeit immer häufiger Gedanken darüber, wie es weitergehen sollte. Der Krieg in seiner Heimat war immer noch im Gange.

Erst letzte Woche hatten Handelsreisende im »Goldenen Löwen« genächtigt und berichtet, dass in Isny und in Leutkirch die Schweden eingefallen waren. Bauern der umliegenden Dörfer hätten sich vor der drohenden Gefahr noch in die Stadt Leutkirch geflüchtet, was ihnen aber nichts geholfen habe, denn die Schweden hätten sie ihrer letzten Habseligkeiten beraubt. Auch im Rathaus verstecktes Gold- und Silbergeschirr und der katholische Kirchenschatz seien ihnen in die Hände gefallen. Mehrere Männer seien bei dem Überfall erstochen worden und nach vier Tagen sei die Stadt völlig ausgeplündert gewesen.

Bei diesen niederschmetternden Nachrichten wurde es Melchior schwer ums Herz. Die Frage, ob Dietrich mit der Familie auch in die Stadt geflüchtet war, ließ ihn in dieser Nacht keinen Schlaf finden. Lebten sie überhaupt noch?

Mit den Jahren war das Verhältnis zwischen Jacob und Melchior immer familiärer geworden. Auch Jacobs Frau Lucia hatte den jungen Einwanderer bald ins Herz geschlossen. Den Wirtsleuten war keines ihrer Kinder geblieben. Zwei Mädchen waren schon im frühen Kindesalter gestorben, und ihren einzigen Sohn, einen unruhigen Geist mit dem Hang zum Abenteuer, hatte es als Söldner in die Fremde gezogen, wo er seit vielen Jahren verschollen war.

Kaum zwanzigjährig war Jacob von St. Gallen nach Rorschach gekommen, um auf Empfehlung über mehrere Ecken den zum fürstäbtischen Gebäudekomplex gehörenden »Goldenen Löwen« als Lehen zu übernehmen. Zu dem imposanten Gasthaus mit eisernem Ausleger und stirnseitigem Dachreiter gehörten ein Kraut- und Obstgarten, ein kleiner Fischweiher und eine Pfisterei, die allesamt einwandfreie Lebensmittel für die Speisenzubereitung garantierten.

Schnell war ihm klar, dass er eine tüchtige Hausfrau brauchte, um das große Gasthaus standesgemäß umtreiben und die Vorgaben des fürstäbtischen Lehenherrns erfüllen zu können. Die verehrten Gäste sollten nämlich stets durch die Wirtsleute und das Gesinde persönlich willkommen geheißen werden. Und so kam es, dass Jacob schon ein paar Wochen später, auf Vermittlung des Rorschacher Pfarrers, die Tochter des Organisten und Schulmeisters ehelichte. Lucia war zwar ein paar Jahre älter als Jacob, aber durchaus nicht unansehnlich. Sie war brav und tüchtig, jedoch so gut wie ohne Aussteuer, da der Schullohn ihres Vaters eher schlecht als recht die Familie ernährte. Jacob hatte seine Wahl nie bereut – ja mehr noch – eine bessere Frau konnte er sich auch in späteren Jahren nicht vorstellen.

Bald begann der Wirt, Melchior nach und nach in allen Bereichen seines Geschäfts zu unterweisen. Immer wieder feilte er an dessen mehr als bescheidenen Schreib- und Rechenkünsten. Genau genommen konnte Melchior nur seinen Namen schreiben und rechnen nur, indem er die Finger zu Hilfe nahm.

Jede Unterrichtsstunde leitete Jacob mit den Worten ein: »Wenn man erfolgreich sein will, muss man rechnen und schreiben können.«

Melchior lernte leicht und saugte alles auf wie ein Schwamm. Er lernte, wie man bei Speisen und Getränken mittels einer Kalkulation den besten Verkaufspreis errechnete. Er lernte, gute Qualität bei Fleisch und Gemüse zu erkennen, denn Jacob behauptete, nur aus guten Zutaten auch schmackhafte Gerichte kochen zu können. Der vorzügliche Ruf seiner Küche und die täglich gut besuchte Gaststube gaben ihm recht. Auch die Kalkulation der Übernachtungspreise für die fünf blitzsauber gehaltenen Zimmer lernte Melchior zu erstellen. Dass dabei auch vermeintliche Kleinigkeiten wie zum Beispiel Seifenflocken für die Reinigung der Fußböden und der Bettwäsche – denn selbstverständlich lagen auf den Strohsäcken der Betten Leinentücher für die Gäste bereit – mit in die Preise einflossen, erstaunte Melchior zunächst einmal. Er verinnerlichte aber alles gewissenhaft.

Karl und Gebhard kamen immer seltener und nach ein paar Jahren gar nicht mehr. Der Markt in Leutkirch läge inzwischen dermaßen darnieder, wie sie berichteten, dass sich die Fahrten für das St. Gallener Handelshaus kaum mehr rechneten. Einmal hatte Melchior ihnen eine Nachricht an seinen Bruder mitgegeben, mit der Bitte, sie bei Faktor Zollikofer zu deponieren, dem vornehmen Herrn die besten Grüße zu entbieten und ihm freundlichst nahezulegen, Dietrich irgendwie mitzuteilen, dass es ihm gutgehe und er sich in Rorschach im »Goldenen Löwen« aufhalte.

Auf dem Rückweg ließ Gebhard Melchior wissen, alles sei gut verlaufen. Der Herr Zollikofer erfreue sich guter Gesundheit und wolle die Nachricht, wenn irgend möglich, weiterleiten.

Im Laufe der Zeit freundete sich Melchior mit Caspar Stübi an, der ebenfalls als Steinhauer arbeitete. Caspar kam vom Ettenberg, einer verstreuten Ansiedlung, wie sie so typisch ist für Appenzell, jenseits der Berge, die hinter Rorschach steil aufragen. Er war etwa in Melchiors Alter, dunkelhaarig, stämmig, gutaussehend mit offenen Gesichtszügen und von bedächtiger Wesensart. Er erzählte, dass er von einer kleinen Landwirtschaft käme und zudem als Weber gearbeitet hätte. Viele Bauern im Appenzellerland hätten sich einen Webkeller eingerichtet, da mit der Herstellung von Leinwand gutes Geld zu verdienen sei. Verkauft werde die Ware über den St. Gallener Markt. St. Gallen bemühe sich sehr, sein Handelsmonopol aufrechtzuerhalten und die Bestrebungen einzelner Gemeinden im Hinterland, einen selbständigen Textilhandel aufzubauen, zu verhindern, erzählte Caspar. Er wäre gerne auf seinem »Heimet«, was so viel wie Heimat heiße, geblieben, aber ihm sei klar geworden, dass er, wenn er bleiben würde, auf keinen grünen Zweig kommen, geschweige denn einmal heiraten und einen eigenen Hausstand gründen könne.

»Bei uns erbt der jüngste Sohn das Anwesen, und ich bin leider der älteste«, erklärte Caspar mit Bedauern in der Stimme.

»Bei uns ist es gerade umgekehrt«, erwiderte Melchior, »und ich bin der jüngste Sohn.« Dabei schnitt er eine so komische Grimasse, dass beide lachen mussten.

»Ein bisschen Heimweh habe ich immer noch«, gestand Caspar. »Ich war seit dem letzten Winter nicht mehr daheim, dabei ist es nur einen Tagesmarsch von hier entfernt. Weißt du was, in ein paar Wochen, wenn es für die Arbeit im Steinbruch zu kalt ist und ich wieder heimgehe – kommst du einfach mit.«

An einem frostigen klaren Tag Anfang November machten sich Melchior und Caspar auf den Weg. Vorbei an den schönen Villen mit ihren kunstvoll angelegten Gärten entlang der Mariaberger Straße, vorbei am Steinbruch und am Kloster, führte sie der Weg zunächst nach Goldach. Von dort wanderten sie auf der alten Reichsstraße, die das Bodenseegebiet mit dem Rheintal verband, stetig den Rorschacher Berg hinauf. Die Straße war etwa vier Fuß breit und mit großen Steinen gepflastert. Stellenweise war sie vereist, weshalb sie ihre Schritte mit Umsicht setzten.

Nachdem Goldach ein gutes Stück hinter oder besser gesagt unter ihnen lag, schnaufte Melchior: »Du lieber Himmel, ist das steil!«, und strich sich dabei eine Haarsträhne aus der verschwitzten Stirn.

»Ja, steil ist es wirklich«, stimmte ihm Caspar zu. »Aber schau mal zurück, dann wirst du für deine Anstrengung belohnt.«

Und in der Tat, mit jedem Schritt, den sie höher kamen, wurde der Blick beeindruckender. Weit unter ihnen lagen Rorschach und der Bodensee, an dessen gegenüberliegendem Ufer man deutlich Lindau erkennen konnte.

»Das ist ja unglaublich«, entfuhr es Melchior, »ich kann ja sehen, von wo ich vor Jahren hergekommen bin! Wenn ich bedenke, dass auch ich innerhalb eines Tages wieder zu Hause sein könnte, wird mir ganz seltsam zumute.«

»Einmal wird dieser Krieg auch zu Ende sein, und dann kannst du wieder zurück«, versuchte Caspar ihn zu trösten.

»Ja, bloß wann? Und was werde ich dann dort vorfinden? Von meinem Bruder habe ich kein Lebenszeichen erhalten und die Berichte der Reisenden, die im »Goldenen Löwen« absteigen, sind erschreckend. Ganze Landstriche seien schon entvölkert und lägen brach. Niemand sei mehr sicher vor herumstreunenden Soldaten und Räubern. Damals auf der Fahrt hierher habe ich ja schon eine Kostprobe bekommen.«

Melchior erzählte Caspar von dem Überfall bei Gebrazhofen und den damals schon niedergebrannten Dörfern, die er passiert hatte.

»Mir gefällt es ja ganz gut in Rorschach. Besser als bei Jacob und seiner Frau hätte ich es gar nicht treffen können, und die Arbeit im Steinbruch ermöglicht es mir zudem, gutes Geld zur Seite zu legen. Es gibt Zeiten, da denke ich überhaupt nicht an zu Hause, und dann überkommt mich wieder das Heimweh und die Sorge um meine Familie mit solcher Macht, dass ich am liebsten gleich aufbrechen möchte.«

»Jetzt gehst du erst einmal mit in mein Heimet, du wirst sehen, es gefällt dir«, entgegnete Caspar. »So wie hier links und rechts der Straße liegen auch auf dem Ettenberg die Anwesen zerstreut und jedes mit einer freien Sicht. Man ist von seinem Nachbarn gebührlich entfernt und kann ihn im Notfall doch noch herbeirufen. Wir Appenzeller sind halt freiheitsliebende Menschen.« »Bist du eigentlich katholisch oder evangelisch?«, fragte Caspar unvermittelt, während sie weitergingen.

»Katholisch, warum?«

»Wir sind hier nämlich evangelisch. Appenzell wurde im letzten Jahrhundert in Außerrhoden, wozu wir gehören, und in Innerrhoden geteilt. Während Innerrhoden den alten Glauben beibehielt, nahm Außerrhoden den neuen Glauben an.«

»Rhoden ist ein seltsames Wort, was ist denn damit gemeint?«, fragte Melchior neugierig.

»Eigentlich bedeutet es nichts anderes als die außen und innen gelegenen Gemeinden von Appenzell. – Rorschach war übrigens früher auch protestantisch, kehrte aber bald darauf wieder zum alten Glauben zurück«, erklärte Caspar dem Freund.

»Ich halte mich aus Gesprächen über Glaubensdinge tunlichst heraus«, sagte Melchior. »Bei uns zu Hause auf dem Land sind alle katholisch, aber in der Freien Reichsstadt Leutkirch sind die meisten evangelisch, was immer wieder zu Streitereien führt. Ich besuche gerne mit Jacob und seiner Frau sonntags den Gottesdienst – danach fühle ich mich immer besser und hoffnungsvoller als davor. Dieser ganze elende Krieg dreht sich ja angeblich nur um die Glaubensfrage. Ich kann mir aber nicht vorstellen, dass Gott an solchen Grausamkeiten und Verwüstungen gelegen ist.«

»Am besten, du sprichst wirklich nicht über Glaubensdinge, Melchior, dann wird es auch keine Schwierigkeiten geben. Hier oben haben die meisten Leute keine besonders großzügigen Ansichten, was dieses Thema anbetrifft.«

Inzwischen war der höchste Punkt des ersten Anstieges erreicht. Begegneten die Freunde Reisenden und Händlern mit ihren mit Waren beladenen Saumtieren, entbot man sich gegenseitig einen freundlichen Gruß und wünschte ein gutes Fortkommen. Die Straße führte nun in ein Tal hinunter. Auf der Talsohle kreuzten sie den Weg nach Eggersriet und St. Gallen. Sie ließen das Dorf weit rechts liegen und folgten der alten Reichsstraße wieder steil bergauf.

Am Fuße des Berges lagen zwei Weberhöckli nahe beieinander. Winzige Häuser, die so klein waren, weil ihre Bewohner nur dem Broterwerb des Webens nachgingen und, außer vielleicht mit einer Geiß, keine Viehhaltung betrieben.

Die Gegend wurde wilder und schroffer. Obstbäume, wie sie noch an den Hängen über Goldach zu sehen waren, gab es hier kaum mehr. Stattdessen wechselten sich Wiesen mit dunklen, von tiefen Tobeln durchzogenen Wäldern ab. Sie kamen an vereinzelt liegenden, mit Lattenzäunen eingehagten Gehöften vorbei, deren fremdländisches Aussehen Melchior interessiert betrachtete. Die Höfe waren ausnahmslos aus Holz gebaut und mit Schindeln verkleidet. Ein nach außen geschürzter Schindelschirm bildete ein kleines Vordach über den Fenstern und nahm die hochgezogenen Fallläden auf. Vom Boden bis über das Dach hinaus ragten runde hölzerne Stangen, die, wie Caspar erklärte, die Häuser schützen und die Sturmwinde zerteilen sollten, die sich vor allem aus dem warmen Föhn vom Rheintal her entwickelten.

Die gepflasterte Straße führte nun über offenes Gelände schräg am Hang entlang. Der Ettenberg mit sieben verstreut liegenden Höfen war erreicht. Links in der Ferne war St. Gallen zu erkennen und rechts gab der Wald den Blick auf ein Stück des Bodensees frei.

»Da! Da vorne ist es«, rief Caspar und wies aufgeregt mit ausgestrecktem Arm auf ein eingezäuntes, mit einigen Bäumen und Büschen bestandenes Anwesen unweit unterhalb der Straße.

Die Familie nahm den Gast freundlich auf. Caspar hatte schon bei früheren Besuchen viel von Melchior erzählt und so war der junge Deutsche kein wirklich Fremder mehr für sie. Melchior fühlte sich von Anfang an wohl. Wo es ging, machte er sich nützlich. Dass er Garn spinnen und die Tiere im Stall versorgen konnte, erfreute die Familie Stübi besonders.

Caspars Brüder Conrad und Michael und sein noch rüstiger Vater Andreas saßen tagein, tagaus abwechselnd an den beiden Webstühlen im Keller. Der Webkeller lag direkt unter der Stube. Da das Wohngeschoss höher lag als das umgebende Gelände, verfügte der Keller ebenso wie die unteren Räume des Hauses über eine Reihe nebeneinanderliegender Fenster. Während das obere Fensterband mit mehreren kleinen Schiebefensterchen versehen war, ließen sich an den Webkellerfenstern nur zwei schmale Flügelchen öffnen, die wenig frische Luft hereinließen. Es war feucht in dem kühlen Keller.

An manchen Stellen bedeckten grünliche Flechten die Natursteinmauern und in letzter Zeit klagte Vater Andreas zunehmend über Schmerzen in den Gliedern. Katarrh und Rheumatismus waren neben mancherlei anderen Beschwerden die ständigen Begleiter aller Weber.

Den größten Teil des Tages saßen Conrads Frau Hildegard und seine Schwestern Margret und Johanna in der Stube auf der langen Bank unter den Fenstern und spannen und spulten Garn. Der in der Ecke stehende Tisch diente ihnen als Ablage für die Arbeitsutensilien und wurde nur zu den Mahlzeiten freigeräumt. Die beiden Frauen packten auch mit an, wenn die Webstühle neu aufgezettelt werden mussten, sobald ein Leinenstück fertiggestellt war.

Es war behaglich in der rundum holzgetäferten Stube mit dem eingebauten Schrank und dem kuppelförmigen Ofen, an dessen einer Seite ein Ruhebett stand.

Vater Andreas witzelte manchmal: »Wenn ich alt bin, lege ich mich den ganzen Tag ins Bett neben dem Ofen.«

Im Boden verbarg eine Falltür den Zugang zu einer steilen Treppe, die direkt in den Webkeller führte und über die Garnspulen und fertige Leinwand auf kürzestem Weg hin- und hergeschafft werden konnten. Mit ihren fünf und sechs Jahren trugen auch Conrads älteste Kinder die Spulen schon geschickt treppauf und treppab.

Melchior hatte vor, zwei Wochen zu bleiben, was ihm seit dem Augenblick, als er Johanna das erste Mal gesehen hatte, plötzlich sehr kurz vorkam. Sein Herz befand sich täglich immer mehr in einem nie gekannten Aufruhr. Es kostete ihn große Mühe, sie nicht ständig anzusehen.

Johanna war einundzwanzig und die ältere der beiden Schwestern. Die Ähnlichkeit aller Geschwister war so groß, dass sie oft darauf angesprochen wurden. Die gleichen dichten, lockigen dunklen Haare und braunen Augen. Der gleiche offene Gesichtsausdruck. Die gleiche mittelgroße Statur mit dem kräftigen Knochenbau, der bei den Frauen durch weibliche Rundungen ansprechend gut gepolstert war.

Melchior gefiel alles an Johanna, besonders aber ihr heiteres Wesen und die lebhafte Art, die sie von ihren bedächtigen Geschwistern unterschied. Sie war klug. Und wissbegierig, wie sie war, hatte sie schon als ganz junges Mädchen durchgesetzt, die Winterschule im nicht weit entfernten Kaien besuchen zu dürfen.

Melchior war überrascht, mit wie vielen Dingen sie sich auskannte. Aus Kuh- und Ziegenmilch stellte sie einen weichen, sehr schmackhaften aromatischen Käse her. Nach dem Tod der Mutter hatte sie diese Aufgabe ebenso übernommen wie das Sammeln und Verarbeiten der Heilpflanzen. Auf dem luftigen Dachboden über den beiden Schlafkammern hingen, neben auf Schnüren aufgefädeltem Dörrobst, in großer Zahl Leinensäckchen, gefüllt mit den verschiedensten getrockneten Kräutern, und verströmten einen betörenden Duft.

Johanna bemerkte die Aufmerksamkeit, mit der Melchior sie bedachte, sehr wohl. Auch sie betrachtete ihn, wie sie hoffte, unauffällig, und konnte sich nicht satt sehen an dem von einem Schopf hellbrauner, knapp kinnlanger Haare umrahmten fein geschnittenen Gesicht mit unglaublich grünen Augen.

Am Sonntag machten sich alle schon früh für den Kirchgang bereit. Nur Hildegard blieb mit den Kindern zu Hause. Vorbei an Rehetobel führte sie der weite Weg bergauf und bergab nach Trogen. Immer mehr Menschen schlossen sich unterwegs den Kirchgängern an. Auf diese Weise kam eine stattliche Prozession zusammen. Man tauschte die neuesten Nachrichten aus und versüßte sich so kurzweilig den langen Marsch. Wenigstens einer aus jeder Familie, so wollten es Kirche und Obrigkeit, hatte den Gottesdienst regelmäßig am Sonntag zu besuchen, um in der schmucklosen Kirche das Wort Gottes zu vernehmen, dessen Verkündigung stets von den strengen Ermahnungen des Pfarrers, Sitte, Zucht und Anstand zu wahren, begleitet wurde.

Für Melchior und Johanna bot sich die Gelegenheit nebeneinanderzugehen, ohne besondere Aufmerksamkeit zu erregen. Als hätten sie beide nur auf diese Gelegenheit gewartet, unterhielten sie sich auf das Angeregteste. Manchmal, wie zufällig, streiften sich ihre Hände und die leichten Berührungen riefen bei beiden wohlige Schauer im ganzen Körper hervor.

Johanna sprach über die beengten Wohnverhältnisse zu Hause. Sie und Margret hatten keine eigene Kammer. Ihre Betten standen auf dem breiten Gang vor den Schlafkammern, von denen eine von Conrad und Hildegard mit dem erst wenige Monate alten jüngsten Kind belegt war und die andere von deren drei älteren Kindern. Der Vater hatte sein eigenes Zimmer neben der kleinen Küche. Zwar sei da noch die große Kammer neben der Stube, die er zurzeit mit Michael teile, die würde jedoch auch als Arbeits- und Lagerraum und zur Aufbewahrung der guten Kleider dienen, wie er ja selbst gesehen habe.

Da wäre es wohl nicht das Schlechteste, wenn sie und Margret bald heiraten würden, warf Melchior nicht ohne einen Hintergedanken ein, und eine leichte Röte überzog dabei seine Wangen.

»Ja, das würde ich recht gerne, wenn mich der Richtige fragt«, antwortete Johanna mit einem verschämten Seitenblick auf Melchior, und ihre Wangen färbten sich dabei ebenfalls rot.

Melchior, 1647

Die Hochzeit war schlicht und fand zwei Monate später in der Pfarrkirche St. Kolumban in Rorschach statt. Caspar und Jacob waren die Trauzeugen. Johanna war, zum Kummer ihres Vaters, zum katholischen Glauben übergetreten, die Voraussetzung für eine Ehe mit Melchior. Andreas war allerdings nicht aus Missmut der Trauung ferngeblieben, sondern weil er in diesem Winter kränkelte und der Weg für ihn zu beschwerlich gewesen wäre.

Melchior hatte seine Braut auf dem Ettenberg abgeholt. Das Brautpaar verabschiedete sich von Johannas Familie und machte sich zusammen mit Caspar, der für ein paar Tage in seinem bescheidenen Quartier bei der Witwe Bullinger unterkommen würde, nach Rorschach auf. Jacob und seine Frau hielten ein Zimmer im Goldenen Löwen für das Paar bereit, in dem sie bis auf weiteres wohnen sollten. Der Tag war klirrend kalt, und die Sonne ließ den Schnee links und rechts der alten Reichsstraße blitzen und blinken. Das überglückliche junge Paar spürte nicht die Last von Johannas Habe, die sie sich auf den Rücken geladen hatten. Sie hielten sich verliebt an den Händen und nahmen den Weg leichten Schrittes.

Melchior ging so unerfahren in die Ehe wie Johanna. Er sah seinen Aufenthalt in der Schweiz immer als vorübergehend an und wollte sich, bevor er Johanna begegnete, in dieser Ungewissheit nicht binden. Auf den verlockenden Beischlaf mit einer der willigen Mägde, die mit ihrer Herrschaft gelegentlich im »Goldenen Löwen« abstiegen, hatte er stets verzichtet, da er sich keine Krankheiten oder gar die Lustseuche einzuhandeln gedachte.

Die Wirtsleute hießen Melchior und Johanna herzlich willkommen. Sie konnten es kaum erwarten, Johanna nach einem kleinen Willkommenstrunk in dem weitläufigen Gasthaus herumzuführen, um sie sogleich mit den Örtlichkeiten vertraut zu machen. Melchior schloss sich dem Rundgang an, bis die stolzen Gastgeber endlich eine Tür im zweiten Stock aufschlossen und Johanna sanft in ein geräumiges, behaglich eingerichtetes Zimmer schoben. Die junge Frau war entzückt. Vor dem Fenster, mit dem Blick auf den Marktplatz und den Hafen, stand ein Tisch mit zwei Stühlen. Eine Wandnische nahm die Hälfte des breiten Bettes auf und die gegenüberliegende Wand zierte ein doppeltüriger Schrank aus gelblichem Kirschbaumholz. Das Schmuckstück aber war ein hoher, schlanker, viereckiger Ofen mit weißen Kacheln, der eine wohlige Wärme verströmte. Melchior musste sich die Nacht vor der Hochzeit noch mit seiner Kammer begnügen, bevor auch er in die schöne neue Wohnung einziehen durfte.

Nach der Trauung am nächsten Nachmittag spendierte Jacob ein ausgiebiges frühes Nachtmahl. Zur Feier des Tages tischte er eine Kanne Bier, einen saftigen gemischten Braten, der wie alles Fleisch vom Gotteshausmetzger stammte, in einer herzhaften dunklen Soße auf. Dazu gab es dicke Bohnen, kräftiges dunkles Brot und zum Nachtisch eine gesüßte Quarkspeise. Bald nach dem Essen zogen sich die beiden Jungvermählten in ihr neues Heim zurück.

Beide zogen sich schweigend bis auf das Hemd aus, um dann schnell wie der Blitz unter die Bettdecke zu schlüpfen. Verunsichert sahen sie sich an, brachen dann in prustendes Gelächter aus und fielen sich in die Arme. Ohne Scheu gingen ihre Hände auf Entdeckungsreise und liebkosten mit unendlicher Zärtlichkeit behutsam den Körper des anderen, ehe sie, wie von selbst, in einer stürmischen Umarmung eins wurden.

Der Winter 1646/47 war lang. Mit Ausdauer belagerten die Schweden seit Monaten die Reichsstadt Lindau, deren Bewohner mit entschlossener Zähigkeit der Belagerung widerstanden. Fast täglich schallten Schüsse und Kanonendonner über den See ans Schweizer Ufer herüber und an klaren Tagen konnte man von Rorschach aus die schwedischen Schiffe vor der Stadt kreuzen sehen.

Nachdem der Schnee endlich gewichen war und die Vögel den Frühling unermüdlich herbeigesungen hatten, nahmen Melchior und Caspar im späten Frühjahr die Arbeit im Steinbruch wieder auf.

»Ich wäre froh, wenn ich die Steinhauerei bald gegen Bauernarbeit eintauschen könnte«, sagte Melchior eines Tages zu seinem Freund und Schwager.

»Ja, mir fällt die Arbeit nach den Monaten zu Hause auch schwer«, entgegnete Caspar. »Du hast ja noch immer die Rückkehr nach dem Krieg vor Augen, aber ich – mir bleibt nur der Steinbruch. Und dass der ewige Staub mit der Zeit zu Atembeklemmungen und ins frühe Grab führen kann, wissen wir beide«, fuhr er bedrückt fort.

»Stell dir vor, Caspar, gestern hat mich über einen Fuhrmann des Herrn Zollikofer eine Nachricht von meinem Bruder erreicht. Dietrich und die ganze Familie seien am Leben. Sie bestellten die Felder, so gut es gehe. In der ganzen Gegend seien viele Höfe ausgestorben und manche Bauern versuchten wohl zwei oder gar drei Höfe gleichzeitig zu bewirtschaften. Dietrich selbst habe genug mit seinem eigenen Hof zu tun, der in den letzten Jahren ganz heruntergekommen sei und Arbeit von morgens bis abends biete. Wenn ich also wieder heimkommen wolle, gäbe es genügend verwaiste Lehenhöfe, ich bräuchte mir nur einen auszusuchen.«

»Das sind ja gute Nachrichten, da kannst du jetzt endlich einmal beruhigt sein!«, rief Caspar Melchior mit einem breiten Lächeln zu, während er mit einem kräftigen Hieb einen Stein in zwei Hälften spaltete. »Viele sagen ja, der Krieg gehe dem Ende zu«, fuhr er fort, »und vielleicht führen die langwierigen Friedensverhandlungen ja endlich zu einem Ergebnis. Es ist auf jeden Fall ein gutes Zeichen, dass die erfolglose Belagerung von Lindau die Schweden in ihre Grenzen verwiesen hat. Das war schon beachtlich, wie die Lindauer unter Führung des Kommandanten der Kaiserlichen ganze Teile der Belagerungsmaschinerie zerstörten und damit den Angreifern einen gehörigen Strich durch die Rechnung machten.«

Johanna hatte sich gut eingelebt. Ihr gefiel das neue Leben in dem schön gelegenen Ort zwischen dem See und den Wiesen, Äckern, Obst- und Weingärten, die sich den Rorschacher Berg hinauf bis zum Kloster und dem oberhalb gelegenen mittelalterlichen Sankt-Anna-Schloss, dem Burgstall der ehemaligen Herren von Rorschach, zogen. Es war so ganz anders als zu Hause auf dem rauen Ettenberg. Mit Hingabe pflegte die junge Frau täglich ihr kleines Heim und packte tüchtig in der Gastwirtschaft mit an.

Jeden Donnerstag war auf dem Hafenplatz Markt. Johanna freute sich jede Woche aufs Neue darauf, wenn sie sich frühmorgens mit Jacob unter das zahlreich von auswärts herbeiströmende Volk mischte. Prüfend nahmen die beiden dann die bunten Auslagen der Händler und Krämer in Augenschein, bevor sie ihre Einkäufe tätigten. An den Markttagen blühte das Geschäft auch im »Goldenen Löwen« besonders und so eilten Jacob und Johanna, nachdem sie ihre Besorgungen erledigt hatten, nach Hause, um in den überfüllten Gasträumen für das leibliche Wohl der Gäste zu sorgen.

Links und rechts hinter dem durch die beiden Tore verschließbaren äbtischen Markt- und Hafenplatz, zu dem auch der »Goldene Löwe« gehörte, erstreckten sich der untere und der obere Flecken. Der östlich gelegene obere Flecken hatte es Johanna besonders angetan. Gerne betrat sie, sobald es ihre Zeit erlaubte, durch das obere Tor die Hauptstraße, die hier mit dem »Haus zum Truck«, wie das Gebäude der Leinwandpresse in der Bevölkerung kurz genannt wurde, ihren Abschluss fand. Sie spazierte an den beiden steinernen Brunnen vorbei, die mit Abstand voneinander die Straßenmitte zierten, und bestaunte die stattlichen Bürgerhäuser – an denen gemalte oder in Stein gemeißelte Wappenschilder vom Erfolg und der Bedeutung ihrer noblen Bewohner zeugten. Das Ziel ihres Ausfluges bildete jedes Mal der Besuch der auf einer kleinen Anhöhe gelegenen Pfarrkirche. Seit Johanna zum katholischen Glauben konvertiert war, fühlte sie sich von dem im Vergleich zur evangelischen Kirche in Trogen reich ausgestatteten Gotteshaus im höchsten Maße angezogen. Ehrfürchtig bestaunte sie jedes Mal die farbig gefassten Statuen des heiligen Jakobus und des heiligen Sebastian in den nördlichen und südlichen Seitenkapellen der Kirche.

Im eher ländlichen unteren Flecken gefiel Johanna besonders die Jakobskapelle. Das alte Gebäude stand nicht weit hinter dem westlichen Tor und hatte früher, als die großen Pilgerströme ins Heilige Land auch durch Rorschach zogen, als Erbauungsort und Raststätte für müde Pilger gedient.

Die Zeit verging für Johanna wie im Fluge mit den alltäglichen Aufgaben. Die gemeinsamen Stunden mit Melchior, wenn er am Abend staubbedeckt und müde von der Arbeit kam, waren für sie jedoch der Höhepunkt eines jeden Tages.

Nach wie vor begegneten sie sich mit großer Liebe und Zärtlichkeit, und das sollte auch so bleiben bis ans Ende ihres gemeinsamen Lebens.

Tatkräftig, wie Johanna war, unterbreitete sie eines Tages den Wirtsleuten den Vorschlag, in einem Raum hinter der Küche, der über einen eigenen Zugang zum Hof verfügte, eine kleine Badestube einzurichten. In erster Linie hatte sie damit zwar Melchiors Wohl und Reinlichkeit im Auge, konnte Jacob aber leicht dafür begeistern, da der einem neuen Angebot für seine Gäste und der damit verbundenen neuen Einnahmequelle durchaus nicht abgeneigt war. Warme Bäder zur Reinigung nach einer langen Reise würden seine Gäste bestimmt zu schätzen wissen. Zwei Kreuzer, überschlug er kurz im Kopf, könnte man pro Bad verlangen, da hätten sich die Ausgaben für die Ausstattung des Raumes bald gerechnet.

Also beauftragte Jacob Handwerker, die den Raum entsprechend herrichteten. Ein gemauerter Ofen mit eingebautem Kupferkessel nebst Auslass sorgte für heißes Wasser. Die eine Hälfte des Bodens ließ Jacob mit Steinfliesen belegen, als Unterlage für einen großen Badezuber, die andere Hälfte mit fußwarmen Brettern, auf denen noch eine lange, hölzerne Sitzbank Platz fand. Durch die ringsum mit Holz getäfelten Wände drang keine Kälte durch das Mauerwerk und die Gäste konnten künftig in angenehmer Wärme ihr Bad genießen. Allerlei Kübel, Häfen und Schöpfkellen für Fußbäder und zum Mischen von heißem und kaltem Wasser wurden bereitgestellt. Zum guten Schluss stellte Johanna einen Krug mit Seifenlauge auf die Bank und legte einen Stapel weicher Tücher zum Abtrocknen daneben.

Bald hatte sich die Neuerung im »Goldenen Löwen« unter den Reisenden herumgesprochen und auch diejenigen, die einem Bade anfangs skeptisch gegenüberstanden, änderten ihre Meinung, nachdem sie es aus Neugierde doch einmal ausprobiert hatten. Auch Melchior gewöhnte sich schnell an den neuen Luxus. Das war schon etwas anderes, als sich wie bisher am Brunnen im Hof mit kaltem Wasser zu waschen. Johanna übernahm, sehr zur Freude der Wirtsleute, das tägliche Anfeuern des Ofens. Die Badestube hielt sie peinlich sauber.

Bald nach der Hochzeit hatte Johanna festgestellt, dass sie in Umständen war. So unkompliziert wie Johanna selbst war auch ihre Schwangerschaft. Nur der schwerer werdende Leib behinderte sie bei der Arbeit immer mehr. Melchior war stolz darauf, bald eine richtige Familie zu haben, und Jacob und Lucia betrachteten sich bereits als künftige Großeltern.

Anfang Oktober erwachte Johanna nachts mit Wehen und bat Melchior, die Hebamme zu holen. Schon zwei Stunden später konnte die erfahrene Frau Johanna ihren lauthals schreienden Sohn in die Arme legen.

»Was hältst du davon, wenn wir ihn Jacob taufen?«, fragte Johanna erschöpft, aber glücklich lächelnd ihren Mann.

»Ja, daran habe ich auch schon gedacht«, pflichtete ihr Melchior bei und strich vorsichtig über die rosige Wange seines Sohnes.

Melchior, 1649

Der kleine Jacob machte gerade seine ersten unbeholfenen Gehversuche, als im Oktober des Jahres 1648 der Westfälische Friede das lang ersehnte Ende des Krieges besiegelte. Die Konfessionen wurden für gleichberechtigt erklärt – Hoffnung und Grundstein für religiöse Toleranz und Religionsfreiheit. Deutschland indessen war verarmt und verwüstet.

Nun war Melchior nicht mehr zu halten, und obwohl ihn Wehmut erfasste bei der Vorstellung, seine zweite Heimat und vor allem Jacob und Lucia verlassen zu müssen, traf er den ganzen Winter über unermüdlich Vorbereitungen für die Rückkehr ins Allgäu. Johanna war vor vier Wochen mit ihrem zweiten Söhnchen Georg niedergekommen.

Nach vielen Überlegungen und langen Gesprächen mit Melchior entschloss sich Caspar, Schwester und Schwager zu begleiten und das Glück nun seinerseits in der Auswanderung zu suchen. Noch vor Weihnachten machte er sich auf den verschneiten Weg in seine Heimatgemeinde, um sich beim Pfarrer den Taufschein abzuholen und beim Landvogt den zehnten Teil seines hart ersparten Vermögens, den Abzug, zu entrichten. Dafür erhielt er den Nachweis der ehelichen Geburt und eines guten Leumunds, was ihm auch, so hoffte er, die Niederlassung in der neuen Heimat, als die er der Einfachheit halber die überwiegend evangelische Reichsstadt Leutkirch angab, erleichtern würde.

Die Schweizer Obrigkeit sah die zunehmenden Auswanderungen nicht gerne, aber sie war darauf bedacht, dass in der Ferne für die Abziehenden der Gottesdienstbesuch der jeweiligen Konfession und somit ein gottesfürchtiges Leben gewährleistet war. An ein Auswanderungsverbot war jedoch nicht zu denken – die Bevölkerung nahm seit Jahren ständig zu und seit Kriegsende ging es mit der Wirtschaft stetig bergab. Der Profit, den vor allem die Städte durch die Belieferung der Kriegsparteien mit Lebensmitteln und allen möglichen anderen Gütern gemacht hatten, fiel nun weg – dafür wurde die Landbevölkerung mehr und mehr mit neuen Steuern belegt und in die wirtschaftliche Not getrieben.

Caspar war angesichts dieser Umbruchsituation überzeugt, das Richtige zu tun, und wedelte nach seiner Rückkehr freudestrahlend mit seinen Papieren vor Melchiors und Johannas Nasen herum.

Anfang April stand Melchior mit einer langen Liste in seiner alten Kammer hinter dem Pferdestall, die ihm bis zur Abreise als Lager diente. Er hakte jeden Posten ab, sowie Caspar ihn in Reih und Glied an der Wand entlang abstellte: Je einen Sack Weizen, Roggen, Dinkel, Gerste und Hafer. Drei Sack Roggen-, Hafer- und Weizenmehl. Mehrere Säckchen Bohnenkerne, Erbsen, Trockenfrüchte, Gemüsesämereien, ein Fässchen Sauerkraut und fünf dunkel glänzende Brotlaibe. Mehrere große, leere und zwei prall mit Laub gefüllte Säcke, die auf dem Fuhrwerk für Johanna und die Kinder als bequeme Unterlage dienen sollten. Eine Truhe mit Kleidern und Schuhen, zwei Ballen Leinwand, Bettzeug, einen Korb Hausrat, Feld- und Gartengerät, einige Flaschen und Tiegel mit Tinkturen und Heilsalben. Johanna zeigte sich hierbei einsichtig genug, nur das absolut Notwendige mitzunehmen. Allerdings bestand sie nachdrücklich darauf, einen Stoß Schreibpapier mitsamt einem Ledersäckchen getrockneter Tinte aus Schlehendorn und einen Gänsekiel einzupacken.

»Vielleicht können wir Jacob und Lucia bald einen Brief zukommen lassen, damit sie wissen, wie es uns ergeht. Oder wenn wir unsere Einnahmen und Ausgaben aufschreiben wollen oder einen amtlichen Brief schreiben müssen.«

»Ja, ja, es ist ja schon gut. Du hast mich überzeugt«, gab sich Melchior lachend geschlagen.

Im Stall standen seit gestern ein kräftiges rotbraunes Pferd mit einem weißen Stirnfleck, zwei ebenso kräftige braune Ochsen, deren geschwungene Hörner von schwarzen Spitzen geziert wurden, und zwei weiße, kurzhaarige Milchziegen. In einem extra abgetrennten Verschlag stolzierte ein Hahn um fünf scharrende Hühner herum.

Am nächsten Morgen beluden die Männer zwei stabile Wagen mit der wertvollen Fracht – der Grundlage für den Neubeginn, in den sie einen großen Teil ihrer Ersparnisse investiert hatten. Das Geflügel flatterte aufgeregt gackernd mit den Flügeln, als es, in einer Lattenkiste verstaut, verladen wurde. Jacobs Abschiedsgeschenk waren zwei berittene und bewaffnete Männer, die er gegen gutes Geld damit beauftragte, den Tross sicher bis zu Dietrichs Hof in Haselburg zu geleiten. Soldaten ohne Sold und Brot, Diebsgesindel und alle möglichen bedauernswerten Jammergestalten, die der Krieg ausgespien hatte, machten trotz der angebrochenen Friedenszeit Deutschland noch immer unsicher.

Melchior war gerührt von Jacobs Besorgnis. Ein Vater hätte nicht besser für ihn sorgen können. Seit klar war, dass sich Melchior nicht mehr in Rorschach halten ließ, hatte Lucia, nach Absprache mit ihrem Mann, vor ein paar Wochen vorgeschlagen, wenigstens die beiden Kinder bei ihnen zu lassen.

»Ihr geht in eine so ungewisse Zukunft, die beiden Buebli hätten bei uns ein gutes Aufwachsen. Für den kleinen Georg würden wir eine gute Amme finden und ihr könntet euch indessen eine Existenz aufbauen.« Lucia versuchte, mit den Tränen kämpfend, die jungen Eltern für ihren Vorschlag zu gewinnen.

Melchior und Johanna sahen sich bestürzt an.

»Liebe gute Lucia, wenn ich meine Kinder überhaupt jemandem überlassen würde, dann wärt Ihr es«, antwortete Johanna nach einer Weile mit einem dicken Kloß im Hals und Tränen in den Augen, »aber ich würde es nicht über mein Herz bringen, und ich glaube, Melchior auch nicht – oder?«

Sie blickte Melchior an, der ganz blass geworden war und nun das Wort ergriff: »Die Kinder sind doch wie ein gutes Zeichen für unsere Zukunft, beide sind gesund und munter und schon in ein paar Jahren werden sie uns tatkräftig zur Seite stehen können. Glaubt mir, es fällt mir unendlich schwer, Euch nach all den Jahren zu verlassen, niemals hätte ich es mir träumen lassen, in der Fremde ein solches Zuhause zu finden, dennoch – die Kinder – wir können sie nicht zurücklassen.«

Melchior war nun ebenfalls den Tränen nahe, vor allem, als er sah, wie Lucia mit hängenden Schultern und einem unendlich traurigen Gesicht vor ihm stand. Er nahm sie beherzt in die Arme, und nichts, aber auch gar nichts fiel ihm ein, was er zu ihrem Trost hätte sagen können.

Nachdem endlich alles verladen und festgezurrt war, legten die beiden Fuhrwerke den kurzen Weg über den Hafenplatz zurück. Die zwei vorbestellten Lädinen lagen schon vor Anker, bereit, die umfangreiche Fracht aufzunehmen und über den See zu transportieren. Der Himmel war an diesem kühlen Morgen bedeckt, aber ein guter Wind aus Südwest versprach eine unkomplizierte Überfahrt.

Der Abschied ließ sich nicht mehr länger hinausschieben. Allen Beteiligten fiel es schwer, womöglich für immer voneinander zu scheiden.

Als die Schiffe in Lindau anlegten, brach die Sonne durch eine Wolkenlücke und tauchte den Hafen in helles Licht. Das Schweizer Ufer lag im Dunst – von Rorschach war nichts mehr zu sehen –, gerade so, als ob der Himmel sie zwingen wollte, nach vorne zu schauen und nicht zurück.

Es dauerte eine Weile, bis die beiden Lastensegler entladen waren und Mensch und Tier sich aufmachen konnten, die Stadt zu durchqueren. Dass Lindau unter der, wenn auch erfolglosen, Belagerung schwer gelitten hatte, war unübersehbar. An vielen Häusern zeigten sich Beschädigungen und im Pflaster der Straßen klafften unzählige Löcher. Melchior und Caspar hatten alle Hände voll zu tun, die Fuhrwerke umsichtig und heil aus der Stadt zu bringen, damit die Reise nicht gleich mit einem Achsenbruch begann.

Der kleine Jacob war von den vielen neuen Eindrücken ganz aufgekratzt und brabbelte unablässig vor sich hin, seine Ärmchen fuchtelten dabei wild in der Luft herum und immer wieder versuchte er im Wagen aufzustehen. Johanna hatte ihre liebe Mühe, ihn auf seinem gut gepolsterten Laubsack zu halten. Der sechs Monate alte Georg indes lag friedlich schlafend und warm eingewickelt in Johannas Armen.

Caspars Ochsengespann kam nur langsam voran und gab das Tempo für die anderen vor. Gute fünf Wegstunden lagen bis zur freien Reichsstadt Wangen vor ihnen, wo sie auf eine sichere Übernachtung hofften. Gleich zu Beginn der Reise hatten sie sich darauf geeinigt, dass ein Mann der Eskorte vorausritt, um die Gegebenheiten auszuforschen, und der andere den schützenden Schluss bildete.

Die Straße war belebt an diesem Morgen. Reisende zu Fuß, mit geschulterten Bündeln, manche flott ausschreitend, andere langsam und schon müde von einem langen Weg, strebten Lindau und dem See zu. Pferdefuhrwerke und Ochsenkarren, ja sogar eine Kutsche mit einem Wappen an der Seitentür begegneten ihnen. Johanna nahm bei einem neugierigen Blick in das vornehme Gefährt zwei sich lebhaft unterhaltende Herren wahr.

An einem mit Bäumen bestandenen Bachlauf, etwas abseits der Straße vor Roggenzell, legten sie eine Rast ein. Alle drei Zugtiere wurden ausgespannt und zusammen mit den Ziegen und den beiden Reitpferden ausgiebig am Bach getränkt, bevor sie, sicher mit Stricken an den Bäumen angebunden, genüsslich das schon eine Handbreit hohe saftige, junge Gras fraßen. Jacob war endlich eingeschlafen und lag eingerollt auf seinem Lager. Auch Georg war, nachdem Johanna ihn gestillt hatte, wieder eingeschlummert. Nach einer kleinen Stärkung mit Brot und Käse streckten sich die Männer im sonnenbeschienenen Gras aus, während Johanna sich am Bach entlang ein wenig die Beine vertrat und nach einem geeigneten Plätzchen Ausschau hielt, wo sie ihre Notdurft verrichten konnte. Nachdem sie sich erleichtert hatte und nun ihre Röcke wieder glattstrich, vernahm sie ein leises Winseln. Erschrocken blickte sie sich um, konnte aber außer den nicht weit entfernt friedlich daliegenden Männern niemanden sehen. Das Winseln wiederholte sich und schien ganz aus der Nähe zu kommen. Nach kurzer Überlegung fasste sie sich ein Herz und folgte dem Geräusch. Sie musste nicht lange suchen. Hinter Busch- und Strauchwerk erkannte sie einen mittelgroßen schwarz-weiß gefleckten Hund. Vorsichtig und beruhigende Worte murmelnd, näherte sie sich dem Tier. Doch welcher Schreck erfasste sie, als sie sah, dass der Kopf des Tieres auf der Brust eines leblos auf dem Rücken liegenden Mannes lag. Johanna stieß einen spitzen Schrei aus, drehte sich auf dem Absatz um und rannte davon.

Als Melchior und Caspar die Leiche betrachteten, waren sie zunächst ratlos. Ameisen und kleine Fliegen hatten sich bereits des Körpers bemächtigt, der schon seit einigen Tagen hier liegen mochte. Der Mann war hager und nicht mehr jung. Seine Kleidung war bis zur Fadenscheinigkeit abgenutzt. Soweit zu erkennen war, wies er keine äußeren Verletzungen auf. Da er keine Schuhe mehr an den Füßen trug und auch nirgends ein Gepäckstück zu sehen war, lag die Vermutung nahe, dass er Opfer eines Überfalles geworden war.

»Vielleicht hat ihn beim Anblick des Räubers vor Schreck der Schlag getroffen«, mutmaßte Caspar.

»Wir werden es wohl nicht mehr herausfinden, wichtig ist jetzt, was wir mit ihm machen«, drängte Melchior, der an die planmäßige Fortsetzung der Reise dachte.

Nachdem sie keinerlei Papiere bei ihm gefunden hatten, beschlossen sie, ihn ohne großes Aufheben an Ort und Stelle zu begraben. Mit einem Stück Brot konnten sie den mageren, treu wachenden Hund dazu bewegen, seinen Herrn freizugeben und Melchior zum Rastplatz zu folgen. Dort sprang das Tier sofort in den Bach und soff so gierig, dass Johanna schon dachte, es würde bald platzen.

Nach einiger Überlegung kamen sie überein, den schaurigen Fund nicht zu melden, um das Weiterkommen nicht zu verzögern. Lebendig wurde der arme Mensch so oder so nicht mehr. Der Hund entschied sich, ihnen zu folgen und trabte mit hängenden Ohren hinter den beiden an Caspars Wagen angebundenen Ziegen her.

Sie passierten das vom Krieg unversehrt gebliebene Dorf Roggenzell und erreichten bald darauf Neuravensburg. Auf einem Hügel liegend dominierte das prächtige Schloss, das den Verwaltungssitz des Klosters St. Gallen beherbergte, den Ort. Auch Neuravensburg war dank der Protektion des Fürstabtes, der sowohl den Schweden als auch den Kaiserlichen während des Krieges beträchtliche Geldsummen zugeschoben hatte, von Zerstörungen verschont geblieben.

Vor der Zollstation kamen die Fuhrwerke auf der abschüssigen Straße mit kreischenden Rädern zum Stehen. Das Territorium der Freien Reichsstadt Lindau lag nun hinter ihnen und vorderösterreichisches Gebiet vor ihnen. Der Zolleinnehmer trat aus seiner Zollstation heraus und sein Blick umfasste sogleich taxierend Fuhrwerke, Tiere, Ladung und Begleiter.

»Ja, da kommt ein hübsches Sümmchen zusammen«, sagte er und wandte sich selbstgefällig an Melchior, den er wohl aufgrund seines edleren Zugtieres für den Mann mit der Geldtasche hielt.

»Wir sind keine Kaufleute«, entgegnete Melchior höflich. »Wir sind auf dem Weg zu meinem Bruder und haben lediglich Waren für den eigenen Gebrauch dabei, nichts, mit dem wir Geschäfte machen wollen.«

Unbeeindruckt von Melchiors Worten umkreiste der Zolleinnehmer beide Wagen und nahm die Ladung genau in Augenschein. Als der kleine Jacob den bärtigen, streng blickenden Mann gewahrte, fing er lautstark an zu weinen. Sein Bruder Georg stimmte, aus dem Schlaf aufgeschreckt, aus vollem Halse mit ein. Und wie auf Verabredung gackerten die Hühner, meckerten die Ziegen, schnaubten die Pferde und sogar die gutmütigen Ochsen ließen ein langgezogenes »Muuhh« hören. Lediglich der Hund stand still mit gespitzten Ohren da.

»Ja sapperlot, man versteht ja sein eigenes Wort nicht mehr«, polterte der Zöllner ungehalten, sich insgeheim nach seinem Stuhl in der Zollstation sehnend. »80 Kreuzer für alles«, sagte er kurz angebunden mit erhobener Stimme.

Um die Prozedur abzukürzen, zahlte Melchior mit zusammengebissenen Zähnen. »Wahrscheinlich«, so dachte er, »steckt er sich einen Teil davon in die eigene Tasche. Aber was soll's. Wir haben ja Zölle und Wegegelder reichlich einkalkuliert.«

Am späten Nachmittag erreichten sie, müde und mit Staub bedeckt, Wangen. Das Gasthaus zum »Schaf«, das sie sogleich ansteuerten, fanden sie geschlossen – die unteren Fenster waren sogar mit Brettern vernagelt.

»Hat der Wirt sein Vorhaben auszuwandern also doch wahrgemacht«, sagte Melchior mehr zu sich selbst als zu den anderen.

Nach kurzer Überlegung entschieden sie sich dafür, im nahen »Schwarzen Adler« in der Marktstraße Quartier zu nehmen. Das große Gasthaus verfügte über ausreichend Ställe und hinter dem Haus über einen geräumigen Hof mit einem Brunnen. Geflissentlich sprang der Knecht herbei, um Wagen und Vieh unterzubringen.

Johanna dehnte und streckte sich erst einmal ausgiebig, nachdem sie vom Wagen gehüpft war, strich ihre Röcke glatt und steckte ein paar vorwitzige lose Haarsträhnen wieder unter ihr Häubchen. Dann hob sie den quengelnden Jacob und seinen kleinen Bruder vom Wagen.

In der Gaststube herrschte lebhafter Betrieb, mehr oder weniger vornehm gekleidete Reisende saßen bereits bei Tisch und nahmen ihr Abendessen ein. In einer Ecke hatte sich dem Anschein nach eine Handvoll einheimischer Handwerker zu einem gemütlichen Dämmerschoppen niedergelassen. Der Wirt führte seine neuen Gäste zu einem langen Tisch an der Längsseite der Wirtsstube, an dem sie alle bequem Platz fanden. Bald stand ein großer Topf voll dampfender, dicker Erbsensuppe, abgeschmälzt mit knusprig gerösteten Speckwürfeln, und ein aufgeschnittener Laib Brot auf dem Tisch. Eine Kanne Bier und ein Krug Wasser rundeten die Mahlzeit ab.

Kaum hatte der kleine Jacob seine extra für ihn gerichtete kleine Schüssel leergegessen, fielen ihm, an Johanna gelehnt, auch schon die Augen zu.

»Ich gehe mit den Kindern am besten gleich ins Bett, damit sie morgen ausgeruht sind«, wandte sich Johanna an ihren Mann.

Nachdem Melchior seine Familie in die ihnen zugedachte Kammer im zweiten Stock begleitet hatte, gesellte er sich wieder zu den Männern in der Wirtsstube. Eine zweite Kanne Bier machte die Runde und bald entspann sich über die Tische hinweg eine lebhafte Unterhaltung.

»Wisst ihr eigentlich, dass sich in diesem Haus vor fast fünfundsechzig Jahren eine ganz schreckliche Geschichte ereignet hat?«, meldete sich ein Mann der Dämmerschoppenrunde zu

Wort und schaute Aufmerksamkeit heischend in die Runde. Ohne wirklich auf eine Antwort zu warten, fuhr er lautstark fort: »Damals war der Blasi Endris Wirt vom ›Schwarzen Adler‹ und damit nicht genug, er war auch noch der Bürgermeister unserer schönen Stadt Wangen. Eines Abends also kam er sehr bekümmert nach Hause und erzählte seiner Frau von einer leidigen Geldangelegenheit, wegen der er eine stattliche Forderung nicht mehr eintreiben konnte. Seine Frau hörte ihm aufmerksam zu und fragte dieses und jenes nach – und wie es denn zu dem Verlust gekommen sei. Schließlich gab sie ihrem Mann zu bedenken, dass er vielleicht selbst so manchen Fehler in der Sache begangen habe. Diese Vorwürfe ärgerten den Blasi mehr und mehr, bis ihm schließlich die Zornesader auf der Stirn anschwoll und er einen heftigen Streit mit seiner Frau vom Zaun brach. Er wütete und tobte, bis er endlich mit der Faust so gewaltig auf den Stubentisch hieb, dass der dort stehende Mörser mit dem Stößel darin in die Höhe hüpfte. In seiner nicht mehr zu bändigenden Wut ergriff er den Stößel und schlug seiner Frau damit mehrmals auf den Kopf, bis sie zu Boden sank. Wahnsinnig vor Zorn zog er seinen Hirschfänger und stieß ihn seinem Weib in den Hals. Von dem ganzen Tumult war sein kleiner Sohn aufgewacht und in die Stube gekommen, weil er sehen wollte, was da los war. Außer sich vor Zorn erschlug der Vater sein eigenes Kind mit dem Stößel und stach es, wie zuvor die Mutter, in den Hals ...«

Die Zuhörer stöhnten entsetzt auf.

Der Erzähler ließ ihnen aber keine Zeit, sich in Erörterungen zu ergehen, sondern fuhr, angeregt vom Grauen, das sich auf den Gesichtern der Gäste breitmachte, fort: »Der Blasi Endris war wie im Blutrausch. Er stürzte in die Mägdekammer, erwürgte beide Mägde und richtete sie fürchterlich zu. Den herbeieilenden Knecht machte er ebenfalls nieder. Wie vom Teufel getrieben drehte er seinen beiden anderen Kindern die Hälse um, so dass man sie am nächsten Morgen mit den Angesichtern nach hinten auffand. Auf der Reise nach Nürnberg, wo ein weiterer Sohn – den er in seinem Wahn ebenfalls ermorden wollte – bei einem Kaufmann in der Lehre war, wurde der Blasi Endris schließlich in Biberach gefangen genommen und gleich zum Tode verurteilt. Nach Verlesung des Urteils führte man ihn nacheinander vor jedes der vier Tore der Stadt und zwickte ihn vor jedem Tor mit glühenden Zangen. Dann hieb man ihm die rechte Hand ab, flocht ihn aufs Rad, spießte ihn zudem auf, wonach er letztendlich verschied.«

In der Wirtsstube herrschte atemlose Stille. Melchior und Caspar sahen sich entsetzt an. Auch den anderen Gästen hatte es glatt die Sprache verschlagen.

»Meister Bernhard, seht nur, was Ihr meinen Gästen für einen Schrecken eingejagt habt«, rief der Wirt dem Erzähler zu. »Lasst euch wegen der alten Geschichte nur die Laune nicht verderben«, beeilte er sich, seine Gäste zu beschwichtigen.

Es wollte aber keine rechte Stimmung mehr aufkommen, und Melchior schlug daher vor, sich zur Ruhe zu begeben, damit man am nächsten Morgen wieder frisch sei. So machten sich die beiden Rorschacher Begleiter zu ihrem Lager im Stall auf und Melchior und Caspar stiegen nachdenklich die Stiegen in den zweiten Stock hinauf.

»Wenn man bedenkt, dass in unserer Kammer vielleicht auch eine der Mordtaten verübt wurde, kann es einem schon ein wenig komisch werden«, sagte Caspar und sprach damit aus, was auch Melchior dachte.

Der nächste Morgen war kühl und der Himmel hellgrau bedeckt. Die Mordgeschichte, die die Männer wie auf Verabredung vor Johanna verschwiegen, gehörte der Vergangenheit an. Die letzte Etappe der Reise lag nun vor ihnen. Melchiors Stimmung schwankte zwischen Vorfreude und Beklemmung. Doch bald konnte er es kaum mehr erwarten, den elterlichen Hof in Haselburg und seine Familie wieder zu sehen. Nach weiteren fünf Wegstunden und zwei weiteren Zollstationen erreichten sie um die Mittagszeit das lang ersehnte Ziel der Reise.

Die Wiedersehensfreude war groß. Dietrich, der gerade vom Feld heimgekommen war, schloss seinen Bruder überwältigt in die Arme. Eine ganze Weile fehlten ihm die Worte und er sah Melchior nur stumm an.

Dafür sagte Trude ein um das andere Mal: »Mein Gott, dass ich das noch erleben darf, mein Gott, dass ich das noch erleben darf ...«

Dietrichs Buben, Markus und Wolfgang, der eine Anfang zwanzig, der andere siebzehn und mit einem Anflug von Bartwuchs, betrachteten die Neuankömmlinge und ihre ergriffenen Eltern neugierig, wie sie sich abwechselnd gegenseitig ungelenk in die Arme nahmen, sich auf den Rücken klopften oder sich auch nur scheu die Hände reichten. Inzwischen war auch die vierzehnjährige Barbara herbeigeeilt und hatte sich – alles nur halb verstehend – dicht zu ihrer Mutter gestellt.

»Wo ist denn Elisabeth?«, fragte Melchior, der seine Schwester vermisste.

Wie auf Kommando eilte Elisabeth aus der Küche herbei, sich die nassen Hände noch rasch an der Schürze abwischend. Sie fasste Melchior ungläubig am Ärmel seines gebleichten Leinenhemdes und sagte leicht außer Atem: »Bist du es wirklich, Bruder?«

Bald saßen alle um den Tisch in der Stube herum. Trude brachte eine große Pfanne mit Bohnenstopfer – dicke Bohnen waren das Erste, was sie wieder angebaut hatten, um daraus den sättigenden Brei kochen zu können, und Johanna legte eilends einen der mitgebrachten Brotlaibe dazu. Das Erzählen wollte kein Ende mehr nehmen, nachdem die Mägen gefüllt und die anfängliche Scheu überwunden war.

Die Familie hatte schwere und entbehrungsreiche Jahre hinter sich. Alle waren sie hager – bei keinem polsterte auch nur ein Gramm Fett die Haut. Es gab Melchior einen Stich ins Herz, als er Dietrich und Trude so freundlich in die Runde blickend, aber frühzeitig gealtert und abgehärmt nebeneinander sitzen sah. In Dietrichs Gesicht hatten sich zwei scharfe Linien von den Nasenflügeln bis zu den Mundwinkeln eingegraben. Im Gesicht der lieben Trude fügte sich eine Runzel an die andere, die sich noch vertieften, als sie glücklich lächelnd Melchiors Erzählungen lauschte.

Elisabeth war mit ihren nunmehr dreiunddreißig Jahren eine angenehme Erscheinung. Hochgewachsen, hielt sie sich sehr gerade, so als wolle sie mit ihrer Größe von ihrem überschlanken Körper ablenken. Das fein geschnittene Gesicht blickte ernst. Ihr seidiges hellbraunes Haar trug sie in der Mitte gescheitelt und im Nacken zu einem locker geflochtenen Knoten geschlungen. Die feinen Linien auf der Stirn und neben den Mundwinkeln waren nicht zu übersehen. Lachfältchen konnte Melchior im Gesicht der Schwester nicht entdecken. »Kein Wunder«, dachte er sich, »nach allem, was hinter ihr liegt.«

Sie blieben eine Woche. Ihre beiden Beschützer hatten sich – mit dem Auftrag, Jacob und Lucia noch einmal zu danken und sie herzlichst zu grüßen – gleich am nächsten Tag auf den Rückweg gemacht.

Melchior, Caspar, Dietrich und seine beiden Söhne nutzten die Zeit und beackerten die brachliegenden Felder mit Pferd und Ochsen, was das Zeug hielt. Die beiden Geißen grasten genüsslich und unermüdlich im verwilderten Obstgarten, bis er wieder einen kultivierten Anblick bot. Johanna molk die beiden Geißen täglich und bereitete aus der Milch ihre schmackhaften Käselaibchen, von denen sie so viele wie möglich Trude zur Versorgung ihrer Familie überlassen wollte. Die Hühner pickten und scharrten im Hof und legten täglich Eier, wie wenn sie miteinander im Wettstreit lägen. Der Hund hatte seine Leidenschaft für das Mäusefangen entdeckt und schien die Trauer um seinen toten Herrn überwunden zu haben. Es war Barbaras Idee gewesen, ihn »Fleck« zu nennen.

Die Stimmung wurde mit jedem Tag leichter, manchmal fast heiter. Die Schwere der Hoffnungslosigkeit war, angesichts des produktiven Tuns aller, verflogen. Wo Melchior und Caspar sich niederlassen konnten, war bald entschieden. Dietrich berichtete, dass das Dorf Diepoldshofen seit Jahren so gut wie ausgestorben dalag, und er vermutete, dass auch ihr Vetter Martin und seine Familie auf dem nahen Unterburkhartshof der Pest zum Opfer gefallen waren, da ihn kein Lebenszeichen mehr erreichte.

»Gott sei ihrer Seelen gnädig«, sagte Dietrich und bekreuzigte sich. Nach einer kurzen Pause fuhr er mit fester Stimme fort: »Die Lehensherren sind froh an jedem, der einen heruntergekommenen Hof wieder bewirtschaftet und damit Geld in ihren Säckel schafft.«

Melchior selbst hatte den Vetter und seinen Hof nie kennengelernt. Nur Dietrich war als junger Mann – noch vor Ausbruch des Krieges – zweimal dort gewesen. Danach hatte er Martin gelegentlich bei Marktbesuchen getroffen, bevor die Verbindung ganz abriss.

In Elisabeth war indessen der Entschluss gereift, den Bruder und seine Familie zu begleiten. Ruhig und bestimmt unterbreitete sie der ganzen Familie eines Morgens ihr Vorhaben.

An Dietrich und Trude gewandt begann sie: »Ich weiß, dass ihr ohne mich auskommen könnt. Aber bei einem so ungewissen Neuanfang, wie er Melchior, Johanna, den Kindern und Caspar bevorsteht, wird jede Hand gebraucht.« Sie blickte Caspar, Melchior und Johanna fest in die Augen und fuhr dann bestimmt fort: »Ich bin ledig, zwar nicht mehr jung, aber ich kann arbeiten und euch unterstützen. Zudem möchte ich, bevor ich sterbe, noch einen anderen Ort als Haselburg sehen, auch wenn es meine Heimat ist. Ich will einen neuen Anfang und die neu aufgekommene Hoffnung mit in eine neue Zukunft nehmen.«

Aller Augen ruhten auf Elisabeth, bis Johanna die allgemeine Sprachlosigkeit als Erste überwand. Lächelnd schaute sie Elisabeth in die grauen Augen und sagte: »Ich freue mich, Schwägerin.«

Von Leutkirch aus nahmen sie die Straße Richtung Wurzach. Nach knapp zwei Wegstunden sahen sie das Dorf Diepoldshofen in tödlicher Stille in einer Senke vor sich liegen. Zwischen dem jungen Grün der Bäume und dem dichten Buschwerk sahen sie die Ruine des Kirchturms schwarz in den Himmel ragen. Das einzig vernehmbare Geräusch war das Plätschern des Baches, der das Dorf entlang der Straße in zwei Teile schnitt.

Melchior und Caspar verständigten sich durch ein Zeichen und brachten ihre Zugtiere zum Stehen.

»Nach Dietrichs Beschreibung müssen wir hier links irgendwo abbiegen«, sagte Melchior und hielt sich zum Schutz gegen die Sonne die Hand vor die Augen, um nach einem Weg zu suchen. Tatsächlich machte er zwei unscheinbare Karrenspuren aus, die in das wilde Durcheinander von jungen Bäumen und Gebüsch führten.

»Probieren wir es«, rief Caspar und schwang mit einem »Hü« die Zügel des Ochsengespanns.

Elisabeth suchte das Dickicht mit Blicken zu durchdringen, sah aber die Spuren nur ein kurzes Stück, bis zur nächsten Biegung, leicht bergan steigen. Ein seltsam freies Gefühl hatte sie erfasst, seit Haselburg außer Sichtweite war. Sie saß auf der mit schwarzer Schablonenmalerei verzierten Truhe ihrer Mutter, in der sich außer allerlei Hausrat vor allem Bekleidung und Leinwand befand. Begierig und mit Genuss hatte sie die neuen Eindrücke während der holprigen Fahrt auf dem Wagen in sich aufgesogen. Als vor einer Weile das hoch gelegene Schloss Zeil durch die Lücken im morgendlichen Hochnebel wie ein Märchenschloss zwischen Himmel und Erde zu schweben schien, war sie von dem Anblick nahezu überwältigt. Eine frische grüne Weidenrute streifte plötzlich ihre Wange und holte sie unsanft aus ihren Gedanken zurück.

Vogelgesang und Gezwitscher erfüllte die Luft und begleitete das kleine Grüppchen auf dem Weg, der mittlerweile bergab – und soweit sie das überschauen konnten – in ein Tal führte.

»Wir müssen aufpassen! Der Unterburkhartshof muss ein gutes Stück rechts liegen – hinter einem Hügel. Noch vor dem kleinen Weiler dort in der Ferne«, wiederholte nun Johanna Dietrichs Wegbeschreibung, die sie wie die anderen auswendig gelernt hatte.

»Wenn nur nicht alles so zugewachsen wäre.« Melchior sprang vom Bock. »Ich könnte versuchen, auf einen Baum zu klettern, vielleicht erkenne ich von dort oben das Gebäude oder wenigstens das Dach – falls es noch eines gibt.«

»Ich sehe was«, rief er schließlich durch das lichte Laub der Buche, auf die er geklettert war, »ein leichter Hügel und dahinter liegt ein Anwesen. Das ist aber noch ein ganz schönes Stück weit entfernt. Ein Weg geht da nicht hin. Alles ist mit Bäumen und Büschen überwuchert. Wenn wir dort hinwollen, bleibt uns nichts anderes übrig, als uns einen Weg freizuhauen.« Mit einem eleganten Sprung stand er wieder auf dem Boden und klopfte die Hände kräftig aneinander aus.

»Vada, da, da«, meldete sich der kleine Jacob aufgeregt zu Wort und zeigte mit seinem ausgestreckten kleinen Zeigefinger auf Melchior und den Baum.

»Ja, Jacob, das hast du noch nie gesehen, dass der Vater auf Bäumen herumklettert wie ein Eichhörnchen«, lachte Johanna und strich dem kleinen Kerl zärtlich über den Kopf.

Caspar stöberte, ohne zu zögern, in den mitgeführten Werkzeugen herum und reichte nacheinander eine kurze und eine lange Säge sowie eine Sichel, ein Beil und eine Axt vom Wagen herunter. »Na dann, los geht's«, grinste er in die Runde.

Stück für Stück arbeiteten sie sich voran. Elisabeth hatte nicht zu viel versprochen, als sie bei ihrer kleinen Ansprache in Haselburg behauptete, sie könne arbeiten. In der Tat stand sie den beiden Männern in nichts nach und sägte und hackte mit ihnen den Weg durch das Dickicht frei. War wieder ein Stück Weg geschafft, stellten sie die Fuhrwerke nach. Größere Bäume umgingen sie, wenn irgend möglich, manches Mal aber ließ es sich einfach nicht vermeiden, eine junge Buche oder Eiche zu fällen. Fleck hüpfte hierhin und dahin und schnüffelte aufgeregt überall herum. Falls es Wild gab, hatte es bei all dem Gelärme und Getöse die Flucht ergriffen.

Die Sonne ging schon fast unter, als sie endlich mit durchgeschwitzten Kleidern und schmerzenden Knochen auf dem völlig überwachsenen Hof des verlassenen Anwesens standen. Dicht nebeneinander und auf der ganzen Länge des Hauses wuchsen schlanke Bäume direkt am Gebäude hoch. Manche hatten schon eine beträchtliche Höhe erreicht und ragten bereits über das flach geneigte Dach hinaus. Das Dach selbst schien zumindest auf dieser Seite auf den ersten Blick keine größeren Schäden aufzuweisen. Dafür waren die beiden gegenüberliegenden Holzspeicher fast am Zusammenbrechen. Der eine besaß zwar noch ein Dach, hatte aber eine starke Schräglage angenommen, in der er sich sicher nicht mehr lange halten würde. Der andere stand noch gerade, durch sein eingebrochenes Dach reckte jedoch ein Baum seine Äste ungehindert dem Himmel entgegen.

»Hört mal«, rief Johanna, die den kleinen Georg auf dem Arm schaukelte, »da plätschert Wasser.«

»Ja, ich höre es auch«, stimmte Melchior zu.

Sie mussten nicht lange suchen.

»Was für ein Glück! Das ist ja unglaublich«, staunte Caspar, als sie den gemauerten Brunnentrog, in den eine hölzerne Röhre noch immer Wasser ergoss, hinter üppigen, frisch knospenden Holundersträuchern entdeckten. »Die Abdeckung mit einem Lattenrost hat verhindert, dass der Ablauf verstopfte, und das Rohr ist aus gutem Eichenholz, sonst hätte es die Zeit nicht so unbeschadet überdauert«, meinte er anerkennend, als er die Zweige auseinanderbog.

Carl, 1843

Carl Riedmüller kam es so vor, als wäre es die längste Nacht seines immerhin fast 79 Jahre währenden Lebens. In vier Tagen, am 30. Juni, stand sein Geburtstag bevor.

»Ja, in vier Tagen«, dachte er, denn die Kirchturmuhr hatte gerade mit zwei Schlägen die Stunde des neuen Tages verkündet, »wenn ich dann noch am Leben bin.«

Obwohl er, durch zwei dicke Federkissen im Rücken gestützt, fast aufrecht im Bett saß, bereitete ihm das Atmen unendliche Mühe. In den letzten Jahren hatten sich die Beschwerden stetig verschlechtert. Anfangs überkam ihn nur manchmal in geschlossenen Räumen das Gefühl, keine Luft mehr zu bekommen. Mit der Zeit war es dann nicht nur das Luftholen, das ihm Mühe bereitete, sondern auch das Ausatmen, wenn die Luft schier nicht mehr aus seinen Lungen weichen wollte.

Vieles ging ihm in dieser schlaflosen Nacht durch den Kopf. Sein halbes Leben war bereits an ihm vorbeigezogen und es zog unaufhaltsam weiter an ihm vorbei, wie eine Prozession, deren Mitwirkender und Zuschauer er zugleich war.

»In der Frühe« – mit Macht drängte sich der Gedanke zwischen die dahinziehenden Lebensbilder – »gleich in der Frühe lasse ich nach dem Ratschreiber schicken, damit er mein Testament aufsetzt.«

Carl, 1825

»Wir fangen am besten damit an, die Sommer- und Wintergarben zu zählen«, rief Mathias Riedmüller seinem Vater zu, der gerade die letzten Sprossen der Leiter auf den Tennenboden erklomm.

Oben angekommen, klopfte sich Carl Riedmüller zuerst die staubigen Beinkleider aus, bevor er sich nachdenklich umschaute.

»Ja, zählen wir zuerst die Garben und danach die Früchte, das Heu und das Stroh«, stimmte er seinem Sohn zu.

Carl wuchtete die erste Roggengarbe hoch und reichte sie Mathias, der sie auf der anderen Seite des großen Raumes wieder abstellte und dabei laut »eins« zählte. 274 Roggengarben,

1181 Dinkelgarben, 1442 Hafergarben und 108 Weizengarben zählten die Männer auf diese Weise. Carl notierte die Anzahl der Garben und ihren jeweiligen Wert fein säuberlich auf einem Bogen Papier, den er auf einem Brett befestigt hatte.

Wenn Vater und Sohn so nebeneinander standen, stach die unglaubliche Ähnlichkeit der beiden ins Auge. Beide waren mittelgroß, schlank und sehnig. Es war ihnen anzusehen, dass sie täglich schwere körperliche Arbeit verrichteten. Beide hatten feines hellbraunes Haar, das bei dem einundsechzigjährigen Carl noch ebenso dicht war wie bei seinem sechsunddreißigjährigen Sohn. In ihren fein geschnittenen Gesichtern zogen die strahlend grünen Augen unwillkürlich die Aufmerksamkeit jedes Betrachters auf sich.

Mit einem Viertelmaß ermittelten sie 31 Viertel gedroschene Gerste, zwölf Viertel Lein, 300 Viertel Kartoffeln, vier Viertel Wicken und außerdem drei Metzen Hanfsamen. Das Heu wurde in Fudern gemessen und ergab 14 Fuder gutes Wiesen- und Kleeheu, 15 Fuder Sauerheu, drei Fuder gutes Öhmd und vier Fuder saures Öhmd. Das Stroh nahmen sie im Ganzen mit 80 Gulden in Anschlag. Alles in allem ergab sich eine Summe von 867 Gulden und 63 Kreuzern, die gut und gerne dem Wert eines zweistöckigen Wohnhauses mit Stall und Scheuer entsprach.

»So eine Aufnahme des ganzen Inventars ist schon ein enormer Aufwand«, stellte Mathias fest und wischte sich mit dem Hemdsärmel den staubigen Schweiß von der Stirn.

»Ja, aber ohne diesen Aufwand können wir auch keine ordentliche Hofübergabe vornehmen.« Carl entkorkte die mitgebrachte Steinzeugflasche, nahm einen kräftigen Schluck Wasser und reichte sie dann Mathias.

»Jetzt ist es schon fast zwei Wochen her, dass Mutter gestorben ist, und ich kann immer noch nicht glauben, dass sie nicht mehr da ist«, sagte Mathias mit einem Seufzer, bevor er die Flasche an den Mund führte.

»Ja, mir geht es genauso, aber eines Tages werden wir sie im Himmel wiedersehen, daran glaube ich fest«, erwiderte Carl.

Immer noch hatte er die Bilder des monatelangen Krankenlagers seiner Frau und ihre fürchterliche Atemnot im Kopf. Lungensucht, hatte der Doktor diagnostiziert. Am Abend des 25. Januar um drei viertel fünf Uhr war sie, versehen mit den Sterbesakramenten, keuchend und nach Luft ringend just in dem Augenblick, als er ihr den Rücken stützen wollte, in seinen Armen gestorben. Sie war knappe drei Jahre älter gewesen als er und hatte ihm fünfzehn Kinder geschenkt. Am Leben geblieben waren sieben, von denen die fünfundzwanzigjährige Theresia und ihr drei Jahre jüngerer Bruder Ignaz als Sorgenkinder zur Welt gekommen und es bis heute geblieben waren.

Anna Maria war ihm während ihrer einundvierzig Jahre langen Ehe eine gute und tüchtige Frau gewesen. Ja, er hätte sich keine bessere vorstellen können. Dennoch drängte sich Carl oft der Gedanke auf, dass sie auch eine Schwächlichkeit mitgebracht hatte, die sie ihren Kindern vererbte. Außer dem kleinen Franz Joseph, seinem Erstgeborenen, der mit fünf Jahren im Rotbach ertrunken war, und Theresie, die nach seiner Schwester benannt war und mit acht Monaten eines Morgens tot in ihrem Bettchen gelegen hatte, waren sechs Kinder missgebildet zur Welt gekommen und hatten nur kurz gelebt. Mit Anton, dem drittgeborenen Sohn, hatte das Elend seinen Anfang genommen. Er war mit einem Wasserkopf geboren worden und lebte sieben Tage.

Am Grab von Franziskas Zwillingsschwester, die tot und mit einem offenen Rücken auf die Welt gekommen war, schluchzte Anna Maria schließlich fassungslos und verzweifelt: »Warum straft uns der Herr so?«

»Vater, wie machen wir denn jetzt weiter?« Mathias riss Carl aus seinen düsteren Gedanken.

»Ja, nun, lass uns noch den Viehbestand aufnehmen und dann für heute aufhören. Morgen mache ich mit Kreszentia im Haus weiter.«

Sie stiegen die Leiter wieder hinunter und Carl zückte, im Stall angekommen, erneut die Schreibfeder. Gewissenhaft notierte er: eine braune Stute, ein brauner Wallach, ein Fuchs, zwei Fohlen. In der Rubrik Hornvieh vermerkte er auf Zuruf von Mathias: acht Kühe, ein Ochse, acht Stiere, fünf kleine Stiere, sieben Schumpen. Zum Schluss notierte Carl: vierzehn Enten und acht Hennen.

Kreszentia, Mathias' acht Jahre jüngere Schwester, stand schon bereit, als ihr Vater am nächsten Morgen die Stallarbeit beendete. Kaum konnte sie es erwarten, bis er seine Morgensuppe zu sich genommen hatte und sie ihm endlich zur Hand gehen durfte. Kreszentia liebte und verehrte ihren Vater und war stolz darauf, dass er in der Gemeinde ein allseits angesehener Mann war. Seine Meinung war sehr geschätzt, so dass man ihn schon seit Jahren mit dem Amt eines Gemeinderates betraute. Ebenso war er schon mehrfach als Pfleger von Waisen- oder Halbwaisenkindern eingesetzt worden, für deren Nachlass und Wohlergehen er verantwortlich war. Erst vor ein paar Wochen hatte man ihn wieder mit einer neuen Pflegschaft betraut. Der des verschollenen Xaver Kiebele von Hinlishofen, der inzwischen fünfundvierzig Jahre alt wäre und wahrscheinlich als Soldat in den napoleonischen Kriegen gefallen war. Solange er nicht für tot erklärt worden war, musste das Erbe des verstorbenen Vaters für den Verschollenen verwaltet und zinsbringend angelegt werden.

Kreszentia bedauerte zutiefst, dass sie keinerlei äußere Ähnlichkeit mit ihrem Vater verband und beneidete ihren Bruder Mathias glühend um sein Aussehen. Seltsamerweise ähnelte sie auch keinem ihrer anderen fünf Geschwister, die mehr oder weniger alle nach der Mutter kamen. Vor allem ihre jüngste Schwester Franziska neckte sie immer wieder mit ihrem Aussehen.

Ein beliebter Satz von ihr war, mit einer Anspielung auf das alte Testament: »Ich glaube, Mutter hat dich in einem Körbchen im Rotbach gefunden. Wie sonst soll man sich deine dunklen Locken und die dunkelbraunen Augen erklären?«

Franziska strich sich zur Bekräftigung jedes Mal das dicke, dunkelblonde Haar zurück und schaute sie dabei aus hellblauen Augen spöttisch an. Tatsächlich hatten die beiden anderen Schwestern Barbara und Theresia ebenfalls die Haarfarbe und die hellblauen Augen der Mutter.

Endlich beendete Carl sein Morgenmahl und schickte sich an, mit mehreren neuen Bogen Papier auf dem Holzbrett, die Inventaraufnahme fortzuführen.

Kreszentia bettelte: »Bitte, Vater, darf ich schreiben?«

»Von mir aus«, schmunzelte Carl und reichte nach kurzem Zögern seiner Tochter Schreibbrett, Feder und Tintenfass. »Du hast ja eine schöne Schrift, was sollte also dagegen sprechen? Bevor wir in der Küche anfangen, nehmen wir erst einmal die Liegenschaft auf.«

Sie setzten sich an den Küchentisch und Carl diktierte: »Ein zweistöckiges Wohnhaus samt Scheuer und Stallung unter einem Landerndach. Ein besonders gebauter Speicher und Wagenschopf vor dem Haus. Einundsechzig Jauchert vereinödetes Ackerfeld und Hofraithe an einem Stück, 21 und ein Viertel Tagwerk Wieswuchs. Jetzt lass ein bisschen Abstand und schreibe darunter: Die vorstehende Liegenschaft ist ein fürstlich Waldburg-Zeil'sches Falllehengut, daher für solches in Anschlag kommen kann – null. Eigentümliche Grundstücke: Zwei Jauchert Ackerfeld an dem sogenannten Diepoldshofer Greut im sogenannten Wolfloch gelegen zu 140 Gulden. Zwei Jauchert Holzboden im sogenannten Schorre zu 860 Gulden. Auf vorstehender Liegenschaft ist gegenwärtig angeblumt: Dinkel zu 149 Gulden und 20 Kreuzern; Roggen nach doppelter Aussaat zu 56 Gulden; Wintergerste zu einem Gulden und 52 Kreuzern. Für ein gerichtetes Haferfeld 24 Gulden; 10 Obstbäume zu zehn Gulden; für Hagholz im Ganzen zwei Gulden.«

Kreszentia hatte alles schon flink zusammengerechnet und schrieb: Summe der Liegenschaft und Anblum: 1249 Gulden und 12 Kreuzer.

»Du kannst nicht nur schön schreiben, sondern auch gut rechnen«, lobte Carl seine Tochter. Er nahm das voll beschriebene Blatt vom Brett und legte es zur Seite. »Jetzt schreibe ich weiter und du gibst mir zuerst das Zinngeschirr, dann das Kupfergeschirr, das Eisengeschirr, das hölzerne Geschirr und zuletzt die verschiedenen restlichen Gegenstände an.«

Seite um Seite füllten sich die Papierbogen. Um die Ausstattung eines ärmlichen Haushaltes handelte sich es sich hier fürwahr nicht. Alles war mehrfach vorhanden: Pfannen, Kessel, Model, Hobel, Kannen, Kübel, Zuber, Schüsseln, Teller, Halbmaßgläser, Branntweingläser, Sauerbrunnenkrüge und vieles mehr, bis hin zu vier Mausefallen.

Franziska, die währenddessen das Mittagessen, einen kräftigen Gemüseeintopf, zubereitet hatte, sagte energisch: »Ich muss jetzt den Tisch decken.«

Insgeheim ärgerte sie sich darüber, dass der Vater Kreszentia bevorzugt hatte.

Als hätte er ihre Gedanken gelesen, sagte Carl zu Franziska: »Nach dem Essen kannst du mir zur Hand gehen. Dann nehmen wir die Möbel und das Bettzeug auf.«

Franziska hievte den schweren Topf mit der dicken, dampfenden Suppe in die Mitte des Tisches. Ihr Ärger war schon fast verflogen, als sich alle zum Essen niederließen.

Es war ein großer Tisch, an dem inzwischen alle spielend Platz fanden. Der Platz von Anna Maria auf der rechten Seite von Carl, der an der Stirnseite saß, blieb leer. Barbara und Johann Baptist waren beide schon seit ein paar Jahren verheiratet und nicht mehr auf dem Hof, so dass sich die restlichen fünf Geschwister und ihr Großonkel Joseph inzwischen den Platz bequem teilen konnten.

Während er schweigsam aß, überkam Carl zum wiederholten Mal ein zwiespältiges Gefühl bei dem Gedanken, den Hof an Mathias zu übergeben. Zum einen, weil all seine Kraft und sein Herzblut darin steckten, und zum anderen, weil er sich nicht sicher war, ob Mathias, der so ganz anders war als er selbst, der Aufgabe wirklich gewachsen sein würde.

Ignaz 1772

Carl war als zweites von acht Kindern geboren. Bis zu jenem denkwürdigen Tag im Januar 1772 konnte er sich in seinen ersten acht Lebensjahren keiner besonderen Vorkommnisse erinnern. Außer dass jedes Jahr im Sommer ein neues Geschwisterchen in der Wiege lag. Auch er selbst hatte im Sommer Geburtstag. Eine Ausnahme machte nur seine jüngste Schwester Sabina, die 1770 im Dezember zur Welt gekommen war. Seine Eltern hatten sich von Herzen lieb, zumindest schloss Carl das aus seinen Beobachtungen. Mehr als einmal sah er, wie sie sich zärtlich an den Händen berührten, wenn sie aneinander vorbeigingen, und einmal fand er sie sogar in enger Umarmung im Obstgarten. Für ihn war es selbstverständlich, dass das bei allen Eltern so war. Gleichaltrige Spielkameraden, mit denen er sich hätte austauschen können, hatte er außerhalb der Familie allerdings nicht. Zwar gab es bei den Verwandten auf dem nicht weit entfernten Oberburkhartshof Kinder – älter und jünger als er – aber es waren lauter Mädchen und was sollte er mit denen schon anfangen. Da hielt er sich schon lieber an seinen drei Jahre jüngeren Bruder Ignaz. Wenn sie nicht auf dem Hof helfen mussten, strolchten sie durch die Gegend. Seit sie eines Tages aufgeschnappt hatten, dass in der Gegend früher einmal eine Burg gestanden haben sollte, waren sie nicht mehr zu halten. Jeder Hügel wurde von ihnen in Augenschein genommen und an manchen Stellen umgegraben, in der Hoffnung, einen Schatz oder zumindest doch Hinweise auf eine alte Burganlage zu finden.

Ihr Vater Ignaz Riedmüller sah dem Treiben der beiden schmunzelnd zu, ja, er spornte sie sogar noch mit einer Geschichte an, die von Generation zu Generation überliefert wurde. Er erzählte den Buben, die mit vor Aufmerksamkeit geröteten Gesichtern an seinen Lippen hingen, dass sich vor mehr als hundert Jahren, als der Oberburkhartshof neu erbaut wurde, eine goldene Kette mit einem Anhänger aus einem funkelnden grünen Stein in den Wurzeln eines Busches gefunden habe.

»Die Kette ist noch heute im Besitz eures Onkels Anton Stübi. Vielleicht zeigt er sie euch einmal, wenn ihr ihn darum bittet.«

So kam es, dass sich die Schatzsuche der beiden noch über geraume Zeit erstreckte, ohne dass sie allerdings jemals fündig wurden.

Das Jahr 1771 war kalt und verregnet gewesen. Das Getreide faulte lange vor der Reife an den Halmen. Auf das gemähte Gras regnete es unaufhaltsam nieder, so dass es, als es endlich doch noch trocknete, nur noch eine stinkende braune Masse war, die den Namen Heu nicht mehr verdiente. Carls Vater Ignaz musste wie die anderen Bauern seinen Viehbestand verringern, da kaum noch Futter für die Tiere vorhanden war. Der Hunger griff um sich. Die Vorräte waren verbraucht, und jeder, der versuchte, auf dem Markt noch etwas einzukaufen, musste feststellen, dass die Geschäftemacher, wie jedes Mal nach Missernten, die Gelegenheit erneut ergriffen und völlig überteuerte Preise für die noch vorhandenen Waren verlangten.

Zu dieser Zeit waren Carl und sein Bruder Ignaz etwa sieben, acht Jahre alt. Wie aus heiterem Himmel, so kam es ihnen zumindest vor, verbot ihnen der Vater eindringlich, den Wald zu betreten. Es sei viel zu gefährlich. In seiner Sorge wies er sogar den Knecht Georg an, ein besonders aufmerksames Auge auf die Streifzüge der beiden Buben zu haben. Mit dem väterlichen Verbot wurde ihre Aufmerksamkeit aber erst recht auf den Wald, die Jagd und die damit verbundene Wilderei gelenkt. Immer häufiger hörten sie, wie sich der Vater bei der Mutter seinen Unmut von der Seele redete. Ein Hungerjahr habe man mit Mühe und Not überstanden, und gerade jetzt sei die Herrschaft so uneinsichtig und schränke die bäuerliche Waldnutzung ein. Das Sammeln von Kleinholz, Reisern, Beeren, Pilzen, Eicheln und Bucheckern und die Waldweide für das Vieh, wie es den Bauern früher erlaubt war – alles werde in neuester Zeit kriminalisiert und forstpolizeilich kontrolliert. Wie man da noch weiter wirtschaften solle, sei ihm schleierhaft. Besonders zornig wurde Ignaz aber, wenn er auf die Jagdfronen und deren Ungerechtigkeiten zu sprechen kam. Er redete sich dann so in Rage, dass seine Adern an den Schläfen bedrohlich anschwollen.

»Es ist ein unzumutbarer Missstand, dass wir Bauern und unsere Familien bei den Jagden als Treiber, Träger und Fuhrleute arbeiten müssen ohne Rücksicht darauf, ob gerade Saat- oder Erntezeit ist. Und damit nicht genug. Nur damit die hohen Herren bequem jagen können, halten sie Wild in so hoher Zahl, dass es auf unseren Feldern erhebliche Flurschäden anrichtet. Ich bin nicht der Einzige, der eine Sympathie für die Wilderei hegt, damit der Wildbestand wenigstens auf diese Weise dezimiert wird«, polterte Ignaz bei diesen oder ähnlichen Reden und hieb jedes Mal zur Bekräftigung mit der Faust auf den Tisch, dass es nur so krachte.

Nach solchen Ausbrüchen schaute Barbara ihren Mann jedes Mal verunsichert an. Sollte sie ihm Recht geben oder ihn beschwichtigen? Sie wusste es nicht und hatte sich angewöhnt, mit ernstem Gesicht gelegentlich den Kopf zu schütteln. Eine Reaktion, die Ignaz für sich deuten konnte, wie er wollte.

Obwohl in der Landvogtei vierundzwanzig Jäger aufgestellt worden waren, hatte die Wilddieberei in den letzten Jahren stark zugenommen. Meist waren es Bauern, die sich bei Nacht und Nebel zum Jagen in die Wälder schlichen und sich auch von den Strafen nicht abschrecken ließen. Geld- bis hin zu Leibstrafen standen darauf. Seit einiger Zeit trieb eine ganze Bande, auch in den landvogteilichen Forsten, ihr Unwesen. Anführer der, wie sie sich selbst nannten, »gerechten Räuberbande« war ein gewisser Matthias Klostermayr, der in der Bevölkerung nur der »bayerische Hiesel« genannt wurde. Neben der Wilderei überfielen sie Amtsstuben und verteilten das Geld unter der Bevölkerung – was ihnen den zweifelhaften Ruf von Volkshelden eintrug. Das Altdorfer Oberamt hatte ihn und seine Spießgesellen für vogelfrei erklärt und eine Belohnung auf ihre Ergreifung ausgesetzt. 1771 dann wurde der berühmte Anführer in Dillingen an der Donau gefasst und zu einer besonders abschreckenden Strafe verurteilt. Zuerst spannte man ihn auf das Rad, dann trennte man ihm die Gliedmaßen und zuletzt den Kopf ab, der, zur Abschreckung für alle, aufgespießt und öffentlich zur Schau gestellt wurde.

Im Januar des Jahres 1772 lag nicht besonders viel Schnee, aber es war klirrend kalt, so dass sich eine dünne Schneedecke über Wochen hielt. In den letzten Januartagen wurde es plötzlich überraschend warm und der Schnee begann in der Sonne zu schmelzen. Überall tropfte es von Dächern und Bäumen. Das Schmelzwasser vereinigte sich zu vielen kleinen Rinnsalen und fraß sich durch die Schneedecke.

Ignaz Riedmüller verließ am 31. Januar morgens, noch vor Sonnenaufgang, das Haus. Sein Ziel war der Wald, der sich unweit vom Hof, Richtung Hinlishofen, erstreckte. Die eine Hälfte seines mit Schaffell gefütterten Wamses verdeckte fast ganz das Blasrohr, das er eng an den Körper gepresst trug. Es war das erste Mal, dass er damit auf Vogeljagd ging. Gelegentlich hatte er im vergangenen Jahr das eine oder andere Wild geschossen, das letzte im November. Zusammen mit seiner Frau Barbara verarbeitete er es heimlich zu einem ansehnlichen Fleischvorrat für die Familie. Inzwischen war alles aufgebraucht, da Getreide, Kartoffeln und Gemüse der Witterung zum Opfer gefallen waren und sie deshalb umso mehr Fleisch gegessen hatten. Barbara war bei seinen heimlichen Jagdgängen jedes Mal voller Sorge um ihn. Sie wusste aber auch, dass sie ihren Mann nicht von der Wilddieberei abhalten konnte. Nicht allein die Not der letzten Missernte, die sämtliche Vorräte wie Butter in der Sonne dahinschmelzen ließ, trieb ihn zur Jagd, sondern ein nicht enden wollender Groll gegen die hohen Herren, wie er sie mit Spott in der Stimme nannte, und ihre Rücksichtslosigkeit den Lehenbauern gegenüber.

Ignaz bewegte sich so geräuschlos wie möglich in der Dunkelheit zwischen den tropfenden Bäumen hindurch. Lediglich der zunehmende Mond warf vereinzelte Lichtstrahlen in den Wald. Ignaz hielt nach Schnepfen Ausschau, die sich bevorzugt nachts auf Nahrungssuche begaben. Aus den großen Vögeln würde Barbara ein delikates Mahl bereiten. Er spähte mit leicht zusammengekniffenen Augen nach dem braun, schwarz und grau gemusterten Gefieder des Einzelgängers. Regungslos an einen Baum gelehnt, das Blasrohr am Mund, verharrte er eine Weile. Außer dem steten Tropfen und Glucksen des Schmelzwassers war nichts zu hören. Endlich ließ sich eine Schnepfe in der Nähe nieder und begann mit ihrem langen Schnabel im aufgeweichten Waldboden nach Würmern zu picken. Ignaz zielte sorgfältig und blies kräftig ins Rohr. Der Vogel fiel getroffen zur Seite. Gerade, als er sich anschickte, seine Beute aufzuheben, vernahm er das Knacken von Zweigen hinter sich. Noch bevor er sich aufrichten konnte, packte ihn eine Hand grob an der Schulter und versetzte ihm einen Stoß.

»Habe ich dich endlich erwischt, Riedmüller. Dich und dein schändliches Treiben habe ich schon lange im Auge.«

Ignaz richtete sich auf, voller Ärger darüber, dass er ertappt worden war. »Hör auf, mich anzufassen«, zischte er den Mann an, der offensichtlich ein landvogteilicher Jäger war, und versetzte ihm einen Schlag gegen die Brust.

»Was, du wagst es, dich zu widersetzen!«, brüllte der und holte seinerseits zum Schlag aus.

Es entwickelte sich eine Prügelei, die abrupt damit endete, dass der Jäger seinen Gewehrkolben auf Ignaz' Kopf krachen ließ. Lautlos brach Ignaz zusammen. Blut sickerte aus einer Wunde hinter dem linken Ohr und vermischte sich mit den Schneeresten zu einem immer größer werdenden rosaroten Fleck.

»Ihr könnt Euren Mann drüben im Wald holen«, setzte der Jäger wenig später, ohne das leiseste Mitgefühl in der Stimme, Barbara in Kenntnis. »Ich habe ihn bei der Vogeljagd erwischt. Er hat sich der Festnahme widersetzt und ich war gezwungen, auf ihn einzuschlagen. Ich werde dem Oberamt sogleich eine Meldung von dem Vorfall machen.«

»Gott im Himmel, ist er tot?« Barbara stand fassungslos unter der Haustür und starrte den Mann mit aufgerissenen Augen an.

»Ich glaube schon«, war die knappe Antwort.

Als Barbara und der Knecht außer Atem an der Unglücksstelle ankamen, war beiden sofort klar, dass es hier nichts mehr zu helfen gab. Ignaz' lockiges hellbraunes Haar war mit Blut verschmiert, sein Blick starr.

Mit vereinten Kräften schleppten Georg und Barbara den schlaffen Körper zum Unterburkhartshof. Den Wagen oder den Schlitten zu holen, erschien ihnen sinnlos, denn sie wären im aufgeweichten Boden unweigerlich stecken geblieben. Zu Hause angelangt, trugen sie den Leichnam in die Stube und legten ihn erschöpft auf dem Dielenboden ab. Inzwischen drängten die Kinder herein und starrten neugierig auf ihren am Boden liegenden Vater.

»Georg, hol eine Bettlade und einen Strohsack von oben, damit wir den Bauern aufbahren können«, wies Barbara den Knecht an.

Dann sank sie neben ihrem Mann auf die Knie und brach in Tränen aus. Sie machte sich die größten Vorwürfe, dass es ihr nicht gelungen war, Ignaz von der Wilderei abzuhalten. Dann schoss ihr der Gedanke durch den Kopf, wie es ohne ihn überhaupt weitergehen sollte. Elend und Schmerz erfüllten sie mit aller Macht und voller Verzweiflung warf sie sich auf die Brust des Toten und flehte: »Ignaz, bitte, bitte, wach wieder auf.«

Georg hatte die Bettlade in der Mitte der Stube aufgebaut. Barbara bedeckte den Strohsack mit einem Leinentuch und legte ein ebenfalls mit Leinen bezogenes Kopfkissen darauf.

Die Kinder hatte sie in die Küche geschickt und der elfjährigen Maria Theresia aufgetragen, dafür zu sorgen, dass ihre Geschwister sich ruhig verhielten. Mit Georgs Hilfe bettete Barbara Ignaz auf das Bett. Dann schickte sie Georg auf den Weg zum Oberburkhartshof, um Anton Stübi und seiner Familie die traurige Nachricht zu überbringen.

Barbara war froh, noch Zeit mit dem Verstorbenen alleine verbringen zu können. Vorsichtig entkleidete sie ihn. Mit großer Zärtlichkeit wusch sie das Blut aus seinem Haar, reinigte sein schönes, ebenmäßiges Gesicht, seine Hände und den restlichen Körper. Sie zog ihm saubere Beinkleider, Strümpfe und ein weißes, an der Knopfleiste mit schmalen Rüschen verziertes frisches Leinenhemd an. Dann deckte sie ihn zu und faltete seine Hände auf der Decke. Der Körper war inzwischen fast ausgekühlt. Barbara legte ihre Hände über die seinen und wünschte, alles möge nur ein böser Traum sein, aus dem sie wieder aufwachen würde.

Es herrschte ein Kommen und Gehen. Zuerst kamen Anton Stübi und seine Frau mit ihren vier Töchtern. Alle ihre Töchter, auch die sechs bereits verstorbenen, hießen mit dem ersten Vornamen Maria – aus Verehrung für die Mutter Gottes. Die verwandtschaftlichen Verhältnisse mit den Stübis waren schon sehr alt, aber keiner wusste mehr so recht, wie sie sich genau verhielten. Dennoch war es seit jeher üblich, dass die vom Unter- und Oberburkhartshof sich gegenseitig mit Vetter und Base ansprachen und für die Kinder Onkel und Tante waren.

Anton Stübi war sechsundsechzig und Gerichtsammann der Herrschaft Waldburg-Zeil. Sein Amt schloss insbesondere die Mitwirkung in der Verwaltung der niederen Gerichtsbarkeit ein, was ihm allseits großen Respekt einbrachte. Seine zweite Frau Ursula Gräfin war fünfzehn Jahre jünger. Mit ihr hatte er zwölf Kinder. Seine erste Frau, Magdalena Bürkin, hatte ihm sechs Kinder geboren. Bei der Geburt des kleinen Anton im März 1746 war sie gestorben und auch das Kind hatte nur wenige Stunden überlebt. Zu Antons großem Leidwesen hatten auch alle seine anderen Söhne das Kindesalter nicht überlebt. Die Zwillinge Anton und Johann aus der Ehe mit Ursula starben zu beider Kummer gleich nach der Geburt im Februar 1758.

Anton Stübi war ein frommer Mann. Bald nach dem Tod der Zwillinge ließ er an der Hofeinfahrt einen Bildstock mit einem Satteldach aus roten Ziegeln errichten. Einen durchreisenden Tiroler Bildhauer beauftragte er, den gegeißelten Christus in Holz zu schnitzen und die Statue farbig zu fassen. Die hohe Nische des Bildstocks wurde fast ganz ausgefüllt von der Darstellung des gemarterten und blutüberströmten Christus, der nur mit einem Lendentuch bekleidet an eine niedrige Säule gefesselt war. Jeden Tag hielt Anton vor dem Bildstock inne, um zu beten. Der Anblick des gepeinigten Heilandes ließ ihm seinen eigenen Schmerz kleiner erscheinen, und er fühlte sich nach den Gebeten getröstet. Einen Sohn schenkte ihm die göttliche Vorsehung jedoch nicht mehr – dafür noch drei weitere Töchter.

Anton hielt Barbaras Hand fest in der seinen. »Was für ein schreckliches Unglück hat dich da getroffen, Base. Du weißt, dass du jederzeit auf uns zählen kannst, wenn du Hilfe brauchst.«

Stumm standen Ursula und ihre Töchter mit gefalteten Händen neben Anton vor dem Totenbett. Während ihre Schwestern die Köpfe gesenkt hielten, betrachtete Maria Franziska, die Jüngste, den aufgebahrten Onkel aufmerksam, denn sie hatte noch nie einen Toten gesehen. Auf einem Tischchen neben dem Kopfende stand eine dicke Kerze aus Bienenwachs und verströmte ein mildes Licht und einen angenehmen, süßlichen Geruch. Nachbarn aus Stegroth kamen, Pfarrer von Brecheisen traf ein. Zusammen sprachen sie die Totengebete.

In der folgenden Nacht saß Barbara am Bett und hielt Totenwache. Manchmal sank ihr vor Müdigkeit der Kopf auf die Brust und sie nickte ein. Wenn sie wieder hochschreckte, überfiel sie der Schmerz des Verlustes mit aller Macht aufs

Neue und sie brach abermals in Tränen aus. Das Gesicht des Toten veränderte sich im Laufe der Nacht. Es nahm ein wächsernes Aussehen an und die Nase trat spitz hervor. Barbara kam es so vor, als ob Ignaz sich immer weiter von ihr entfernte. Nichts, dachte sie, gar nichts kann ich mehr tun. Wut und Verzweiflung stiegen in ihr hoch.

»Warum bist du tot und lässt mich hier allein? Mich und die Kinder«, sagte sie zu der leblosen Gestalt auf dem Bett. »Maria Theresia, Carl, Ignaz, Gebhard, Maria Barbara und Sabina. Magdalena und Dominikus sind dir schon vorausgegangen. Vielleicht haben sie dich in der anderen Welt erwartet.«

Der Gedanke versöhnte sie ein wenig.

Zwei Tage später waren Georg und Anna Maria Geser, Barbaras Eltern, mit drei ihrer Geschwister von Hitzenlinde angereist und reihten sich mit in den Trauerzug ein. Zwei prächtig aufgezäumte Pferde zogen den offenen Wagen, auf dem der mit frischen Tannenzweigen geschmückte Sarg lag. Die Familien Riedmüller, Stübi und die Nachbarn aus Stegroth schlossen sich in Kutschen oder zu Fuß an, um Ignaz das letzte Geleit auf dem Weg nach Diepoldshofen zu geben. Dort sollte der Verstorbene, wie schon seine Vorfahren, auf dem Friedhof bei der Kirche beigesetzt werden.

Franziska, 1772

Franziska stand vor der Kirche etwas abseits, fast auf der Dorfstraße, um einen möglichst freien Blick in Richtung Vorstadt zu haben, wo jeden Augenblick der Leichenzug auftauchen musste. Ihr Mann, mit dem sie seit sieben Jahren in Diepoldshofen wohnte, lag schwer erkältet im Bett und hatte sie daher nicht begleiten können. Dafür fand sich nach und nach Franziskas zahlreiche Kellermann'sche Verwandtschaft ein, um sie bei ihrem schweren Gang zu unterstützen. Franziska wusste natürlich wie alle anderen, unter welchen Umständen ihr Sohn den Tod gefunden hatte. In ihren Schmerz mischte sich jedoch auch Groll und Unverständnis für Ignaz' rebellische Umtriebe. Sie konnte weder ihrem Mann noch ihrer Verwandtschaft zustimmen, was deren Einstellung zur Wilddieberei betraf. Franziska zog ihr breites, wollenes Schultertuch, das sie an diesem klaren, kalten Tag noch über der hüftlangen schwarzen Jacke trug, fester um sich und trat von einem Fuß auf den anderen, um die aufsteigende Kälte zu vertreiben. Jenseits des Baches erspähte sie endlich den Trauerzug, der sich langsam den Berg herunterbewegte.

Ihr ganzes Mitgefühl galt ihrer Schwiegertochter Barbara. Niemand wusste besser als sie selbst, was es bedeutete, so jung Witwe zu werden und mit einem Stall voller Kinder alleine dazustehen.

Ihre Gedanken schweiften zu jener Nacht vor zwanzig Jahren zurück, als ihr Mann Carl Anton mit neununddreißig Jahren innerhalb von Stunden gestorben war. Abends vor dem Zubettgehen hatte er über Bauchschmerzen geklagt. Im Laufe der Nacht verschlimmerte sich sein Zustand. Franziska versuchte es mit heißen und mit kalten Leibwickeln – aber weder das eine noch das andere half, sein Leib blieb gespannt wie eine Trommel. Schließlich schickte sie noch vor Sonnenaufgang den Knecht nach Leutkirch, um den Doktor zu holen. Als der eilig am frühen Morgen eintraf, war es bereits zu spät. Carl Anton war unter fürchterlichen Krämpfen, geschüttelt von hohem Fieber, kurz zuvor verschieden. Noch heute gab es Franziska einen Stich ins Herz, wenn sie an den Todeskampf ihres Mannes dachte. Der Doktor unterzog den Toten einer eingehenden Untersuchung und vermutete ein Stocken falsch gemischter Körpersäfte als Ursache für die Bauchkrämpfe. Auch eine Verschlingung des Darmes sei möglich, genau ließe sich das nun jedoch nicht mehr feststellen.

Ignaz, ihr ältester Sohn, war beim Tod seines Vaters im Mai 1752 siebzehn Jahre alt gewesen. Zu diesem Zeitpunkt wusste Franziska auch bereits, dass ein weiteres Kind, das dreizehnte, in ihr heranwuchs. Es würde seinen Vater nicht mehr kennenlernen.

Franziska hatte sich der neuen Situation mit eisernem Willen gestellt. Entgegen der Ratschläge ihrer Verwandten hatte sie es abgelehnt, sich wieder zu verheiraten. Stattdessen nahm sie einen weiteren Knecht in Dienst. Da Ignaz schon fast im heiratsfähigen Alter war, würde er bald in der Lage sein, den Hof zu übernehmen, ohne dass ein neuer Ehemann hier das Sagen hätte. Alle Kinder mussten tüchtig mit anpacken. Sei es, dass sie direkt bei der Hof- und Feldarbeit mithalfen oder sich im Haus und beim Kinderhüten nützlich machten. Franziska schonte auch sich selbst nicht. Ihr einziges Ziel war, die nächste Ernte gut einzubringen, damit das Leben ohne finanzielle Not weitergehen konnte.

Im Herbst, als auch die letzte Garbe eingefahren war, gestattete sie sich in der folgenden Nacht, zum ersten Mal seit Carl Antons Tod, wieder einmal richtig auszuschlafen. Kurz vor Weihnachten erblickte die kleine Josepha das Licht der Welt, ein rundes, rosiges Wesen mit einem Schopf kohlrabenschwarzer Haare.

Franziska führte den Hof umsichtig, aber mit eiserner Hand. Im folgenden Sommer verstauchte sich einer der Knechte den Fuß so schlimm, dass an ein Weiterarbeiten nicht mehr zu denken war. Franziska ließ ihn mit den Worten: »Wenn du wieder gesund bist, kannst du zurückkommen« kurzerhand zu seiner Familie nach Kißlegg bringen. Einen unnötigen Esser konnte sie auf dem Hof nicht gebrauchen.

Die Kellermann'sche Familie empfahl ihr als Ersatz einen Kleinbauern aus Riedlings, der darauf angewiesen war, seine vielköpfige Familie mit einem Zubrot als Taglöhner durchzubringen. Sebastian Sipple, ein drahtiger, freundlicher Mann mit blonden Locken und vielen Lachfältchen um die graublauen Augen, war in Franziskas Alter. Anfangs kam er täglich frühmorgens auf den Hof und blieb bis zum Abend. Doch nach ein paar Tagen bot ihm Franziska an, in der Knechtkammer zu übernachten, um ihm die weiten Wege zu ersparen. Zufrieden stellte sie fest, dass Sebastian selbst sah, wo seine Hilfe am dringendsten nötig war und sie ihm nichts lange erklären musste. Sebastian arbeitete bereits nach kurzer Zeit völlig selbstständig. Mit seiner ruhigen und freundlichen Art hatte er schon bald das Herz von Franziska und das der Kinder gewonnen. Franziska war zwar nach wie vor streng, immer öfter jedoch hörte man sie lachen. Es war ein heißer Sommer, und auch Sebastian kam am Ende des Tages gerne mit zur Badehütte am Rotbach, wo sich alle im erfrischenden Wasser wuschen und abkühlten.

Eines Tages, während Franziska und Sebastian damit beschäftigt waren, das gut getrocknete, duftende Öhmd auf den bereitstehenden Wagen aufzuladen, stand plötzlich der Knecht vor ihnen.

»Bäuerin, ich bin wieder gesund«, verkündete er freudestrahlend.

Die Enttäuschung stand Sebastian ins Gesicht geschrieben.

»Ja«, sagte Franziska gedehnt zu ihm, und das Bedauern in ihrer Stimme war dabei nicht zu überhören, »dann brauchst du ab morgen nicht mehr zu kommen, Sebastian.«

Das Einbringen des Öhmds dauerte bis spät in den Abend. Als endlich alles unter Dach und Fach war, spendierte Franziska den verschwitzten Helfern reichlich mit Wasser verdünnten Most und ein großes Brett voller Schmalzbrote. Einer nach dem anderen ließen sie sich im Gras unter der Hoflinde nieder, aßen und tranken und wunderten sich ein wenig über Franziskas Großzügigkeit. Anna Barbara hatte inzwischen ihre kleinen Geschwister ins Bett gebracht und setzte sich ebenfalls zu ihnen. Ganz angetan von der unverhofften Abwechslung stimmte sie übermütig das Lied »Oh du lieber Augustin« an. Begeistert fielen die anderen ein und sangen aus vollem Hals: »Oh du lieber Augustin, alles ist hin! 's Geld ist weg, 's Mädel hin, oh du lieber Augustin, alles ist hin!«

Nachdem ihnen keine Lieder mehr einfielen, wurden Geschichten erzählt. Lustige, traurige und geheimnisvolle. Niemandem in der lustigen Runde fiel auf, dass sich Franziskas und Sebastians Blicke mehrmals kreuzten. Es ging auf Mitternacht zu, als endlich alle ihrer Lagerstatt zustrebten. Franziska und Sebastian waren als Letzte übrig geblieben.

Mit gesenktem Kopf stand Sebastian da und sagte, ohne aufzublicken: »Dann gehe ich jetzt.«

Ohne auf seine Worte einzugehen, ergriff Franziska seine Hand. Sebastian sah erstaunt auf.

Franziska lächelte ihn an. »Ich wünschte, du könntest immer hier bei mir bleiben.«

Mit einer unendlich zärtlichen Bewegung nahm Sebastian sie in die Arme und flüsterte ihr ins Ohr: »Ich könnte mir nichts Schöneres vorstellen.«

Nichts zählte mehr in diesem Augenblick, nur ihre Zuneigung und Leidenschaft füreinander. Hastig entfernten sie sich ein Stück vom Hof und sanken eng umschlungen in das stoppelige Gras der frisch gemähten Wiese.

Die stürmische Liebesnacht blieb nicht ohne Folgen. Ende März brachte Franziska einen kräftigen Buben zur Welt. Fünf Tage später hieß sie den Knecht den Wagen anspannen, um ihr Söhnchen höchstpersönlich zur Taufe nach Diepoldshofen zu bringen. Als Taufpaten bat sie ihren Bruder Matthäus und dessen Frau. Die beiden mochten ihr den Wunsch nicht abschlagen – das Kind konnte schließlich nichts dafür, dass es keinen Vater hatte.

Pfarrer von Brecheisen, ein kleiner, untersetzter Mann mit einem spärlichen Haarkranz um den runden Kopf, schaute alle nacheinander an. Dann legte er die Stirn in Falten und ließ einen leicht ärgerlich klingenden Seufzer hören. Franziska hatte sich geweigert, den Namen des Kindsvaters zu nennen, und bestand darauf, dass er das Kind auf den Namen Joseph Riedmüller taufte. Das unhandliche große, in braunes Leder gebundene Taufbuch lag auf einem Stehpult in der Sakristei bereit. Der hochwürdige Herr stand davor und blätterte ein um das andere Mal nervös die Seiten hin und her. Sein ausgeprägtes Bedürfnis nach Ruhe und Harmonie wurde von dieser eigenwilligen Kindsmutter empfindlich gestört.

»Riedmüllerin«, sagte er mit erzwungener Geduld in der Stimme, »Euer Mann ist vor fast zwei Jahren gestorben, das Kind kann also nicht von ihm sein. Nennt endlich den Namen des Vaters, damit ich meinen Eintrag machen und die Taufe vollziehen kann.«

Franziska blickte auf ihre Schuhspitzen und schwieg. Währenddessen schlief der Säugling selig in den Armen seiner Taufpatin. Franziskas Bruder öffnete den Mund und schloss ihn wieder. Er hatte nicht die leiseste Ahnung, wie er seine verstockte Schwester zum Reden bringen konnte. Schließlich verlieh er seiner Verlegenheit und seinem Ärger mit einem kurzen Schnauben Ausdruck und verdrehte die Augen zur Decke.

»Nun ja«, sagte der Pfarrer nach bald einer Viertelstunde beharrlichen Schweigens und schob seine Unterlippe nach vorne, »es gibt ja auch Abweichungen in der Natur.«

Mit Schwung tauchte er die Feder in das Tintenglas und schrieb: Joseph, legitimer Sohn von Carl Anton Riedmüller und Maria Franziska, geborene Kellermann. Als er auch die Taufpaten vermerkt hatte, ließ er keine Zeit mehr verstreichen und taufte den kleinen Joseph, der alles friedlich über sich ergehen ließ.

Die Jahre vergingen. Joseph war zu einem aufgeweckten, fröhlichen Buben herangewachsen und insgeheim Franziskas ganzer Stolz. Nicht dass sie ihre anderen Kinder weniger geliebt hätte – Joseph war eben ihr Nesthäkchen und erinnerte sie mit seinem blonden Lockenkopf beständig an Sebastian, den sie nicht vergessen konnte und nach dem sie sich in einsamen Nächten sehnte. Näheren Umgang hatten sie seit jener denkwürdigen Nacht nicht. Sie sahen sich nur am Sonntag beim Gottesdienst. Keine dieser Begegnungen verging, ohne dass sie sich tief und so lange wie möglich in die Augen schauten, ohne dass es die Umstehenden bemerkten. Anfangs hatten die Leute zwar gemunkelt, Sebastian käme als der Vater von Franziskas jüngstem Kind durchaus in Frage – im Laufe der Jahre wurden diese Gerüchte aber, so wie es immer ist, von neueren und interessanteren abgelöst. Dem aufmerksamen Betrachter entging die Ähnlichkeit von Joseph und Sebastian jedoch nicht.

Nach dem Tod von Sebastians Frau und einer gerade noch ehrbaren Wartezeit von sechs Monaten heirateten er und Franziska. Nun flammte das Gerede im Dorf noch einmal kurz auf, hatten doch all diejenigen recht behalten, die schon immer gewusst hatten, dass die Riedmüllerin schon früher etwas mit dem Sebastian Sipple gehabt hatte.

Franziska spähte angestrengt in Richtung Diepoldshofer Vorstadt. Noch war der Trauerzug nicht zu sehen. Die anderen Trauergäste standen in kleinen Grüppchen vor der Kirche herum und unterhielten sich. Niemand störte Franziskas Gedanken, als sie sich jetzt an die Zeit erinnerte, als Ignaz sechsundzwanzig Jahre alt und immer noch ledig gewesen war. Er war mit Leib und Seele Bauer gewesen – aber auch ein unruhiger Geist. Frauen schienen in seinem Leben keine Rolle zu spielen. Wenn Franziska ihn auf das Thema ansprach, wich er aus und behauptete, er habe keine Zeit, um auf Brautschau zu gehen. Im Gegensatz zu den Waldburg-Zeil'schen Lehenbauern, die sich nur widerwillig mit den neuen Ideen befassten, beschäftigte er sich begeistert mit den Verbesserungen der Dreifelderwirtschaft, deren Durchführung die österreichische Regierung förderte und die zudem Nachlässe bei den Abgaben erbrachte. Der Fortschritt und die Neuerung bestanden darin, dass man den bisher praktizierten dreijährigen Fruchtwechsel zwar beibehielt, die Brache im dritten Jahr aber nicht nur als Viehweide nutzte, sondern mit Klee als Grünfutter für das Vieh, mit Rüben, Hülsenfrüchten und neuerdings sogar mit Kartoffeln bebaute. Nicht nur dass sich so zusätzliche Ernten ergaben, den größten Nutzen erzielte man durch die dabei entstehende Bodenverbesserung. Die ausgelaugten Böden erbrachten wieder höhere Getreideerträge bei der Winter- und Sommerfrucht.

Als Ignaz ankündigte, er werde es mit dem Kartoffelanbau versuchen, sträubte sich Franziska zunächst mit allen möglichen Argumenten dagegen. Warum denn andere Bauern nicht längst Kartoffeln anbauten, wenn das so eine Wunderknolle sei, wollte sie wissen. Schließlich kenne man die Frucht nicht erst seit Kurzem. Und überdies sehe die Kirche den Anbau auch nicht gerne, stamme die Kartoffel doch aus dem fernen Südamerika, wo lauter Heiden lebten.

Ignaz begann zu grinsen und neckte seine Mutter: »Du bist doch wohl die Letzte, die sich von der Meinung anderer beeinflussen lässt.«

Letzten Endes stimmte Franziska den Plänen ihres Sohnes zu. Nach ein paar Ernten musste sie ihm recht geben – noch nie hatten sie so viel Dinkel, Roggen, Hafer, Gerste und Weizen geerntet. Außerdem schmeckten Kartoffeln gar nicht so übel. Ja, Franziska machte es sogar Spaß, sich immer neue Rezepte auszudenken. Ihre Familie lobte die Speisen jedes Mal, egal ob sie in der Schale gekocht, gebraten, als Kartoffelbrei oder als Auflauf mit einer Rahmkruste auf den Tisch kamen. Angestachelt von so viel Lob, mischte Franziska beim nächsten Backtag einem Teil des Brotteiges eine gehörige Portion gekochte und zerstampfte Kartoffelmasse bei. Ein herrlich lockeres und saftiges Brot war das Ergebnis. Von da an buk sie neben dem herkömmlichen dunklen Roggenbrot immer auch ein paar Laibe Kartoffelbrot.

Ignaz' Interesse reichte aber weit über die landwirtschaftlichen Belange hinaus. Er nahm großen Anteil an der Politik und an allem, was mit der in Europa neu aufkommenden Geistesbewegung – der Aufklärung – zu tun hatte. Dass die Wissenschaft an Bedeutung gewann, faszinierte ihn ebenso wie die Tatsache, dass man den einzelnen Menschen nun als vernunftbegabtes Wesen sah, dem man durchaus die Gestaltung des eigenen Lebens zutraute. Das war genau das, was Ignaz in sich spürte, den Wunsch und den Willen, etwas zu bewegen und nach seinen eigenen Vorstellungen umzusetzen. Wenn ihm in Leutkirch an den Markttagen eine Zeitung in die Hände fiel, verschlang er die Berichte und Artikel unter der Rubrik Weltpolitik regelrecht. Doch wie sollte sich hier im Allgäu, wo die Bauern unter der Fuchtel ihrer Herrschaft und der Kirche standen, eine solche Bewegung durchsetzen können. Noch nicht einmal die Höfe, die sie bewirtschafteten, gehörten ihnen. Zwar wurden sie von der Herrschaft beim Tode des Bauern in der Regel innerhalb der Familie weiter belehnt, aber selbst dafür wurden besondere Abgaben fällig, und sein eigener Herr war man deshalb noch lange nicht. Sein eigener Herr zu sein, diesen kühnen Gedanken pflegte Ignaz mit Vorliebe.

Mitstreiter für die neuen Ideen fand er jedoch nicht. Auch seinen Onkel Anton Stübi konnte er nicht gewinnen. Zwar ging oft ein Murren durch die Reihen der Bauern, wenn die Rede auf Abgaben und Frondienste kam – eine rechte Vorstellung, wie sie ihre Höfe ohne die Herrschaft, die ja auch eine gewisse Beständigkeit und Schutz versprach, betreiben sollten, hatten sie nicht.

Franziska wurde nicht müde, das Interesse von Ignaz auf das Thema Familiengründung zu lenken. Sie konnte nicht glauben, dass ihr gutaussehender Sohn sich nicht nach einer Frau sehnte. Äußerlich hatte er wohl große Ähnlichkeit mit seinem Vater Carl Anton, für den Franziska schon als ganz junges Mädchen heimlich geschwärmt hatte. Seine hochgewachsene schlanke Gestalt hob sich von den anderen Bauernsöhnen ab, die langen, hellbraunen Locken trug er im Nacken zusammengebunden, was sein fein geschnittenes Gesicht noch mehr zur Geltung brachte. Und dann seine grünen Augen, sie waren das Tüpfelchen auf dem I. Ja, ihr Carl Anton war ein Bild von einem Mann gewesen.

Keine Woche verging, in der sie Ignaz nicht daran erinnerte, sich endlich eine Frau zu suchen. Keines ihrer heiratsfähigen Kinder außer Anna Barbara und Maria Anna Antonia, die inzwischen beide verheiratet waren, machte sonderliche Anstalten, sich für einen Ehepartner zu interessieren. Es schien ihnen zu Hause gut zu gefallen. Also beschloss Franziska, die Dinge von nun an selbst in die Hand zu nehmen.

Eines Sonntags, nach dem Gottesdienst, nahm sie ihren Bruder Matthäus zur Seite und klagte ihm ihr Leid. »Sei so gut und höre dich nach einer braven und tüchtigen Frau für Ignaz um. Seit der Graf Franz Anton zu Zeil den Salzstadel beim ›Adler‹ erbauen ließ, kommen doch jede Menge Händler vorbei, die das Salz von Bayern in die Schweiz transportieren. Da ist bestimmt einer darunter, der sich auch auf dem Heiratsmarkt auskennt. Unansehnlich sollte das Mädchen natürlich nicht sein, aber auf jeden Fall von sanftem Wesen. Ignaz hat so eine rebellische Ader, wer weiß woher, da braucht er ein sanftmütiges Wesen an seiner Seite.«

Matthäus blickte seine Schwester schmunzelnd von der Seite an. »Na, von wem er das Rebellische wohl hat?«

Franziska ließ sich nicht beirren. »Ganz egal«, fuhr sie fort, »er ist jetzt sechsundzwanzig und braucht eine Frau. Wenn sich auch noch für seinen Bruder Franz Joseph ein passendes Mädchen finden ließe, könnte ich mir sogar eine Doppelhochzeit gut vorstellen.

»Hier im Dorf gäbe es doch auch zwei, drei ganz passable Mädchen«, gab Matthäus zu bedenken.

»Ja, darauf habe ich Ignaz auch schon hingewiesen, aber offensichtlich interessiert er sich für keine. Nein, ich denke, hier im Dorf wird sich mein wählerischer Sohn keine Braut suchen.«

Franziska fiel es schwer, die Bemühungen ihres Bruders abzuwarten. Sie empfand es daher als willkommene Ablenkung, als beim Unterburkhartshof nicht gerade alltägliche geometrische Vermessungen durchgeführt wurden.

Der Grund dafür war, dass es zwischen der Landvogtei Schwaben, zu der der Unterburkhartshof gehörte, und den Grafen von Waldburg-Zeil, zu deren Besitz der Oberburkhartshof und die Ortschaft Diepoldshofen gehörte, seit Jahrhunderten regelmäßig zu Grenz- und Territorialstreitigkeiten kam. 1761 hatten sich die Fronten wieder einmal so verhärtet, dass sich die Partien zu einer Vermessung und Vermarkung mit Grenzsteinen entschlossen hatten. Im April, als der

Schnee nur noch in einzelnen Fetzen auf den Feldern lag, war eines Tages der Feldmesser Bartholomä Hafner von Leutkirch mit seinem Gehilfen, einem schlaksigen jungen Mann, erschienen.

Anton Stübi vom Oberburkhartshof, damals schon Gerichtsammann, sowie Franziska und Ignaz verfolgten deren Auftauchen mit Interesse. Sie ließen sich von Hafner, einem schlanken, dunkelhaarigen Herrn mit ausgesucht höflichen Umgangsformen, sein Vorgehen genau erklären. Demnach sollte zunächst die Grenze zwischen dem Greut der Gemeinde Diepoldshofen und dem zum Unterburkhartshof gehörigen Acker im Wolfloch vermessen und mit Marksteinen versehen werden. Ebenso werde die Grenze zwischen den beiden Höfen neu ausgemessen und ebenfalls mit Marksteinen versehen.

Schon bald nach dem Abschluss der Vermessungsarbeiten besuchte Matthäus Kellermann seine Schwester auf dem Unterburkhartshof und unterbreitete ihr das Ergebnis seiner Bemühungen bezüglich der Brautschau. In Hitzenlinde, einem kleinen Weiler bei Friesenhofen, das an der Straße nach Isny lag, gäbe es eine passende Hochzeiterin für Ignaz. Die Bauerntochter Barbara Geser, ein hübsches blondes Mädchen mit blauen Augen und kräftigen Armen zum Zupacken, sei dreiundzwanzig Jahre alt und heiratswillig. Die Eltern seien einer Verbindung mit den Riedmüllers nicht abgeneigt. Für Franz Joseph könnte sich in Diepoldshofen, auf einem Hof ohne männliche Nachfahren, eine gute Partie ergeben. Nach gegenseitigen Besuchen und Absprachen waren sich Eltern und Kinder bald einig. Am vierten Mai 1762, einem sonnigen Sonntag, fand im »Adlersaal« die Riedmüller'sche Doppelhochzeit statt. Ein Ereignis, von dem die Leute noch lange sprachen.

Franziska war zufrieden. Sie sah die Angelegenheit von der praktischen Seite und hoffte, dass sie nach und nach auch ihre anderen Kinder gut verheiraten konnte, damit Ignaz mit seiner neuen Familie ausreichend Platz auf dem Hof fand und die Hoferträge nicht unter allzu vielen Köpfen aufgeteilt werden mussten.

Der Trauerzug war inzwischen vor der Kirche zum Stehen gekommen und riss Franziska jäh aus ihren Gedanken. Sechs Männer, darunter drei Brüder von Ignaz, hoben den Sarg vom Wagen und trugen ihn auf den Schultern den kurzen Weg bis zum Friedhof. Es war eine würdige Trauerfeier, bei der Pfarrer von Brecheisen, harmonieselig, wie er war, nicht näher auf die Todesumstände einging, die den Verstorbenen so früh aus dem Leben gerissen hatten. Als der Sarg in das Grab hinabgelassen wurde, schluchzte Barbara laut auf. Die Vorstellung, dass Ignaz nun für immer in der kalten Erde ruhen sollte, raubte ihr für einen Augenblick die Fassung.

Ihr Vater trat zu ihr, legte ihren Arm in den seinen und tätschelte beruhigend ihre Hand. Das schien ihr Kraft zu geben, denn das Schluchzen verstummte und die Tränen liefen ihr nun lautlos über das runde Gesicht.

Carl nahm entschlossen die andere Hand seiner Mutter. Und mit einem Mal spürte er die Verantwortung, die sich auf seine jungen Schultern senkte.

Carl, 1825

Carl setzte sich an den Stubentisch und legte erneut Papier und Schreibzeug zurecht. »So, Franziska, dann schreib auf, was ich dir ansage.«

Carl überlegte einen kurzen Augenblick und entschloss sich dann, an der Wand zwischen Fenster und Kachelofen zu beginnen und von dort aus alles rundum zu erfassen. Sein Blick blieb am Herrgottswinkel hängen, wo noch immer die

Medaille lag, die seine Frau damals von der Wallfahrt auf den Gottesberg in Wurzach mitgebracht hatte.

»Ich werde sie dort liegen lassen«, dachte er wehmütig.

»Ein geschnitzter Herrgott, drei Stubenuhren samt Gehäusen und Gewichten«, diktierte er Franziska. »Ein Barometer, ein Wandkästle, dreizehn Bücher, ein Stubenkasten, ein Tisch, drei Stühle mit Lehne, eine Truhe, ein Sessel. Ach«, ergänzte Carl, »schreibe noch: einen Küchenkasten, den dürfen wir nicht vergessen.«

Danach stiegen sie die Treppe ins Obergeschoss hinauf und nahmen in den Schlafkammern die Möbel und das Bettzeug auf. Außer vier Doppelbetten zählten sie zwei einzelne Betten, ein Kinderbett, eine Wiege, einen Nachtstuhl, einen eintürigen Kasten, einen zweitürigen Kasten, drei alte Kästen und drei Truhen, von denen eine ebenfalls sehr alt war und die gleiche farbige Blumenmalerei aufwies wie einer der älteren Schränke, der noch dazu an der Seite mit zwei gedrechselten Säulen verziert war. Carl nahm sich vor, bei Gelegenheit die älteren Schränke und Truhen einmal gründlich zu inspizieren.

»Wer weiß, was für unnützes Zeug darin seit Jahren aufbewahrt wird«, dachte er, als er eine der Schranktüren kurz öffnete und einen Blick hineinwarf. Laut sagte er zu Franziska: »Zehn Bettüberzüge – hm, das ist nicht mehr viel – da wird es Zeit, dass eine neue Bäuerin mit einer guten Aussteuer ins Haus kommt.«

Zwei Tage später waren endlich auch die landwirtschaftlichen Gerätschaften, das Brennholz, die Torfwasen, die neunzehn Bienenkörbe, die Geräte zur Flachsbearbeitung und fünfhundertfünfzig Pfund Flachs sowie vier Spinnräder mitsamt ihrem Zubehör, mehrere Kerzenmodel, zwei Dachshäute, das ungegerbte Leder, das sich noch in der Gerbe befand, eine Hundskette, ein Reitsattel, die Einrichtung und das Zubehör der Branntweinbrennerei säuberlich in Listen verzeichnet und mit den entsprechenden Geldwerten versehen. Letztendlich war unter dem Strich die stattliche Summe von 3689 Gulden und 12 Kreuzern zusammengekommen.

Carl atmete auf, nun konnte er das Inventarium endlich zur Beurkundung zum Oberamtsgericht nach Leutkirch schicken. Die Aufteilung des vorhandenen Vermögens nach dem Tod seiner Frau unter ihm und seinen Kindern – von denen jedem 651 Gulden und 17 1/2 Kreuzer zustanden – und die Hofübergabe an Mathias würden als nächste Schritte folgen.

Nun, da im Großen alles geordnet war, war es Carl ein Anliegen, auch noch die kleinen Dinge in Ordnung zu bringen. Er stieg die Treppe ins Obergeschoss hinauf und begann den Inhalt von Truhen und Schränken zu sichten. Jede Generation hatte die Einrichtung auf ihre Weise geprägt und so fand sich, angefangen von einer uralten, mit schwarzen Ornamenten bemalten Truhe in einer kleinen, unbenutzten Kammer und einem eintürigen Kasten, der dieselben Verzierungen aufwies, über farbig bemalte Betten und Schränke bis hin zu einem Schrank mit warm glänzendem Nussbaumfurnier eine stattliche Anzahl von Möbeln.

Carl gefiel das vollgestopfte Durcheinander in den einzelnen Räumen ganz und gar nicht und fragte sich, warum ihm das bisher nicht aufgefallen war. Er konnte sich nicht erinnern, jemals in die ganz alten Möbelstücke geschaut, geschweige denn etwas darin verstaut zu haben. Das war ja eigentlich auch Frauensache. Seit er den Hof übernommen hatte, war er wahrlich mit anderen Dingen beschäftigt gewesen. Den Hof voranzubringen, das hatte sein Denken und seine Tage ausgefüllt. Und vorher? Da war er ein junger Kerl gewesen, der von morgens bis abends arbeitete und geflissentlich den Anweisungen seines Stiefvaters Georg nachkam.

Die Truhen enthielten Kleidungsstücke. Noch gut im Zustand, aber ganz aus der Mode gekommen, wie zum Beispiel ein paar blassgrüne Kniehosen. Carl glaubte sich erinnern zu können, sie als Kind noch an seinem Vater gesehen zu haben.

In einem Schrank fand er sogenannte Knittle, zusammengedrehte und an einem Ende zusammengebundene kleine Flachsbündel und einen Haufen Werg.

»Das ist doch nicht zu fassen! Wer weiß, wann das vergessen wurde!«, entfuhr es Carl.

Aus einem weiteren Schrank quoll ihm ein wahres Sammelsurium entgegen. Alte Lederriemen, Kälberstricke, löchrige Getreidesäcke, ein Ballen gebleichter Leinwand mit unzähligen Stockflecken, eine verbeulte Feldflasche ohne Riemen, zwei angeschlagene irdene Milchhäfen ... An einem hölzernen Haken hing eine abgetragene Jacke von undefinierbarer Farbe.

»So eine Schweinerei, ich würde mich nicht wundern, wenn wir diesen Saustall noch dem Georg Rau zu verdanken haben. Bares Geld verkommt hier einfach. Andererseits hätte Anna Maria hier auch einmal nach dem Rechten sehen können. Aber so ist es, wenn man mehr als genug Schränke hat, dann kann man die alten einfach links liegen lassen«, schimpfte Carl laut vor sich hin.

Er riss das alte Zeug aus dem Schrank und warf es auf den Boden. Jetzt, da der Schrank mit dem geschwungenen Gesims leer war, sah er, dass sich unter dem inneren Bodenbrett und dem äußeren Boden noch ein Fach befinden musste. Auf beiden Seiten des Brettes waren, als einfache Griffe, schmale Holzleisten aufgenagelt. Carl hob das Brett an und bugsierte es aus dem Schrank. In der Tat lag in dem Zwischenraum noch etwas.

»Bücher?«

Carls Wut verschwand schlagartig und machte unverhohlenem Erstaunen Platz. Neugierig hob er vier in weißes Ziegenleder gebundene Bücher im Folioformat heraus. Vieles schoss ihm durch den Kopf, während er versuchte den Fund einzuordnen. Ja, gelesen hatte man in der Familie schon immer. Die Bibel natürlich und auch christliche Erbauungsliteratur. Auch Gesundheitsratgeber, Pflanzenbücher und Schriften über Landwirtschaft und Tierhaltung. Aber diese Bücher hier? Er schlug eines der schmäleren auf. Auf der ersten Seite stand in kleinen, regelmäßigen Buchstaben: *Jacob, Anno Domini 1666*. Carl sog mit einem Zischen die Luft ein. Sein Herz begann aufgeregt zu schlagen. Er schlug den nächsten, etwas dickeren Band auf. Wiederum auf der ersten Seite stand, diesmal in großer, schwungvoller Schrift: *Johanna, Anno Domini 1649*. Auch in den beiden anderen Bänden stand, jeweils auf der ersten Seite, ein Name und eine Jahreszahl.

Carl zog sich gleich nach der Stallarbeit und dem abendlichen Vesper zurück. In einem der löchrigen Säcke hatte er den Fund bereits in seine Schlafkammer transportiert. Seinen Kindern erzählte er nur von seinen Aufräumarbeiten und bat sie, sich um den Inhalt der Schränke zu kümmern und Unbrauchbares auszusortieren. Die Bücher erwähnte er nicht. Es erschien ihm wichtig, sie zuerst zu lesen. Danach würde man weitersehen. Carl nahm die Bücher aus dem Sack und ordnete sie chronologisch, bevor er mit dem Lesen des ältesten begann.

Johanna, Anno Domini 1649

April

Nachdem wir am Abend unserer Ankunft die Tiere an den Bäumen angebunden hatten, stellten wir die Wagen mit einem Abstand nebeneinander – mit der Rückseite dicht an das Haus. Dazwischen stapelten wir, in der so entstandenen Wagenburg, alle unsere mitgebrachten Habseligkeiten. Auch die Lattenkiste mit dem Geflügel. Auf den Wagen war nun Platz zum Schlafen und wir sanken erschöpft auf unsere Laubsäcke. Elisabeth schlief bei mir und den Kindern, Melchior und Caspar teilten sich die Pritsche von Caspars Fuhrwerk.

Kaum dämmerte der Tag herauf, weckte uns das energische Kikeriki des Hahnes. Elisabeth sprang voller Tatendrang vom Wagen, griff sich eine Säge und sägte drei kräftige junge Bäumchen ab, um sie geschickt zu einem hölzernen Dreifuß zusammenzufügen und einen Topf einzuhängen. Während ich Georg stillte, hatte sich der kleine Jacob zu ihr gesellt und schaute zu, wie sie inzwischen die Geißen molk. Die beiden Männer besichtigten indessen Stall und Scheuer und stellten fest, dass beides durchaus noch brauchbar war. In der Scheuer fanden sich sogar noch ein schwerer zweirädriger Karren, eine hölzerne Egge, einige Hacken, Rechen, Dreschflegel und ein hölzerner Spaten mit eisenbeschlagenem Rand. Wahre Schätze! Bald standen wir um das behelfsmäßige Kochgestell herum und stärkten uns mit einem köstlichen Haferbrei für den neuen Tag.

Caspar wurde als Erster auf Fleck aufmerksam. Der Hund scharrte und schnüffelte seit geraumer Zeit in dem hochstehenden, vertrockneten Gras unter der großen Linde herum. Caspar leckte gemächlich seinen Löffel ab und schlenderte auf den Hund zu. Fleck gab nun, da er sich der Aufmerksamkeit sicher war, mit einem »rrrwau, rrrwau« Laut und schaute Caspar erwartungsvoll an. Ich sehe es noch genau vor mir, wie Caspar, den Löffel in der rechten Hand, sich bückte und mit der linken Hand das Gras auseinanderstrich. Gleich darauf fuhr er wieder hoch und stieß ein lautes »Allmächtiger Gott« aus.

Er drehte sich entsetzt zu uns um und sagte: »Da liegt ein Haufen Menschenknochen.«

Mit einem Satz war Melchior bei ihm. Elisabeth lief hinterher, nur ich blieb wie angewurzelt stehen, Georg auf dem Arm und mit der freien Hand den zappelnden Jacob festhaltend. Kein gutes Zeichen für einen Neuanfang, dachte ich.

Allem Anschein nach war der arme Mensch durch Erhängen zu Tode gekommen – ob freiwillig oder unfreiwillig – wer konnte das sagen. Auf jeden Fall lagen die modrigen Reste einer Leiter im Gras und an einem kräftigen Ast konnte man bei genauem Hinsehen noch ein Stück eines verschlissenen Strickes erkennen.

Als ob Melchior meine Gedanken lesen würde, sagte er, nachdem der erste Schrecken überwunden war: »Ich glaube nicht, dass wir das als schlechtes Zeichen sehen müssen. Wir wussten, auf was wir uns einlassen. Nach so schrecklichen Zeiten muss man auf alles gefasst sein. Ob das einmal mein Vetter Martin war – wer weiß. Auf jeden Fall müssen wir die sterblichen Überreste begraben.«

Als wir uns nach einem geeigneten Platz umsahen, fiel unser Blick auf den nahen Waldrand. Im Gegensatz zu dem wild wuchernden Baum- und Strauchgestrüpp erstreckte sich nördlich vom Hof ein dichter Wald mit mächtigen alten Eichen, Buchen, Nadelbäumen und dichtem Unterholz.

Nachdem Melchior die morschen, grünlich verfärbten Knochen und den Schädel eingesammelt und in einen unserer leeren Säcke gelegt hatte, machten wir uns mit Spaten und Schaufel auf den Weg.

»Ich glaube, ganz vollständig sind die Knochen nicht mehr. Vielleicht hat ein Tier sich daran gütlich getan«, mutmaßte er.

Der Tod der früheren Bewohner schien sich uns unverzüglich offenbaren zu wollen. Denn kaum am Waldrand angekommen, entdeckten wir fünf mit Steinen bedeckte und locker mit Gras überwachsene Hügel. Keiner von uns sagte etwas. Ich fragte mich, was hier wohl passiert sein mochte. Eine Antwort auf diese Frage würde ich wohl nie erhalten.

Melchior hatte indessen eine Grube ausgehoben. Zusammen mit Caspar hob er den Sack hinein, dann schaufelten sie das Grab zu und traten die Erde fest. Wir sahen alle überrascht zu Elisabeth hin, als sie mit ihrer klaren dunklen Stimme voller Inbrunst »Maria zu lieben ist allzeit mein Sinn ...« sang.

Als sie das Lied beendet hatte, fügte sie ruhig hinzu: »Möge die heilige Jungfrau für die Toten bitten.«

Ich war noch ganz ergriffen, als Caspar sagte: »Es muss ein Bach in der Nähe sein, die großen Steine auf den Gräbern müssen ja irgendwo herkommen.«

Mai

In der Tat haben wir den ungefähr zehn Fuß breiten Bach am nächsten Tag entdeckt. Er verläuft am Wald in westlicher Richtung, nicht allzu weit hinter dem Hof. An einer Stelle hat sich an einer kleinen Ausbuchtung feiner Sand abgelagert. Ich habe aus dem Haus einen Topf geholt und ihn mit Sand gefüllt. Er eignet sich gut als Scheuersand zum Reinigen der Töpfe und Pfannen.

Melchior und Caspar roden und pflügen schon seit Tagen von Sonnenaufgang bis Sonnenuntergang. Es ist höchste Zeit, die Saat auszubringen.

Elisabeth und ich wünschen uns oft, doppelt so viele Hände zu haben angesichts der täglichen Arbeit. Zuerst haben wir den Hühnern einen Platz vor dem Stall eingezäunt – Ruten und Stecken für einen Flechtzaun sind ja genügend da – damit sie nicht weglaufen oder wilde Tiere sie sich als Beute holen können. Die Lattenkiste, in der wir sie transportiert haben, haben wir zu einem provisorischen Hühnerstall umgebaut. Sie scheinen sich wohlzufühlen, denn sie legen brav jeden Tag Eier.

Dann haben wir uns das Haus vorgenommen. Es ist groß und bietet uns allen reichlich Platz. Jeden Raum haben wir zuerst leergeräumt und dann gründlich mit heißer Seifenlauge ausgewischt. Auch die noch vorhandenen Möbel haben wir gründlich gereinigt. Als alles wieder an Ort und Stelle stand, habe ich Kräuterzweige angebrannt und damit jeden Raum ausgeräuchert. Insgeheim habe ich Angst, dass, falls die Pest hier gewütet hat, sie zurückkommen könnte. Immer wieder schweifen meine Gedanken zu den ehemaligen Bewohnern, wie sie wohl waren und wie sie gestorben sind.

In der Stube steht ein großer, gekachelter Ofen. Wie zu Hause auf dem Ettenberg gibt es in der Zimmerdecke eine kleine Klappe, damit etwas von der Wärme in das darüberliegende Zimmer gelangt. Der Tisch und die Eckbank sind noch gut zu gebrauchen. Nur zwei wackelige hölzerne Hocker müssen wir noch herrichten. In der Küche steht ein neuzeitlicher gemauerter Herd mit einer eisernen Kochplatte darauf, dessen Abzug direkt in den Kamin geht. Wir müssen also nicht mit dem Rauch einer offenen Kochstelle kämpfen. Das irdene Geschirr lag, bis auf eine Schüssel, in Scherben im ganzen Raum verstreut.

Außer Küche und Stube gibt es unten noch eine kleine Kammer mit Blick auf den Hof – Caspar hat sie gleich für sich ausgesucht. Eine breite Treppe führt ins obere Stockwerk. Das schöne Zimmer über der Stube ist das Schlafzimmer von Melchior und mir. Die doppelte Bettstatt darin hat die Jahre so unbeschadet überstanden wie der Schrank und die große Kleidertruhe. In der Truhe befanden sich noch Frauenkleider. Sie passen aber weder mir noch Elisabeth. Mir sind sie zu eng und Elisabeth zu kurz. Das muss eine kleine zierliche Frau gewesen sein, die sie einmal getragen hat. Das muffige Bettzeug – auch das aus den anderen Schlafkammern – haben wir im Hof verbrannt. Wir brachten ja unser eigenes mit. Unsere Laubsäcke haben wir mit trockenem Gras noch besser ausgepolstert, damit müssten wir eine Weile auskommen.

Oben sind noch zwei weitere Kammern. In jedem stehen vier Betten. Eines haben wir in unser Schlafzimmer gestellt – für Jakob und Georg, sie sind ja noch so klein und können sich leicht eines teilen. Elisabeth hat eine Kammer für sich hergerichtet. Die überzähligen Bettgestelle haben wir vorerst in die übrige Kammer gestellt. Wir werden mit der Zeit schon noch Verwendung für sie finden.

Ich bin wieder in Umständen und mein Leib fängt schon an, sich leicht zu wölben. Als wir noch in Rorschach waren und planten, nach Deutschland zu gehen, wollten Melchior und ich eigentlich enthaltsam leben, damit eine Schwangerschaft die Reise und den Neuanfang nicht noch zusätzlich belastet. Eine Weile lang hat es auch geklappt. Aber dann – eines Nachts – hat es uns beide so zueinander hingezogen und … die ganzen guten Vorsätze waren vergessen.

Ich bin so müde. Trotzdem will ich noch aufschreiben, was in den letzten Wochen geschehen ist. Nachdem das Haus ordentlich und bewohnbar war, haben Elisabeth und ich in den letzten Tagen beim Haus einen großen Gemüsegarten angelegt und mit einem Zaun aus geflochtenen Weidenruten umgeben. Die beiden Geißen hatten zwar gute Vorarbeit geleistet, indem sie den Bewuchs des vorgesehenen Stückes abgefressen hatten, dennoch bekamen wir vom Umgraben Blasen an den Händen und der Schweiß lief trotz des bedeckten Himmels in Strömen an uns herunter. Die Erde ist fett und dunkel, kein Wunder, wenn so lange nichts mehr darauf angebaut wurde. Allerdings ist der Boden hier in der Gegend an manchen Stellen leicht feucht und sauer. Melchior meint, wahrscheinlich wegen des Baches.

Als wir endlich all die mitgebrachten Sämereien von Kraut, Bohnen, Erbsen, Karotten, Meerrettich, Zwiebeln, Gurken und allerlei Kräutern in ordentliche Reihen gelegt, mit Erde bedeckt und leicht festgedrückt hatten, damit uns die Vögel nicht gleich alles wieder aufpicken, konnte ich mich fast nicht mehr aufrichten, so sehr schmerzte mein Rücken. Elisabeths Anwesenheit ist ein Segen – was würde ich nur ohne sie tun. Auch die Kinder haben sie schon ins Herz geschlossen.

Die Männer brachten die letzten Tage damit zu, einen ordentlichen Weg vom Abzweig bis zum Haus herzustellen. Das ganze abgehackte und abgesägte Holz haben sie mit dem Fuhrwerk auf den Hof geschafft – das werden wir nach und nach zu Brennholz verarbeiten. Für diesen Winter wird es auf jeden Fall reichen. Die Saat ist inzwischen ausgebracht, das Gras geschnitten, zu Heu getrocknet und in der Scheuer eingelagert.

Melchior und Caspar haben jetzt Zeit für all die andere Arbeit. Die beiden Speicher müssen noch ausgebessert und bis zur Ernte hergerichtet werden, ebenso wie der Stall und das Dach, das bei genauerem Besehen doch an einigen Stellen Schäden aufweist.

Juni

Heute sind zwölf Küken ausgeschlüpft. Die Kinder sind ganz begeistert von den gelben, flauschigen Federbällchen. Caspar und Melchior haben einen richtigen Hühnerstall gebaut. Die Hühner lassen wir jetzt tagsüber auch außerhalb des Geheges laufen. Jeden Abend treiben wir sie in den Stall, damit sie sicher sind. Zwar haben wir noch keinen Fuchs gesehen, aber man weiß ja nie.

Die Männer haben eine Erkundungsfahrt in die Umgebung gemacht. Diepoldshofen biete einen schlimmen Anblick, berichteten sie. Die Kirche sei wie einige der umliegenden Häuser abgebrannt, nur der Kirchturm stehe noch – die Ruinen seien bereits üppig überwachsen. Entgegen ihren Erwartungen sei der Ort aber nicht ganz entvölkert. Der Schmied und seine alte Mutter hätten die Schrecknisse des Krieges und die Pest überlebt und hausten anscheinend seit Jahren eher schlecht als recht. In manchen Häusern, so vermuten sie, lägen bestimmt noch Tote. Eine Familie mit vier Kindern aus Ragaz in der Schweiz habe sich vor ein paar Wochen ebenfalls niedergelassen und versuche nun, sich eine neue Lebensgrundlage zu schaffen. Sie waren wohl hocherfreut, als sie so unverhofft schweizerdeutsche Klänge vernahmen. Melchior spricht ja auch Schweizer Mundart, was seine Familie übrigens unglaublich lustig fand.

Von dem Ortsteil – der sogenannten Vorstadt – links der Straße nach Wurzach sei es gar nicht weit bis zum Unterburkhartshof, stellten Melchior und Caspar fest, als sie die Steige dort erklommen, man könne sogar das Dach unseres Hofes durch die Bäume schimmern sehen, wenn man ganz genau hinschaue. Es sei durchaus denkbar, dass man später einmal einen zusätzlichen, kürzeren Weg zum Dorf herstellen könnte. Auf dem Rückweg seien sie am Abzweig vorbei bis zum Weiler Stegroth gefahren. Dort führe eine Brücke über den Bach, der übrigens Rotbach heiße, wie die Bewohner erklärten. Drei Familien lebten dort, zwei Höfe seien verwaist. Der Weg von Stegroth führe weiter bis zu einem größeren Ort namens Kißlegg. Es käme aber höchst selten jemand vorbei.

Es ist schön zu wissen, dass wir hier doch nicht ganz alleine auf Gottes weiter Flur sind.

Eine weitere Entdeckung machten Melchior und Caspar zwischen dem Abzweig und der Brücke. Dort stehe, unweit des Weges, die Ruine eines Hofes. Das Gemäuer sei so eingewachsen, dass sie es erst auf den zweiten Blick gesehen hätten. Sie wollen es sich später einmal genauer ansehen.

August

Ich komme fast nicht mehr zum Schreiben. Die Arbeit nimmt kein Ende. Wir sind unermüdlich damit beschäftigt, genügend Vorräte für den Winter zu schaffen. Ein Teil des Gemüses ist schon geerntet. Das war ein Fest, als wir die ersten leuchtend roten Rettiche aus der Erde zogen. Wir haben sie tagelang abends zu frischem Brot gegessen. Elisabeth und ich sind laufend mit Ernten, Sammeln, Dörren, Schneiden, Trocknen, Einkochen und Einlegen beschäftigt. Erst nach und nach stellen wir fest, in was für einem Paradies wir hier gelandet sind. Drei Apfelbäume, zwei Birnbäume, ein Zwetschgenbäumchen, mehrere Haselnusssträucher und unzählige Holunderbüsche wachsen rund um den Hof. Von der Hoflinde mit ihren heilsamen Lindenblüten ganz zu schweigen. Zudem habe ich mit Elisabeth am Waldrand Himbeeren gesammelt – Jacob und Georg sind ganz wild auf die süßen Früchte. Jacob mit seinen fast zwei Jahren hat schon tüchtig mitgeholfen, auch wenn bestimmt die Hälfte der Beeren gleich in seinem Mund verschwunden ist.

September

Elisabeth hat mir anvertraut, dass Caspar ihr einen Heiratsantrag gemacht hat. Ich bin aus allen Wolken gefallen, habe ich doch nie bemerkt, dass zwischen den beiden mehr als die übliche Freundlichkeit war. Elisabeth ist vier Jahre älter als Caspar und mehr als einen halben Kopf größer – nun ja, das muss ja kein wirkliches Hindernis sein. Dass mein Bruder sich nach einer Frau und einer eigenen Familie sehnt, verstehe ich sehr gut. Elisabeth machte allerdings einen eher bedrückten als erfreuten Eindruck.

Nachdem sie eine Weile stumm auf den Boden geschaut hatte, meinte sie: »Ich mag deinen Bruder sehr, aber ich weiß nicht, ob ich seinen Antrag annehmen kann.«

Auf meine eindringliche Nachfrage, warum denn nicht, erzählte sie zögernd, dass sie ja schon so alt sei und überdies glaube, keine Kinder bekommen zu können. Sie habe nie eine regelmäßige Monatsblutung gehabt und wisse auch von anderen Frauen, dass bei ihnen während der Hungerjahre die Regel ebenfalls oft ausgeblieben war – oder gar nicht erst einsetzte. Ja, so etwas gab es schon. In meinem Kopf schossen die Gedanken wild durcheinander.

»Wir könnten es mal mit Heilpflanzentee versuchen«, schlug ich schließlich vor. »Wofür habe ich denn meine Kräuterapotheke?«

In Elisabeths Blick keimte Hoffnung auf. »Ja, probieren könnte ich es ja. Ich würde so gerne Caspars Frau werden. Das ist für mich eine göttliche Fügung, dass ich ihn getroffen habe, nachdem ich mich schon damit abgefunden hatte, als alte Jungfer zu enden.«

Wir sind noch immer am Ernten. Elisabeth und ich spüren bald unsere Rücken nicht mehr. Wir schneiden das Getreide mit Sicheln ziemlich tief ab, da wir das Stroh als Viehfutter und zum Ausstopfen unserer Bettsäcke verwenden wollen. Die Männer haben es zu Garben gebunden, auf das Ochsenfuhrwerk geladen und in den Speicher gefahren. In den Wintermonaten soll es dann gedroschen werden. Bis dahin müssen wir das mitgebrachte Mehl sorgfältig einteilen. Altes Korn haben wir nicht mehr. Nur noch Hafer für das Pferd und uns selbst.

Trotz der schweren Arbeit sieht Elisabeth schon viel besser aus. Sei es nun wegen der Vorfreude auf die Hochzeit oder wegen des Aufgusses, den sie sich jeden Tag aus dem blühenden Kraut von Frauenmantel und Schafgarbe zubereitet, so wie ich es ihr gezeigt habe. Die Kräuter dürfen dabei auf keinen Fall gekocht, sondern nur aufgebrüht werden. Es ist ein Glück, dass sich am Waldrand noch einige frische Pflanzen finden lassen. Sie haben eine höhere Wirkkraft als getrocknete. Ich achte jetzt sehr darauf, dass Elisabeth jeden Tag ausreichend isst. Ihr Gesicht ist schon etwas voller geworden und auch die Schulterblätter stechen nicht mehr so spitz aus dem Leibchen hervor wie noch vor ein paar Wochen.

Die Hochzeit soll schon nächsten Monat sein. Sie müssen nach Reichenhofen, um das Aufgebot zu bestellen – die Kirche in Diepoldshofen gibt es ja nicht mehr, geschweige denn einen Pfarrer. Mit Pferd und Wagen ist das aber nicht schwer zu bewerkstelligen.

Melchior war von den Neuigkeiten genauso überrascht wie ich. Er freut sich sehr, dass seine Schwester seinen besten Freund und Schwager heiratet und wir sozusagen alle bald doppelt miteinander verwandt sind.

Oktober

Die Hochzeit war schlicht – Melchior und ich waren die Trauzeugen und die Ersten, die nach Pfarrer Bader dem strahlenden Paar gratulierten. Eine Handvoll Neugieriger hatte sich ebenfalls in der Kirche eingefunden und wünschte den Neuvermählten ebenfalls viel Glück.

Reichenhofen liegt an der Wurzacher Ach, es ist das gleiche Flüsschen, das auch durch Diepoldshofen fließt. Der Pfarrer hat uns nach der Trauung ein wenig über Reichenhofen und Diepoldshofen erzählt. Krieg und Pest hätten in der ganzen Gegend viele Menschenleben gefordert und man sei oft Gewalttaten ausgesetzt gewesen. So sei im Jahre 1638 der Postmeister am Reichenhofer Weg von streunenden Landsknechten erschossen worden, nachdem er sich geweigert hatte, ihnen sein Pferd zu überlassen. Die Poststation habe man bald danach geschlossen. Beide Dörfer gehören der gräflichen Herrschaft zu Zeil, deren Schloss man an diesem sonnigen Tag gestochen scharf über den Anhöhen thronen sah. Melchior solle sich nur ja bald bei der Schwäbischen Landvogtei im Amt Altdorf melden, riet der Pfarrer, und anzeigen, dass er das Anwesen seines seligen Vetters requiriert habe. Die vorderösterreichische Regierung, zu deren Gebiet der Unterburkhartshof gehöre, sei sicher genauso streng wie die hiesige Herrschaft, was die Abgaben betreffe.

Ja, er habe das sicher vor, entgegnete Melchior, und werde sich demnächst auf den Weg machen, jetzt, da die Erntearbeiten so gut wie abgeschlossen seien.

»Den Weg könnt Ihr Euch sparen, wenn Ihr eine schriftliche Mitteilung macht und sie von Leutkirch aus durch die kaiserliche Reichspost befördern lasst. Ich verfasse Euch das Schreiben gerne«, erbot sich der Pfarrer.

Ein leises Lächeln umspielte Melchiors Lippen, als er sagte: »Ich danke Euch, Hochwürden, ich weiß Euer hochherziges Angebot sehr zu schätzen. Gottlob bin ich des Lesens und Schreibens selbst mächtig – wie mein Eheweib übrigens auch.«

»Potz Blitz!«, entfuhr es da dem geistlichen Herrn und sein Blick wanderte überrascht und neugierig zwischen Melchior und mir hin und her.

»Ja«, erklärte Melchior nicht ohne Stolz, »wir hatten das Glück, in der Schweiz diese Kunst erlernen zu dürfen.«

Die Heimfahrt war lustig. Wir sangen aus vollen Kehlen und freuten uns des Lebens.

14. November

Heute Morgen um halb sechs Uhr habe ich ein Mädchen geboren. Es ging ganz schnell und die Geburt war leicht. Elisabeth hat mir beigestanden und obwohl sie keinerlei Erfahrung in der Geburtshilfe hat und ich ihr alles erklären musste, war ihre Anwesenheit mir Hilfe und Wohltat.

Melchior hat ganz gerührt auf das kleine zarte Kindchen in der Wiege geschaut. »Wir werden es Johanna nennen«, sagte er mit Stolz in der Stimme.

Mir geht es gut – nur die Nachwehen scheinen mit jedem Kind schlimmer zu werden.

15. November

Melchior ist mit Pferd und Wagen nach Reichenhofen gefahren und hat Pfarrer Bader zur Taufe auf den Hof geholt. Der ließ es sich nicht anmerken, aber ich glaube, die Fahrt in dem eisigen Wetter, das schon seit Tagen herrscht, hat ihn nicht gerade begeistert. Wir haben ihm reichlich Eier und Getreide mitgegeben.

Dezember

Die Männer haben angefangen, das Korn zu dreschen. Elisabeth hilft manchmal mit, aber die Arbeit ist schwer und bei den Mahlzeiten essen die drei jetzt fast doppelt so viel wie zuvor. Ich besorge das Haus und bereite die Mahlzeiten, und wieder einmal bin ich froh an dem Topf Schweineschmalz, den mir Lucia mitgegeben hat. Eigentlich ist das Fett für die Herstellung von Salben und zum Einreiben meiner Brustwarzen gedacht, damit sie sich vom ewigen Stillen, vor allem wenn die Kinder die ersten Zähnchen bekommen haben, nicht entzünden. Bei der Esslust, die Elisabeth, Melchior und Caspar an den Tag legen, bin ich aber dazu übergegangen, das Gemüse gelegentlich mit einem Löffel Fett abzuschmälzen oder eines der jungen Hühner zu schlachten, die gekocht eine vorzügliche Brühe und kräftige Suppeneinlage abgeben.

Fleisch gibt es sonst eher selten. Da wir nicht genau wissen, wie das hier mit dem Jagdrecht ist, halten wir uns zurück. Den einen oder anderen Hasenbraten haben wir Caspars Jagdleidenschaft zu verdanken und Melchior hat im Sommer plötzlich ein Geschick darin entwickelt, die Fische im Bach mit der Hand zu fangen. Einen Teil des Fleisches haben wir gedörrt. Jetzt im Winter koche ich es ab und zu im Eintopf mit.

Wir sind alle gesund und die Kinder gedeihen. Jacob will bei den Arbeiten immer mithelfen und sein kleiner Bruder Georg versucht es ihm natürlich gleichzutun. Melchior beschäftigt die beiden mit allem Möglichen und manchmal sind sie ihm wirklich schon eine Hilfe. Johanna hat gut zugenommen. Sie ist nach wie vor aber zart und feingliedrig – da kommt sie wohl nach Melchior und Elisabeth –, im Gegensatz zu den beiden Buben, die eher die robuste Statur der Stübis geerbt haben.

Anno Domini 1650

Januar

Das Weihnachtsfest war überschattet von Elisabeths Fehlgeburt. Wir waren nach dem Kirchbesuch in Reichenhofen gerade beide in der Küche beschäftigt, als sie plötzlich zusammenzuckte und sich mit der Hand an den Leib fuhr.

Was für ein Schrecken für uns alle. Unser neues Leben war bisher so gut und ohne Zwischenfälle verlaufen, die Tage waren ausgefüllt mit Arbeit und der Zuversicht in die Zukunft. Wir hatten fast vergessen, dass das Leben auch böse Überraschungen bereithalten kann.

Elisabeth war sich der Schwangerschaft noch nicht einmal ganz sicher gewesen. Die schwere Arbeit mit dem Dreschflegel hat vielleicht noch das Ihre dazugetan. Elisabeth war untröstlich und weinte tagelang. Sie konnte und konnte einfach nicht mehr aufhören zu weinen. Caspar stand hilflos an ihrem Bett und wusste nicht, was er sagen sollte. Auch er hatte sich das Kind sehnlichst gewünscht.

Elisabeth hat sich etwas erholt. Zumindest körperlich. Ich rede ihr täglich gut zu und ermuntere sie, so gut ich kann. Sie hat einen eisernen Willen und ist fest entschlossen, Caspar ein Kind zu schenken. Melchior hat einen Brief an Jacob und Lucia geschrieben, in dem er geschildert hat, wie es uns bisher ergangen ist. Ich habe Grüße angefügt mit der Bitte, sie auch an meine Familie weiterzuleiten. Ach ja, der Ettenberg, das kommt mir bald vor, wie wenn er zu einem anderen Leben gehörte.

Februar

Ich habe zusammen mit Elisabeth und den Buben die Bettsäcke mit frischem Stroh gestopft. Die Laubfüllung war schon ganz zusammengesunken und bot keine komfortable Schlafunterlage mehr – sie gibt aber noch eine gute Einstreu für die Tiere im Stall ab. Die Füllung mit Stroh ist fester und es lässt sich herrlich darauf liegen – wir haben es gleich an Ort und Stelle ausprobiert. Elisabeth hat zum ersten Mal, seit sie ihr Kind verloren hat, wieder gelacht. Das war aber auch ein Spaß, wie wir alle auf dem Rücken auf den Säcken lagen und hin und her zappelten, um ihre Tauglichkeit zu erproben.

Zudem haben wir umgeräumt. Caspar und Elisabeth sind in Caspars Kammer umgezogen. Der Raum neben der Stube ist warm und geräumig. Elisabeths Kammer, die nach der Hochzeit als eheliches Schlafzimmer gedient hatte, ist ebenfalls warm, da an einer Wand der Kamin durchführt. Im Frühjahr können wir die Buben dann umquartieren – zu fünft wird es in unserer Schlafkammer langsam eng. Meine Monatsblutung ist schon wieder ausgeblieben. Das Bett, in dem Jacob und Georg bisher schlafen, werden wir bald für Johanna brauchen und die Wiege wieder für das nächste Kind.

März

Wenn der Winter doch nur zu Ende ginge. Seit Wochen wechseln sich Schnee und Regen ab. Der Boden ist aufgeweicht und bleibt in dicken Klumpen an den Schuhen hängen. Gott sei Dank haben wir ausreichend Vorräte und Stroh und Heu für die Tiere. Trotzdem sind wir sehr sparsam – man weiß ja nicht, wie lange der Winter noch andauern wird.

Die Männer haben alle anstehenden Arbeiten erledigt. Das Reinigen des Korns mit Wurfschaufel und Sieb hat viele Tage in Anspruch genommen. Einen großen Teil des Korns haben sie mit dem Pferdefuhrwerk nach Leutkirch gefahren und dort in der Stadtmühle mahlen lassen.

Jetzt haben wir auch Zeit, zusammenzusitzen und Pläne zu schmieden. In Stegroth halten sie auf einem Hof einen Ziegenbock und wir haben beschlossen, eine unserer Geißen decken zu lassen. Wenn wir noch ein oder zwei Ferkel erstehen könnten, wäre das ein weiterer Fortschritt für unser leibliches Wohl. Auch wollen wir am Bach eine Wasch- und Badehütte bauen – wir vermissen die Annehmlichkeiten unserer Badestube in Rorschach doch sehr. Immerhin haben wir in einer Ecke im Stall einen kommoden Holzkasten mit einem Loch im Sitz über der Grube gebaut, wo wir unsere Notdurft verrichten können, ohne dass wir in die Kälte hinausmüssen. Melchior war so begeistert, dass er daneben noch einen kleinen Kasten mit einem kleinen Loch gebaut hat. »Für die Kinder«, sagte er schmunzelnd.

Auf einem Feld wollen wir dieses Jahr Flachs anbauen. Gegen das gesponnene Garn können wir in Leutkirch auf dem Markt hoffentlich Leinwand eintauschen. Sollte noch etwas Garn übrig bleiben, könnten wir es verkaufen und unsere Kasse auffüllen. Elisabeth und ich haben viel von unseren Leinwandballen zu Kleidung und Wäsche verarbeitet. Nachschub wäre also angebracht. Die Kleider, die wir in der Truhe gefunden haben, haben wir aufgetrennt, mit neuem Stoff ergänzt und zu Röcken und Leibchen umgeändert.

Nebenbei übe ich mit Elisabeth das Schreiben, denn wie sich herausstellte, kann sie nur gerade mal ihren Namen schreiben. Melchior tröstete sie, indem er daran erinnerte, dass er damals, als er Haselburg verlassen hatte, auch nicht mehr als seinen Namen schreiben konnte.

»Johanna wird es dir genauso gut beibringen wie Jacob mir damals in Rorschach«, machte er seiner Schwester Mut, wenn sie immer wieder stöhnte: »Das lerne ich nie.«

April

Melchior und Caspar haben den zusammengefallenen Hof am Weg unterhalb des Abzweigs ausgekundschaftet. Das überwachsene Gemäuer zeige Brandspuren, sagten sie. Das

Anwesen sei ähnlich groß wie das unsere, nur dass das Wohnhaus nach Stegroth hin ausgerichtet sei und bei uns der Stall in diese Richtung zeigt. Im Übrigen seien von den Hauswänden nur noch wenige erhalten und außer den Grundmauern sei nicht mehr viel zu gebrauchen. Der Platz selbst sei gut und sie könnten sich vorstellen, den Hof wieder aufzubauen. Caspar hat es wohl vage für sich und Elisabeth ins Auge gefasst. Die ehemaligen Bewohner seien, laut Auskunft der Bewohner von Stegroth, bei einem Überfall der Schweden umgekommen, die das Anwesen nach der Plünderung angezündet hätten.

Ein Zinseinnehmer der Regierung ist auf den Hof gekommen. Er hat alles taxiert und Zins und Abgaben festgelegt. Da wir noch Ersparnisse haben, hat Melchior sich mit ihm darauf geeinigt, die Abgaben dieses Jahr in Geld zu leisten und je nachdem, wie Ernte und Einnahmen verlaufen, für das nächste Jahr ebenfalls. Wir haben ihm persönlich noch je ein Säckchen Dinkelmehl und Hafer mitgegeben, damit er uns gewogen bleibt und an höherer Stelle möglichst einen guten Bericht über uns abgeben wird. Was die Nutzung des Waldes und die Jagd anbetrifft, gestattet man uns bis auf Widerruf die Waldweide sowie die Nutzung von Brennholz, Beeren und Kräutern. Jagen dürfen wir Hasen, Wildvögel und – so sie überhand nehmen sollten – auch Wildschweine und Rotwild. Auch das Fischen im Bach ist uns erlaubt. Hoffentlich bleiben wir noch eine Weile vom Frondienst verschont, damit wir unsere Arbeitskraft nur für unser eigenes Fortkommen einzusetzen brauchen. Die Lage des Hofes, inmitten von Waldburg-Zeil'schem Grund und Boden, kommt uns da vielleicht entgegen.

Elisabeth ist wieder in Umständen. Ich bete zu Gott und der heiligen Jungfrau Maria, dass dieses Mal alles gut geht.

Alles ist für die Aussaat vorbereitet. Der lange Winter scheint endlich vorbei zu sein. Noch bis vor zwei Wochen hat es immer wieder geschneit, auch wenn der Schnee nicht lange liegen blieb. Der Boden ist jetzt abgetrocknet und zum

Pflügen gut geeignet. Wir haben für die Sommersaat jeweils ein Feld für Hafer, Roggen, Gerste, Weizen und Flachs vorbereitet. Dinkel haben wir bereits im Herbst als Wintersaat ausgebracht. Sie verspricht durch das längere Wachstum und die Wärme des Frühlings noch bessere Erträge als die Sommersaat. Die jungen Pflänzchen zeigen schon ein vielversprechendes Grün – und so Gott will – können wir uns nach der Getreideernte im Herbst am Anblick von zahlreichen Sommergarben und den Wintergarben des Dinkels erfreuen. Auf zwei kleineren Äckern wollen wir Bohnen und Kraut anpflanzen, damit es im Gemüsegarten mehr Platz für anderes gibt.

Mai

Die Frühlingswiesen blühen in voller Pracht und erfreuen Herz und Augen. Die Sommersaat ist ausgebracht. Die beiden Ochsen und das Pferd haben brav gearbeitet. Trotzdem waren die Männer vom Ackern, Eggen und Säen jeden Abend recht müde. Elisabeth hat sich von der schweren Arbeit ferngehalten und mit mir den Gemüsegarten bestellt. Sie hat ein Geschick darin, die Kinder zu beschäftigen. Jacob und Georg sind sich mit ihren kleinen Handhacken, die Caspar im Winter für die beiden aus Holz zurechtgeschnitzt hatte, ganz wichtig vorgekommen und haben unermüdlich den Boden gelockert. Jeder durfte dann eine Handvoll Samen in die gezogenen Reihen auslegen, mit Erde bedecken und vorsichtig festklopfen. Die kleine Johanna lag währenddessen gut eingepackt brav auf einer Strohunterlage in ihrem Weidenkorb und fuchtelte zufrieden mit den Ärmchen in der Luft herum.

In Diepoldshofen haben sie angefangen, die Kirche wieder aufzubauen. Es kommen immer wieder neue Siedler aus Österreich und der Schweiz, so dass sich der Ort wieder belebt. Für uns wäre es auch besser, wenn wir nicht immer bis nach Reichenhofen in die Kirche müssten.

Juni

Heute war ein Uhrenhändler aus dem Schwarzwald bei uns auf dem Hof. Wir standen alle um den drahtigen Mann mit seinem Tragegestell voller Uhren herum und bestaunten ihn nicht schlecht. Unter leichtem Ächzen stellte er seine Last vorsichtig auf den Boden und ließ dann die steifen Schultern kreisen. Ich zählte achtzehn Uhren, die an dem Gestell festgemacht waren – eine schöner als die andere. Da wir uns sowieso gerade zum Mittagsmahl setzen wollten, lud ich den Mann zu Rührei mit Brot ein.

Er komme aus dem Schwarzwald, aus St. Blasien, und sei schon fast einen Monat auf seiner Verkaufswanderung. In Wolfegg, wo er gestern eine Uhr an einen durchreisenden Kaufmann verkauft habe, stünden vom Schloss nur noch die Außenmauern, wusste er zu berichten. Der Dachstuhl und das Innere seien völlig ausgebrannt. Der ganze Ort mitsamt dem Schloss sei von den Schweden, so habe man ihm erzählt, noch gegen Ende des Krieges niedergebrannt worden. Ein Haufen Maurer räume jetzt den Schutt weg, da die Waldburg-Wolfegg'sche Herrschaft das Schloss wieder aufbauen wolle. In Stegroth dann habe man ihm gesagt, dass es hinter dem Hügel in Richtung Diepoldshofen einen bewohnten Hof gebe – und jetzt sei er hier, um uns seine wunderschönen Uhren zum Kauf anzubieten.

Melchiors Augen funkelten begehrlich, als er die schönen Stücke ausführlich betrachtete. »Was kostet denn zum Beispiel diese da?«, fragte er den Händler und zeigte auf eine viereckige Holzuhr mit einem metallenen Zifferblatt und der darunter angebrachten schwungvollen Jahreszahl 1650.

Über dem Zifferblatt zierte ein aufgemalter dunkelgrüner Tannenbaum den etwas schmäleren Aufbau, der wie ein kleines Häuschen aussah. Die Zahnräder der Uhr waren wie das Gehäuse ganz aus Holz und am Zug hing ein Feldstein als Gewicht und Antrieb.

»Diese ganz besonders schöne Uhr kostet sechs Gulden.«

»Oh, das ist schade, so viel Geld kann ich für eine Spielerei wie diese, die keinerlei Nutzen hat, nicht ausgeben«, sagte Melchior bedauernd. »Die Sonne ist als Zeitmesser ja ausreichend.«

Der Händler lobte daraufhin seine Ware in den höchsten Tönen, verwies auf die genaue Zeitangabe, die gute Verarbeitung und künstlerische Gestaltung, die den Preis durchaus rechtfertigten. So ging es eine Weile hin und her. Caspar, Elisabeth und ich warfen uns unauffällig vielsagende Blicke zu, als der Händler, laut durch die Nase ein- und noch lauter ausatmend, Melchiors Angebot von vier Gulden endlich billigte.

Wir haben die Uhr gleich in der Stube an der Wand zwischen dem Fenster und der Tür zu Caspars und Elisabeths Kammer aufgehängt. Es sieht aus, als ob sie schon immer hier hängen würde.

Juli

Ach, es ist ein Jammer! Elisabeth hatte vor zwei Wochen wieder eine Fehlgeburt. Die Heuernte lag hinter uns und wir waren froh, dass uns das Wetter keinen Strich durch die Rechnung gemacht hatte.

Eines Nachts hat mich Caspar geweckt und mir mit gepresster Stimme ins Ohr geflüstert: »Ich glaube, Elisabeth verliert das Kind.«

Leise, um Melchior nicht aufzuwecken, hasteten wir die Treppe hinunter. Elisabeth lag leise stöhnend auf dem Bett. Obwohl nur eine Unschlittkerze den Raum schwach beleuchtete, sah ich gleich den großen dunklen Fleck auf dem Laken. Caspar setzte sich zu seiner Frau und fasste sie tröstend um die Schultern, während ich den kleinen blutigen Klumpen, dessen menschliche Umrisse selbst in diesem Dämmerlicht nicht zu übersehen waren, schnell in ein Tuch wickelte und aus der Kammer trug. Am nächsten Morgen machte ich mich in aller Frühe auf und begrub das Tuch mit seinem traurigen Inhalt bei den steinernen Grabhügeln.

Ich fühle mich so schlecht. In mir wächst ein Kind nach dem anderen heran, keine Arbeit kann den Schwangerschaften etwas anhaben, die Geburten sind leicht – und Elisabeth, der kein Kind vergönnt zu sein scheint, hat meine unkomplizierte Fruchtbarkeit tagtäglich vor Augen. Mir bricht fast das Herz beim Anblick meiner Schwägerin, die ihre Haltung auch nach diesem neuerlichen Schicksalsschlag eisern bewahrt. Einmal habe ich Caspar zur Seite genommen, um ihm mein Bedauern auszusprechen.

»Elisabeth ist eine gute Frau, und ich bin froh, dass ich sie habe«, sagte er nur. »Alles andere liegt nicht in unserer Hand.«

Eines Abends, nach einem brütend heißen Tag auf dem Feld, waren wir alle bei der Badehütte, als sich am Bachufer entlang eine Frauengestalt mit einem Kind an der Hand näherte. Bei uns angelangt, ließ sie uns wissen, sie sei die Barbara Waldnerin von Stegroth und das Kind sei Lena, ihre Tochter. Wir luden sie ein, sich zu uns zu setzen, was sie nach einer Weile auch tat.

»Ihr habt euch hier ja schön eingerichtet«, sagte sie, indem ihr Blick über alle Familienmitglieder hinwegging.

Melchior und Caspar standen mit aufgekrempelten Hosenbeinen bis zu den Knien im Wasser, Elisabeth saß mit Jacob und Georg am Bachrand, wo alle drei die bloßen Füße im kühlen Wasser schwenkten. Ich selbst saß mit aufgestützten Armen und ausgestreckten Beinen im Gras – im Augenblick die bequemste Stellung für meinen gerundeten Leib. Die kleine Johanna lag, strampelnd und gurgelnde Kleinkinderlaute ausstoßend, auf einem Tuch neben mir.

Die Frau war mittelgroß und schlank und mochte etwa um die vierzig Jahre alt sein. Sie war mit einem leichten dunkelblauen Leinenrock, einem schwarzen Schnürleibchen über einer weißen Bluse mit halblangen, bauschigen Ärmeln bekleidet. Eine weiße Haube verdeckte das blonde Haar fast ganz. Das kleine Mädchen, es mochte etwa fünf Jahre alt sein, hatte sich wortlos neben seine Mutter ins Gras gesetzt.

»Lena ist taubstumm. Sie ist schon so geboren. – Ihr hattet eine Fehlgeburt«, sagte die Frau dann unvermittelt zu Elisabeth.

Ich sah, wie Elisabeth schluckte und nach einer Weile nickte. Woher die Fremde das wusste, war mir allerdings ein Rätsel.

»Ich habe ein altes Rezept für Euch«, fuhr sie zu Elisabeth gewandt fort, »das hat schon vielen geholfen.« Dabei drehte sie ein grünes Zweiglein, das sie die ganze Zeit schon in der Hand gehalten hatte, zwischen den Fingern. »Man kocht die jungen Blattspitzen der Hainbuche, die aus drei Blättern bestehen, in Milch. Dann versieht man die Suppe mit einer leichten Einbrenne aus Dinkelmehl und einem verquirlten Eidotter und nimmt sie jeden Abend zum Nachtmahl zu sich. Ihr werdet sehen, es wird sich keine Fehlgeburt mehr einstellen.«

Sie stand auf, legte den Zweig auf Johannas Decke, nahm ihr Kind an die Hand, sah uns alle nacheinander freundlich an und machte sich mit einem »Behüt' euch Gott« auf den Rückweg.

»Danke für Euren Besuch und das Rezept!«, rief ich ihr hinterher. »Und besucht uns wieder einmal«, fügte ich noch eine Spur lauter hinzu.

Die Begegnung – so seltsam sie auch gewesen sein mochte – ließ in Elisabeths Augen einen Funken Hoffnung aufglimmen.

August

Pfarrer Bader ließ uns einen Brief von Jacob und Lucia zukommen. Sie seien beide wohlauf – aber eine traurige Nachricht habe sie schon kurz nach unserer Abreise erreicht. Ihr Sohn, der sich als Soldat bei den Kaiserlichen verdingt hatte, sei gefallen. Nur durch Zufall hätten sie es von einem Gast im Wirtshaus erfahren. 1634 habe der im gleichen Regiment wie ihr Sohn in der Schlacht bei Nördlingen gegen die Schweden gekämpft.

Ich weiß, dass Lucia insgeheim immer gehofft hat, ihr Sohn möge eines Tages wieder in der Tür stehen. Das ist auch nach all den Jahren noch ein schlimmer Schlag für die beiden.

Johanna plagen ihre Zähnchen und sie schreit halbe Nächte lang. Ich gehe dann mit ihr in die Küche hinunter, damit wenigstens Melchior und die Buben ihren Schlaf haben. Der Absud von Salbei, den ich ihr auf das rote und gespannte Zahnfleisch reibe, will nicht recht helfen. So sitze ich dann dösend da, während Johanna auf meinem Zeigefinger herumbeißt, was ihr noch die meiste Linderung zu verschaffen scheint. Deshalb und vor lauter Arbeit komme ich gar nicht mehr zum Schreiben.

Die Geiß hat zwei Zicklein bekommen und die letzten Wochen waren angefüllt mit Erntearbeiten und dem Sammeln von Brennholz, Kräutern, Beeren und Nüssen. Zudem waren wir ganz schön damit beschäftigt, eine Wildsau zu verarbeiten, die Caspar eines Tages mit dem Spieß erlegt hatte.

Nach dem Genuss eines herrlichen Wildschweinbratens beschlossen wir kurzerhand, hinter der Küche eine Räucherkammer einzurichten, um Fleisch, Würste und Fisch räuchern zu können. In der Wurstherstellung war niemand von uns bewandert. Trotzdem ist mir eine gute Leberwurst aus gebrühter Leber, gekochtem Speck und Bauchfleisch gelungen, der ich klein gehackte Zwiebeln, eine Handvoll Salz und frischen Thymian beigemischt habe. Wir sind ganz stolz auf unsere Fleischvorräte. Da wir nun mit höchster Erlaubnis jagen dürfen, verzichten wir darauf, selbst ein paar Ferkel zu mästen.

Elisabeth sieht frisch und wohlgemut aus, seit sie jeden Abend ihre Hainbuchensuppe isst. Mir war die Hainbuche als Heilpflanze bisher gar nicht bekannt. Auf jeden Fall habe ich außer den Blättern des heilsamen Baumes noch reichlich Frauenmantel und Schafgarbe gesammelt.

September

Beim Kirchgang am heutigen Sonntag haben wir die Barbara Waldnerin aus Stegroth getroffen. Nach dem Gottesdienst ist sie mit der kleinen Lena an der Hand auf uns zugekommen und hat gefragt, wie es uns geht.

»Ach«, sagte sie, den Blick auf Elisabeth gerichtet, »ich sehe, Ihr habt jeden Abend Euer Heilsüppchen gegessen. Ihr werdet sehen, es wird ein kräftiges, gesundes Kind.« Dann wandte sie sich zu mir um und sagte: »Wenn Ihr in Eurer schweren Stunde meine Hilfe braucht, schickt jederzeit nach mir, ich bin in der Geburtshilfe erfahren.«

Die Frau ist mir unheimlich. Wie kann sie wissen, dass Elisabeth schwanger ist, zumindest hat Elisabeth bisher kein Wort darüber verloren. Und dass sie ihre Hilfe bei meiner Niederkunft anbietet, beunruhigt mich. Es wird doch hoffentlich alles gut gehen.

Elisabeth ist tatsächlich in Umständen. Ihre Regel ist seit drei Wochen ausgeblieben. Sie ist überglücklich und glaubt fest an die Voraussage der Waldnerin. Caspar hat die Frau inzwischen, mit einer geräucherten Leberwurst im Gepäck, in Stegroth aufgesucht. Zum einen wollte er sich bedanken und zum anderen von ihr wissen, wie sie zu so einer Voraussage kommt.

Sie habe ihn auf ihrem kleinen Hof freundlich empfangen. Auf Caspars direkte Frage habe sie geantwortet: »Seit Lenas Geburt sehe ich manchmal Begebenheiten und Dinge voraus. Ich versuche kein Aufhebens davon zu machen, denn die meisten Leute finden so eine Gabe unheimlich. Wenn ich aber helfen kann, dann tue ich es – so wie bei Eurer Frau. Mein Mann wollte davon und von seinem taubstummen Kind nichts wissen und hat sich eines Nachts heimlich aus dem Staub gemacht. Seither wirtschafte ich hier mit meiner Mutter, so gut es geht.«

Oktober

Caspar hat sich entschlossen, den Hof am Abzweig wieder aufzubauen. Beim letzten Zinstag in Reichenhofen hatte er den Zeil'schen Zinseinnehmer darauf angesprochen. Der allerdings teilte ihm mit, dass er in dieser Angelegenheit nicht zuständig sei. Für den ehemaligen Hof, so sagte er, sei das

Kloster Waldsee zuständig. Dorthin solle er sich mit seinem Anliegen wenden.

Nach dieser unerwarteten Auskunft entschlossen sich Caspar und Melchior, den Herren vom Kloster Waldsee eine schriftliche Mitteilung zu machen und sich dann dem Hausbau zu widmen. Die Steine wollten sie aus einem der leerstehenden, abbruchreifen Häuser in Diepoldshofen beschaffen und das Bauholz im Wald oberhalb des Anwesens schlagen.

»Das schaffen wir schon«, munterte Melchior Caspar auf, der angesichts der bevorstehenden umfangreichen Arbeiten die Schultern etwas hängen ließ. »Für zwei Männer ist das ganze Vorhaben und die Bestellung der Felder wirklich zu viel, zumal das Land um den neuen Hof zuerst noch gerodet werden muss. Deshalb gebe ich gleich morgen einen Brief an Jacob in Rorschach auf, damit er einen tüchtigen Mann herschickt, der uns als Knecht unterstützen kann.«

Der Zinseinnehmer hatte indessen sehr bedauert, dass er unter diesen Umständen für seine Herrschaft den jungen kräftigen Mann nicht als neuen, zinspflichtigen Untertan gewinnen konnte. In Anbetracht der allgemeinen Verwüstung und Verödung des Landes, in dem so viele Dörfer und Höfe leerstanden und viele der noch verbliebenen Menschen schwach und ausgemergelt waren, befand sich kein Geld mehr in den herrschaftlichen Kassen – ja mehr noch – man war mit einem Haufen Schulden überzogen und sah einer äußerst ungewissen Zukunft entgegen.

November

Caspar und Melchior haben angefangen, Bauholz zu schlagen. Die Steine haben sie mit dem Ochsengespann in vielen Fuhren bereits hergekarrt. Das Baumaterial wartet jetzt auf dem inzwischen aufgeräumten Bauplatz auf die weitere Verarbeitung.

Beim Saubermachen des Platzes haben die beiden eine schwere goldene Kette mit einem ebenfalls in Gold gefassten grünen geschliffenen Stein als Anhänger im Wurzelwerk eines Busches gefunden. Angespornt von der glänzenden Entdeckung, suchten sie sorgfältig nach weiteren Schätzen. Sie fanden jedoch nur noch einige verbeulte kupferne Küchengeräte und einen verrosteten eisernen Pflug. Mehr scheint von den früheren Bewohnern nicht mehr übrig geblieben zu sein.

Seltsamerweise wissen auch die Leute von Stegroth nicht viel über sie. Das sei eine vornehme Familie mit einigen Knechten und Mägden gewesen, die den Hof bewirtschaftete. Sie hätten aber kaum Umgang mit den Dorfbewohnern gepflegt, weshalb heute auch niemand mehr etwas Genaues über sie wisse – außer eben, dass der Hof von den Schweden anno 1637 niedergebrannt worden war.

Ich bin ganz schwerfällig geworden und wäre froh, wenn das Kind bald geboren wird. Mein Leib ist unförmig und hoch, nicht wie bei den anderen Kindern, als sich gegen Ende der Schwangerschaft das Gewicht nach unten verlagert hatte. Mir geht es aber gut, abgesehen davon, dass mir in letzter Zeit die Worte der Waldnerin nicht mehr aus dem Kopf gehen wollen und mich beunruhigen.

Dezember

Alles ist gut gegangen. Am 30. November ist die kleine Margret geboren. Es war eine schwere Geburt. Zwei Tage und Nächte lang lag ich in den Wehen. Schon am Abend des ersten Tages hat Melchior die Barbara Waldnerin geholt. Als sie mit kundigen Händen meinen unförmigen Leib abtastete, war für sie klar, dass das Kind quer liegt. Sie beruhigte mich und versicherte, mit Gottes Hilfe werde alles gut gehen – ich müsse nur durchhalten und tun, was sie mir sage.

Schweißgebadet lag ich auf dem Bett. Die nicht enden wollende Wiederkehr der Wehen hatte mich fast gänzlich erschöpft, als endlich der Wassersprung eintrat. Elisabeth wischte mir mit einem feuchten Tuch den Schweiß aus dem Gesicht und umfasste beruhigend meine Schultern. Barbara erklärte mir, sie werde eine Wendungsschlinge aus Leinen einführen, um sie nacheinander um die Füße des Kindes zu legen. Als sie zog und das Kind sich drehte, veränderte sich augenblicklich die Form meines Leibes, wie wenn eine Welle durch mich hindurchginge, und ich spürte einen unwiderstehlichen Drang zu pressen. Kurz danach vernahm ich erstaunt das laute Schreien meiner Tochter, die mit den Füßen voran das Licht der Welt erblickt hatte.

Margret ist ein kräftiges Mädchen, schwerer, als alle ihre Geschwister bei der Geburt gewesen waren. Sie hat einen dichten schwarzen Haarschopf und einen gesegneten Appetit. Melchior ist froh und glücklich. Mich zu verlieren, so gestand er mir, sei seine größte Angst gewesen.

Anno Domini 1651

Januar

Caspar hat ein Schreiben des Klosters Waldsee erhalten. Darin teilen ihm die Augustiner Chorherren mit, dass der Oberburkhartshof tatsächlich frei und eigen sei, das Kloster St. Peter aber noch einige Rechte und Gerechtigkeiten daran besitze. Im Übrigen setze man ihn in Kenntnis, dass das Anwesen, ebenso wie der nahe gelegene Unterburkhartshof, schon seit alter Zeit existiere und anno 1381 von dem Ritter Burkhart vom Stain erkauft worden war, der beiden Anwesen dann seinen Namen verliehen habe. Schließlich sei in den Wechselfällen der Geschichte durch in den Aufzeichnungen nicht näher beschriebene Verdienste des Lehensbauern während der anhaltenden Auseinandersetzungen zwischen den Habsburgern und den in und um deren Landvogtei ansässigen adeligen Herren und Prälaten das Recht des freien Grundbesitzes einschließlich des Rechtes des freien Holzeinschlages verliehen worden. Bis heute habe das Kloster das Recht, den Grundbesitzer als Gerichtsammann bei Schätzungen, Markungsangelegenheiten, als Schöffen und Beisitzer bei

Gerichten einzusetzen und auch wieder auszusetzen. Da das Kloster außerdem das Jagdrecht besitze, seien er und seine Familie verpflichtet – so eine Jagd angesetzt werde – als Treiber Frondienste zu leisten.

Das Schreiben verblüffte uns alle. Caspar war also ein freier Mann und konnte möglicherweise noch als Ammann eingesetzt werden. Die Treiberdienste bei den Jagden passten ihm zwar ganz und gar nicht, er musste sie aber als notwendiges Übel hinnehmen.

»Die besondere Stellung meines Vorgängers erklärt wohl auch die goldene Kette, die wir gefunden haben. Wenn keine Abgaben zu zahlen sind, bleibt Geld für andere Dinge«, fügte Caspar versonnen an.

An einem klirrend kalten und sonnigen Tag sah ich um die Mittagszeit einen jungen Mann durch den hohen Schnee auf den Hof zustapfen. Er sei der Georg Behler aus Eggersriet – und Jacob, der Wirt vom »Goldenen Löwen« in Rorschach, schicke ihn, da wir einen Knecht suchten. Wie haben wir uns über sein Eintreffen und die heimatlichen Laute gefreut. Die Lage der Bauern in der Schweiz würde immer schwieriger, berichtete er. Deshalb habe er als zweiter von fünf Söhnen beschlossen, den elterlichen Hof zu verlassen und sein Glück in der Fremde zu suchen. Er übergab Melchior ein Schreiben von Jacob, in dem dieser den jungen Mann über alle Maßen lobte und bestätigte, was Georg selbst bereits angedeutet hatte.

Die Landbevölkerung werde seit dem Kriegsende mit immer mehr Steuern belegt. Die Profite, die die Städte während des Krieges mit Lieferungen an die Kriegsparteien gemacht hätten, seien seit dem Friedensschluss natürlich schlagartig ausgeblieben. Bei anwachsenden Bevölkerungszahlen liege der Handel nun danieder, und die Obrigkeit versuche daher, über immer höhere Steuern die Verluste auszugleichen. Die Bauern hätten am meisten darunter zu leiden und ein immer lauter werdendes Murren gehe durch ihre Reihen. Es sei ganz ungewiss, wohin dies alles noch führen würde.

Februar

Der Georg Behler ist nicht nur von freundlichem Wesen, sondern auch ein wirklich tüchtiger und geschickter junger Mann. Egal mit welcher Arbeit Melchior und Caspar ihn beauftragen – immer führt er sie rasch und zu ihrer Zufriedenheit aus. So ist nun bereits das ganze Korn ausgedroschen und der größte Teil steht in Säcken abgefüllt bereit, um in den nächsten Tagen zur Mühle gebracht zu werden. Besonders gut versteht es Georg mit den Tieren. Nie geht er an ihnen vorbei, ohne ihnen ein gutes Wort zu geben oder sie freundschaftlich zu tätscheln.

Ja, es geht uns gut. Auch Elisabeth geht es gut. Sie isst noch immer jeden Abend ihre Hainbuchensuppe. Caspar ist sehr um sie besorgt und lässt nicht zu, dass sie schwere Arbeiten verrichtet. Das ist auch nicht nötig, denn im Winter geht es auf dem Hof ruhiger zu. Trotzdem habe ich von früh bis spät alle Hände voll zu tun. Neben all den anderen Aufgaben noch vier Kinder zu versorgen und zu hüten fordert meinen ganzen Einsatz. Elisabeth unterstützt mich zwar, wo sie kann, trotzdem achte ich darauf, dass sie keines der Kinder hochhebt, denn selbst die kleine Margret weist inzwischen ein beträchtliches Gewicht auf.

Melchior hat mir eines Abends, als wir endlich gemütlich in unser Bett gesunken sind, seine Gedanken unterbreitet. Er sei glücklich, dass ich mich von der schweren Geburt wieder so gut erholt hätte. Er finde aber, wir sollten eine neue Schwangerschaft in nächster Zeit vermeiden, damit mein Körper sich wieder ganz erholen könne. Seine Worte lösten in mir ganz widerstreitende Gefühle aus. Einerseits war ich gerührt und erleichtert von der Aussicht, nicht gleich wieder ein Kind tragen zu müssen, andererseits schoss mir durch den Kopf, dass wir dann ja auch auf unsere körperlichen Vereinigungen verzichten müssten. Es ist schon seltsam mit Melchior und mir, kaum liegen wir zusammen, sind wir so von unseren Gefühlen füreinander überwältigt, dass sich der Beischlaf einfach nicht vermeiden lässt.

»Wir müssen ja auf Liebkosungen nicht verzichten«, erklärte Melchior und strich mir liebevoll eine Haarsträhne aus der Stirn, als er meinen zweifelnden Gesichtsausdruck sah, »nur zum Letzten sollten wir es eben nicht kommen lassen.«

Inzwischen halten wir uns schon eine ganze Weile an diese Abmachung und ich muss sagen, dass uns die lustvollen Zärtlichkeiten, die wir nun in unserem Ehebett austauschen, auch glücklich und zufrieden machen.

April

Die Barbara Waldnerin kommt nun regelmäßig einmal in der Woche und tastet Elisabeths Leib ab. Bisher, so sagt sie, sei alles in Ordnung. Das Kind entwickle sich gut und es sei unnötig, dass Elisabeth sich Sorgen mache.

In der Tat ist es so, dass Elisabeth, seit ihr Leib sich mehr und mehr rundet, von wechselhaften Stimmungen heimgesucht wird. Von einer Minute auf die andere kann sie von Heiterkeit in düstere Grübeleien verfallen.

»Ach, wenn nur dem Kind nichts passiert – mögen die Schutzengel und die heilige Jungfrau es beschützen«, kann es ihr dann entfahren, während unaufhaltsam Tränen über ihre Wangen laufen.

Wir versuchen sie dann alle zu beruhigen, und vor allem Caspar wird nicht müde, seiner Frau gut zuzusprechen.

11. Mai

Heute Morgen um Viertel nach sechs Uhr hat Elisabeth einen Buben geboren. Es war eine ganz normale Geburt. Als nachts die Wehen einsetzten, hat sich Melchior gleich auf den Weg nach Stegroth zu Barbara gemacht, während Caspar und ich an Elisabeths Seite waren. Gott sei Dank haben alle Kinder selig in ihren Betten geschlafen, so dass es angenehm ruhig war im Haus. Als Barbara eintraf, schickte sie Caspar und Melchior freundlich, aber bestimmt aus dem Zimmer.

Dann untersuchte sie Elisabeth gründlich und sagte zufrieden: »Der Muttermund ist bereits ein Stück geöffnet – jetzt ist es nur noch eine Frage der Zeit – einige Stunden kann es schon noch dauern.«

Elisabeth hat sich tapfer geschlagen, sie hielt sich an alle Anweisungen Barbaras – immer bemüht, alles richtig zu machen. Als die Presswehen einsetzten, umklammerte Elisabeth meinen Arm derart fest, dass ich laut aufschrie.

Barbara lachte und ermunterte die werdende Mutter: »Schrei du nur selbst und lass nicht deine Schwägerin für dich schreien.«

Und so mischte sich bei der nächsten Wehe Elisabeths Schmerzensschrei mit dem kräftigen Geschrei des neuen Erdenbürgers. Noch nie habe ich meinen Bruder so glücklich gesehen wie in dem Moment, als er in das Zimmer trat und sein Blick von Elisabeth zu dem Kind in der Wiege ging.

»Das ist der kleine Caspar«, lächelte Elisabeth. »Es ist dir doch recht, wenn wir ihn nach dir nennen?«

Juni

Der Schreck sitzt mir noch in allen Gliedern. Georg ist vor zwei Tagen in den Bach gefallen und obwohl ich mit Johanna und Margret in der Nähe war, konnte ich gar nicht so schnell am Ufer entlang laufen, ins Wasser springen und nach ihm greifen, wie er von der Strömung mitgerissen wurde. Als ich ihn endlich ein gutes Stück bachabwärts zu fassen bekam, hatte er schon einen Haufen Wasser geschluckt und hing wie leblos in meinen Armen. Ich schrie aus Leibeskräften um Hilfe, rannte mit dem Kind im Arm, weiter um Hilfe rufend, zurück zu den beiden Mädchen – voller Angst, auch Johanna könnte sich dem Bach genähert haben. Zum Glück saßen beide noch am selben Ort im Gras und schauten mich mit großen Augen an, als ich ihren Bruder auf den Boden legte. Melchior kam angerannt, und als ich ihm unter Schreien und Weinen erklärte, was passiert war, drückte er schon auf

Georgs Brustkorb, um ihn zum Atmen zu bewegen. Wasser rann aus dem Mund des Kindes, dann begann es zu husten und nach Luft zu schnappen. Melchior riss Georg hoch, legte ihn sich mit dem Oberkörper über die Schulter und klopfte ihm den Rücken.

Inzwischen hat sich Georg wieder erholt, aber er verhält sich merkwürdig still, gerade so, als ob er ein anderes Kind geworden wäre. Ich mache mir unendliche Vorwürfe, dass ich nicht besser aufgepasst habe. Melchior versucht mich zwar zu trösten, es sei ja alles noch einmal glimpflich abgegangen, und auch Elisabeth und Caspar sagen das Gleiche – dennoch – ich kann es mir einfach nicht verzeihen.

Es ist gerade so, als ob ein schlimmes Ereignis das nächste nach sich zöge. Gestern ist ein Brief von Lucia aus Rorschach eingetroffen, in dem sie uns mitteilt, dass Jacob vor zwei Wochen das Zeitliche gesegnet hat. Er habe schon einige Tage vorher über ein Unwohlsein geklagt, das von einer beängstigenden Gesichtsrötung begleitet gewesen sei. Der herbeigerufene Doktor habe bedenklich den Kopf gewiegt, einen Aderlass vorgenommen und strenge Bettruhe verordnet. Kurzzeitig habe sich der Patient erholt – aber dann, wie aus heiterem Himmel, sei Jacob beim Gang zur Toilette einfach umgefallen und habe keinerlei Lebenszeichen mehr von sich gegeben. Ein Schlaganfall – er habe es kommen sehen, meinte der Doktor –, alle Anzeichen hätten schon darauf hingewiesen, aber auch seiner Kunst seien Grenzen gesetzt.

Ein Begräbnis wie das von Jacob habe Rorschach noch nicht oft gesehen. In einem nicht enden wollenden Leichenzug hätten die Honoratioren des Ortes, bis hin zum kleinsten Handwerker, Jacob das letzte Geleit erwiesen. Sein Sarg sei auf einem über und über mit Blumen geschmückten und von vier Rappen gezogenen Wagen vom »Goldenen Löwen« zum Friedhof bei der Kirche überführt worden. Die nächsten Tage, schreibt Lucia, seien Gott sei Dank angefüllt gewesen mit Arbeit, da es gelte, dem neuen Pächter, der schon in vier Wochen das fürstäbtische Gasthaus übernehme, alles geordnet zu übergeben. Danach werde sie bei ihrer verwitweten Schwester unterkommen, was sie sich noch gar nicht recht vorstellen könne – sei sie doch den stetigen Umtrieb eines Wirtshauses gewohnt und nicht das beschauliche Leben einer Witwe, die niemand mehr braucht.

Nach kurzer Beratung haben Melchior und ich beschlossen, dass wir Lucia vorschlagen, zu uns zu kommen. Es wäre schön, sie bei uns zu haben, zumal Elisabeth und Caspar planen, im Herbst in ihr neues Heim überzusiedeln. Auch für die Kinder wäre es schön, eine Großmutter – wenn auch keine leibliche – zu haben, und Melchior ist es ein großes Anliegen, Lucia auf ihre alten Tage eine Heimat zu bieten, so wie sie und Jacob es für ihn getan haben.

Schon zwei Wochen später holte Melchior Lucia mit Pferd und Wagen in Leutkirch ab. Sie war mit der Postkutsche angereist. Ihr Gepäck bestand nur aus einem mittelgroßen Reisekorb und einer geräumigen Ledertasche. Sie habe nur das Nötigste mitgenommen. Die Vergangenheit habe sie in Rorschach gelassen, nur den Jacob trage sie in ihrem Herzen stets bei sich, erklärte sie Melchior. Die Wiedersehensfreude war riesengroß, als ich die rundliche, weiche Lucia in die Arme schloss. Eines nach dem anderen drückte sie die Kinder an sich und konnte es nicht fassen, wie groß Jacob und Georg geworden waren.

»Na ja, das ist ja ganz normal, dass sie so gewachsen sind, aber ich sehe sie immer noch vor mir, wie sie vor drei Jahren bei eurem Abschied waren«, sagte Lucia mit einem Lächeln auf dem Gesicht. »Der Georg war ja noch ein Wickelkind und der Jacob hatte gerade das Laufen gelernt. Ach, ich kann euch gar nicht sagen, wie glücklich ich bin, dass ich hier bei euch sein darf. Eine richtige große Familie habe ich jetzt, sogar mit Tante und Onkel und einem Neffen«, schmunzelte sie mit einem Seitenblick auf Elisabeth, Caspar und den kleinen Caspar.

September

Die Ernte ist eingebracht. Die Felder sind gepflügt. Die Wintersaat ist ausgebracht. Und auch sonst steht alles zum Besten. Lucia kümmert sich rührend um die Kinder und lässt es sich nicht nehmen, auch noch die Mahlzeiten für uns alle zu kochen. Sie ist regelrecht aufgeblüht und scheint mit einer nie versiegenden Tatkraft gesegnet zu sein. Wir haben uns schon so an sie gewöhnt, dass wir gar nicht mehr wissen, wie es war, als sie noch nicht bei uns war. Natürlich nimmt Lucia mir eine Menge Arbeit ab. Die so gewonnene Zeit verwende ich darauf, Elisabeth und Caspar beim bevorstehenden Umzug zu unterstützen.

In Diepoldshofen hat sich ein Schweizer Schreiner niedergelassen, bei dem die beiden einige Möbel in Auftrag gegeben haben. Eine Eckbank mit Tisch und zwei Stühlen für die Stube – alles aus feinem Buchenholz – und für das Schlafzimmer ein Ehebett und einen zweitürigen Schrank aus Fichtenholz. Der Schrank soll mit einer schwarzen Schablonenmalerei versehen werden, so wie Elisabeths Truhe, damit alles zusammenpasst. Eine Bettlade für den kleinen Caspar nehmen sie hier vom Hof mit, noch haben wir sie ja überzählig.

Das Haus steht erhöht auf einem Hügel. In der Form unterscheidet es sich nicht von unserem. Der Wohnteil, die Tenne und der Stall sind unter einem Dach. Der Giebel weist in Richtung Stegroth und von der Stube aus hat man einen herrlichen Blick auf die sanft gewellte Landschaft. Das Haus ist fast fertig, nur die Zimmerwände müssen noch gekalkt werden, womit der Georg dieser Tage beschäftigt ist. Elisabeth und ich nähen in jeder freien Minute an der neuen Bettwäsche. Zwei Tage lang haben wir nur unsere Bettsäcke neu gestopft. Für den neuen Haushalt mussten wir zuerst die Säcke aus grobem Leinen nähen, bevor wir sie mit frischem Stroh füllen konnten.

Elisabeth hütet, egal welche Arbeit sie gerade verrichtet, den kleinen Caspar wie ihren Augapfel. Ständig trägt sie das

Kind mit sich herum oder es leistet uns, in seinem Körbchen liegend, Gesellschaft. Es ist ein ausgesprochen hübsches Kind, langgliedrig und recht groß für seine vier Monate, mit den grauen Augen seiner Mutter, dem vollen Mund und dem schwarzen lockigen Haar der Stübis. Man kann sagen, er ist eine gelungene Mischung aus Elisabeth und Caspar. Unsere Kinder dagegen schlagen entweder mir nach, so wie Margret, Georg und Jacob, oder Melchior, so wie Johanna. Georg hat Lucia ganz besonders in sein kleines Herz geschlossen und weicht ihr nicht mehr von der Seite. Seitdem er im Sommer in den Bach gefallen ist, hat sich seine Entwicklung verlangsamt. Er lernt nur schwer neue Wörter und seine um ein Jahr jüngere Schwester Johanna spricht schon bald besser als er. Aber sein liebes, gutmütiges Wesen hat er behalten. Wir sind froh, dass wir ihn an jenem schrecklichen Tag nicht verloren haben und er bei uns ist.

Oktober

Der Umzug ist reibungslos verlaufen und die kleine Familie hat ihr neues Heim in Besitz genommen. So ein neues Haus ist natürlich etwas ganz Besonderes. Die gesamte Familie Riedmüller aus Haselburg kam zu Besuch und war beim Anblick des neuen Hofes überwältigt und sprachlos.

»Mein Gott, Elisabeth, dass du einmal einem solchen Haushalt vorstehen würdest, hätte vor nicht allzu langer Zeit auch niemand gedacht«, staunte Trude.

Dietrich klopfte Caspar anerkennend auf die Schulter und sagte: »Da habt ihr schon etwas auf die Beine gestellt.«

Aus Barbara war eine bildhübsche junge Frau geworden, die, kaum war der erste Trubel und die Wiedersehensfreude verklungen, nach Fleck fragte. Ja, der Hund sei wohlauf, konnte ich sie beruhigen, und er sei uns ein treuer und unentbehrlicher Hofhund und Mäusefänger geworden.

Nach dem reichlichen Mittagessen – Elisabeth und Lucia tischten einen feinen Rehbraten mit allerlei gedünstetem

Gartengemüse und goldgelb gebackenen Pfannkuchen auf – begaben wir uns zum Unterburkhartshof. Fleck begrüßte uns schon von Weitem aufgeregt und schwanzwedelnd, sehr zur Freude Barbaras.

Auch wir wurden von Melchiors Familie sehr gelobt ob des schmucken Anwesens, das wir uns in den letzten Jahren geschaffen haben. Vor allem der komfortable Abort innerhalb des Stalles hat alle, so wie schon der auf Caspars Hof, der ebenfalls über diese Annehmlichkeit verfügt, schwer beeindruckt.

Als sich der Besuch wieder auf den Heimweg machte, wurde mir schwer ums Herz. Dass Elisabeth, Caspar und der kleine Caspar jetzt nicht mehr hier sind, kann ich noch gar nicht richtig glauben. Freilich sind sie ja ganz in der Nähe, dennoch ist jetzt alles anders.

Dietrich meinte, der Umzug hätte auch noch bis zum Frühjahr Zeit gehabt. Er musste aber bald einsehen, dass Caspar und Elisabeth einfach nichts mehr aufhalten konnte und sie ihr neues Heim schnellstmöglich in Besitz nehmen wollten. Das Wetter der letzten Wochen war so schön, dass Caspar sich entschlossen hatte, die Felder um seinen Hof noch im Herbst umzubrechen und nicht erst, wie zunächst geplant, im Frühjahr.

»Was gemacht ist, ist gemacht«, sagte er lapidar – und recht hat er.

Anfang des nächsten Jahres soll Barbara zu ihnen auf den Hof kommen. Elisabeth ist wieder in Umständen und sie freut sich darauf, dass ihre Nichte sie in Zukunft unterstützen wird.

Auch in mir regt sich wieder neues Leben, nachdem wir befunden haben, die selbstauferlegte Enthaltsamkeit zu beenden. Es war ja bisher nicht jede Geburt so schwer wie die von Margret. Elisabeth und ich werden ungefähr zur gleichen Zeit, im Sommer, niederkommen – nicht gerade günstig, da unsere Hilfe bei der Feldarbeit dringend gebraucht würde. Melchior ist jedoch zuversichtlich und meinte, notfalls müssten wir im neuen Jahr noch einen Knecht oder wenigstens einen Taglöhner einstellen.

November

Seit Tagen schneit es so heftig, dass nicht einmal mehr ein Durchkommen bis zu Caspars Hof möglich ist. Wir haben zwar reichlich zu essen und eine warme Küche und Stube, trotzdem ist es seltsam, in den Schneebergen und lautlosen Flockenwirbeln gefangen zu sein. Melchior hat bereits alle Werkzeuge und Gerätschaften ausgebessert und wir nutzen die Tage zum Spinnen von Flachs. Margret macht gerade ihre ersten unbeholfenen Schritte, Johanna überrascht uns fast jeden Tag mit einem neuen Wort, Georg ist nach wie vor still und in sich gekehrt und Jacob geht seinem Vater schon fleißig zur Hand. Melchior hat den Kindern aus Holzresten Klötzchen zurechtgesägt und kleine Tiere geschnitzt, mit denen sie voller Hingabe spielen. Vor allem Georg kann sich damit stundenlang beschäftigen, ohne wie seine Geschwister die Geduld zu verlieren, wenn ein gerade fertiggestelltes Bauwerk aus dem Gleichgewicht kommt und in sich zusammenstürzt.

Dezember

Am Weihnachtsmorgen haben wir uns mit dem neuen Pferdeschlitten zwischen Bergen von Schnee nach Reichenhofen zum Gottesdienst durchgekämpft. Zwar ist die Kirche in Diepoldshofen inzwischen wieder aufgebaut, jedoch findet sich bisher kein Geistlicher, der sich von den Abgaben der noch immer spärlichen Einwohner ernähren könnte.

Nach dem Gottesdienst sind Caspar und seine Familie mit zu uns gekommen. Lucia erwartete uns schon mit einem herrlichen Mahl. Melchior hat vorgestern ein Fichtenbäumchen geschlagen, das nun mit Nüssen und Äpfeln verziert die Stube schmückt und einen angenehmen Duft verbreitet. Am Nachmittag tischte uns Lucia ein saftiges Früchtebrot auf. Ich hatte ihr beim Backen dieser Köstlichkeit zu Hand gehen dürfen. Das Rezept habe ich sogleich aufgeschrieben: Zuerst müssen die getrockneten Zwetschgen und Birnen über Nacht in Wasser eingeweicht werden. Am nächsten Tag werden sie in Stücke geschnitten und eine halbe Stunde im Einweichwasser gekocht. Zusammen mit fein gehackten Haselnusskernen wird dann alles vorsichtig, damit die Früchte nicht zerdrücken, in einen Brotteig, der statt mit Wasser aus einem Teil der Kochbrühe hergestellt wird, eingearbeitet. Nach dem Backen bestreicht man die Laibe mit dem Rest der inzwischen eingedickten Brühe, was ihnen einen appetitlichen Glanz verleiht. Elisabeth war so begeistert, dass sie sich das Rezept gleich abgeschrieben hat.

Anno Domini 1652

Januar

Seit Tagen habe ich Zahnweh und alles Einreiben und Spülen mit Salbeisud hilft nichts. Einzig ein Schluck Obstbranntwein, den ich im Mund hin- und herbewege, verschafft kurzzeitige Linderung. Ich bin schon ganz zermürbt von den Schmerzen, und weil ich mir nicht mehr zu helfen weiß, greine ich den ganzen Tag vor mich hin. Melchior hat jetzt entschieden, dass wir gleich morgen früh nach Leutkirch fahren und den Stadtarzt, der nebenbei noch eine Privatpraxis betreibt und sich auch auf die Zahnheilkunde versteht, aufsuchen.

Der Zahn ist raus und die Schmerzen sind weg. Gott sei Dank.

Doktor Wieland, ein freundliches, dünnes Männchen mit einer langen spitzen Nase, hatte mich angewiesen, auf einem Stuhl Platz zu nehmen und den Mund weit zu öffnen.

»Ah, Ihr habt mit Schnaps gespült, wie ich rieche. Ja, ja, das hilft manchmal für kurze Zeit«, sagte er.

Mit einem Messerchen kratzte er derart an dem wehen oberen Backenzahn herum, dass ich vor Schmerzen heftig zu jammern begann.

»Ja, ja, ich sehe schon«, sagte er fachkundig, »da hilft es nicht, nur die Fäulnis herauszukratzen und mit dem Glüheisen den Nerv auszubrennen. Das Loch ist zu groß und wird aufs Neue Beschwerden machen. Ich werde den Zahn herausbrechen, dann habt Ihr Eure Ruhe. Steht nun auf, damit ich besser hantieren kann.«

Er gebot Melchior, sich hinter mich zu stellen und mich fest umschlungen zu halten, damit ich nicht anfinge herumzufuchteln. Mein Herz begann vor Angst heftig zu schlagen, als sich der Arzt mit einer Zange meinem Mund näherte, aber der Schmerz war so groß, dass ich mit allem einverstanden war.

Der Doktor hebelte an dem Zahn herum, wohl um ihn zu lockern, und bemerkte dabei: »Ihr könnt von Glück sagen, dass es ein Zahn im Oberkiefer ist, die sitzen in der Regel nicht so fest wie die unteren.«

Kaum hatte er ausgesprochen, hielt er mir auch schon die Zange mit dem blutigen Zahn vor das Gesicht. Er besah ihn sich ganz genau, um, wie er sagte, zu prüfen, ob auch die Zahnwurzel vollständig mit herausgegangen war.

»Ja, ja, alles bestens«, bestätigte er. »Ich gebe Euch jetzt ein kleines Polster aus Leinen mit einem Tropfen Nelkenöl auf die Wunde. Beißt fest darauf und haltet für die nächsten zwei Stunden den Mund geschlossen. Das Nelkenöl kommt aus dem fernen Asien und wird aus den Blütenknospen des Nelkenbaumes gewonnen. Richtig dosiert, ist es ein wunderbares Heilmittel – vor allem in der Zahnheilkunde – es nimmt den Schmerz und fördert die Heilung, auch wenn der Geschmack nicht besonders angenehm ist. Für die Zukunft kann ich Euch nur raten, Euren Mund nach jeder Mahlzeit mit frischem Wasser zu spülen und vor dem Zubettgehen eine Zahnfege zu benutzen.« Als er meinen verständnislosen Blick sah, fuhr er fort: »Eine Zahnfege kann man aus einem Holzstäbchen, dessen Ende man ausfasert, leicht selbst herstellen. Damit reinigt man einen Zahn nach dem anderen und spült am Ende noch einmal kräftig mit Wasser.« »Ja, ja, so kann der Zahnwurm sich nicht einnisten, und die Zähne bleiben lange erhalten«, schloss er seine Ausführungen, bevor er, ohne weitere Umstände, von Melchior das Honorar von einem Gulden entgegennahm.

Ich schluckte angesichts des Preises und nahm mir vor, auf jeden Fall seinen Rat zu beherzigen und dafür zu sorgen, dass auch die Zähne der Kinder so gereinigt werden würden. Melchior musste ich gar nicht lange davon überzeugen, denn er hatte während der Prozedur so gelitten, wie wenn er sie über sich selbst hätte ergehen lassen müssen.

»Gleich heute Abend werde ich ein paar dieser Zahnfegen anfertigen«, kündigte er auf dem Heimweg an.

Februar

Die ganze Familie samt Caspar, Elisabeth, Lucia und dem Knecht Georg benutzen nun Zahnfegen. Die Kinder finden es lustig, mit dem hölzernen Stäbchen die Zähne zu reinigen, und wetteifern inzwischen miteinander, wer die saubersten Zähne hat. Das Loch, das der ausgebrochene Zahn in meinem Gebiss hinterlassen hat, ist gut verheilt und ich danke Gott jeden Tag dafür, dass alles noch einmal so glimpflich abgegangen ist. Die Barbara Waldnerin wusste, als ich ihr alle Einzelheiten von meinem schmerzenden Zahn und dem Besuch beim Stadtarzt erzählte, schaurige Geschichten von Leuten mit Zahnschmerzen zu erzählen – ein Mann in Willerazhofen sei sogar an einem faulen Zahn gestorben.

Barbara ist inzwischen bei Caspar und Elisabeth eingetroffen und hat die Kammer neben der Stube bezogen. Sie brachte allerlei Hausrat, Bettzeug und sogar ihre eigene Bettlade mit und richtete sich gemütlich ein.

Das war vielleicht eine Überraschung, als gestern Nachmittag Caspar auf dem Hof auftauchte und unseren Bruder Michael mitbrachte. Ich stand da wie vom Donner gerührt und hatte keine Worte. Erst als Michael mich hochhob und im Kreis herumschwenkte, erfasste auch mich eine unbändige Wiedersehensfreude. Mit beiden Händen fuhr ich ihm durch die dunklen Locken, hielt ihn auf Armeslänge von mir und betrachtete ihn. Er war so groß wie Caspar, aber um einiges schmäler.

»Sag bloß, wie kommt es denn, dass du uns so unverhofft besuchst?«, fragte ich ihn.

»Das ist eine längere Geschichte«, mischte sich Caspar ein. »Lasst uns erst einmal in die warme Stube gehen, dann kann Michael alles in Ruhe erzählen.«

Zu Hause seien alle gesund, bis auf den Rheumatismus und den ewigen Katarrh des Vaters, berichtete Michael. Conrad und Hildegard hätten inzwischen noch vier weitere Kinder bekommen und unsere jüngste Schwester Margret heirate im kommenden Frühjahr einen verwitweten Wirt und Bauern mit drei kleinen Kindern in Grub. Das seien aber auch schon alle guten Nachrichten gewesen. Das Leben werde immer mühevoller, denn den Bauern verlange man mehr und mehr Steuern ab – so dass sie bald nicht mehr wüssten, woher sie das Geld nehmen sollten, um ihre vielköpfigen Familien zu ernähren. Nach reiflicher Überlegung sei die Familie zu dem Schluss gekommen, dass es das Beste sei, wenn er, wie schon zuvor seine beiden Geschwister, nach Deutschland auswandere und versuche, sich dort eine Existenz aufzubauen.

»Ja, und jetzt bin ich hier«, schloss er mit einem leicht verlegenen Lächeln seinen Bericht.

Fast wie aus einem Munde bestätigten Caspar und ich, wie sehr wir uns darüber freuten, dass er diesen Entschluss gefasst und den Weg zu uns gefunden habe.

»Dich schickt geradezu der Himmel, denn Arbeit gibt es hier genug«, fügte Caspar noch bekräftigend hinzu.

Michael hatte in Rorschach einen kräftigen braunen Wallach erstanden und den Weg hierher mit ihm zurückgelegt. Darüber hinaus habe er sich schon gedacht, dass Caspar ein gutes Arbeitspferd willkommen sei.

März

Michael war in Diepoldshofen und hat sich einen verlassenen Hof jenseits des Flüsschens Ach, am äußersten Ende des Dorfes, ausersehen, den er herrichten und bewirtschaften will. Da ihm nach dem Kauf des Pferdes nur noch wenige Ersparnisse geblieben sind, hat er mit Caspar abgemacht, dass er dieses Jahr auf dessen Hof mitarbeitet und Caspar ihm im Gegenzug dann beim Roden und Bestellen seiner Äcker hilft. Auch Melchior hat seine Hilfe zugesagt.

Die Männer erlebten allerdings zuerst eine unschöne Überraschung. Nachdem sie die ineinander verfilzte Wildnis um das Bauernhaus endlich gerodet hatten, machten sie sich daran, das Innere des Hauses zu erkunden. Melchior berichtete, dass das Schloss der Haustür und deren Angeln so fest eingerostet waren, dass sie schon daran zweifelten, sie je aufzubekommen. Die unteren Fensterläden seien allesamt geschlossen und von innen verriegelt gewesen, so dass sie auch nicht durch eines der Fenster hätten einsteigen können. Als die Tür endlich doch noch nachgab und sie endlich ins Innere gelangten, habe Michael zuerst die Fenster geöffnet und die Fensterläden aufgestoßen, um Luft und Licht hereinzulassen. Der Anblick, der sich ihnen bot, sei unheimlich gewesen. In der Küche hätten noch Töpfe mit undefinierbaren, eingetrockneten Resten auf dem Herd gestanden. Auf dem Küchentisch eine Pfanne, mehrere Becher und neben einem steinharten Laib Brot Essensreste, die bis zur Unkenntlichkeit eingetrocknet und von einer grünlichen Schimmelschicht überzogen waren. Von einer schrecklichen Vorahnung erfasst, seien sie ins Obergeschoss gestiegen.

»Du kannst dir nicht vorstellen, was für ein Anblick sich uns dort bot«, sagte Melchior schaudernd. »In den Schlafkammern lagen die sterblichen Überreste der früheren Bewohner in den Betten. In der Wiege im Schlafzimmer der Bauersleute lag die kleine Leiche eines Säuglings. Wie bei den anderen Familienmitgliedern war auch von ihm nicht viel mehr als die in Kleidungsresten steckenden Knochen übrig. Im Stall lagen auf dem Boden die Reste von zwei Kühen und einem Pferd, deren Fell sich an manchen Stellen eingetrocknet um die Knochen zog. So wie es aussah, waren sie angebunden gewesen und elend eingegangen, nachdem sie niemand mehr befreit hatte.«

Der Weg führte Michael, Caspar und Melchior direkt zu Pfarrer Bader nach Reichenhofen, bei dem sie den grausigen Fund meldeten. Der entschied, dass der Schreiner Särge anfertigen solle, damit die Leichen dann auf dem neuen Kirchhof in Diepoldshofen bestattet werden können. Die Kosten habe Michael als der neue Lehensbauer zu übernehmen. Er könne ja, so riet ihm der Pfarrer, bei der Herrschaft Waldburg-Zeil um eine Entschädigung nachsuchen.

Herausgekommen ist, dass Michael die Kosten der Beerdigung übernehmen muss, dafür und für das Herrichten des Hofes, jedoch im Gegenzug im ersten Jahr gar keine Abgaben zu zahlen braucht und im zweiten Jahr nur die Hälfte.

Die Überreste der toten Tiere begruben sie in einiger Entfernung vor dem Dorf. Das sei noch eine enorme Anstrengung gewesen, erzählte Melchior, da sie auch diesen Platz erst roden mussten, bevor sie eine Grube ausheben konnten. Michael spannte sein Pferd vor Caspars Wagen, auf den sie die Tierkadaver luden und zur Grube hinausfuhren. Allein dafür brauchten sie drei Tage.

Der Plan ist jetzt, Michael mit vereinten Kräften zu unterstützen, damit das Haus schnell gesäubert und hergerichtet wird und er schon im kommenden Jahr von seinen Erträgen leben kann.

Nachdem die Beerdigung vorbei war, machten wir uns daran, das Haus und den Stall gründlich zu reinigen. Barbara, Elisabeth und ich nahmen uns das Haus von oben bis unten vor. Obwohl wir alle Türen und Fenster weit aufrissen, schüttelte uns anfangs bei allem, was wir anfassten, der Ekel und auch die Angst, wir könnten uns mit einer Krankheit anstecken. Die Bewohner waren aller Wahrscheinlichkeit nach an der Pest gestorben. Der Pesthauch, so hofften wir inständig, dürfte sich nach mehr als zwanzig Jahren aber verflüchtigt haben. Tagelang kochten wir einen um den anderen Kessel

Seifenlauge, der wir jedes Mal einen tüchtigen Schuss Essig zusetzten, und wuschen damit das Geschirr, die Möbel und die Fußböden ab. Zum Schluss haben wir, wie damals schon auf dem Unterburkhartshof, jeden Raum mit einem Kräuterbüschel ausgeräuchert.

Das gesamte Bettzeug, in dem die Toten so lange gelegen hatten, haben wir zusammen mit der Kleidung, die wir in den Schränken und Truhen fanden, hinter dem Haus verbrannt. Wir überlegten eine Weile, ob es besser wäre, auch die Bettladen zu verbrennen – Michael entschied dann aber, sie zu behalten. Wir sollten sie nur gründlich mit heißer Seifenlauge abbürsten.

Die Männer hatten indessen den Stall ebenso gründlich mit dem eimerweise aus dem Bach herbeigeschafften Wasser gereinigt und danach die Wände frisch gekalkt.

Die Mühe hat sich gelohnt. Haus und Hof erstrahlen in neuem Glanz und lassen das traurige Schicksal der früheren Bewohner fast vergessen.

Eine schier unglaubliche Geschichte hat uns der Schmied erzählt, der mit seiner alten Mutter ein paar Mal vorbeikam, um unsere Arbeit neugierig zu verfolgen. Demnach soll vor uralten Zeiten Diepoldshofen einmal eine Stadt mit einer Vorstadt am rechten Ufer des Flüsschens Ach gewesen sein. Daher auch der seltsame Ausdruck Vorstadt für diesen Teil des Dorfes.

Angestachelt von der alten Sage hat sich die Mutter des Schmieds an eine weitere alte Geschichte erinnert, von der sie felsenfest behauptete, dass sie sich so zugetragen habe: Beim Greut, oberhalb des steilen Hanges, wo einmal die alte Vorstadt gewesen sein soll, also in Richtung des Unterburkhartshofes, habe früher ein Wirtshaus gestanden. Eines schönen Tages sei dort der Pfarrer vorbeigegangen, um einem Kranken die heilige Wegzehrung zu bringen. Die Leute hätten unbeeindruckt und ohne Ehrfurcht weiter gezecht, gelacht und getanzt – worauf das Wirtshaus samt allen, die sich darin befanden, im Erdboden versunken sei.

April

Auf dem Feld, auf dem wir letztes Jahr den Hafer stehen hatten, bringen wir in diesem Jahr die Leinsaat aus. Melchior betont immer wieder, wie wichtig es ist, das Feld zu wechseln, damit der Boden nicht ermüdet. Zudem werde der Boden durch die Vorfrüchte unkrautfreier. Letztes Jahr hatten wir den Flachs auf dem vormaligen Krautacker angesät, wo er keine schlechte Ernte erbrachte.

Mir ist ein bisschen bange bei dem Gedanken, dass meine Mithilfe durch die Schwangerschaft eingeschränkt ist. Gerade der Flachs braucht immer so viel Pflege. Das mehrmalige Unkrautjäten schaffe ich hoffentlich noch ein paar Mal. Am besten geht es, wenn man auf den Knien durch die Reihen rutscht, aber mit meinem runden Leib kann ich das bestimmt nicht mehr so oft machen. Ich erwarte die Niederkunft Anfang Juli. Ob ich die Flachsernte Anfang August schon wieder mitmachen kann, ist noch ungewiss. Ach, die vielen Arbeitsgänge: Zuerst muss der Flachs mitsamt der Wurzel ausgerissen werden. Danach hängen wir ihn auf Heinzen, damit er gut trocknet. Anfangs haben wir immer drei bis vier Flachsbündel aneinandergelehnt, damit der Wind durchstreichen konnte. Das hat sich aber nicht so gut bewährt, da die Mäuse sich oft daran gütlich getan haben, und wenn es feucht war, was es hier in der Gegend oft ist, wurde der Flachs schon einmal vom schwarzen Pilz befallen. Auf den Heinzen ist er weg vom Boden und kann, wenn uns das Wetter keinen Strich durch die Rechnung macht, in ungefähr drei Wochen durchtrocknen.

Juni

Ich muss Papier sparen. Ich habe nur noch zwei Bögen. Melchior ist sich nicht sicher, ob es in Leutkirch Papier zu kaufen gibt. Jetzt im Sommer hat er sowieso keine Zeit hinzufahren. Obwohl wir uns schon überlegt haben, ob wir uns nicht eine Kuh anschaffen sollten. Dazu müsste Melchior aber auf den

Viehmarkt nach Leutkirch. Nach einigem Abwägen haben wir das Vorhaben verschoben. Eine Kuh durch den Winter zu füttern, ist nicht so einfach. Man weiß ja nie, wie die Ernte ausfällt. Das Wetter ist bisher zu kalt für die Jahreszeit und es regnet oft. Keine guten Aussichten also.

Wir haben jetzt immerhin eine kleine Geißenherde, die uns ausreichend Milch, Käse und Fleisch beschert. Der gewölbte Keller unter dem Raum hinter der Küche eignet sich hervorragend als Käselager. Den Raum darüber, in dem sich auch die Räucherkammer befindet, nutzen wir als Vorratsraum, vor allem für Wurzelgemüse, das hier in Erde eingeschlagen bis ins Frühjahr hinein hält. Wenn auch die letzten verschrumpelten Äpfel zu leckeren Apfelpfannkuchen verarbeitet sind, gilt es die Zeit bis zur neuen Ernte mit dem etwas eintönig werdenden Sauerkraut und den getrockneten Bohnen zu überbrücken. Seit Lucia uns mit ihren Kochkünsten verwöhnt, sind wir aber erstaunt, welch schmackhafte Gerichte sie auch aus den wenigen Zutaten zaubern kann. Zum Beispiel kann sie uns ihre sauren Bohnen in einer dunklen Mehlsoße mit gerösteten Speckwürfeln und Schwarzbrot nicht oft genug vorsetzen. Lucia weicht die Bohnen über Nacht ein, so dass sie gekocht nicht von frischen zu unterscheiden sind.

Jetzt bin ich mit meinen Gedanken ganz abgeschweift – wo ich doch Papier sparen will!

7. Juli

Heute früh um Viertel vor vier Uhr habe ich einen Sohn zur Welt gebracht. Noch bevor Melchior mit der Barbara Waldnerin zurück war, kam das Kind mit einer einzigen Presswehe. Es hat gleich kräftig geschrien. Gerade als ich mich aufsetzen wollte, um mich um das Neugeborene zu kümmern, traten die beiden ins Schlafzimmer und staunten nicht schlecht. Barbara wurde gleich ganz geschäftig. Sie schnitt die Nabelschnur durch und schlug das Kind zunächst nur in ein Tuch ein, bevor sie es mir in den Arm legte.

»Ich will mich zuerst um die Nachgeburt kümmern, bevor ich deinen Sohn wasche«, sagte sie.

Melchiors Blick ging erleichtert von mir zu dem kleinen rotgesichtigen Bündel. Er strahlte. »Das ist doch ein Melchior, oder nicht?«

»Ja, unbedingt ist das ein Melchior«, stimmte ich ihm lachend zu.

Wenig später war mit einer Wehe auch der Mutterkuchen abgegangen, und wie Barbara versicherte, war alles damit in bester Ordnung. Sie reichte Melchior das leberartige Gebilde in einer Schüssel, damit er es draußen begraben konnte.

10. Juli

Elisabeth hat ein gesundes Mädchen geboren. Caspar kam gleich zu uns herüber, um uns die freudige Nachricht mitzuteilen.

»Sie ist wunderschön – Haare hat sie allerdings keine – nur einen zarten, hellen Flaum«, beschrieb er seine Tochter. »Elisabeth geht es auch gut. Wir sind so dankbar. Ich lasse gleich nach dem Pfarrer schicken – wir möchten sie auf den Namen Lucia taufen lassen.«

August

Als der Flachs endlich auf den Heinzen hing, regnete es sechs Tage hintereinander. Melchior hat in der Not den Flachs mitsamt den Holzgestellen mit Georgs Hilfe auf den Wagen geladen und in den Schuppen geschafft. Damit genug Luft und Wind zum Trocknen hereinkommt, bleibt das Tor offen.

Mir geht es schon wieder ganz gut und ich fühle mich kräftig genug, um wieder mitzuhelfen.

Da nun der Flachs im Schuppen trocknet, musste Melchior den Riffelbaum in die Tenne bringen. Den Riffelbaum hat Melchior eigenhändig hergestellt. Dazu hat er einen nicht allzu dicken Fichtenstamm von der Rinde befreit und eine Reihe spitzer Zähne aus Metall eingesetzt. Der Baum ist in Brusthöhe links und rechts befestigt, damit wir bequem den Flachs, immer handvollweise, durch die »Riffeln« ziehen und so von den Samenkapseln befreien können. Damit ja nichts verloren geht, legen wir unter dem Baum Tücher aus. Zum völligen Austrocknen kommen die Tücher mitsamt dem Samen auf den luftigen Dachboden. Wenn es auf dem Hof wieder ruhiger zugeht, werden sie dann von der Spreu getrennt und ausgedroschen. Ein Teil ist das Saatgut für das nächste Jahr, einen Teil bewahre ich in Säckchen für Umschläge bei Hautverletzungen oder zum Einnehmen bei Magen- und Darmbeschwerden auf. Einen weiteren Teil pressen wir zu Öl, was ohne Mühle recht mühsam ist. Ich zerstampfe, reibe und presse die Samen mit schweren Steinen, bis mir der Schweiß in Strömen von der Stirn rinnt. Die Mühe lohnt sich aber, denn das Öl ist wohlschmeckend, und warmes Leinöl bei Husten hat bisher immer geholfen. Melchior überlegt schon, ob er ein kleines Stampfwerk einrichten soll, damit wir die Ölgewinnung ausweiten können. Aber wann will er das alles schaffen? Die Tage sind immer zu kurz.

Jetzt gilt es, erst einmal den abgeriffelten Flachs wieder aufs Feld zu fahren und auf einer abgemähten Wiese auszubreiten, damit sich die Flachsfaser von der Rinde löst. Das geht nur auf der oberen Wiese, da die untere zu feucht ist. Dort muss er ein paar Wochen liegen und immer wieder gewendet werden, damit er nicht ins Gras einwächst. Danach hängen wir den Flachs zum Trocknen wieder auf Heinzen.

Ich helfe tüchtig mit, denn wir sind ja nur zu dritt, außer wenn Barbara manchmal herüberkommt, um uns zu unterstützen – was dann ein wahrer Segen ist. Durch die viele Arbeit wird meine Milch weniger. Sie reicht noch, aber noch weniger darf sie nicht werden, wenn der kleine Melchior satt werden soll.

September

Melchior hat mir verboten, mich weiter so anzustrengen. Das Kind zu stillen gehe vor. Er hat ja recht. Er ist mit Caspar übereingekommen, dass alle zusammenhelfen und den Flachs zuerst auf dem Oberburkhartshof brechen, schwingen und hecheln und danach bei uns. Garn spinnen können wir dann in aller Ruhe im Winter. Das ist nicht schwer und eine schöne Arbeit, die allerdings auch Geschick erfordert. Bevor man das geöffnete Knittle auf die Kunkel des Spinnrades setzt, muss es erst ordentlich ausgeschüttelt werden, damit sich die Fasern lockern und schön anlegen. Nur dann kann man Faser für Faser herausziehen und zu Garn spinnen. Immer wenn ich sehe, wie eine Spule nach der anderen voll wird, erfüllt mich tiefe Zufriedenheit.

Oktober

Irgendwann hatte ich damit begonnen, Apfel- und Birnenkerne zu ziehen. Anfangs war es nicht mehr als aus einer Laune heraus. Am meisten war ich selbst erstaunt, als nach und nach Keimlinge aus den mit Erde gefüllten alten Tontöpfen sprossen. Manche verkümmerten nach kurzer Zeit, andere wiederum entwickelten sich zu kräftigen Pflänzchen. Wenn sie etwa einen Fuß hoch gewachsen waren, pflanzte ich sie im Gemüsegarten am Zaun entlang, direkt in die Erde. Inzwischen sind sie mehr als doppelt so hoch und nehmen sich gegenseitig den Platz weg.

»Wir legen einen richtigen Obstgarten an«, sagte Melchior, als er mich eines Tages ziemlich ratlos die jungen Bäumchen mustern sah.

Gesagt, getan. Im Anschluss an den Gemüsegarten, Richtung Stegroth, pflanzte Melchior mit dem Knecht zusammen sage und schreibe neunzehn Bäumchen. Als ich den neuen Obstgarten betrachtete, den die Männer gleich mit einem Flechtzaun umgaben, fiel mir ein, dass ich einmal gehört hatte, man solle zum Schutz gegen Raupen immer ein bis zwei oder bei großen Obstgärten auch mehrere Elsbeerbäume dazwischen pflanzen. Die Bäume, die Apfelbäumen nicht unähnlich sind, wachsen bei uns im Wald. Im September tragen sie daumennagelgroße gelbliche bis rotbraune Früchte, die ich schon zu Mus eingekocht habe. Nicht nur dass es vorzüglich schmeckt, es ist auch ein gutes Heilmittel gegen Beschwerden im Magen und Darm. Vielleicht finde ich noch ein paar alte Früchte, die sich zum Anziehen eignen. Wenn nicht, muss ich eben bis zum nächsten Herbst warten.

Jetzt habe ich das letzte Blatt Papier aus meinem Schweizer Vorrat vollgeschrieben. Ich werde Melchior bitten, mir neues Papier zu besorgen. Irgendwo in Leutkirch wird schon welches aufzutreiben sein.

Carl, 1825

Carl fuhr sich mit Daumen und Zeigefinger der rechten Hand über die brennenden Augen bis hin zur Nasenwurzel und runzelte dabei die Stirn. Die Kerze auf dem kleinen Teller war inzwischen fast heruntergebrannt und flackerte. Er war seltsam berührt und ein bisschen verwirrt von dem, was er da gelesen hatte. So, wie seine Vorfahrin Johanna das Äußere ihres Mannes Melchior beschrieben hatte, beschrieb sie praktisch ihn selbst und seinen Sohn Mathias. War es möglich, dass sich das Aussehen über zwei Jahrhunderte vererben konnte?

Noch mehr als diese Frage beschäftigten ihn jedoch die sterblichen Überreste unter der Hoflinde und die Gräber am Waldrand, die Johanna erwähnt hatte.

»Es ist nicht zu glauben«, dachte Carl, »die Linde steht noch immer.«

Nie hatte er sich besondere Gedanken darüber gemacht, was sich unter dem Baum schon alles abgespielt haben mochte, er stand einfach dort, seit er denken konnte. Ein leichter

Schauer zog plötzlich über seinen Rücken, als er sich vorstellte, wie Caspar Stübi dort die Knochen entdeckte. Caspar Stübi ... endlich waren die Verwandtschaftsverhältnisse mit den Stübis vom Oberburkhartshof klar.

Carl nahm sich vor, gleich am nächsten Morgen am Waldrand nach den Gräbern zu suchen. Alle, die dort begraben waren, ruhten ja in ungeweihter Erde, fiel ihm ein. Er würde mit Pfarrer Strohmaier darüber sprechen müssen.

Carl war hellwach, obwohl es mitten in der Nacht war. Es drängte ihn so sehr zu erfahren, was in den anderen Büchern stand, dass er eine neue Kerze aus dem Schrank holte und sie am Rest der alten entzündete, bevor er sie in den verbliebenen kleinen See aus Wachs drückte.

Als er den nächsten Band aufschlug, sagte er laut zu sich selbst: »Ich muss Mathias sagen, dass Elsbeermus und Leinsamen gut bei Magenleiden sind.«

Johanna, Anno Domini 1656

April

Dass die Beschaffung von Papier so schwierig sein könnte, hätte ich nicht gedacht. Nicht lange nachdem damals meine Papiervorräte zu Ende gegangen waren, hatte Melchior den hochwürdigen Herrn Pfarrer Bader in Reichenhofen gefragt, woher er sein Papier für die Familienregister und den Schriftverkehr beziehe. In Leutkirch, das seit dem großen Krieg verarmt sei, sei da gar nichts zu machen, war die Antwort. Die nächste Papiermühle befinde sich hinter Wangen, und wann wieder einmal ein Papierhändler von dort vorbeikomme, sei äußerst ungewiss. Melchior entsann sich an das große, heruntergekommene Gebäude und an die Geschichte, die ihm Gebhard, damals auf der Reise nach Rorschach, von der übermütigen Müllerin erzählte, die das Wasserzeichen des schwedischen Königs auf ihren Papieren verwendete, weil es so schön war.

»Aber wozu braucht *Ihr* denn überhaupt Papier?«, fragte der Pfarrer in leicht ungehaltenem Ton.

Melchior, der von meiner Angewohnheit, Begebenheiten unseres Lebens in schriftlicher Form festzuhalten, nichts sagen wollte, flüchtete in eine allgemeine Erklärung.

»Auch auf einem Bauernhof gibt es das eine oder andere aufzuschreiben, und da wollen wir für alle Fälle gewappnet sein.«

»Von meinen streng bemessenen Vorräten kann ich Euch nichts abgeben«, sagte der Pfarrer, der wenig von Melchiors Argumenten überzeugt zu sein schien.

Melchior bemerkte den Unwillen des geistlichen Herrn und dass dieser nicht daran dachte, ihm in dieser Angelegenheit weiterzuhelfen. Er dankte ihm daher für seine Auskünfte, um das Thema schnell zum Abschluss zu bringen.

Kurz gesagt hat es ein paar Jahre gedauert, bis ich nun einen ordentlichen Stapel des besten Schreibpapiers in Händen halte. Melchior hatte den Schweizer Viehhändler Tobler, der uns ein weiteres Pferd verkauft hatte, gebeten, Schreibpapier zu besorgen, wenn ihn sein Weg wieder an der Papiermühle vorbeiführe. Jetzt, nach so langer Zeit, habe ich gar nicht mehr damit gerechnet, sondern eher gedacht, er hätte es über seinem Viehhandel vergessen. Ich war ganz verdutzt, als er heute Morgen bei uns auf dem Hof stand und die Bestellung ablieferte.

Endlich kann ich meine Aufzeichnungen fortsetzen. Ich habe gleich ein Stückchen Tinte in Wasser aufgelöst, um festzustellen, ob sie noch in Ordnung ist. Wie sich zeigt, schreibt sie unverändert gut. Das ist der Vorteil an den trockenen Brocken. Der Nachteil ist, dass man das Geschriebene nicht allzu sehr dem Licht aussetzen darf, da die bräunliche Schrift sonst leicht ausbleicht. Auch wenn die Tinte aus Schlehendornen schon etwas altmodisch ist, ist sie gut haltbar und verdirbt nicht so schnell wie Tinte aus Galläpfeln oder Ruß.

Doch nun zu dem, was sich seither ereignet hat. Vor zwei Wochen, am 17. März, ist Magdalena geboren – unsere fünfte

Tochter. Ihr vorangegangen sind am 10. Oktober 1653 Elisabeth und am 3. April 1655 Maria. Alle drei Geburten waren unkompliziert und die Barbara Waldnerin hat mir Geburtshilfe geleistet.

Ein paar Monate vor Magdalenas Geburt ist Barbaras Mutter gestorben. Jetzt muss sie den kleinen Hof alleine mit ihrer Tochter umtreiben. Lena ist jetzt ungefähr elf. Sie ist ein liebes und fleißiges Mädchen, das ihrer Mutter keinen Kummer macht. Manchmal bringt Barbara sie mit. Dann ist Georg gleich zur Stelle, denn er und Lena verstehen sich gut. Obwohl Lena taubstumm ist und Georg langsam und bedächtig, finden sie sogleich in einem Spiel oder einer gemeinsamen Beschäftigung zusammen. Sein Wortschatz ist klein, aber er kann sich verständlich machen. Ich glaube, er ist ein glückliches Kind – und ein hübsches dazu – und wir haben ihn alle sehr gern.

Gott sei Dank geht es uns allen gut. Bis auf vorletztes Jahr, als die Kinder an einem von Fieber begleiteten, rotfleckigen Hautausschlag erkrankten. Nach ein paar Tagen war alles vorbei und es ist auch nichts zurückgeblieben.

Caspar und Elisabeth haben bisher keine weiteren Kinder mehr bekommen. Der fünfjährige Caspar und die vierjährige Lucia sind jedoch ihre ganze Freude. Beide sind, wie ihre Eltern, gesund und munter und manchmal, wenn auch viel zu selten, kommt Elisabeth mit ihnen zu Besuch. Elisabeth ist ein bisschen fülliger geworden, was ihr sehr gut steht. Die Zeiten, wo ihre Schulterblätter durch die Kleidung stachen, sind endgültig vorbei. Elisabeth ist für mich wie eine Schwester und wir können uns über alles unterhalten.

»Auch wenn der liebe Gott uns nur zwei Kinder schenkt, ist das doch mehr, als ich mir je erhofft habe«, hat sie mir erst kürzlich bei ihrem letzten Besuch anvertraut. »Und dein Bruder ist der beste Mann, den ich mir wünschen kann.«

Mein Bruder Michael hat Melchiors Nichte Barbara geheiratet und mit ihr seinen Hof in Diepoldshofen bezogen. Barbara hatte mit ihrem ersten Kind wenig Glück und vielleicht auch das Unglück, dass ihr nicht die Waldnerin bei der Geburt zur Seite stand, sondern eine der in Diepoldshofen neu zugezogenen Frauen, die behauptete, in der Geburtshilfe erfahren zu sein. Wie bei mir damals lag das Kind quer. Aber alle Versuche der Frau, es zu wenden, schlugen fehl. Viel zu spät ließ sie nach dem Doktor Wieland von Leutkirch schicken, der am Ende nichts anderes mehr tun konnte, als das inzwischen tote Kind stückweise aus dem Leib der Mutter herauszuschneiden. Barbara ist bei dieser Tortur fast wahnsinnig geworden – vor Schmerzen und dem Leid, ihr Kind auf diese Art zu verlieren. Das ist jetzt knapp zwei Jahre her und Barbara ist seither nicht mehr schwanger geworden.

Und noch eine traurige Nachricht hat uns letzten Winter aus Haselburg erreicht. Dietrich und Trude sind kurz hintereinander gestorben.

Es ist schon spät und die kleine Magdalena will noch einmal gewickelt und gefüttert werden.

Mai

So oft wie früher werde ich keine Eintragungen mehr machen können. Die Kinder und die Arbeit lassen mir kaum Zeit dazu. Die älteren Kinder unterrichte ich im Lesen, Schreiben und Rechnen. Rechnen ist allerdings nicht unbedingt meine Stärke. Melchior könnte es ihnen besser beibringen, aber seine Tage sind so angefüllt mit Arbeit, dass er unmöglich dazu kommt. Nur nach den Mahlzeiten nimmt er sich manchmal ein paar Minuten und stellt den Kindern kleine Rechenaufgaben, bei denen sie dann um die Wette eifern. Meist ist es Jacob, der das Ergebnis als Erster weiß. Georg ist bei allen Unterrichtsstunden dabei und ein bisschen bleibt auch hängen. Er kann einzelne Wörter wie zum Beispiel »Baum – Wald – Kind – Hund« schreiben und lesen. Auch kann er seinen Namen schreiben und bis zehn sicher zählen. Danach geht es durcheinander. Nach wie vor schließt er sich gerne Lucia an, die ihm mit Vergnügen kleine Arbeiten zu erledigen gibt. Jacob mit seinen fast neun Jahren ist meistens mit Melchior und unserem Knecht Georg Behler unterwegs und hilft schon bei fast allen Arbeiten mit, sei es beim Pflügen, Eggen, Säen oder was auch immer.

Seit unser Bruder Michael und Barbara vom Oberburkhartshof weg und nach Diepoldshofen gezogen sind, ist Caspar mit Elisabeth und den Kindern alleine. Wir sind deshalb übereingekommen, dass wir die Feldarbeiten unserer beiden Höfe gemeinsam erledigen. Einen weiteren Knecht oder eine Magd zu bekommen, ist äußerst schwierig. Ganze Landstriche sind noch immer entvölkert und liegen brach. Leutkirch, so hört man, hat durch die Pest und den Krieg mehr als die Hälfte seiner Bewohner eingebüßt. Selbst in Diepoldshofen, wo sich nach und nach Leute aus Österreich und der Schweiz ansiedeln, stehen noch immer Häuser leer oder sind zusammengefallen. Die Bewohner sind mit ihren eigenen Angelegenheiten beschäftigt und bemühen sich, die verwilderten Felder zu roden, um sich eine Lebensgrundlage zu schaffen. Dass sie die Kirche wieder aufgebaut haben, habe ich, glaube ich, schon geschrieben. Auf jeden Fall gibt es niemanden, der uns helfen könnte. Der Viehhändler Tobler behauptet zwar, er habe es in der Schweiz überall herumerzählt, dass wir einen Knecht brauchen könnten – gekommen ist bisher jedoch noch keiner.

Juni

Lucia ist es gestern nach dem Mittagessen so schwindelig geworden, dass sie sich ins Bett legen musste. Ich glaube, ihr Herz macht ihr zu schaffen. Wir sind mitten in der Heuernte. Jetzt, wo Lucia krank ist, muss ich auf die kleineren Kinder aufpassen und kann nicht mitarbeiten. Ich habe Misteltee angesetzt. Die getrockneten Blätter und Stängel müssen in kaltem Wasser über Nacht ziehen, damit sie ihre Wirkung voll entfalten. Am Morgen habe ich den Tee nur leicht angewärmt und Lucia ans Bett gebracht. Sie klagt auch über Ohrensausen. Ich hoffe, dass der Kräutertee wirkt und sich ihre Beschwerden bald bessern. Elisabeth hat ihre beiden Kinder zu uns gebracht, damit sie mit aufs Feld kann. Morgen wollen wir uns abwechseln. Irgendwie werden wir die Ernte schon einbringen.

Lucia geht es besser. Nach drei Tagen Bettruhe konnten wir sie nicht mehr am Aufstehen hindern. Der Misteltee scheint ihr gutzutun und sie trinkt nach wie vor morgens und abends eine Tasse davon. Wir sind sehr besorgt um sie, schließlich ist sie nicht mehr die Jüngste.

September

Die Getreideernte ist auf beiden Höfen eingebracht. Kaum waren Sommer- und Wintergarben unter Dach und Fach, stand auch schon der Zinseinnehmer auf dem Hof. Unser Bargeld ist inzwischen fast dahingeschwunden. Trotzdem müssen wir zwei Gulden in bar bezahlen und ein Drittel der Dinkel- und Haferernte abgeben. Ein Drittel legen wir als Saatgut zurück, so dass uns noch ein Drittel für den eigenen Gebrauch verbleibt. Das ist nicht allzu viel für zwölf hungrige Mäuler. Wenn uns nicht die Ernte vom Roggen, der Gerste und vom Weizen bliebe, kämen wir kaum über den Winter. Melchior und mir tat es in der Seele weh, als wir die schönen Garben auf dem Fuhrwerk des Zinseinnehmers entschwinden sahen. Auch für den Pfarrer Bader von Reichenhofen wird noch eine Abgabe fällig, da der ja die Pfarrei Diepoldshofen mitversorgt, zu der wir gehören. Caspar hat es da gut, der muss keine Abgaben zahlen.

Lucia erfreut sich wieder guter Gesundheit und verwöhnte uns heute mit einer Hagebuttensuppe. Dazu entkernte sie die getrockneten Früchte, wusch sie dann sauber ab und setzte sie in einem Topf mit Wasser aufs Feuer. Die weichgekochten Hagebutten drückte sie durch einen Seiher, gab erneut frisches Wasser dazu und rührte alles tüchtig durch. Zum Schluss würzte sie die sämige Suppe mit Honig und Zimt aus ihrem wohlgehüteten Gewürzkästchen und schmälzte das Ganze mit gerösteten Brotwürfeln ab. Mmh, köstlich!

Dezember

Elisabeth hat vor ein paar Wochen Seife gemacht und uns damit überrascht, als sie einen Korb mit gleichmäßig geschnittenen, gut durchgetrockneten Stücken herüberbrachte. Dick eingemummt hatte sie sich durch den Schnee gekämpft, indem sie die beiden Kinder und den Korb auf einem Holzschlitten hinter sich herzog. Die Kinder genossen den Ausflug im Schnee offensichtlich, denn sie jauchzten vor Vergnügen. Elisabeth war ganz stolz auf ihr Werk und erzählte uns in der warmen Stube ausführlich, wie langwierig die Herstellung war. An Fett habe sie genommen, was da gewesen sei, Fett vom Wildschwein und vom Hirsch. Die Holzasche, den ungelöschten Kalk und das Wasser zu mischen, sei zudem nicht ganz ungefährlich, und sie habe das Rührholz nur vorsichtig geführt, damit die ätzende Lauge nicht herausgespritzt sei. Die Seife sei ihr nicht schlecht gelungen, sie habe sie bereits ausprobiert.

Lucia und ich waren begeistert. Die Seifenstücke kamen uns wie gerufen, denn unsere Vorräte sind erschöpft und wir hatten uns schon damit abgefunden, dass wir in nächster Zeit die Wäsche nur noch in Holzaschenlauge waschen können.

»Elisabeth, eine größere Freude hättest du uns gar nicht machen können«, sagte ich zum wiederholten Mal, als sie sich mit den Kindern nach einer kleinen Stärkung wieder auf den Rückweg machte. In den leeren Korb habe ich ein paar Ziegenkäselaibchen gelegt.

Anno Domini 1657

Februar

Der Flachs ist dieses Jahr von sehr guter Qualität. Die Fasern sind lang und weich. Die Farbe ist hell, fast silbern, und nicht so grünlich wie im letzten Jahr. Den ganzen Winter über haben wir Garn gesponnen, und jetzt liegt eine stattliche Anzahl Garnspulen bereit. Melchior wird sie, sobald das Wetter etwas besser ist, auf dem Markt in Leutkirch verkaufen. Wir sind zuversichtlich, dass die gute Qualität auch einen guten Preis erzielt. Es ist wichtig, dass wir wieder Bargeld in die Kasse bekommen.

Magdalena kann schon stehen und versucht die ersten Schrittchen zu machen. Sie ist mir wie aus dem Gesicht geschnitten und hat den Kopf voller dunkler Locken.

Melchior und ich beschränken uns seit ihrer Geburt im ehelichen Bett wieder einmal auf Zärtlichkeiten, die nicht zu einer Schwangerschaft führen. Wenn jedes Jahr ein Kind dazukäme, wäre die Arbeit nicht mehr zu bewältigen und satt würden wir womöglich auch nicht mehr.

Immer wieder gibt uns Lucia Anlass zur Sorge. Sie ist oft kurzatmig und muss sich dann eine Weile setzen.

Mai

Barbara erwartet wieder ein Kind. Das arme Mädchen ist ganz krank vor Sorge, dass auch das zweite Kind nicht richtig liegen könnte. Unser Bruder Michael macht jetzt, sooft wir ihn sehen, ein ernstes Gesicht. Sie haben sich eine Kuh angeschafft, mit der sie auch ihre drei Äcker pflügen. Das Haus ist schön hergerichtet und alles könnte eigentlich gut sein, wenn nicht die Sorge der Geburt wie ein Schatten über allem läge.

August

Heute haben wir das letzte Korn geschnitten. Wie immer ist das Schneiden mit der Sichel anstrengend und geht in den Rücken. Manchmal denke ich, ich kann mich nie mehr ganz gerade aufrichten.

Lucia hat Johanna unter ihre Fittiche genommen und bringt ihr das Kochen bei. Da das Kind im November erst acht Jahre alt wird, ist sie natürlich noch zu klein, um in den Töpfen auf dem Herd zu rühren. Lucia hat daher einen Schemel vor den Herd gestellt, damit Johanna es schaffen kann.

Sie geht ganz systematisch vor. Zuerst wird überlegt, was gekocht werden soll, danach muss Johanna das Rezept aufschreiben – gottlob haben wir ja Papier. Das erscheint zwar etwas umständlich, aber Lucia beginnt damit in aller Frühe, so dass genügend Zeit zum Aufschreiben und Zusammentragen der Zutaten bleibt, bevor es ans Kochen geht. Johanna ist mit Feuereifer bei der Sache und kommt sich unglaublich wichtig dabei vor. Margret, die ein Jahr jünger ist, hat so lange gequengelt, bis sich Lucia bereit erklärte, sie ebenfalls mitmachen zu lassen. An den Herd darf sie allerdings noch nicht.

Die vierjährige Elisabeth und die dreijährige Maria dürfen mir bei der Gartenarbeit helfen, während Magdalena am liebsten mit einem Stöckchen in der Erde herumbohrt. Jacob, Georg und Melchior haben dieses Jahr ihren Vater tüchtig unterstützt. Obwohl wir glücklicherweise mit dem Knecht Georg gesegnet sind, wird jede auch noch so kleine Hand gebraucht, um beide Höfe ordentlich umzutreiben.

Ich war mit Elisabeth und allen Kindern beim Beerensammeln. Die Ernte war reichlich und der Spaß, den wir dabei hatten, auch. Lucia und die Mädchen haben davon Mus gekocht. Elisabeth hat ihre Beeren mitgenommen, um sie selbst zu verarbeiten.

Oktober

Wir haben heute die letzten vier alten Hühner geschlachtet, die noch aus Rorschach stammen. Lucia hat drei von ihnen mit Salz und Kräutern eingerieben, über Nacht in Essig gelegt und am nächsten Tag gebraten. Tatsächlich waren sie schön mürbe und überhaupt nicht zäh, wie das gerne bei alten Hennen ist. Ein Huhn hat sie ausgiebig mit Suppengemüse gekocht und mit reichlich Salz abgeschmeckt, was eine kräftige Suppe mit Fleischeinlage abgegeben hat. Wir profitieren nicht schlecht von Lucias – im »Löwen« in Rorschach erprobten und bewährten – Kochkünsten, die vielfältiger sind, als ich das von zu Hause kenne. Vielleicht kann Melchior die Seiten, die Johanna und Margret mit Rezepten füllen, zu einem Kochbuch binden lassen.

Heute haben wir auch den ganzen Tag Kraut geschnitten, um Sauerkraut davon zu machen. Aus den halbierten Köpfen muss man zuerst die Stängel und die dicken Rippen entfernen, bevor man sie in feine Streifen schneiden kann. In der kühlen Speisekammer habe ich zwei Fässchen hergerichtet, deren Boden ich mit Nusslaub bedeckt habe. Dann kam in jedes Fass eine Schicht des geschnittenen Krauts, das dann mit Salz bestreut wurde. So füllten wir jedes Fässchen Schicht um Schicht bis zum Rand. Johanna und Margret mussten am Brunnen ihre Füße sauber waschen und durften dann das Kraut fest zusammentreten. Danach habe ich es mit einem leinenen Tuch und einem Brett bedeckt und mit Steinen beschwert. Später muss man es jeden Monat kontrollieren und falls es Schimmel ansetzt, das Tuch sauber auswaschen und neu beschweren. Auch in den vorigen Jahren haben wir auf diese Weise schmackhaftes Sauerkraut hergestellt, das bis zur nächsten Ernte für Abwechslung auf dem Speisezettel sorgt. Den größten Teil der Krautköpfe haben wir jedoch in eine Miete gelegt, um sie frisch zu halten, bis sie als Kohlsuppe oder Eintopf im Kochtopf landen.

November

Nach dem Gottesdienst heute, den noch immer der Pfarrer von Reichenhofen in der neuen Diepoldshofer Kirche abhält, haben wir Michael und Barbara besucht, da wir sie beide vermisst haben. Caspar und Elisabeth waren genauso beunruhigt wie Melchior und ich, als wir die beiden nicht in der Kirche entdecken konnten.

Wir fanden Michael teilnahmslos in der Stube sitzend vor. Er schaute uns erstaunt an und seufzte dabei vernehmlich.

»Was ist denn bei euch los?«, wollte Caspar von ihm wissen. »Und wo ist Barbara?«

»Sie liegt im Bett – schon seit zwei Tagen.«

»Ja, ist sie denn krank?«, fragte Elisabeth beunruhigt.

»Ich weiß es nicht, sie spricht nicht mehr mit mir, und sie steht nicht auf, egal wie gut ich ihr auch zurede.«

Elisabeth warf mir einen besorgten Blick zu und sagte: »Johanna und ich sehen einmal nach ihr.«

Wir fanden Barbara mit offenen Augen im Bett liegend vor. Als wir eintraten, drehte sie zwar den Kopf in unsere Richtung, verzog aber keine Miene, sondern schaute uns nur mit tieftraurigen Augen an.

»Barbara, was ist denn mit dir los?«, fragte Elisabeth und setzte sich zu ihr auf die Bettkante.

Ich zog mir einen Hocker heran und setzte mich ebenfalls. Barbara liefen jetzt die Tränen übers Gesicht und ihr Brustkorb hob und senkte sich stoßweise, bevor sie in hemmungsloses Schluchzen ausbrach.

Eine ganze Weile saßen wir schweigend da. Elisabeth strich ihrer Nichte sanft einige Haarsträhnen aus dem Gesicht und legte ihre Hand beruhigend auf die ihre.

»Willst du uns nicht sagen, was dich so bedrückt?«, fragte sie Barbara mit beruhigender Stimme.

Barbara schluckte ein paar Mal, bevor es aus ihr herausbrach: »Ich habe solche Angst vor der Geburt. Ich kann mich einfach nicht mehr zusammennehmen und ich schäme mich so dafür. Was soll ich denn Michael sagen, er ist ja selbst ganz krank vor Sorge.«

Elisabeth schüttelte fast unmerklich den Kopf. »Barbara, glaube mir, ich kann dir gut nachfühlen, wie schrecklich du dich fühlst. Jetzt gilt es aber, den Kopf nicht hängen zu lassen, damit ist niemandem geholfen, am wenigsten deinem Kind. Ich werde Michael vorschlagen, dass du die letzten paar Wochen vor der Geburt zu uns auf den Oberburkhartshof kommst, dann kann ich dich umsorgen und ein bisschen aufmuntern.«

Elisabeth lächelte bei diesen Worten und tätschelte Barbaras Hand.

»Das ist ein großartiger Einfall von Elisabeth«, pflichtete ich bei, »und wir könnten die Barbara Waldnerin bitten, regelmäßig nach dir zu sehen und dir bei der Geburt beizustehen. Sie ist die beste Hebamme, die man sich nur denken kann.«

Glanz kam in Barbaras Augen und vertrieb die dunkle Traurigkeit. »Wenn Michael einverstanden ist«, sagte sie dann.

Michael war einverstanden. Ungefähr drei Wochen vor dem Geburtstermin brachte er seine Frau auf den Oberburkhartshof. Alle paar Tage kam die Barbara Waldnerin und tastete Barbaras Leib ab. Jedes Mal versicherte sie, es sei alles in Ordnung. Sie empfahl Barbara, nur mäßig zu essen, damit das Kind nicht noch übergebührlich wachse und dadurch die Geburt erschwere.

Da in der Landwirtschaft, jetzt am Ende des Jahres, nur noch wenig zu tun ist, kam Michael fast jeden Tag vorbei. Elisabeth genoss trotz des ernsten Anlasses das Leben in ihrem Haus und verwöhnte ihre Gäste, wo sie nur konnte.

Dezember

Barbara hat ein gesundes Mädchen geboren. Die Geburt war nicht einfach, hat aber trotzdem nur einen halben Tag gedauert. Barbaras Becken ist eng, aber mit Gottes Hilfe und dem Sachverstand der Waldnerin ist doch noch alles gutgegangen. Elisabeth hat Michael dazu überredet, die Wöchnerin noch drei Wochen, bis nach Dreikönig, bei ihr zu lassen. Wir sind alle erleichtert und dankbar. Am glücklichsten sind natürlich die jungen Eltern, die ihre Tochter auf den Namen Elisabeth taufen ließen.

Anno Domini 1658

Februar

Endlich ist ein Knecht aufgetaucht. Tobias ist ein junger, kräftiger Kerl aus Goldach in Appenzell. Er habe vom Viehhändler Tobler gehört, dass wir jemanden brauchen. Tobias ist nun bei Caspar im Dienst und hat gleich beim restlichen Ausdreschen des Korns mitgeholfen. Er hat sich vom Fleck weg mit unserem Knecht Georg gut verstanden. Die beiden stecken in ihrer freien Zeit jetzt oft zusammen. Eggersriet, von wo Georg herstammt, und Goldach in der Nähe von Rorschach liegen ja auch nicht allzu weit auseinander und so haben sie sich bestimmt manche Geschichte aus der Heimat zu erzählen.

April

Zum ersten Mal, seit wir auf dem Unterburkhartshof sind, kamen Bettler auf den Hof. Wir haben uns schon gewundert, dass nicht schon viel früher jemand auftauchte. Der Krieg ist zwar schon seit zehn Jahren vorbei, aber es ziehen noch immer viele an den Bettelstab Gekommene durch das Land. Eine nicht mehr ganz junge Frau, in Begleitung eines an Krücken gehenden älteren Mannes, klopfte heute am frühen Nachmittag an die Tür. Fast immer steht unsere Haustür offen, nur heute war sie ausnahmsweise einmal geschlossen.

Überrascht musterte ich die beiden zerlumpten Gestalten. Auf den blonden, fettigen Haaren der Frau saß etwas windschief ein schmutzigweißes Häubchen. Die Farbe ihres Rockes war ausgebleicht und konnte in besseren Tagen ebenso gut blau wie auch grün gewesen sein. Um die Schultern hatte sie fest ein dunkelbraunes, löchriges wollenes Tuch gezogen, dessen Enden im Bund des Rockes verschwanden. Ein fadenscheiniger dunkler Stoffbeutel, der oben durch eine Schnur zusammengehalten wurde, hing schlaff von ihrem Handgelenk. Der Mann stützte sich auf Krücken mit zerschlissenen Lederpolstern, die den Druck auf seine Achselhöhlen längst nicht mehr auffingen. Eines der wadenlangen, ausgefransten Hosenbeine baumelte leer herunter.

»Wir bitten um eine milde Gabe«, sagte die Frau.

»Bitte, eine milde Gabe«, fügte der Mann hinzu.

Inzwischen spähten Johanna und Margret neugierig an mir vorbei auf die seltsamen Besucher. Ich wusste nicht recht, was ich tun sollte. Ins Haus wollte ich sie nicht bitten. Wegschicken wollte ich sie aber auch nicht. Ich bat sie daher, auf der Bank neben der Haustür Platz zu nehmen. Mit einem erleichterten Aufstöhnen ließ sich der Mann sogleich nieder, und auch die Frau setzte sich.

»Margret, Johanna, geht und holt zwei Teller Kohlsuppe und zwei Scheiben Brot«, beauftragte ich die Mädchen, die sich eilends entfernten.

Nachdem die beiden auch den letzten Rest der dicken Suppe mit einem Stück Brotrinde aus den Tellern aufgenommen hatten, stellte ich einen Krug Brunnenwasser auf die Bank und forderte sie mit einem ermunternden Kopfnicken auf, sich zu bedienen. »Woher kommt Ihr denn?«, wollte ich wissen.

»Heute kommen wir von Leutkirch«, erzählte der Mann bereitwillig. »Dort haben wir eine Mahlzeit bekommen und durften die Nacht im Armenhaus beim Friedhof verbringen. In die Stadt haben sie uns nicht gelassen. Als ortsfremde Bettler haben wir nicht mehr zu erwarten. Das ist in allen Reichsstädten gleich.«

Melchior kam um die Hausecke und blieb kurz stehen, um die beiden Gestalten ins Auge zu fassen, bevor er sich zu uns gesellte.

»Gott zum Gruße«, sagten beide, fast wie aus einem Munde. »Eure Frau war so freundlich und hat uns etwas zum Essen gegeben. Wir sagen vielmals Dank.

»Das ist kein leichtes Leben, das Ihr führt«, stellte Melchior in ruhigem Ton fest.

»Nein, leicht ist es wahrlich nicht. Das Unglück nahm seinen Lauf, als mir in der Schlacht bei Freiburg 1644 im Kampf gegen die Franzosen eine Kugel das Bein zerfetzte«, erklärte der Mann.

»Ihr wart Soldat?«

»Ja, was blieb mir anderes übrig. Die Zeiten waren schlecht. Den Hof meines Bruders haben die Schweden niedergebrannt. Bis dahin habe ich bei ihm mein Brot verdient. Brot ist gut«, sagte er bitter. »Brot gab es kaum noch. So habe ich mich von den Kaiserlichen anwerben lassen. Später kam ich zum Heer des Generals von Mercy. Das war ein erfolgreicher Feldherr. Bei der Schlacht von Tuttlingen 1643, als es auch schon galt, die Franzosen zurückzudrängen, waren wir unter seinem Befehl sehr erfolgreich. Die Schlacht bei Freiburg hatte es jedoch in sich. Obwohl der Kurfürst Maximilian I. zehntausend Mann Fußvolk und noch einmal so viele Berittene schickte, war die Schlacht nicht wirklich zu gewinnen. Es gab weder Sieger noch Besiegte. Für mich war es das Ende. Der Feldscher amputierte mein Bein oberhalb des Knies. Ja, so war das.« Der Mann nahm einen tiefen Schluck aus dem Wasserkrug und wischte sich dann mit dem Handrücken über den Mund. »Mir blieb nichts anderes übrig, als mir meinen Lebensunterhalt zu erbetteln. Irgendwann habe ich auf der Straße zwischen Ulm und Biberach Suse getroffen. Seither gehen wir zusammen.«

Die Frau namens Suse nickte. »Zu zweit ist es besser, da hat man wenigstens Gesellschaft und außerdem sind die Bettelei und das Leben unterwegs gefährlich – schon mancher ist wegen eines Stücks Brot hinterrücks erschlagen worden. Dass so viel Bettelvolk unterwegs ist, merkt man hier auf Eurem abgeschiedenen Hof gar nicht. Wir gehen am liebsten über Land und nicht so gerne auf den Straßen, da haben wir unsere Ruhe.«

»Was haben wir es gut«, dachte ich. Die Vorstellung, betteln zu müssen, war bedrückend. Doch obwohl die beiden mir leidtaten, wäre ich sie gerne wieder losgeworden – man konnte ja nicht wissen, ob sie etwas im Schilde führten.

Melchior schienen ähnliche Gedanken zu bewegen. »Ihr könnt in unserer Badehütte übernachten, das ist nicht besonders komfortabel, aber Ihr hättet ein Dach über dem Kopf.«

Der Mann und die Frau schauten sich an und nickten dann lebhaft. »Das ist sehr freundlich, Bauer«, sagte der Mann erleichtert. »Viel weiter wären wir heute sowieso nicht mehr gekommen. Meine Achseln schmerzen arg vom Druck der Krücken.«

»Ich glaube, da können wir abhelfen«, sagte ich mit einem Seitenblick auf Melchior, der mich fragend anschaute. »Ich hole Werg und Sackleinen, dann könnt Ihr damit die Polster ausbessern.«

»Das ist ein guter Einfall«, bestätigte Melchior.

Zudem richtete ich einen Korb mit Brot, einem Stück Speck, einem Laibchen Ziegenkäse und zwei verschrumpelten Äpfeln von der letzten Ernte. Melchior brachte die beiden zur Badehütte und gestattete ihnen, am Bachufer ein Feuer anzuzünden, an dem sie sich wärmen und ausruhen konnten, bis der Abend hereinbrach.

»Den Korb lasst Ihr morgen früh, wenn Ihr geht, einfach hier stehen.«

Melchior hoffte, dass sie den Wink verstehen und auch wirklich aufbrechen würden.

Am nächsten Morgen waren sie tatsächlich verschwunden. Die Spuren im Gras deuteten darauf hin, dass sie am Bach entlang weiter in Richtung Hinlishofen gewandert waren.

Juni

Heute ist ein schöner sonniger Tag. Ich habe einige Linden- und Holunderblüten geschnitten und zum Trocknen auf dem Dachboden ausgelegt. Als Tee getrunken sind es gute Heilmittel bei Fieber, Erkältung, Husten und Krämpfen.

August

Die Getreideernte liegt hinter uns. Tobias ist uns eine große Hilfe bei allen Arbeiten. Er ist ein guter Sänger und so singen wir jetzt bei der Arbeit mehr als je zuvor. Trotzdem schmerzt mein Rücken von der ständig gebückten Haltung, die man beim Absicheln der Ähren einnehmen muss. Zudem bin ich seit drei Monaten wieder in Umständen, was das Ganze nicht besser macht. Es ist unser neuntes Kind. Vielleicht wird es ein Bübchen, dann wären es vier Buben und fünf Mädchen.

Jacob ist kräftig und lebhaft. Sein Haar ist zwar dunkel, aber glatt wie das von Melchior. Er kennt sich inzwischen mit allen Arbeiten aus und ich habe keinerlei Bedenken, dass er einmal ein guter Bauer wird. Georg hat dunkle Locken und ist so kräftig wie sein Bruder. Er hat in seiner Entwicklung Fortschritte gemacht und spricht ganze Sätze. Manchmal muss er aber eine Weile überlegen, wenn er etwas sagen will. Er ist ebenfalls mit allen Arbeiten vertraut und eine Hilfe. Melchior gibt sich mit ihm immer große Mühe und verliert nie die Geduld, wenn Georg eine Aufgabe nicht gleich beim ersten Mal vollständig erledigen kann.

Die zierliche Johanna und die stämmige Margret sind liebe und tüchtige Mädchen, die den Haushalt bald vollständig alleine erledigen können. Lucia behält sich aber noch immer das letzte Wort vor, damit die beiden nicht allzu übermütig werden. Ich glaube, dass sie die Mädchen nicht umsonst so bald in allem unterrichtet, was das Kochen und die Haushaltsführung anbetrifft. Ihre Kurzatmigkeit macht ihr sehr zu schaffen und dann muss sie sich setzen und ausruhen. Auch legt sie sich jeden Tag nach dem Mittagessen zu einem Schläfchen hin – darauf bestehe ich. Hoffentlich haben wir sie noch lange bei uns, sie ist aus unserem Leben gar nicht mehr wegzudenken.

Der kleine Melchior kommt äußerlich nach seinem Vater. Auch er hilft tüchtig auf dem Hof mit. Noch lieber aber als alle seine Geschwister übt er sich im Lesen, Schreiben und Rechnen. Von Tobias hat er inzwischen sämtliche Lieder, die er noch nicht kannte, gelernt. Wenn wir singen, fällt ihm zu jedem Lied eine zweite Stimme ein, was sich sehr schön anhört. Ich bin ganz stolz auf ihn.

Elisabeth und Maria sind zwar eineinhalb Jahre auseinander, sehen sich aber so ähnlich wie Zwillinge. Beide sind von zartem Körperbau und für ihr Alter schon recht groß. Sie kommen eindeutig nach ihrer Tante Elisabeth. Bleibt noch unsere kleine Magdalena, die wie Margret meine stämmige Figur und meine dunklen Locken geerbt hat. Wenn ich in den Spiegel schaue, muss ich allerdings feststellen, dass meine Locken langsam grau werden.

September

Ich habe den ganzen Tag Holunder geerntet und zu Saft gekocht. Lucia und die Mädchen haben mir geholfen, die Beeren von den Stielen zu zupfen und die grünen auszusortieren. Dann habe ich die Beeren in wenig Wasser eine gute Viertelstunde gekocht und anschließend durch ein Leinentuch gegossen. So bleiben Schalen und Kernchen zurück. Den Saft habe ich in die Steinzeugflaschen gefüllt, die mir Melchior im Frühjahr vom Markt mitgebracht hat. Verschlossen habe ich sie mit Holzstopfen, die ich vorher in Leinöl getaucht und mit Werg umwickelt habe. Unsere Vorratsregale füllen sich.

Oktober

Der Monat war angefüllt mit dem Ausbringen der Wintersaat und dem Haltbarmachen und Einlagern des Krauts. Johanna und Margret haben auch hier wieder eifrig mitgeholfen. Wie schnell doch so ein Jahr vergeht. Dieses Jahr haben wir drei Fässchen Sauerkraut eingelegt. Der Knecht Georg schlägt Melchiors gesunden Appetit noch um einiges. Und auch unsere Söhne Jacob und Georg essen mittlerweile ordentliche Portionen.

Die Apfelbäumchen in unserem Obstgarten gedeihen und wachsen. Nur zwei, die verkümmert waren, habe ich wieder ausgerissen. Früchte bilden sich jedoch noch nicht. Melchior meint, das kann noch ein paar Jahre dauern.

Gerade als ich heute dabei war, die Geißen zu melken, hörte ich vom Oberburkhartshof her das Geräusch eines Fuhrwerkes. Neugierig hob ich den Kopf.

»Ein Planwagen, ein Planwagen«, riefen die Kinder aufgeregt, als das Gefährt auf den Hof einbog.

Mit einem »Brr« seines Herrn kam das Pferd zum Stehen und ein junger Mann rief uns fröhlich »Grüß euch Gott miteinander« zu, während er schwungvoll vom Bock sprang und sich mir zuwandte. »Ich habe hier die allerbeste Hafnerware, überzeugt Euch selbst und werft einen Blick in meinen Wagen. Eure Schwägerinnen, die Barbara Riedmüllerin von Diepoldshofen und die Elisabeth Stübin vom Oberburkhartshof, schicken mich zu Euch. Ihr habt Glück, dass ich noch nicht gar alles verkauft habe.«

Er unterbrach seinen Redeschwall auch nicht, als er eine kurze Leiter vom Wagen nahm und am hinteren Ende anstellte, während er mich aufforderte, mir seine Waren anzusehen. Fein säuberlich aufgereiht und in den Zwischenräumen mit Stroh ausgestopft präsentierte sich links und rechts der Pritsche das verschiedenste Tongeschirr auf schmalen Brettern. Damit während der Fahrt nichts herunterfallen konnte, war vor jedem Brett eine Stange angebracht.

»Die Auswahl ist nicht mehr allzu groß, denn ich habe in den letzten Wochen gut verkauft. Jetzt bin ich auf dem Heimweg ins Badische und Eure Schwägerinnen, die sich beide bei mir mit Geschirr eingedeckt haben, meinten, auch Ihr könntet das eine oder andere für Euren Haushalt gebrauchen.«

Stehen konnte ich unter der Wagenplane nicht und so begutachtete ich in gebückter Haltung das Angebot des Händlers.

»Geht und holt euren Vater her«, rief ich den Mädchen zu, die sich bereits neugierig die Hälse verrenkten, um einen Blick auf die Schüsseln, Häfen, Seiher, Krüge und Teller zu werfen.

Inzwischen kletterte auch Lucia umständlich die Leiter hoch, während der junge Mann sie am Ellenbogen stützte.

»Geschirr könnten wir dringend gebrauchen«, sagte sie leicht keuchend und sprach mir damit aus der Seele.

Was ich damals von Rorschach mitgebracht hatte, reichte längst nicht mehr. Inzwischen waren wir nicht mehr, wie damals, nur zu viert, sondern mit Lucia und Tobias dreizehn Personen. Bei den Mahlzeiten aßen wir Brei, Eintopf und auch die meisten anderen Speisen direkt aus der großen Pfanne oder aus ein, zwei Schüsseln, indem sich jeder mit seinem Löffel bediente. Ein paar weitere Schüsseln wären also von Vorteil. Ebenso wie weitere Vorratsgefäße.

»Grüß Gott, Bauer! Allerbeste Hafnerware habe ich Euch anzubieten«, hörte ich den Händler Melchior begrüßen.

Melchior half Lucia, die nicht länger so gebückt stehen konnte, vom Wagen und kam nun selbst herauf. »Euch schickt ja der Himmel, Hafner«, rief er dem Händler zu. »Wenn Eure Preise stimmen, werden wir Euch gerne etwas abkaufen.«

»Sucht Euch nur aus, was Ihr braucht, über den Preis werden wir uns dann schon einig.«

Ich nahm eine große und eine etwas kleinere braun glänzende Schüssel mit weißen Punkten heraus und reichte sie Melchior, der sie mit vom Wagen nahm. Zwei braunrot glasierte Vorratsfässchen mit Deckel und eine gelbe Siebschüssel folgten. Melchior, der sich ja schon damals beim Erwerb unserer Schwarzwälder Uhr als ein Meister des Verhandelns erwiesen hatte, begann nun mit dem Händler um den Preis zu feilschen. Bei einem Gulden und fünfzig Kreuzern und der Einladung zu einem Vesper einigten sie sich.

Als wir unseren Einkauf auf dem Küchentisch abstellten und bewunderten, mischten sich in meine Freude ein paar Bedenken wegen der Geldausgabe. Melchior beruhigte mich aber damit, dass wir ja für das Garn auch in diesem Jahr wieder einen guten Preis erzielt hätten und der Einkauf durchaus notwendig gewesen sei.

November

Caspar hat ohne viel Aufhebens ein Reh und eine Wildsau erlegt. Wir wissen immer noch nicht ganz offiziell, ob es uns erlaubt ist. Wahrscheinlich nicht, zumindest nicht das Hochwild. Das niedere Wild wie Hasen und Rebhühner vielleicht schon eher. Bisher hat es uns niemand verboten und wir fragen nicht nach. Eine Jagd der Herrschaften hat, seit wir hier sind, noch nicht stattgefunden. Ab und zu ein Hase oder ein Rebhuhn sorgen natürlich für Abwechslung auf dem Speisezettel. Für unsere Wintervorratshaltung gibt

Wild aber mehr her. Wir haben Rauchfleisch und Wurst daraus gemacht, Schmalz ausgelassen und ein, zwei schöne Braten davon zubereitet. Gott sei Dank sind unsere Höfe abgelegen und die Nachbarn können den Braten nicht riechen. Deshalb werden wir Michael und Barbara mit der kleinen Elisabeth am Weihnachtstag zu einem verschwiegenen Festschmaus einladen.

Anno Domini 1659

14. Februar 1659

Heute Nacht habe ich, ohne Komplikationen und mit Hilfe der Barbara Waldnerin, unseren vierten Sohn geboren. Wir werden ihn Carl taufen. Melchior ist bereits unterwegs, um Pfarrer Bader in Reichenhofen abzuholen. Lucia und die Mädchen kochen schon den ganzen Morgen. Melchior will auf dem Rückweg auch Caspar und Elisabeth mit den Kindern mitbringen. Das wird bestimmt eine schöne Tauffeier – auch wenn ich hinterher nicht am Essen teilnehmen kann, sondern noch im Bett bleiben muss.

Der kleine Carl ist ein entzückendes Kind. Ich bin immer wieder erstaunt, wie vollkommen so ein Neugeborenes doch ist – alleine die kleinen Fingerchen ... Carl scheint ein ruhiges Temperament zu haben, denn seit seinem ersten Schrei liegt er friedlich schlafend in der Wiege.

März

Melchior hat zu Ostern zwei Zicklein geschlachtet und Lucia hat sie schmackhaft mit Zwiebeln und Karotten geschmort. Die Mägen der Tiere haben wir getrocknet, damit ich wieder Lab für meinen Ziegenkäse herstellen kann.

Wir haben beschlossen, uns in nächster Zeit mit unserer kleinen Ziegenherde zu begnügen und das Geld für eine Kuh erst einmal zu sparen. Solange genügend Gebüsch und

Laub aus dem Wald vorhanden sind und die Ziegen die Stoppelfelder und Brachflächen abweiden, lassen wir alles beim Alten.

April

Der Winter hat lange gedauert. Erst jetzt, Ende April, scheint er vorbei zu sein. Als der letzte Schnee endlich verschwunden war, machten sich die Männer daran, die Felder zu pflügen. Doch von einem Tag zum anderen wurde es noch einmal so eisig kalt, dass der Boden gefror und sie ihr Vorhaben verschieben mussten. Doch der Frühling lässt sich jetzt nicht mehr länger aufhalten und Bäume und Büsche zeigen frische hellgrüne Knospen. Während die Männer heute, da die Sonne scheint, mit den Buben begonnen haben, auf den Äckern beider Höfe die Saat auszubringen, habe ich mich mit den Mädchen zum Pflanzensammeln zur Wiese am Waldrand aufgemacht. Vor allem auf den überwachsenen Steinhügeln der alten Gräber wachsen ganze Polster des Huflattichs. Da Magdalena dafür noch zu klein ist, habe ich sie zusammen mit Carl in der Obhut von Lucia zurückgelassen. Die vierjährige Maria war dieses Jahr das erste Mal dabei und ihre älteren Schwestern Johanna und Margret belehrten sie abwechselnd.

»Die leuchtend gelben Blüten auf den dicken Stängeln heißen Huflattich. Die Blätter kommen erst später heraus, aber das macht nichts, denn wir brauchen nur die Blüten. Den Stiel kannst du daher stehen lassen. Wenn du die Blütenköpfe einsammelst, darfst du sie aber ja nicht zusammendrücken. Nur ganz leicht mit drei Fingern abzupfen und in den Korb legen.«

Magdalena hatte mit ernster Miene zugehört und zupfte nun gewissenhaft eine um die andere Huflattichblüte und legte sie mit ihren gut gepolsterten Patschhändchen in ihr Körbchen.

Auch Elisabeth sammelte Huflattich. Johanna und Margret waren für die Blüten der Schlüsselblumen zuständig, die an sonnigen Stellen schon in großer Zahl die Wiesen bedeckten. Ich selbst hielt nach Veilchen Ausschau, die nicht so leicht zu sehen waren, aber auch schon üppig blühten.

»Huflattich ist gut bei Erkältungen und Husten«, hörte ich Johanna erklären.

»Und Schlüsselblumen helfen bei Kopfweh, Herz- und Nervenbeschwerden und Gliederreißen«, fügte Margret eifrig an.

»Und Veilchen sind ebenfalls hilfreich bei Erkältungen und Husten und außerdem beruhigen sie«, ergänzte ich lachend die Erklärungen.

Zu Hause angekommen, brachten wir unser Sammelgut gleich auf den Dachboden und breiteten die Blüten auf sauberen Tüchern zum Trocknen aus. Von den Schlüsselblumen nahm ich eine gute Handvoll wieder mit in die Küche hinunter, um gleich einen Tee daraus zu bereiten. Der würde vor allem Lucia guttun. Aber auch die anderen bekommen nach dem Mittagessen eine Tasse, da alle den leicht süßlichen Geschmack lieben.

Mai

Fleck ist tot. Wie meistens hatte er sich auch heute Melchior angeschlossen und war um ihn herum, als er gerade bei einem der Pflüge den Rost entfernte. Melchior erzählte, Fleck sei plötzlich auf ihn zugelaufen, habe ihn angeschaut und sei dann tot umgefallen. Wir waren alle ganz betroffen. Er war uns in all den Jahren ein guter Gefährte, Wachhund und Mäusefänger gewesen, auch wenn er sich auf seine alten Tage immer öfter zu einem Schläfchen hinlegte. Die Kinder waren mit ihm aufgewachsen und hatten ihn ins Herz geschlossen. Wir haben ihn am Waldrand begraben. Weder haben wir ihm das Fell abgezogen noch sein Fett ausgelassen – nein, keiner von uns wollte das.

Die Mädchen gehen mir bei der Gartenarbeit zur Hand und sind mir eine große Hilfe. Jede hat sich ein Stück vorgenommen. Da wir im Herbst den ganzen Garten mit Ziegenmist gedüngt und umgegraben haben, mussten wir jetzt nur noch die Schollen kleinhacken und darüberrechen. In die so vorbereiteten Beete haben wir mit der Hacke Reihen gezogen und wie in den Jahren zuvor die Samen von Erbsen, Karotten, Zwiebeln, Rettich und Gurken eingelegt. Kraut und Bohnen sind bereits auf zwei kleinen Feldern angepflanzt. Auch die Kräuter in einer Ecke des Gartens treiben schon kräftig aus. Ich brauche gar nicht viel zu erklären. Johanna, Margret und Elisabeth arbeiten selbständig. Ich habe Maria angeleitet und ihr das Einsäen eines Beetes mit Karotten überlassen. Es ist nicht ganz einfach, die winzigen schwarzen Samen gleichmäßig in die Reihen zu säen. Maria stellte sich aber ganz geschickt dabei an und hat zudem den Vorteil, dass sie sich mit ihren fünf Jahren noch nicht so weit bücken muss wie ich. Magdalena wollte unbedingt auch mithelfen und so durfte sie Johanna zur Hand gehen und Erbsen in die vorgezogenen Reihen legen.

August

Schon seit einer Woche scheint jeden Tag die Sonne und ab Mittag ist es so heiß, dass wir mit der Getreideernte erst am Nachmittag weitermachen können, wenn uns nicht der Schlag treffen soll. Lucia macht die Hitze ebenfalls sehr zu schaffen. Heute war sie so schlecht beieinander, dass ich sie gedrängt habe, sich hinzulegen. Weil es so heiß ist, haben wir auf ein warmes Mittagessen verzichtet und uns an Brot, Käse und Rettichen satt gegessen. Lucia bestand darauf, die Tür ihrer Kammer neben der Stube weit offen zu lassen, damit sie Magdalena, die mit Carl spielte, vom Bett aus im Auge behalten konnte.

»Nein, ich kann gut auf die beiden aufpassen«, beharrte sie, als ich sagte, das sei doch viel zu anstrengend für sie.

Magdalena hatte sich zu Carl, der inzwischen frei sitzen kann, in den Laufstall gezwängt, den Melchior aus dünnen, glattgeschliffenen Latten schon für Johanna angefertigt hatte. Das ist außerordentlich praktisch, da man die Kinder auch einmal kurz aus den Augen lassen kann, ohne gleich befürchten zu müssen, dass etwas passiert. Magdalena baute aus Holzklötzchen einen Turm und versuchte ihren kleinen Bruder dazu zu bewegen, ebenfalls ein Klötzchen auf das Bauwerk zu setzen. Carl fuchtelte jedoch nur freudig mit seinen Ärmchen auf und ab und warf das Klötzchen von sich.

Ich machte mit Johanna aus, dass sie zunächst im Haus bleiben sollte, denn wenn wirklich etwas mit den Kindern wäre, traute ich Lucia in ihrem geschwächten Zustand nicht zu, schnell genug darauf reagieren zu können. Am späten Nachmittag löste ich Johanna ab, da Carl sowieso gestillt werden musste, und sie machte sich auf, um bei der Ernte zu helfen.

November

Lucia hat sich erholt und werkelt wie ehedem in der Küche und im Haus herum, wenngleich ihre Kurzatmigkeit sie immer wieder zu Pausen zwingt.

Melchior und Caspar waren am Montag in Leutkirch auf dem Markt. Sie wollten sich angeblich nur einmal umsehen, um sich über das Angebot der Händler und Handwerker zu informieren. Ich glaube aber, sie wollten einfach bloß ein paar freie Stunden genießen. Melchior hat einen Topf Honig mitgebracht, den Lucia sofort an sich nahm und verstaute. Sie wolle möglichst lange an der Kostbarkeit für die Küche haben, sagte sie, und uns nebenbei nicht der Versuchung aussetzen, heimlich von der süßen Köstlichkeit zu naschen.

»Ich habe da noch etwas mitgebracht ...«, bemerkte Melchior geheimnisvoll und schaute zuerst mich und dann jedes Kind einzeln an.

»Vater, Vater, was ist es?«, riefen sie daraufhin alle durcheinander und begannen um Melchior herumzuhüpfen.

»Wenn ihr es wissen wollt, müsst ihr mit nach draußen kommen.«

Die Kinder rannten durch die Küche und drängelten sich an der Tür, weil jedes zuerst hinauswollte. Als ich mit Melchior endlich auch draußen ankam, standen die Kinder bereits um Pferd und Wagen herum und behinderten den Knecht beim Ausspannen des Pferdes. Jacob war auf die Pritsche geklettert und schickte sich an, einen Hund loszumachen, der mit einem Strick am seitlichen Holm angebunden war.

»Der sieht ja fast wie Fleck aus, nur dass seine Flecken braun und nicht schwarz sind, und sein Fell ist länger!«, rief Elisabeth.

»Und er hat so schöne flauschige Hängeohren!«, fügte Margret begeistert hinzu.

Jacob sprang mit dem Hund vom Wagen und hielt ihn am Strick fest, während die Kinder ihn streichelten und ihm aufmunternd mit der Zunge zuschnalzten.

»Gefällt er euch?«

»Oh ja, Vater!«

»Jetzt bringen wir ihn zur Hundehütte, damit er etwas zur Ruhe kommt und sich bei uns eingewöhnen kann«, entschied Melchior.

»Er ist ungefähr zwei Jahre alt«, berichtete Melchior, »und bereits gut abgerichtet. Ich habe ihn von einem Bauern gekauft, der sich im ›Hirsch‹ zu Caspar und mir an den Tisch gesetzt hat. Er behauptete, er habe aus demselben Wurf noch einen weiteren Rüden zu Hause und wolle diesen hier verkaufen. An der roten Säufernase des Mannes war zu erkennen, dass er gerne einen über den Durst trank und der Verkauf des Hundes ihm heute vermutlich einen schönen Aufenthalt im Wirtshaus ermöglichen sollte. Das sei ein italienischer Jagdhund, pries er das Tier an, und gab ihm ein paar Befehle, um uns vorzuführen, wie gut der Hund gehorcht. Sein Name sei Bruno. Nach einigem Hin und Her hat er ihn mir für zwei Gulden verkauft.«

Als ich sah, dass Georg den Hund mit einem glücklichen Lächeln auf dem Gesicht betrachtete, schickte ich ihn zu Lucia in die Küche, damit sie ihm eine Schüssel mit Fressen zurechtmachte.

»Ich's ihm geben?«, fragte Georg mit vor Aufregung geröteten Backen.

»Ja, natürlich darfst du es ihm dann geben«, versicherte ich ihm.

Anno Domini 1660

Februar

Wir waren alle krank. Es hat schon zwei Tage nach dem Besuch des Weihnachtsgottesdienstes angefangen. Zuerst fing Carl zu husten und zu niesen an und dazu hat er gleich hohes Fieber bekommen.

An Weihnachten war es klirrend kalt gewesen und wir haben uns alle dick angezogen und auf der Fahrt nach Reichenhofen in Decken gewickelt. In der Kirche haben viele Leute unentwegt gehustet und geniest, so dass der Pfarrer Bader bei der Predigt die Stimme mehr als sonst erheben musste, damit man ihn verstehen konnte. Ich glaube aber, es kommt weniger von der Kälte, als dass wir uns dort bei den anderen Kirchgängern angesteckt haben. Wie auch immer, nach Carl wurde Lucia krank, dann ich und die anderen Kinder, und zum Schluss Melchior und Georg Behler. Dank meines Lindenblütentees, der uns die Krankheit herausschwitzen ließ, ging bei allen das Fieber nach ein paar Tagen zurück. Der Tee vom Huflattich, dem ich einen tüchtigen Löffel Honig beigegeben habe, und der Veilchentee haben uns dann wieder vollends auf die Beine gebracht. Trotzdem hat die Krankheit jeden von uns drei Tage fest ans Bett gefesselt, und auch nachher hat es noch lange gedauert, bis Husten und Katarrh wieder verschwunden waren. Bei Lucia hat die Genesung am längsten gedauert. Ich habe ihr noch lange täglich eine Tasse Schlüsselblumentee zur Stärkung bereitet.

Als wir schon dachten, Lucia hätte die Krankheit nun auch endgültig überwunden, wurde sie erneut von Fieberschüben geschüttelt. Da kein Kraut mehr helfen wollte, machte ich ihr kalte Stirn- und Wadenwickel. Das Fieber sank zwar, aber sie wurde zusehends schwächer. Melchior kam Lucias Wunsch nach, keinen Arzt, sondern den Pfarrer zu holen, der ihr die letzte Ölung spenden sollte. Aufstehen konnte sie gar nicht mehr. Von mehreren Kissen gestützt, saß sie fast im Bett, was ihr das Atemholen erleichterte. Die Kammertür zur Stube stand jetzt Tag und Nacht offen und ich richtete mir dort mein Nachtlager her. Lucia war so nie alleine. Ich flößte ihr löffelweise kräftigende, warme Fleischbrühe ein. Vergeblich. Der Atem wurde so flach, dass sich ihre Brust kaum noch wahrnehmbar hob und senkte.

»Ich hatte ein gutes Leben, Johanna«, hauchte sie fast nicht mehr verständlich, bevor sie für immer die Augen schloss.

Mai

Lucia fehlt uns sehr. Für Melchior und mich war sie wie eine Mutter und die Kinder haben sie von Anfang an Großmutter genannt. Wir werden sie mit ihrer ruhigen, besonnenen Art und ihrer unermüdlichen Tatkraft noch lange vermissen. Manchmal sehne ich mich so nach ihr, dass ich denke, jetzt kommt sie gleich zur Küchentür herein, legt im Herd ein Holzscheit nach und stellt die Töpfe auf, um zusammen mit Johanna und Margret das Essen zu bereiten. Aber die Mädchen kochen jetzt alleine. Lucia kommt nicht mehr.

Melchior und ich haben uns seit Lucias Tod auch im Ehebett Trost gespendet – was nicht ohne Folgen blieb. Ich bin jetzt sicher, dass ich wieder in Umständen bin. Das Kind müsste Anfang Januar zur Welt kommen.

Anno Domini 1661

6. Januar

Heute Mittag um halb zwölf Uhr ist Johannes geboren. Die Geburt war leicht und hat keine zwei Stunden gedauert.

Die Barbara Waldnerin sagte: »Du brauchst mich eigentlich gar nicht mehr.«

Ich habe ihr heftig widersprochen, denn ich wüsste nicht, was ich ohne ihren Beistand täte. Das Kind ist gesund, aber zart, und wiegt nur knappe sechs Pfund. Ein dunkler Flaum bedeckt sein Köpfchen und auf seiner Stirn zeigen sich ein paar Querfalten, wie wenn es, kaum dass es auf dieser Welt ist, nachdenken müsste. Es war Melchiors Vorschlag, ihn Johannes zu nennen. Jetzt haben wir also eine Johanna und einen Johannes – was genug der Ehre für mich ist.

September

Die Zeiten sind vorbei, wo ich ausgiebig schreiben konnte. Die Arbeit nimmt kein Ende, obwohl die älteren Kinder fast schon wie Erwachsene arbeiten. Die kleineren Kinder brauchen jedoch Aufsicht, und am Schulunterricht halte ich fest, egal wie angefüllt die Tage sind. Die Kinder nur im Winter zu unterrichten, hat sich nicht bewährt, da sie alles bald wieder vergessen hatten. Mit Ausnahme von Melchior, der im Gegensatz zu seinen Geschwistern jeden Lehrstoff mühelos verinnerlicht. Eigentlich kann ich ihm gar nichts mehr beibringen. Ich habe den Kindern auch schon alles über meine Heimat Appenzell erzählt, wie ich auf dem Ettenberg aufgewachsen bin, und über die Zeit mit ihrem Vater in Rorschach bei Jacob und Lucia im »Goldenen Löwen«. Wie wir den Bodensee auf dem Schiff überquerten, um nach Lindau und über Wangen zu den Verwandten nach Haselburg und schließlich hierher auf den Unterburkhartshof zu gelangen.

Melchior hat bei einem seiner seltenen Marktbesuche ein Büchlein über den Obstbau erworben, mit dem er dem kleinen Melchior die allergrößte Freude bereitete. Ich glaube, unser aufgeweckter Sohn kann die ganzen einhundertzwei Seiten bereits auswendig. Auf jeden Fall ist er jetzt oft im Obstgarten zu finden, wo er sich einen um den anderen Baum genau ansieht. Zum ersten Mal haben die Bäume einige Früchte getragen.

Auch die Obstbäume vor dem Haus hat er eingehend untersucht und festgestellt, dass es sich bei den rotorangenen Äpfeln um Goldparmänen handelt. Bei den Birnen handelt es sich um die Knausbirne, eine Most- und Dörrbirne. Mit ernster Miene erklärte er seinem Vater, dass die Bäumchen im Obstgarten unbedingt veredelt werden müssten, wolle man bessere Früchte ernten. Da sie alle aus den Goldparmänen und Knausbirnen gezogen seien, wäre es gut, sie mit anderen Sorten aufzupfropfen, um eine gewisse Vielfalt zu erreichen.

Melchior stutzte, dachte kurz nach und sagte dann: »Ja, du hast recht. Ich habe mir vor lauter anderer Arbeit gar keine Gedanken darüber gemacht. Das wäre doch die rechte Aufgabe für dich, jetzt, wo du so viel darüber gelesen hast. Deine Mutter ist bestimmt damit einverstanden, dass du dich ihrer Obstbäume annimmst.«

»Danke, Vater. Die beste Zeit für das Ausschneiden der alten Bäume und für das Veredeln ist der März, so steht es in dem Büchlein. Ich könnte Onkel Michael in Diepoldshofen besuchen und im Dorf nach geeigneten Bäumen Ausschau halten, von denen ich nächstes Jahr dann die Edelreiser schneide.«

Als Melchior mir von dem Gespräch mit seinem Vater erzählte, ließ ich mich von seinem Eifer direkt anstecken. Wenn alles klappt, werden wir bald einen sorten- und ertragreichen Obstgarten haben.

Der Zinseinnehmer war wieder da. Wir konnten, dank guter Ernten, die uns der schöne Sommer beschert hat, mühelos den geforderten Anteil geben, wenngleich es uns jedes Mal schmerzt, die Früchte auf dem landvogteilichen Fuhrwerk entschwinden zu sehen. Einen Teil des restlichen Getreides hat Melchior für gutes Geld an die Stadt Leutkirch verkauft, die stets darauf bedacht ist, mit einem wohlgefüllten Kornhaus die Versorgung ihrer Bürger zu gewährleisten. Bleibt Korn übrig, verkaufen die Stadtherren es jedoch lieber selbst an Kornhändler aus Österreich und der Schweiz, als das Geschäft den Bauern zu gönnen. Sei es, wie es will, Melchior ist trotzdem sehr zufrieden. Wir haben mehr als reichlich zurückbehalten und die Abteilungen in unserem Kornspeicher sind gut gefüllt. Den größten Teil nimmt der Hafer ein, den nächstgrößeren der Dinkel, dann kommen Gerste und Roggen und die kleinste Abteilung ist für den Weizen.

Caspar, Elisabeth und den Kindern geht es gut. Wir bewirtschaften beide Höfe immer noch gemeinsam, da weder ein weiterer Knecht noch eine Magd zu bekommen sind. Gott sei Dank machen weder Georg noch Tobias Anstalten, uns zu verlassen. Der kleine Caspar, ein außerordentlich hübscher Kerl, ist immerhin auch schon zehn Jahre alt und hilft überall mit. Seine Schwester Lucia wollte unbedingt auch das Kochen erlernen, als sie bei uns gesehen hat, was ihre Basen Johanna und Margret und inzwischen auch Elisabeth alles in der Küche leisten. Seit einiger Zeit darf Lucia ihrer Mutter auch in der Küche helfen, wenngleich Elisabeth anfangs große Angst hatte, dass sie sich verbrennen, verbrühen oder sonst wie verletzen könnte. Die übergroße Sorge um ihre Kinder wird sie wohl nicht mehr ablegen können.

Caspar hat im Sommer eine Kuh gekauft. Ein paar seiner Geißen hat er uns gegeben und ein paar Tiere wurden geschlachtet. Sie haben überall herumgefressen, auch da, wo sie es nicht sollten – wie es Ziegen eben so machen. Jetzt, wo sich die Wildnis der ersten Jahre durch unsere ausdauernde Arbeit und nicht zuletzt durch die Gefräßigkeit der Ziegen in schöne Wiesen und Felder verwandelt hat, werden auch wir uns womöglich doch nach und nach von unserer kleinen Herde trennen.

Michael und Barbara haben im Juni nochmals ein gesundes kleines Mädchen bekommen und es Margret getauft. Die Geburt war diesmal so schwer, dass die Waldnerin gleich den Doktor Wieland dazugeholt hat. Inzwischen hat sich Barbara aber wieder ganz gut erholt. Im Oktober, wenn die Wintersaat ausgebracht ist, wollen wir wieder einmal ein Familientreffen machen, dieses Mal auf dem Oberburkhartshof.

Anno Domini 1662

Januar

Unser Knecht, Georg Behler, hat ein Mädchen von Diepoldshofen geschwängert. Die Eltern sind jedoch strikt gegen eine Heirat, da sie sich für ihre Tochter eine bessere Partie als einen Bauernknecht ausbedingen. Den passenden Schwiegersohn haben sie schon im Auge. Wie man hört, sei der aber nicht der Allerhellste, jedoch würde er einen großen Hof im Bayerischen besitzen. Dass seine Braut ein Kind von einem anderen bekommt, scheint ihn nicht weiter zu stören. Ob das alles stimmt, weiß ich nicht. Auf jeden Fall ließ Georg Melchior gegenüber durchblicken, dass es ihm nicht allzu viel ausmacht, wenn die Verantwortung für Mutter und Kind ein anderer übernimmt.

März

Melchior verfolgt seinen Plan, was die Obstbäume betrifft, zielstrebig. Ich finde das ganz erstaunlich für einen zwölfjährigen Buben. Nachdem er letzten Herbst in Diepoldshofen mit Michael zusammen die verschiedenen Apfel- und Birnbäume bei den leerstehenden Anwesen begutachtet und gekostet hat, trafen sie eine Auswahl. Sie hatten außer Goldparmänen noch den Roten Eiserapfel gefunden, dessen rote, mit hellen Punkten versehene Früchte von herrlich süßsäuerlichem Geschmack sind. An einem der verlassenen Häuser steht anscheinend ein mit den Jahren wild ausgewachsener Spalierbaum, dessen grünrote Früchte unbeschreiblich köstlich schmecken. Melchior hat sie anhand seines Büchleins als den Weißen Züricher Apfel identifiziert, obwohl die Äpfel seltsamerweise gar nicht weiß sind. Die Sorte ist aber sehr witterungsempfindlich. Wahrscheinlich wächst er im Schutz eines Hauses tatsächlich am besten, so dass wir eines der kleineren Bäumchen vor dem Aufpfropfen umsetzen wollen und versuchen, ihn als Spalierbaum auf der Südseite des Hauses wachsen zu lassen. Melchior hat eigens dafür ein Holzgerüst mit senkrechten Latten gezimmert, an denen die Äste mit dünnen Weidenruten befestigt werden können. Zwischen der Giebelwand und dem Spaliergerüst muss ein Zwischenraum bleiben, damit Luft und Wärme an die Äste und die Früchte kommt. Es ist zwar der Giebel vom Stall, aber dort ist es eben sonniger als am Wohnhaus. Ich hoffe, der Baum wächst gut an.

Bei den Birnen war die Auswahl in Diepoldshofen nicht so groß wie bei den Äpfeln. Melchior hat außer unserer Knausbirne nur noch eine Sorte, nämlich die Schmalzbirne gefunden. Sie ist gelb-rot mit feinen Punkten und schmeckt süß und saftig, obwohl das Fruchtfleisch leicht körnig ist. Sie ist allerdings nur zwei bis drei Wochen haltbar, eignet sich aber, außer zum sofort Essen, sehr gut zum Dörren.

Mit Hilfe seines Vaters und Georg Behler hat Melchior zuerst die alten Bäume beim Haus ausgeschnitten. Am nächsten Tag hat er sich mit seinem Bruder Georg in aller Frühe nach Diepoldshofen aufgemacht, wo sie von den ausgewählten Bäumen junge Zweige in der Länge von drei Knospen abschnitten und sorgsam in den mitgebrachten Korb legten – Apfel- und Birnenzweige getrennt. Bereits am späten Vormittag begann Melchior, mit Unterstützung von Georg, der ihm die Leiter hielt und die Zweige anreichte, mit der Veredelung. Bei jedem Baum setzte er mitten auf den Hauptast das Edelreis, indem er mit einem scharfen Messer die Rinde ein Stück durchschnitt und das am unteren Ende flach zugeschnittene Zweiglein hineinsetzte. Dann wurden Ast und Rinde mitsamt dem Reis mit Werg und Garn umwickelt und die noch offenen Stellen mit Baumwachs verstrichen. Das Baumwachs besteht aus Pech, Terpentin und Wachs. Es musste vor der Verwendung in einer Pfanne heiß und geschmeidig gemacht werden. Alles in allem ein zeitraubendes Unterfangen, das Melchior mit zäher Ausdauer und Georg mit unendlicher Geduld zusammen hervorragend gemeistert haben.

April

Wir haben zum ersten Mal einen kleinen Acker mit Kohlrüben angebaut. Die Rüben werden auch schwedische Rüben genannt, da sie angeblich aus Schweden kommen. Ich bin gespannt, wie sie schmecken, denn sie sollen für Mensch und Tier genießbar sein.

September

Das Kloster Waldsee und die Grafschaft Zeil haben einen Tauschvertrag geschlossen, in dem das Kloster dem Grafen von Zeil unter anderem die Rechte und Gerechtigkeiten am Oberburkhartshof überlässt. Das Gute daran ist, dass Caspar als Ammann eingesetzt werden kann, das Schlechte, dass das Jagdrecht jetzt an die Grafschaft übergegangen ist. Kaum war der Vertrag unterzeichnet, kündigte die neue Herrschaft eine Jagd im Wald oberhalb des Oberburkhartshofs an. Den Bewohnern wurde mitgeteilt, dass sie als Treiber bereitzustehen haben.

Caspar war den ganzen Weg vom Oberburkhartshof hergerannt. Wahrscheinlich hat er vor Aufregung ganz vergessen, dass er ja auch ein Pferd hätte satteln können. Mit rotem Kopf und schwitzend platzte er gleich mit den Neuigkeiten heraus. Meinem sonst so besonnenen Bruder schwollen bei seinem Bericht vor Ärger auch noch die Adern am Hals an, was für einen wahrlich besorgniserregenden Anblick sorgte.

»Nun ist es mit der Freiheit vorbei«, sagte er zum Schluss bitter. »Das Kloster Waldsee war wenigstens weit genug entfernt. Die Waldburg-Zeiler aber sind nahe und werden ihre Rechte ausgiebig wahrnehmen. Von den Zehntabgaben an die

Kirche bleiben wir anscheinend weiterhin verschont – aber wer weiß, was noch alles kommt.«

»Na ja, die Jagdfron schwebt ja schon seit Jahren über unseren Köpfen, da geht es uns nicht anders als dir«, erinnerte Melchior meinen Bruder an unsere früheren Befürchtungen. »Wenn es dem Landvogt einfällt, kann er auch bei uns eine Jagd anberaumen.«

Oktober

An der gräflichen Jagd führte kein Weg vorbei. Caspar und seine Familie mussten das Wild aufscheuchen, indem sie mit weiteren Treibern den Wald durchkämmten und Holzprügel gegeneinanderschlugen. Das Halali der Jagdhörner, das Tock, Tock der Stöcke, das Bellen der Hunde und das Wiehern der Pferde drang bis zum Unterburkhartshof herunter. Elisabeth war seit Tagen krank vor Sorge, weil sie befürchtete, sie könnten von den Jägern mit einem Wild verwechselt und erschossen werden.

»Nicht auszudenken, wenn den Kindern etwas passieren würde – oder Caspar oder mir, oh mein Gott, Johanna, ich habe so unglaubliche Angst«, weinte sie am Tag vor der Jagd, als ich sie mit Carl und Johannes besuchte, um ihr beruhigend zuzureden.

Mir fiel ein Stein vom Herzen, als endlich das große Halali das Ende der Jagd verkündete. Noch lange herrschte Lärmen und reges Treiben beim Oberburkhartshof, wahrscheinlich wurde nun das erlegte Wild aufgereiht und der Jagderfolg gefeiert.

Gleich am nächsten Morgen überzeugte ich mich, dass Caspar, Elisabeth und die Kinder alles gut überstanden hatten.

»Das hättest du einmal sehen sollen«, empfing mich Elisabeth. »Die haben alles zusammengeschossen, was ihnen vor die Flinte kam. Rehe, Rehböcke, Wildschweine, Hasen, Dachse, Marder, Rebhühner und ich weiß nicht, was sonst noch.

Was ist da schon eine Wildsau oder ein Reh, die Caspar hin und wieder erlegt hat. Aber damit ist es jetzt auch vorbei. Das Jagen ist uns strengstens untersagt.

»Was ja nicht heißt, dass wir im Wald beim Unterburkhartshof nicht das eine oder andere Tier jagen können«, stellte ich fest.

Und so haben wir es ein paar Tage später auch gemacht. Caspar und Melchior erlegten einen Hirsch und zwei Wildschweine, die wir in unserer bewährten, verschwiegenen Art zerlegten, räucherten, verwursteten und unter uns aufteilten. Zusammen mit den Fischen aus dem Rotbach, die ebenfalls geräuchert unseren Speisezettel ergänzen, dürften wir gut auch über diesen Winter kommen.

Die Kohlrüben sind gut gediehen. Die gelben, dickfleischigen Rüben schmecken herb und ein wenig süß, aber insgesamt eigentlich fad. Die Pferde und die Ziegen haben die Rübenschnitze allerdings mit Genuss gefressen. Sogar die Hühner picken sie bis auf den letzten Rest auf. Wir mussten uns erst an den Geschmack der gekochten Rüben gewöhnen. Aber von nur einer Rübe bekommt man schon eine ordentliche Portion. Wir haben herausgefunden, dass sie zusammen mit Äpfeln, Möhren oder sonstigem Gemüse gekocht deren Geschmack annehmen. Eine hervorragende Möglichkeit also, das Rübenmus zu verfeinern und das restliche Gemüse zu strecken.

Wir haben den größten Teil der Rüben zur Vorratshaltung in eine Miete gelegt und den Rest auf dem Boden der Vorratskammer in Sand gebettet. Die Mieten werden ungefähr zwei Fuß ausgegraben und der Boden mit Sand bedeckt. Dann kommt eine Schicht Kraut oder Rüben darauf, die mit Erde abgedeckt werden, bevor die nächste Schicht eingelegt wird. Obendrauf kommt wieder eine Schicht Sand. Das Ganze wird dann mit Stroh und Laub gut zugedeckt. Der Sand aus dem Rotbach leistete uns dabei gute Dienste. Ich hoffe, dass sich die Rüben ebenso gut halten wie die Krautköpfe.

Anno Domini 1663

Januar

Ich bin wieder in Umständen. Dass wir beide nun auch nicht mehr die Jüngsten sind, ändert an unserer Zuneigung füreinander wenig. Der liebe Gott beschert uns schon einen reichen Kindersegen. Wenn ich da an Elisabeth oder Barbara denke ... Jetzt bin ich siebenunddreißig Jahre alt, da wird dieses Kind wahrscheinlich noch nicht das letzte sein.

Carl und Johannes hatten beide einen schlimmen Husten, der erst jetzt nach zwei Wochen besser wird.

Mai

Fast den ganzen Monat hat es geregnet und die jungen Getreidepflanzen und der Flachs stehen in Pfützen auf den Feldern. Wir sind sehr beunruhigt, denn wenn sich das Wetter nicht bald bessert, kann die ganze Ernte dieses Jahr buchstäblich ins Wasser fallen. Ans Kräutersammeln ist im Augenblick gar nicht zu denken.

Melchior hat den Rübenacker statt mit Furchen mit kleinen Hügeln versehen, auf die er die Rübensamen säen will. Er hofft, dass sie dadurch auch in der Nässe besser gedeihen und nicht im Acker absaufen wie das Getreide. Für unsere Rücken ist das vielleicht auch besser, denn dann müssen wir uns beim Verziehen der jungen Pflänzchen und später beim Hacken der Reihen nicht so weit bücken.

August

Vor drei Wochen, am 2. August, habe ich einen Buben geboren. Er hat nur ein paar Minuten gelebt. Immerhin so lange, dass die Barbara Waldnerin ihm die Nottaufe spenden konnte. Wir haben ihn Martin getauft. Er ist das erste Kind, das ich verloren habe, und erst jetzt kann ich wirklich nachempfinden, was das bedeutet. Es ist ein Schmerz, von dem ich mir nicht vorstellen kann, dass er jemals endet.

Es ist ganz furchtbar in diesem Jahr. Nachdem in den letzten beiden Monaten immer wieder die Sonne herausgekommen war und ihre Strahlen uns neue Hoffnung gegeben hatten, hat ein Hagelschlag Ende Juli die jungen Früchte der Obstbäume zusammengehauen, so dass nur noch ein paar angeschlagene Äpfel und Birnen an den Zweigen hängen. Zur Reifung fehlt ihnen, wie allem anderen, die Sonne. Nicht nur dass es über die Maßen oft regnet – es ist viel zu kalt. Von einem Sommer kann man gar nicht sprechen. Das Getreide ist auf den Feldern verfault, bevor es zwei Fuß hoch war. Ebenso der Flachs. Das Gras haben wir im Juni gar nicht erst gemäht. Wenigstens konnten wir einige Rüben ernten und zu Mus kochen. Bei den restlichen haben wir die Blätter entfernt und lassen sie möglichst lange im Boden, damit wir sie am Ende des Herbstes einmieten können.

Im Juli, nach zwei trockenen Tagen, haben wir dann zusammen mit den älteren Kindern eilig die Sensen geschwungen, das Gras auf Heinzen gehängt und so viele wie möglich in der Tenne aufgestellt, damit wenigstens ein kleiner Teil vor dem Regen sicher war. Das Gras, das im Freien verblieb, war schon fast getrocknet, als ein zweitägiger Nieselregen einsetzte. Danach war es einige Tage heiß und trocken, so dass wir letzten Endes das Heu doch noch einbringen konnten. Es ist braun und riecht muffig, aber es ist trocken und muss, gemischt mit dem guten Heu aus der Tenne, den Pferden und Ziegen als Futter genügen. Am besten sind noch die Rüben gediehen, die sich in ihren erhöhten Reihen nicht schlecht entwickelt haben. Melchior geht stundenlang über die Felder, bleibt hier und dort stehen und blickt immer wieder in den Himmel, wie wenn er die Natur beschwören wollte.

Unsere ganze Hoffnung setzen wir jetzt auf die nächste Wintersaat, die wir dann im nächsten Jahr ernten können. Über den Winter hilft uns das aber auch nicht. So langsam überkommt mich eine große Angst, wenn ich daran denke, wie ich die ganze Familie in den kommenden Monaten satt bekommen soll. Die Bohnen, das Kraut und das ganze Gemüse im Garten bieten einen jämmerlichen Anblick. Wir können froh sein, wenn wir überhaupt noch etwas ernten.

Melchior hat einige Säcke Mehl und Getreide vom letzten Jahr zur Seite geschafft, um sie vor den Augen des Zinseinnehmers zu verstecken.

»Wenn der keine Garben vorfindet, bedient er sich eben an dem, was sonst noch da ist«, waren seine Worte.

Melchior hat ja recht, wir müssen wirklich sehen, wo wir bleiben. Der einzige Trost ist die gute Ernte vom letzten Jahr, die uns reichlich Korn beschert hat. Trotzdem ist Melchior ganz verbittert.

»Das ganze Saatgut hätten wir genauso gut anzünden können, anstatt es auszusäen«, hörte ich ihn heute Nachmittag zu Georg Behler sagen.

Die Ziegen haben wir zum Weiden in den Wald gebracht. Dort fressen sie zwar auch die jungen Bäume an, aber in der Not können wir darauf keine Rücksicht nehmen.

Oktober

Ich glaube, unser Glück ist, dass unser vorderösterreichischer Hof wie eine kleine Insel im Gebiet der Waldburg-Zeil'schen Herrschaft liegt. Wahrscheinlich würde sich der Aufwand einer Jagd in unserem verhältnismäßig kleinen Wald nicht lohnen. Auch dieses Jahr scheinen wir, im Gegensatz zu Caspar und Elisabeth, verschont zu bleiben. Der Zinseinnehmer spricht dieses Thema nie an. Dieses Jahr begnügte er sich notgedrungen damit, uns je einen Sack Dinkel und Hafer sowie zwei Gulden abzunehmen.

»Ich kann es Euch nicht ersparen«, sagte er mit einem leicht bedauernden Unterton zu Melchior, als der die Säcke auf den Wagen lud. »Die Regierung kommt mit den reduzierten Abgaben ebenso in Schwierigkeiten wie die Untertanen.«

»Nur dass wir vielleicht verhungern und die Herren der Regierung nicht«, dachte ich bei mir.

Genugtuung erfüllte mich allerdings, als ich an die beiseitegeschafften Säcke im hintersten Winkel des Dachbodens dachte. Gleich am nächsten Tag haben Melchior und Caspar zwei Wildschweine erlegt. Seither bin ich zuversichtlicher, was unsere Versorgung anbetrifft.

November

Das Einzige, was wir ernten konnten, waren Kraut, Rüben, Bohnen und Gartengemüse. Alles zusammen ergab nicht einmal die Hälfte einer normalen Ernte. Mit dem Obst, den Nüssen und den Beeren ist es genauso. Ich kann nicht sagen, dass wir gar nichts hätten, aber wenn wir damit über den Winter kommen wollen, müssen wir mehr als gut einteilen. Es gilt ja nicht nur den Winter zu überstehen. Wir brauchen ja auch wieder Saatgut für das nächste Frühjahr. Und das haben wir nur, wenn wir so wenig wie möglich Getreide verbrauchen. Ob die Rechnung aufgeht, werden wir bald sehen. Vorsichtshalber habe ich mit den Kindern den ganzen Wald nach Eicheln und Bucheckern abgesucht, von denen wir immerhin zwei halbe Säcke voll gefunden haben. Auch einige Säcke Laub haben wir gesammelt und in der Tenne zum Trocknen ausgelegt – als Einstreu für den Stall und zum Strecken des Viehfutters. Die jungen Ziegen haben wir alle geschlachtet, nur die sechs Geißen – unsere Milch- und Käsespender – sind am Leben geblieben.

Caspar und Melchior waren wieder einmal in Leutkirch auf dem Markt. Das Angebot habe zwar eine gewisse Vielfalt, die Leute seien jedoch angesichts der Ernteverluste nicht besonders kauflustig und die Stimmung sei allgemein gedrückt. Viele der Bauern, die am Markttag aus der Umgegend in die Stadt gekommen waren, klagten zudem über die Ausbreitung von Viehseuchen, vor allem bei Rindern und Schafen, vereinzelt aber auch bei Pferden und Hühnern.

»Da hilft nur noch Beten«, habe ein alter Bauer gesagt, und alle, die um ihn herumstanden, hätten stumm genickt.

Der heilige Antonius, der heilige Valentin, der heilige Wendelin und nicht zuletzt die Mutter Gottes – alle würden derzeit um Gesundheit für die erkrankten Tiere angefleht. Zudem habe der schon lange schwelende Konflikt mit den Türken und deren Drang zur Ausbreitung nach Westen zu einem Krieg zwischen den Habsburgern und den Osmanen geführt. Kaiser Leopold I. solle durch Allianztruppen und eine Reichsarmee unterstützt werden. Zu diesem Zweck seien überall Soldaten angeworben worden. Sogar von Zwangsrekrutierungen habe man gehört. Auch in Leutkirch seien Werber aufgetaucht.

»Mein Gott, hat dieses Jahr nicht schon genug Leid und Elend bereitgehalten?«, entfuhr es mir, als Melchior seinen düsteren Bericht schließlich beendete.

»Wir wollen Gott danken, dass wir gesund sind, und ihn um unser tägliches Brot bitten«, sagte Melchior eindringlich.

Noch nie habe ich ihn so erlebt. Ganz betroffen sind wir mit den Kindern zusammen auf die Knie gefallen und haben ein Vaterunser und ein Gegrüßet seist du Maria gebetet, und danach haben wir noch unsere Namenspatrone um Schutz für uns und unsere Tiere angefleht.

Anno Domini 1664

Januar

Der Winter hat erst Anfang Dezember mit starken Schneefällen richtig eingesetzt. Bis dahin herrschte Schneeregen vor, der den Boden mit der Zeit aufweichte und matschig werden ließ. Jetzt häufen sich Berge von Schnee und der Boden ist gefroren. Mit unseren Vorräten sparen wir, wo es geht, ohne dass wir hungrig zu Bett gehen müssen. Die Mädchen und ich denken uns schmackhafte Speisen aus, die unsere Vorräte nicht zu sehr strapazieren. Da uns mehr Fleisch und Wurst zur Verfügung stehen als Mehl und Getreide, mussten wir unseren üblichen Speisezettel überdenken. Das eingepökelte Fleisch wässern wir zuerst gut und braten es dann scharf an. Vor dem Ablöschen mit reichlich Wasser wird etwas Mehl eingestäubt und mitgebräunt, was eine schöne dunkle Soße ergibt. Dazu gibt es gekochte Rüben, denen wir manchmal ein, zwei Möhren, eine Handvoll Erbsen, Zwiebeln oder eine Stange Lauch beigeben, damit das Rübenmus nicht so eintönig schmeckt. Ein anderes Rezept ist, eingeweichtes Dörrfleisch in wenig Kraut und mit einem Apfel zu kochen oder das Fleisch mit Rübenschnitzen zu einem Eintopf zu verkochen. Morgens bekommt jeder ein paar Löffel Haferbrei. Ansonsten essen wir keinen Brei mehr, da das Mehl sonst nicht reichen würde.

Anhand unserer Vorräte habe ich genau ausgerechnet, wie viel wir jeden Tag von allem verbrauchen dürfen. Die Eicheln haben wir geröstet und gemahlen. Das so gewonnene Mehl mische ich mit Roggenmehl, um daraus Brot zu backen. Oder ich mische Roggenmehl mit den anderen Getreidesorten oder auch nur mit Haferkleie. Mehr als einen Laib Brot können wir am Tag nicht essen, sonst gerät meine Rechnung durcheinander. Mehr als zwei dünne Scheiben für jeden sind das nicht.

Wir haben alle schon ein bisschen abgenommen. Vor allem Melchior, der in den letzten Jahren einen ordentlichen Bauch angesetzt hat. Er musste den Gürtel schon zweimal enger schnallen – will er nicht seine Hosen verlieren.

Da die Flachsernte ebenso ausgefallen ist wie die Getreideernte, brauchen wir jetzt, in den Wintermonaten, auch kein Garn zu spinnen, geschweige denn Korn zu dreschen.

Melchior, Georg Behler und die Buben haben im Wald Holz gemacht. Sie sind aber schon so gut wie fertig damit. Melchior ist deshalb auf die Idee verfallen, Schüsseln und Löffel zu schnitzen. Die Kinder sind begeistert. Auf dem Boden in der Stube liegen nun täglich Holzspäne, die sich aber ganz vorzüglich zum Anfeuern eignen. Ich habe mich mit den Mädchen darangemacht, die Kleidung auszubessern und umzuändern. Die Kinder tragen die Sachen zwar voneinander auf, manchmal passen sie aber trotzdem nicht, dann müssen sie gekürzt, verlängert, weiter oder enger gemacht werden und auszubessern gibt es sowieso andauernd etwas. Lieber würden wir natürlich Garn spinnen und unsere Kasse damit auffüllen.

April

Das Frühjahr ist dieses Jahr bisher ganz normal verlaufen. Es ist eine Freude, den Blick über die Landschaft um den Unterburkhartshof gleiten zu lassen. Der dunkle Wald zeigt das erste Hellgrün der Laubbäume, die sattgrünen Felder der aufgegangenen Wintersaat wechseln sich ab mit den geeggten, braunen Äckern, die bereits die Sommerfrucht in sich bergen. Der Anblick lässt uns hoffen, dass wir eine gute Ernte einbringen können. Wenn dann auch noch der Flachs gerät und seine schönen blauen Blüten unsere Augen erfreuen, können wir zufrieden sein.

In Stegroth hat sich in einem der leerstehenden Höfe eine Familie Stöckler aus Vorarlberg niedergelassen. Die Barbara Waldnerin und Lena sind ihre nächsten Nachbarn. Die Neuankömmlinge sind etwa in unserem Alter. Ihre drei Buben sind zwischen vierzehn und acht Jahren und von den beiden Mädchen ist eines siebzehn und das andere fünf Jahre alt. Barbara hat sich mit der Familie gleich gut verstanden. Eines Sonntags hat sie uns zu sich auf ihren kleinen Hof eingeladen, damit wir uns bei dieser Gelegenheit ebenfalls mit ihren neuen Nachbarn bekannt machen können. Das war eine schöne Abwechslung nach den entbehrungsreichen vergangenen Monaten.

»Uns hat die Not von den schönen österreichischen Bergen heruntergetrieben«, ließ uns Ignaz Stöckler, ein schmaler Mann mit lediger Gesichtshaut, wissen.

Man sah ihm die vergangenen Entbehrungen deutlich an. Regina, seine Frau, war einen halben Kopf kleiner und ebenso schmal wie ihr Mann. Wenn sie lächelt, zieht sich ihr Mund zu einem waagrechten Strich in die Breite und die graublauen Augen blicken dabei freundlich, aber müde. Auch ihre Kinder haben kein Gramm Fett auf den Rippen. Ob sie die haselnussbraunen Haare vom Vater oder der Mutter haben, lässt sich nicht sagen, denn die beiden sind schon ganz ergraut. Da Ignaz Stöckler braune Augen hat, vermute ich einmal, dass die Haarfarbe der Kinder von ihm kommt.

Ich hatte ein Stück Geräuchertes vom Wildschwein und zwei Laibchen Ziegenkäse mitgebracht. In Barbaras niedriger Küche schnitten wir beides in dünne Scheiben und belegten damit zwei runde Holzbrettchen.

»So aufgeschnitten sieht es nach richtig viel aus«, sagte Barbara zufrieden.

Da es ein warmer, sonniger Nachmittag war, hatten wir uns vor dem kleinen Bauernhaus niedergelassen. Die Stöcklers ließen jedes Mal ein »Oh« und »Mmh« hören, bevor sie zugriffen, als die Leckerbissen die Runde machten. Die Kinder brachen bald zum Rotbach auf, um Windrädchen zu bauen und das Wasser mit einem kleinen Damm aus Steinen aufzustauen, was sie interessanter fanden als die Gespräche der Erwachsenen. Sogar die älteren Buben und das ältere Mädchen der Stöcklers, das ebenfalls Barbara heißt, schlossen sich der kleinen Schar an.

»Seid vorsichtig am Wasser!«, rief ich ihnen nach, denn die alte Angst saß mir seit Georgs Unfall noch immer in den Knochen.

»Wir passen schon auf, Mutter!«, rief mir Jacob in heiterem Tonfall schon aus einiger Entfernung über die Schulter zu.

August

Ich weiß gar nicht, was ich sagen soll. Wir sind mitten in der Heuernte. Heute war ein heißer Tag und wir haben uns deshalb gegen Abend alle an der Badehütte eingefunden, um uns im kühlen Bachwasser den Schweiß abzuwaschen. Ich war gerade dabei, die beiden Kleinsten, Carl und Johannes, trockenzureiben, als ich die Barbara Waldnerin mit Lena kommen sah. Barbaras Gesicht war erhitzt, obwohl die Sonne bereits hinter den Hügeln verschwunden war, und sie hielt Lena an der Hand, wie damals, als sie uns das erste Mal besuchte und das Hainbuchenzweiglein für Elisabeth dagelassen hat. Nur dass Lena heute nicht mehr fünf Jahre alt ist, sondern fast zwanzig. Dass Barbara ihre Tochter an der Hand hielt, machte mich stutzig.

»Grüßt euch«, rief ihnen Melchior aus der Mitte des Baches gutgelaunt entgegen, um sich gleich darauf zu bücken und sich mit beiden Händen Wasser über den Kopf zu schaufeln.

»Johanna, wir müssen ganz dringend etwas besprechen«, brach es aus Barbara heraus, die schnurstracks auf mich zukam, noch bevor sie uns hastig begrüßte.

Georg war inzwischen mit lachendem Gesicht herbeigehüpft und schüttelte freudig Lenas freie Hand. Lena schaute ihn jedoch nicht an und hielt den Blick gesenkt, was Georg so verunsicherte, dass er sie an der Schulter rüttelte und erstaunt »Waaas???« fragte.

Inzwischen war auch Melchior herbeigekommen und Barbara wiederholte, ihre Aufregung mühsam unterdrückend: »Wir müssen ganz dringend etwas besprechen.«

Ich rief Margret, die mir am nächsten stand, und bat sie, Carl und Johannes mit zu den anderen Kindern zu nehmen, die ein Stückchen entfernt im Gras saßen und gespaltenen Grashalmen die schrillsten Töne entlockten, indem sie sie an den Mund hielten und kräftig bliesen.

»Lena ist in Umständen«, sagte Barbara ohne Umschweife, »und sie hat mir zu verstehen gegeben, dass Georg der Vater des Kindes ist.«

Melchior und ich sahen uns bestürzt an. »Ja, um Himmels willen«, kam es fast tonlos von Melchiors Lippen.

»Aber Georg ist doch erst sechzehn!«, sagte ich, als ob das eine Vaterschaft ausschließen könnte – im Augenblick fiel mir einfach nichts Besseres dazu ein.

Georg schaute ratlos von einem zum anderen und wusste mit unseren ernsten Gesichtern offensichtlich überhaupt nichts anzufangen. Noch immer hielt er Lena an der Hand, die den Blick nach wie vor auf den Boden heftete.

»Wie lange ist sie denn schon ...?«, fragte Melchior, ohne den Satz zu beenden.

»Ich denke, am Ende des zweiten Monats. Als ihre Regel ausblieb, dachte ich mir zunächst nichts Schlimmes, aber jetzt bin ich mir ziemlich sicher, dass sie in Umständen ist. Seit eure Kinder öfter mit den Stöcklerkindern zusammen sind, hat sich ihnen auch Lena angeschlossen. Und mit Georg hat sie sich ja schon immer gut verstanden. Aber dass so etwas dabei herauskommen könnte, ist selbst mir verborgen geblieben«, sagte Barbara zerknirscht.

Wir haben lange überlegt. Zunächst galt es, Georg die Situation klarzumachen, der, als er sie endlich begriffen hatte, über das ganze Gesicht strahlte. Ich glaube tatsächlich, dass die beiden das Kind mehr oder weniger beim Spielen gezeugt haben und sich über die Tragweite ihres Tuns gar nicht im Klaren waren

Als wir endlich zu dem Entschluss kamen, dass es das Beste ist, wenn Georg und Lena heiraten, strahlte auch Lena. Die kleine Familie wird bei Barbara auf dem Hof leben. Barbara kann so die jungen Eltern unterstützen und Georg, der mit allen landwirtschaftlichen Arbeiten bestens vertraut ist, wird auch Barbara eine willkommene Hilfe sein.

Gerade als Melchior am nächsten Tag nach dem Morgenmahl vom Tisch aufstand und sagte: »Dann besprechen wir nächsten Sonntag nach dem Gottesdienst in Reichenhofen am besten alles gleich mit dem Herrn Pfarrer«, schob Jacob, der sich ebenfalls erhoben hatte, umständlich seinen Stuhl unter den Tisch und begann herumzudrucksen.

»Ich muss euch etwas sagen«, brachte er nach einigen Ähms und Hms endlich zustande. »Also ich und die Barbara Stöcklerin ... also ich glaube, wir sollten auch heiraten.«

Melchior drehte sich mit einem Satz zu Jacob um und fragte, als ob er dadurch noch irgendetwas abwenden könnte, in scharfem Ton: »Was sagst du da?«

Jacob war inzwischen die Röte ins Gesicht geschossen, was so gar nicht zu seiner kräftigen Erscheinung passen wollte, und obwohl mir die Tragweite seiner Worte sofort klar war, tat er mir fast ein bisschen leid.

Melchior war nun nicht mehr zu halten: »Ja seid ihr denn alle verrückt geworden! Dass dein Bruder mit seinem eingeschränkten Geist nicht wusste, was er tat, kann ich ja gerade noch verstehen ... aber du, von dir hätte ich schon etwas anderes erwartet. Jetzt wird mir natürlich klar, warum du in jeder freien Minute nach Stegroth hinübergerannt bist. Ich hätte dich noch mehr auf dem Hof einspannen sollen, dann wäre dir dein Wandeln auf Freiersfüßen schon vergangen. Ja Himmel Donnerwetter, ich glaub es nüt, zwei Buebli mit sechzehni und siebzehni ...«

Melchior hatte vor lauter Aufregung unvermittelt von der längst wieder angenommenen schwäbischen in die schweizerische Mundart seiner zweiten Heimat gewechselt. Er hatte sich mittlerweile in so eine Wut hineingesteigert, dass er nun ebenfalls ein hochrotes Gesicht bekam und seine Hals- und Schläfenadern bedrohlich anschwollen.

Besänftigend legte ich ihm die Hand auf den Arm: »Melchior, bitte, das ändert doch jetzt auch nichts mehr, reg dich halt nicht so auf.«

Melchior schnaufte ein paar Mal tief durch und sagte: »Du hast recht.« Dann drehte er sich auf dem Absatz um und stürmte aus der Küche.

September

Der Herr Pfarrer Molanus, der Nachfolger des verstorbenen Pfarrers Bader, war alles andere als begeistert. Vor allem der Ehe von Georg und Lena stand er sehr bedenklich gegenüber. Erst als Melchior ihm klar machte, dass Georg ja erst durch seinen Unfall so geworden war und Lena trotz ihrer Taubstummheit ein aufgewecktes Mädchen sei und die Barbara Waldnerin den beiden jederzeit mit Rat und Tat zur

Seite stehe, willigte er endlich in eine Heirat ein. Jacob und Barbara mussten sich von ihm jedoch eine längere Moralpredigt anhören.

Drei Wochen später feierten wir zuerst in der Kirche und danach auf dem Unterburkhartshof eine Doppelhochzeit. Da das Wetter warm und trocken war, stellten wir Tische, Bänke und Stühle im Hof auf. Johanna, Margret und Elisabeth kochten ein schmackhaftes Hochzeitsmahl aus frischen Bachforellen, einen Braten vom Zicklein mit verschiedenem Gartengemüse und zum Nachtisch einen Pfannkuchen mit Apfelmus für immerhin fünfundzwanzig Personen, Caspar und Elisabeth mit den Kindern und den hochwürdigen Herrn Pfarrer mit eingerechnet.

Das junge Paar ist in die Schlafkammer von Jacob, Georg und Melchior im oberen Stock gezogen. Melchior hat die Kammer neben der Stube bezogen, die seit Lucias Tod leer stand.

Da die Stöcklers arm wie Kirchenmäuse sind und sich gerade erst etwas aufbauen, hat Melchior kurzerhand entschieden, dass wir das Zimmer für die beiden einrichten. Zwei passende Betten wurden zum Doppelbett zusammengestellt und einen zweitürigen Schrank aus Fichtenholz mit einem schmalen, geschwungenen Gesims hat Melchior vom Schreiner anfertigen lassen. Ein kleiner Tisch und zwei Stühle runden nun die Einrichtung ab. Wenigstens hatte Barbara einige Ellen Leinwand zur Verfügung, aus der sie Bettbezüge nähen konnte. Kissen und Decken sind von Jacob und Georg.

Für Georg und Lena habe ich aus unseren guten Hühnerfedern zwei neue Kopfkissen gefüllt. Das war ganz schön viel Arbeit, die größeren Federn von den Kielen zu befreien. Seit Jahren sammle ich die Federn in einem Sack, und nie bin ich dazu gekommen, sie zu verarbeiten. Die Kissen unserer Familie sind mit Wolle gefüllt, ebenso wie die Bettdecken. Für Georg und Lena habe ich dann auch zwei Bettdecken mit frischer, gewaschener und kardätschter Schafwolle gefüllt.

Melchior hat einen Sack davon in Diepoldshofen besorgt. Die Familie Capeter hält nämlich einige Schafe, deren Wolle sie jedes Jahr verkauft. Zwei Strohsäcke mit frischem Roggenstroh machen das Ehebett komplett.

Außer zwei Geißen bekommt Georg noch fünf Jahre lang einen Anteil aus dem Ernteerlös, als Anteil an seinem Erbe. Was Georg und Lena anbetrifft, müssen wir uns weiter um nichts kümmern, denn die Barbara Waldnerin geht, nachdem sie den ersten Schrecken überwunden hat, rührend in der Aufgabe auf, den jungen Eheleuten ein gemütliches Heim zu bereiten und ihnen die Kammer ihrer verstorbenen Mutter liebevoll einzurichten.

Anno Domini 1665

8. Januar

Barbara und Jacob sind seit heute Morgen Eltern. Obwohl die Geburt für eine Erstgebärende kurz und leicht war, hat sich Barbara ziemlich angestellt. Die Barbara Waldnerin stand ihr mit ihrer ganzen Erfahrung zur Seite. Trotzdem hatte sie ihre liebe Mühe mit Barbara, die schrie nämlich, als würde sie am Messer stecken, noch bevor die Presswehen überhaupt eingesetzt hatten. Ich konnte meine Schwiegertochter kaum beruhigen.

Wenn sie gerade einmal nicht schrie, wimmerte sie: »Ich sterbe, oh mein Gott, ich sterbe!«

Die Waldnerin und ich warfen uns erleichterte Blicke zu, als das Kind, ein hübsches kleines Mädchen, endlich da war. Jacob war ganz gerührt, als er seine kleine Tochter, die gleich am Nachmittag auf den Namen Maria getauft wurde, betrachtete.

»Oh Jacob, du machst dir keine Vorstellungen, was ich für Schmerzen gelitten habe«, setzte Barbara mit matter Stimme ihren Mann in Kenntnis, der ihr daraufhin unbeholfen und mit einem schlechten Gewissen über den Arm streichelte.

7. März

Heute sind wir zum zweiten Mal Großeltern geworden. Lena und Georg haben einen gesunden Buben bekommen, den sie Georg taufen lassen wollen. Die jungen Eltern könnten sich vor Freude schier nicht fassen, erzählte die Barbara Waldnerin, als sie uns die Nachricht überbrachte.

Zur Taufe am Abend fanden wir uns alle ein. Melchior und ich sind uns sicher, dass die Ehe der beiden gut ist und sie mit Gottes und der Waldnerin Hilfe ihr Kind, und womöglich noch weitere Kinder, gut aufziehen werden. Und außerdem sind wir ja auch noch da. Ich bin jetzt fast vierzig und es könnte sein, dass das Kinderkriegen für mich beendet ist. Zumindest kommt meine Monatsblutung jetzt unregelmäßig und in größeren Abständen.

April

Die vorderösterreichische Regierung hat Melchior ein Schreiben zukommen lassen, in dem sie ihn zum Ammann ernennt und ihn gleichzeitig in die Pflicht nimmt, im Amt Gebrazhofen beim Einzug der Gefälle und in Altdorf bei der niederen Gerichtsbarkeit mitzuwirken. Melchior hat es fast die Sprache verschlagen. Da der Unterburkhartshof alleine und abseitig im Waldburg-Zeil'schen Herrschaftsbereich liege, halte man es für außerordentlich wichtig, den Hof, seinen Lehensnehmer und dessen Familie enger an die Obere Landvogtei anzubinden und damit die vorderösterreichische Landesherrschaft gerade in diesem Teil des Landes zu stärken.

Melchior wusste zunächst nicht recht, was er davon halten sollte. Dass sowohl die Waldburger als auch die Habsburger am liebsten die gesamte Landesherrschaft ausüben wollten und es deshalb immer wieder zu Streitigkeiten kam, war kein Geheimnis. Dass wir auf dem Unterburkhartshof jedoch in diese Machtspiele verwickelt werden könnten, damit haben wir nicht gerechnet.

Melchior debattierte die Angelegenheit ausführlich mit Caspar, der wegen der Waldburg-Zeil'schen Einschränkungen seiner Freiheit sowieso des Öfteren murrt: »Seid froh, dass ihr zu Vorderösterreich gehört. Die sind liberaler und wie man hört, wollen sie sogar die Leibeigenschaft abschaffen, ach und überhaupt sind sie einfach weiter weg als die Waldburger.«

»Zwei-, dreimal im Jahr werde ich mein neues Amt bestimmt wahrnehmen müssen«, überlegte Melchior, »und ob es dafür eine Entschädigung gibt – davon steht nichts in dem Schreiben. Am besten schaffe ich mir einen Reitsattel an, als Reiter bin ich schneller unterwegs als mit Pferd und Wagen.«

September

Jetzt bin ich doch wieder in Umständen. Obwohl ich erst im fünften Monat bin, ist mein Leib so dick wie bei keiner meiner bisherigen Schwangerschaften. Die Barbara Waldnerin vermutet, dass es Zwillinge werden könnten.

Wir hatten eine prächtige Obsternte. Melchior ist sehr stolz auf seine Veredelungskünste und auch sein Vater hat ihn gebührlich dafür gelobt. Letzten Winter kam unser kluger Sohn auf die Idee, dass er in Diepoldshofen und den umliegenden Weilern Schulunterricht für die Kinder anbieten könnte. Auch Pfarrer Molanus zeigte sich interessiert. Er lädt ihn sogar sonntags manchmal ins Pfarrhaus ein, um sich mit ihm über alle möglichen Themen, vor allem aber über die Geschichten in der Bibel zu unterhalten. Auf jeden Fall scheint der Pfarrer von Melchiors Belesenheit sehr beeindruckt zu sein, denn er gestattet ihm sogar, das eine oder andere Buch seiner Bibliothek zu lesen.

Melchior musste das erste Mal als Ammann fungieren. Anders als beim Hohen Gericht, wo es um Mord, Diebstahl und andere Abscheulichkeiten geht, die mit dem Tod bestraft werden, verhandelt man beim niederen Gericht die geringeren Delikte, wie sie eben im Alltag vorkommen. Melchiors Aufgabe war es, als eine Art Schöffe bei der Rechtssprechung mitzuwirken. Am Abend berichtete er, dass von Fällen der Körperverletzungen und Sachbeschädigungen bis hin zu

Grenzstreitigkeiten, Erbangelegenheiten und Beleidigungen alles dabei gewesen sei.

»Du glaubst ja nicht, mit welchen Ausdrücken sich da zwei Nachbarinnen bedacht haben. Saumetze und verlogenes Mensch waren noch die harmlosesten«, sagte er in gespielt entrüstetem Ton und musste sich dabei das Lachen verkneifen.

Interessant sei so ein Gerichtstag allemal und wenn er ehrlich sei, fühle er sich doch recht geehrt, dass man ihm das Amt übertragen habe – nicht zuletzt deshalb, weil er von den eingenommenen Bußgeldern einen Teil als Bezahlung bekommen habe.

Carl, 1825

Die inzwischen vertraute, schwungvolle Schrift in Johannas Tagebuch wurde jäh von einer anderen, gleichmäßig sich nach rechts neigenden ersetzt. Carl ließ, von einer Vorahnung erfüllt, das Buch sinken. Er fühlte einen ziehenden Schmerz in der Brust. Das konnte doch nur bedeuten, dass … Noch bevor er weiterlas, wusste er, dass etwas Schlimmes geschehen war. Carl war so aufgegangen in Johannas Erzählungen, dass sich die mehr als einhundertachtzig Jahre, die zwischen ihnen und der Gegenwart lagen, kurzzeitig für ihn verwischt hatten. Tränen stiegen ihm in die Augen. Ein »Oh nein« drängte sich ihm über die Lippen und eine unendliche Wehmut erfasste ihn. Johanna, ihre Familie – seine Familie – war ihm während der Stunden des Lesens so nahe gekommen, dass er den drohenden Verlust genauso schmerzhaft spürte, wie wenn er ihn in diesem Leben zu erleiden hätte.

Er schaute auf die Kerze, die zu drei Vierteln heruntergebrannt war, und legte eine neue bereit – dann las er, was Melchior Riedmüller Johannas Aufzeichnungen angefügt hatte.

Anno Domini 1666

23. Januar

Johanna ist tot und begraben. Die Zwillingsmädchen Anna und Martha sind beide nach der Nottaufe durch die Waldnerin ein paar Minuten nach der Geburt gestorben. Ein paar Stunden später ist ihnen Johanna gefolgt. Meine arme Johanna. Sie hat so viel Blut verloren, dass wir hilflos zusehen mussten, wie sie immer blasser und schwächer wurde.

Die Waldnerin hat Johanna die winzigen Kinder mit in den Sarg gelegt – in jeden Arm eines. Ich kann noch gar nicht glauben, dass meine Frau nicht mehr lebt. Gott sei ihrer Seele gnädig.

Carl, 1825

Carl schluckte ein paar Mal schwer und schloss für eine Weile die Augen. Selbstverständlich sind sie inzwischen tot, dachte er. Johanna, Melchior und ihre Kinder ...

Eine belebende Welle durchfuhr Carl nach einer Weile unvermittelt und er öffnete die Augen. Natürlich! Jacob, der älteste Sohn der beiden. Das nächste Tagebuch war bestimmt von ihm verfasst worden. Er legte Johannas Tagebuch, das mit Melchiors Eintragung zu Ende gegangen war, zur Seite und griff nach dem nächsten schmalen weißen Lederband.

Jacob, Anno Domini 1673

5. März

Heute haben wir unseren Vater Melchior Riedmüller, Bauer und Ammann vom Unterburkhartshof, beerdigt. Er wurde sechsundfünfzig Jahre alt und war seit mehreren Monaten krank. Auf seinem Krankenlager suchte Vater nach einer Erklärung für den trockenen Husten, die Atemnot, die ihn bei der kleinsten Anstrengung erfasste, und die Schmerzen in der Brust. Die Krankheit sei wahrscheinlich eine späte Auswirkung aus der Zeit, als er in Rorschach in der Schweiz lebte und dort im Steinbruch notgedrungen mit jedem Atemzug den Staub der kleingeklopften Steine in die Lungen sog. Onkel Caspar ist vor gut zwei Jahren wahrscheinlich an der gleichen Krankheit gestorben. Er wurde ebenfalls vom Husten geplagt und genau wie Vater von Tag zu Tag hinfälliger. Ob sich der Staub nach so langer Zeit tödlich auswirkte? Gott allein weiß das.

Vater bat mich kurz vor seinem Ableben, die Gewohnheit meiner Mutter fortzuführen, nämlich Geburts- und Todestage sowie Begebenheiten unseres Lebens aufzuschreiben. Nach Mutters Tod hat Vater die beschriebenen Seiten zu zwei Büchern binden lassen. Ich habe ein wenig darin geblättert und manche Seite gelesen. Da sie aber auch sehr persönliche Dinge über Mutter und Vater enthielten, habe ich nicht weitergelesen, weil ich glaube, dass das nicht für mich bestimmt ist. Vielleicht können spätere Generationen einmal die Aufzeichnungen mit dem gebührenden Abstand lesen.

Mutter hat über die Jahre hinweg sehr viel geschrieben. Ich glaube nicht, dass ich so viel schreiben werde, nicht zuletzt deshalb, weil mir die Schreiberei nicht so liegt. Ja, wenn Vater Melchior beauftragt hätte, der würde mühelos die Seiten füllen. Aber Melchior ist nicht mehr bei uns auf dem Hof. Er hat mit der Unterstützung des hochwürdigen Herrn Pfarrers Molanus das Jesuitenkolleg in Ingolstadt besucht und ist jetzt als Missionar in Paraguay in Südamerika. Zu Weihnachten und Ostern schreibt er uns, und zweimal war er noch während seiner Ausbildung in den Sommerferien hier und hat uns bei der Ernte geholfen.

Im selben Jahr, als ich Barbara geheiratet habe, haben wir die Ziegen endgültig abgeschafft und dafür eine Kuh mit einem Kälbchen gekauft. Seither haben wir immer zwei Kühe, von denen wir abwechselnd eine zum Decken führen. Die Kälber verkaufen wir, wenn sie sechs bis acht Wochen alt sind. Das ist keine schlechte Einnahmequelle. Nach Mutters Tod hat Vater mir den Hof übergeben. Bis zu seiner Erkrankung hat er mitgearbeitet, als ob er noch immer der Bauer wäre. Im Grunde war ich sehr froh darüber und ich habe bis zuletzt vieles mit ihm besprochen, vor allem was das Amt des Ammannes betraf, das mit der Hofübernahme auf mich übergegangen ist. Vater wird mir sehr fehlen.

Der Georg Behler ist immer noch Knecht bei uns und eine große Hilfe. Er erzählt oft, wie es war, als wir noch klein waren und nicht so viel helfen konnten und Vater und Onkel Caspar ihre Höfe zusammen bewirtschaftet haben, und dass es trotz der schweren Arbeit eine schöne Zeit gewesen sei. Ich kann mich selbst auch noch gut daran erinnern.

Barbara hat von Mutter das Käsemachen gelernt und seither ist das eine ihrer Aufgaben. Vom Kräutersammeln will sie nichts wissen. Sie sagt, der Garten, die Kraut-, Rüben- und Bohnenfelder seien schon Arbeit genug. Ach ja! Da sich meine Schwestern bestens mit den Kräutern auskennen, ist es vielleicht auch nicht so schlimm.

Wir haben inzwischen vier Kinder, zwei Mädchen und zwei Buben. Maria ist am 8. Januar 1665 geboren, und wie bei den anderen Kindern sind die Taufpaten der Johannes Lutz und die Ursula Heinzelmännin von Hinlishofen, mit denen wir uns angefreundet haben. Georg ist am 6. März 1667 geboren, Magdalena am 30. April 1669 und Johannes am 5. Juni 1671.

Barbara hat eine fürchterliche Angst vor jeder Geburt, obwohl es bisher keine besonderen Schwierigkeiten gab. Nachdem Mutter im Kindbett gestorben ist, war mit Barbara gar nichts mehr anzufangen. Von der Leidenschaft, die zu unserer frühen Eheschließung führte, ist bei ihr nicht mehr viel übrig geblieben – wie man deutlich an den Abständen sehen kann, in denen unsere Kinder geboren werden. Ich begehre sie aber nach wie vor.

Mein Bruder Georg und seine Frau Lena haben inzwischen drei gesunde Kinder, zwei Buben und ein Mädchen. Keines ist taubstumm. Lenas Mutter erfreut sich noch immer guter Gesundheit und spricht viel mit ihren Enkelkindern, da sie von Lena, die sich ja nur mit Zeichen verständigen kann, und Georg mit seiner abgehackten Sprechweise das Sprechen nicht richtig lernen können. Die Waldnerin hat allen unseren Kindern auf die Welt geholfen und auch sonst wird sie noch immer von vielen Frauen geholt, wenn die Niederkunft naht.

Meine Schwestern Johanna und Margret haben geheiratet. Die eine auf einen Bauernhof bei Seibranz und die andere auf einen kleineren Hof in Diepoldshofen. Elisabeth ist noch zu Hause und kümmert sich um unsere jüngsten Geschwister Maria, Magdalena, Carl und Johannes. Johannes, der Jüngste, ist jetzt auch schon zwölf Jahre alt. Er ist nicht besonders kräftig und die Arbeit ermüdet ihn leicht.

Tante Elisabeth vom Oberburkhartshof erfreut sich trotz ihres Alters noch bester Gesundheit. Bis auf die grauen Haare scheint sie sich überhaupt nicht zu verändern. Sie ist groß, schlank, von freundlichem Wesen und hat für ihr Alter nur wenige Falten. Meine Base Lucia ist ihr sehr ähnlich und noch ledig.

Mein Vetter Caspar hat im Jahr nach dem Tod seines Vaters die Margarethe Ehrmännin von Diepoldshofen geheiratet. Sie haben einen Sohn, der ebenfalls Caspar heißt. Margarethes Bruder Matthäus ist bald darauf mit seiner Frau Anna ebenfalls auf den Oberburkhartshof gezogen. Sie arbeiten für Essen und Unterkunft. Außerdem gibt ihnen Caspar so viel Geld, wie auch ein Knecht und eine Magd verdienen würden. Ich habe so meine Zweifel, ob das gut geht, obwohl ich einsehe, dass Caspar Unterstützung braucht, nachdem der langjährige Knecht den Hof verlassen hat.

Onkel Michael, der Bruder unserer Mutter, hat letztes Jahr seine Frau, die ja die Nichte von Vater und Tante Elisabeth war, verloren. Sie ist bei der Geburt ihres vierten Kindes gestorben. Onkel Michael hat bald darauf wieder geheiratet, da die Kinder dringend eine Mutter brauchten.

Der Unterburkhartshof steht gut da, so dass ich meinen Schwestern bei ihrer Heirat eine gute Aussteuer mitgeben konnte.

Anno Domini 1674

8. Juli

Barbara ist heute Nacht mit einem Buben niedergekommen. Beiden geht es gut. Das Kind ist recht kräftig und hat dunkle Haare. Da es so aussieht, als ob es nach mir kommt, soll es Jacob heißen.

Auch Vetter Caspar und Margarethe vom Oberburkhartshof haben letzte Woche Nachwuchs bekommen. Einen Johannes.

Wir haben dieses Jahr eine fürchterliche Wildschweinplage. Die Zäune, die wir am Waldrand errichtet haben, um die Schwarzkittel aufzuhalten, nutzten nicht viel. Obwohl uns die Jagd untersagt ist, habe ich trotzdem zwei Sauen erlegt und sie mit dem Knecht zusammen eilig abgezogen und auseinandergenommen. Jetzt hängt ein Teil im Rauch und der andere Teil liegt eingesalzen im Fass. Elisabeth hat Leberwürste nach Mutters Rezept gemacht. Es bleibt uns ja gar nichts anderes übrig, als uns zu wehren. Die Viecher brechen in unsere Getreidefelder ein, die gerade in schönster Reife stehen, und fressen und walzen alles nieder. Zum ersten Mal kann ich es kaum erwarten, dass sich die Jagdgesellschaft ansagt.

Anno Domini 1675

Januar

Es gibt Kriegsunruhen. Das Machtstreben des französischen Königs Ludwig XIV., der sich anscheinend zum Ziel setzt, die Vormacht in Europa zu erlangen, wirkt sich bis hierher ins Allgäu aus. Wir hüten uns, nach Leutkirch auf den Markt zu gehen, denn in der Stadt sind überall Soldaten einquartiert, die den Bürgern alles abverlangen, so dass viele sogar ihre Möbel und Kleider verkaufen müssen, um irgendwie über den Winter zu kommen. Ich hoffe nur, dass bei uns hier draußen keine Soldaten auftauchen, um auch uns zu Ablieferungen zu zwingen.

Anno Domini 1677

Dezember

Base Margarethe vom Oberburkhartshof ist seit längerer Zeit krank. Caspar hat sie bereits im Herbst zum Stadtarzt Dr. Wieland nach Leutkirch gebracht, nachdem sie die brennenden Schmerzen, die ihr die Blatterrose bescheren, schier nicht mehr aushalten konnte. Wieland sei ein uraltes klappriges Männchen, berichtete Caspar, der an den Künsten des Doktors so seine Zweifel hatte. Er habe Margarethe zwar gründlich untersucht, dabei aber ständig vor sich hingebrabbelt und alles mehrmals wiederholt. Gegen die juckenden, kleinen Bläschen, die sich wie ein breites rotes Band rund um den Brustkorb zogen und die eines nach dem anderen aufplatzten, verordnete der Doktor einen Puder, der austrocknend und abheilend wirken sollte. Da die Krankheit ansteckend sei, riet er Margarethe, von ihrem Mann vorsichtshalber Abstand zu halten. Tatsächlich heilte bald alles ab – aber nur um an anderer Stelle, am Bauch, wieder zu erscheinen. Margarethe ist schon ganz verzweifelt und auch Caspar weiß sich bald keinen Rat mehr.

Anno Domini 1678

17. März

Heute Abend kam der kleine Joseph zur Welt. Er ist sehr zart, hat kaum ein Härchen auf dem Kopf und erinnert mich sehr an meinen jüngsten Bruder Johannes.

Jetzt, wo es ans Pflügen geht, sehe ich, dass Georg Behler die Arbeit bald nicht mehr schafft. Er ist nicht mehr der Jüngste, und ihm geht einfach die Kraft aus. Wegschicken will ich ihn aber nicht, nach so vielen Jahren, die er bei uns im Dienst ist. Ich werde mich wohl nach einem weiteren Knecht oder wenigstens nach einem Taglöhner umsehen müssen. Gerade jetzt, wo die Getreidepreise endlich wieder ansteigen, ist es wichtig, so viel Korn wie möglich auf die Äcker zu bringen. In letzter Zeit kommen wieder mehr Arbeitskräfte aus der Schweiz in unsere Gegend. Dort scheint die Bevölkerung so angewachsen zu sein, dass das Land aus allen Nähten zu platzen droht. Viele machen sich auf, um sich auswärts eine Verdienstmöglichkeit als Knecht oder Magd zu suchen. Ich muss in Diepoldshofen bei den Schweizer Familien nachfragen, ob sie mir jemanden wissen.

In Diepoldshofen sind jetzt alle Höfe bewohnt und bewirtschaftet. Die Bewohner sind dabei, ein Stück des Waldes hinter der Vorstadt zu roden – das Greut – damit sie Weideflächen für ihre Kühe gewinnen. Wir können vom Hof aus beobachten, wie dort seit ein paar Tagen ein Baum nach dem anderen fällt. Unsere beiden Kühe weiden auf den Wiesen beim Hof und im Wald. Das ist der Vorteil eines vom Dorf abgeschiedenen Hofes wie dem unseren oder dem von Vetter Caspar – wir haben Wiesen und Felder beieinander und müssen auf niemanden Rücksicht nehmen.

Peter, ein junger Bursche aus Diepoldshofen, dessen Eltern aus Österreich eingewandert sind, arbeitet jetzt als Taglöhner bei uns. Die Familie hat einen ganzen Stall voller Kinder und ist froh, dass nun ein Sohn auf dem Unterburkhartshof etwas verdienen kann. Er kommt über das frisch gerodete Greut, über das es vom Dorf bis zu unserem Hof nicht sehr weit ist.

Anno Domini 1680

Juni

Mitten in der Heuernte wurden die Kinder krank. Zuerst war es nur eine Erkältung mit Niesen und Husten. Aber dann kamen Fieber und ein rötlicher Hautausschlag dazu, was auf die roten Kinderblattern hindeutete. Georg und Magdalena sind innerhalb von zwei Tagen gestorben. Ich bin wie vor den Kopf geschlagen und Barbara bricht jeden Tag mehrmals in Tränen aus. Maria, Johannes, Jacob und auch der kleine Joseph sind inzwischen wieder ganz gesund.

Auch auf dem Oberburkhartshof hat der Tod Ernte gehalten. Caspar, der älteste Sohn meines Vetters, starb nur eine Woche nachdem er das Fest der heiligen Kommunion gefeiert hat, auch an den Kinderblattern.

Anno Domini 1681

12. Oktober

Heute Abend kam Elisabeth auf die Welt. Das Kind ist gesund und Barbara hat auch alles gut überstanden. Nur die Nachwehen machen ihr zu schaffen.

Base Margarethes Blatterrose ist ihr jetzt ins Gesicht gewandert. Sie leidet schlimme Schmerzen, die sich auch auf die Augen ziehen, weshalb sie jetzt auch noch unter Sehstörungen leidet. Dass Margarethes Bruder Matthäus mit seiner Familie bei ihnen auf dem Hof wohnt, hat sich jetzt doch als ein Segen herausgestellt, da Margarethe oft wochenlang keiner Arbeit nachgehen kann.

Die Kornpreise sinken wieder. Die Leutkircher Stadtväter kaufen nur zögerlich und für wenig Geld das Korn von uns Bauern an. Es bleibt uns nichts anderes übrig, als die niedrigen Preise zu akzeptieren, wollen wir überhaupt Geld in die Hand bekommen. Seit dem großen Krieg ist die Stadt verschuldet und kommt durch ständig neue Einquartierungen und Abgaben nicht mehr recht in die Höhe. Die Häuser und Straßen sind in einem erbärmlichen Zustand, weil niemand mehr das Geld für Reparaturen hat, und wenn ich mit dem Fuhrwerk auf einer der Brücken die Eschach überquere, beschleicht mich jedes Mal ein ungutes Gefühl und die Befürchtung, sie könnte unter mir zusammenbrechen. Die Stadt hat sogar um Herabsetzung der Reichssteuer gebeten, weil die Steuereinnahmen zurückgehen und der Korn- und Leinwandhandel ebenfalls rückläufig sind.

Anno Domini 1683

Februar

Seit der Geburt von Elisabeth vor zwei Jahren weist mich Barbara zurück. Anfangs dachte ich noch, dass sie, wie immer nach einiger Zeit, wieder nachgibt, doch das scheint nicht der Fall zu sein. Sie weigert sich stur, noch ein weiteres Kind zu bekommen.

Dafür haben mein Bruder Georg und Lena an Weihnachten noch ein Mädchen bekommen.

In Diepoldshofen hat sich wieder ein Pfarrer niedergelassen. Er heißt Christian Bickel und ist ein noch junger Mann mit roten Haaren und einem Gesicht voller Sommersprossen.

Anno Domini 1684

April

Der Georg Behler ist gestorben. Seit Peter ganz als Knecht bei uns ist, hat Georg noch kleinere Arbeiten auf dem Hof verrichtet. Tage konnte er damit zubringen, Reisig kleinzuhacken und zu handlichen Büscheln oder zu Besen zu binden. Es ging zwar langsam, aber stetig, da er mit unglaublicher Zähigkeit eine angefangene Arbeit auch zu Ende brachte. Als er eines Mittags nicht zum Essen erschien, ist Maria aufgestanden, um nach ihm zu sehen. Schon kurz darauf stürzte sie außer Atem wieder in die Stube und stieß hervor: »Der Georg, er liegt neben dem Reisighaufen ... ich glaube, er ist tot.«

Anno Domini 1685

Juli

Es hat so stark gehagelt, dass die Wiesen aussahen, als seien sie mit Schnee bedeckt. Auf den Feldern liegen die Ähren zusammengehauen am Boden. Schon kurz nach dem Schauer schien die Sonne von einem wolkenlosen Himmel, gerade so, als ob nichts gewesen wäre. Das Korn hätte noch gute zwei Wochen bis zur Reife gebraucht. Wir warten mit dem Ernten zu, vielleicht steht ein Teil der Ähren wieder auf oder reift wenigstens noch am Boden nach. Ein Jammer ist es so oder so und eine große Einbuße auch.

November

Tante Elisabeth vom Oberburkhartshof ist letzte Woche ganz plötzlich gestorben. Nächsten Januar wäre sie siebzig Jahre alt geworden. Sie ist morgens einfach nicht mehr aufgewacht.

Dezember

An Weihnachten ist jetzt auch die Barbara Waldnerin gestorben. Sehr viele Leute waren auf ihrer Beerdigung und der Pfarrer Bickel hat viele lobende Worte an ihrem Grab gesprochen. Auch wenn er noch nicht so lange in der Gemeinde sei, wisse er doch, wie vielen Kindern sie auf die Welt geholfen habe. Lena hat die ganze Zeit bitterlich geweint. Ich glaube aber, dass ich mir um die Familie meines Bruders keine Sorgen zu machen brauche. Die Kinder sind gesund und wohlgeraten und der älteste Sohn Georg führt den Hof bereits mit großem Geschick und unterstützt seine Eltern und Geschwister.

Anno Domini 1686

September

Das Kirchendach in Diepoldshofen ist neu eingedeckt worden, nachdem es ja auch schon wieder fast vierzig Jahre auf dem Buckel hat. Pfarrer Bickel hat zu diesem Zweck fleißig den Klingelbeutel herumgehen lassen, um, wie er sich ausdrückte, den Einwohnern die Gelegenheit zu geben, sich an der Instandhaltung des Gotteshauses zu beteiligen. Er ist recht umtriebig, der neue Herr Pfarrer. Wir sind aber auch froh, dass wir zum Gottesdienst und zu Hochzeiten, Taufen und Sterbefällen nicht mehr nach Reichenhofen müssen.

Anno Domini 1688

April

Pfarrer Bickel hat das Kirchengestühl vervollständigen lassen. Damals nach dem Wiederaufbau der Kirche wurden nur ein paar Reihen aufgestellt, nachdem sich lange kein Pfarrer halten konnte und die Kirche verwaist war. Seit der neue Pfarrer vor ein paar Jahren seinen Dienst antrat, musste, wer keinen Sitzplatz ergatterte, während des Gottesdienstes eben stehen. Alle sind mit dem Einbau der neuen Stühle mehr als zufrieden, auch wenn es bedeutet, dass wir wieder unser Scherflein dazu beitragen durften. Zum Schluss dankten wir gemeinsam unserem Schöpfer, dass der lange, strenge Winter endlich vorüber ist.

Anno Domini 1689

Mai

Auch dieser Winter war wieder außerordentlich streng und klirrend kalt. Pflügen konnten wir erst im April, da der Boden so lange steinhart gefroren war.

Letzten Sonntag wurde die Kanzel in der Kirche feierlich eingeweiht und Pfarrer Bickel predigte mit Inbrunst zum ersten Mal von seinem neuen, erhöhten Standpunkt.

September

Caspar und Margarethe vom Oberburkhartshof haben endlich wieder Nachwuchs bekommen. Einen kräftigen Buben, der auf den Namen Michael getauft wurde. Beide sind froh und glücklich, dass nach zwölf Jahren noch einmal ein Kind gekommen ist. Base Margarethe geht es seit geraumer Zeit gesundheitlich wieder besser. Kaum jemand hätte gedacht, dass sie sich von ihrer Krankheit noch einmal erholen würde.

Unsere kleine Elisabeth, die Jüngste, ist von Anfang an ein Sorgenkind. Man würde nicht denken, dass sie schon acht Jahre alt ist, so klein und mager ist sie. Nie hat sie Appetit und Barbara muss ihr jeden Bissen regelrecht in den Mund betteln. Zudem weint sie oft und ohne ersichtlichen Grund. Beim Schulunterricht, den meine Schwester Magdalena übernommen hat, kann sie sich nicht konzentrieren und sie bringt auch nicht viel zustande. Ich glaube, wir müssen uns damit abfinden, dass Elisabeth in ihrer Entwicklung zurückbleiben wird.

Anno Domini 1690

Februar

Barbaras Eltern sind kurz hintereinander gestorben, nachdem sich beide nicht mehr von einem hartnäckigen Husten erholen konnten. Kein Wunder in diesem eisigen Winter. Schon im November schneite es unentwegt. Dann herrschten wochenlang eisige Temperaturen. Im Januar wurde es dann etwas milder, was sofort neue Schneefälle auslöste.

Oktober

Die Zeiten werden wieder unruhig. In Leutkirch sind wieder Einquartierungen, bei denen es zu einer Schießerei gekommen ist. Da Leutkirch so verkehrsgünstig an der Straße in den Süden liegt, ziehen in jedem Krieg auch die Heere dort hindurch. Schon seit zwei Jahren führt der französische König wieder Krieg. Dieses Mal kämpft er um die Erbansprüche seiner Pfälzer Schwägerin.

In der Schweiz herrscht anscheinend Hungersnot und Teuerung, was die Leute in Massen aus dem Land treibt. Auch in Diepoldshofen sind zwei Männer aus Graubünden und eine Frau aus Appenzell auf der Suche nach Arbeit aufgetaucht. Alle drei haben bei verschiedenen Bauern ein Unterkommen gefunden. Aus der Gegend um Bregenz und Feldkirchen sind vor ein paar Jahren neue Leute gekommen, um sich hier niederzulassen.

Anno Domini 1693

Dezember

Vier Tage vor Weihnachten kam auf dem Oberburkhartshof die kleine Barbara auf die Welt. Sie trägt den gleichen Namen wie ihre vor zwei Jahren geborene Schwester, die allerdings kein Jahr alt geworden ist. Meine Frau Barbara ist ganz entzückt über das Kind, das ihren Namen trägt. So goldig das Kindchen auch sei, ließ sie mich wissen, als wir von unserem Besuch wieder zu Hause angelangt waren, sie sei jedenfalls froh, dass das Kinderkriegen hinter ihr läge.

Anno Domini 1694

Mai

In der Kirche, auf der linken Seite, dort, wo auch die Kanzel ist, hat Pfarrer Bickel einen kleinen Marienaltar mit einem Gemälde, das die Gottesmutter mit dem Jesuskind auf dem Arm zeigt, errichten lassen. Nach der Predigt forderte er die Kirchengemeindemitglieder so lebhaft zu einer Spende auf, dass sein sorgfältig gekämmtes rotes Haar nach allen Seiten vom Kopf abstand. Ich muss zugeben, das Altärchen ist wirklich schön geraten. Zwei silberne Kerzenleuchter auf jeder Seite des Bildes und eine Vase mit einem Strauß frischer Maiglöckchen schmücken es trefflich.

Anno Domini 1695

Mai

Heute wurde nach dem Gottesdienst ein zweites Altärchen auf der rechten Seite beim Glockenturm eingeweiht. Es zeigt ein Gemälde des heiligen Franziskus, inmitten einer Vogelschar. Links und rechts sind, wie auf der anderen Seite beim Marienaltar, zwei silberne Kerzenleuchter aufgestellt, und auf jedem Altar prangt ein Strauß frischer Maiglöckchen. Unsere Kirche ist ein richtiges Schmuckstück geworden. Als der Klingelbeutel herumging, haben die Münzen darin munter geklappert.

September

Base Margarethe vom Oberburkhartshof ist mit einem Buben niedergekommen. Er heißt Caspar wie sein verstorbener Bruder und nach seinem Vater und seinem Großvater.

Die Getreideernte fiel dieses Jahr wieder gut aus. Da die sowieso recht ordentlichen Kornpreise der letzten Jahre zurzeit in die Höhe schnellen, können wir uns auf einen guten Gewinn freuen.

Anno Domini 1696

4. März

Ach, wie schnell doch die Zeit vergeht. Heute hat unser ältester Sohn Jacob Hochzeit gefeiert. Seine junge Frau

Maria Schnellin kommt aus dem Bayerischen und ist die Tochter eines Schuhmachers. Jacob hat sie in Leutkirch auf dem Markt kennengelernt, wo sie ihrem Vater an seinem Verkaufsstand geholfen hat. Barbara und ich waren nicht besonders erfreut über die Wahl unseres Sohnes, der aber, was seine Auserwählte anbetraf, nicht mit sich reden ließ. Wenn er überhaupt eine heirate, dann diese. Es sei ihm egal, wenn sie kaum eine Aussteuer vorweisen könne, schließlich sei unser Hof groß genug. Schweren Herzens haben wir zugestimmt.

Das Mädchen ist ausgesprochen hübsch mit blonden Haaren und heller Haut und zudem von freundlicher, angenehmer Wesensart. Als ich die beiden heute Morgen vor dem Altar stehen sah, musste ich zugeben, dass ich selten ein so schönes Brautpaar gesehen habe: Jacob mit seinen hellbraunen und Maria mit ihren blonden Locken, wie sie sich innig anlächelten.

Anno Domini 1697

März

Mein erstes Enkelkind, Joseph, kam fast auf den Tag genau ein Jahr nach der Hochzeit seiner Eltern zur Welt, nur um sie einen Tag später gleich wieder zu verlassen. Maria geht es schlecht. Die Geburt war schwer. Die Stimmung im Haus ist sehr gedrückt.

September

Auf dem Oberburkhartshof wurde Hochzeit gefeiert. Johannes, der Hoferbe, hat geheiratet. Als ich ihn mit seiner Frau Anna Maria zusammen sah, fiel mir die große Ähnlichkeit von Johannes mit Jacob auf. Die gleichen braunen Locken und die gleiche kräftige, mittelgroße Statur. Anna Maria hat mit meiner Schwiegertochter jedoch nicht die geringste Ähnlichkeit. Im Gegenteil. Sie ist ein pausbackiges, rundliches Mädchen mit glatten dunklen Haaren.

Anno Domini 1698
Juli
Meine Schwiegertochter Maria hat sich sehr gefreut, als Johannes und Anna Maria sie fragten, ob sie bei ihrem ersten Kind Taufpatin werden wolle. Das kleine Mädchen wurde nach ihr auf den Namen Maria getauft. Maria selbst ist wieder in Umständen. Das Kind soll im nächsten Januar auf die Welt kommen.

Anno Domini 1699
4. Januar
Heute Nachmittag ist mein Enkel Johannes Melchior geboren. Es war wieder eine schwere Geburt und die Hebamme aus Diepoldshofen hatte alle Hände voll zu tun, bis das Bübchen endlich auf der Welt war. Es ist gesund und kräftig, mit einem Schopf dunkler Haare. Pfarrer Bickel ist noch am Abend gekommen, um das Kind zu taufen.

28. Februar
Heute am frühen Abend ist Maria gestorben. Sie hat sich von der Geburt nicht mehr erholt. In den letzten Tagen ist ein hohes Fieber dazugekommen, das uns veranlasste, den Pfarrer zu holen, damit er ihr die Sterbesakramente spenden konnte. Wir ahnten schon, dass Maria uns verlässt. Jacob ist nicht ansprechbar und hat sich mit seiner toten Frau im Schlafzimmer eingeschlossen. Barbara und ich haben beschlossen, dass wir ihn bis morgen früh in Ruhe lassen, damit er Marias Ableben begreifen kann.

16. August

Jacob ist heute in aller Stille mit der Anna Ablerin von Diepoldshofen die zweite Ehe eingegangen. Anna ist eine patente junge Frau, die zupacken kann. Das dicke blonde Haar trägt sie gescheitelt und zu einem Knoten zusammengedreht, von dem man allerdings bald nicht mehr viel sehen wird, wenn es unter der Haube der verheirateten Frau verschwindet. Den kleinen Johannes Melchior hat sie gleich ins Herz geschlossen. Ich glaube, das gab für Jacob auch den Ausschlag, dass er der Heirat so schnell zustimmte. Anna kommt von einem der größten Höfe in Diepoldshofen und hat eine beträchtliche Aussteuer und Bargeld mitgebracht.

Nach dem Tod von Maria war Jacob zu nichts mehr zu gebrauchen gewesen und so hatte ich die Dinge selbst in die Hand genommen. Anna war mir als mögliche Heiratskandidatin gleich in den Sinn gekommen. Also habe ich mit Annas Vater gesprochen, dem natürlich wie allen anderen im Dorf bekannt war, welch tragischen Verlust mein Sohn erlitten hatte. Wir sind uns schnell einig geworden. Anna versprach, sie werde alles tun, um Jacob eine gute Frau und dem Kind eine gute Mutter zu sein.

Anno Domini 1700

17. Juli

Jacob und Anna haben ihr erstes Kind, den kleinen Joseph, bekommen. Anna und dem Buben geht es gut und Jacob strahlte über das ganze Gesicht, als er mit Johannes Melchior auf dem Arm zu Anna und Joseph ans Bett trat. Eine bessere Frau hätte er gar nicht bekommen können. Anna ist überaus tüchtig und hat sogar noch kurz vor der Niederkunft mit dem Ausraufen des Flachses angefangen. Sie ging praktisch vom Feld ins Wochenbett, um das Kind zu gebären. Überhaupt macht sie nie viel Aufhebens um ihre eigene Person. Mit Johannes Melchior geht sie sehr liebevoll um und der kleine Kerl folgt ihr auf Schritt und Tritt, seit er laufen kann.

September
Auf dem Oberburkhartshof ist Veronika geboren.

Anno Domini 1701
10. Oktober
Auf dem Oberburkhartshof sind Johannes und seine Frau Anna Maria Eltern ihres ersten Sohnes geworden. Das Kind war sehr schwach und sie haben deshalb gleich Pfarrer Bickel geholt, um es auf den Namen Johannes Martin taufen zu lassen. Noch am gleichen Tag ist das Kind gestorben.

Anno Domini 1706
Mai
Am 12. Mai war eine totale Sonnenfinsternis, ein unbeschreibliches Ereignis. Barbara brach in Tränen aus und weinte in einem fort: »Das ist das Ende, Jacob, das ist bestimmt der Jüngste Tag.«

»Es ist eine Sonnenfinsternis, sie wird bald vorübergehen«, versuchte ich sie mit wenig Erfolg zu beruhigen.

Ich muss zugeben, dass die Dunkelheit mitten am Tag und die Kälte, die sie mit sich brachte, auch für mich sehr beklemmend war.

Ich habe so lange nichts mehr aufgeschrieben, weil meine Finger gekrümmt und die Gelenke vom Rheumatismus unförmig und dick sind. Das Schreiben fällt mir schwer, ich werde Jacob deshalb bitten, die Aufzeichnungen weiterzuführen.

Seit meinem letzten Eintrag hatten wir im April des letzten Jahres den Tod meines Enkels Joseph zu beklagen. Er ist, drei Monate vor seinem fünften Geburtstag, im Rotbach ertrunken und weit abgetrieben, so dass wir ihn erst am nächsten Tag hinter Hinlishofen gefunden haben, wo sich sein Körper in einem Gestrüpp am Ufer verfangen hatte.

Zwei weitere Enkel sind geboren. Am 28. August 1701 Anna Barbara und am 27. Januar 1705 Maria Anna.

Meine Schwester Magdalena hat mit fast fünfzig Jahren den verwitweten Bruder meiner Schwiegertochter Anna geheiratet und lebt jetzt auf dem Hof der Ablers in Diepoldshofen.

Auf dem Oberburkhartshof sind 1703 Maria Elisabeth und im Januar 1706 Anton geboren.

Carl, 1825

Carl klappte das Buch zu, das mit diesem Eintrag endete. Es war weit nach Mitternacht, und obwohl er schon sehr darauf gespannt war, wie die Familiengeschichte weiterging, beschloss er, sich noch ein paar Stunden Schlaf zu gönnen und sich die Fortsetzung für morgen aufzuheben.

Beim Frühstück berichtete Carl von dem Bücherfund und dass er in der Nacht bereits drei der Bücher gelesen hatte. Er schilderte, wie die Vorfahren ihrer Familie sich nach dem Dreißigjährigen Krieg durch die Wildnis bis zu dem verlassenen Unterburkhartshof durchgeschlagen hatten – und von der grausigen Entdeckung unter der Hoflinde.

»Stellt euch nur vor, dort hat sich wahrscheinlich ein Mensch erhängt ... oder er wurde erhängt, wer weiß das schon ... an unserer schönen Linde. Es ist so unglaublich ... und dass sie nach all der Zeit überhaupt immer noch dasteht, so groß und mächtig ...« Carl hatte Schwierigkeiten, seine Empfindungen auszudrücken.

»Dass der Hof schon so alt ist, hätte ich nicht gedacht«, sagte Mathias nachdenklich.

»Wie alt er wirklich ist, kann man gar nicht mehr sagen, denn bevor er verlassen wurde, war er auch schon nicht mehr neu«, erwiderte Carl. »Auf jeden Fall suche ich gleich nachher

Pfarrer Strohmaier auf und schildere ihm den Sachverhalt mit den Steinhügeln.«

»Vater, komm, lass uns doch gleich einmal am Waldrand nachsehen.« Franziska sprang vor lauter Aufregung von ihrem Stuhl auf und zog Kreszentia am Arm hoch, um sie zum Mitgehen zu bewegen.

»Ich komme ja schon, du brauchst nicht gleich grob zu werden, rief Kreszentia aus und versetzte ihrer Schwester einen freundlichen Knuff in die Seite.

Wie aufgereiht standen Carl, Mathias, Kreszentia und Franziska nebeneinander und starrten auf den Waldrand.

Ignaz und Theresia kamen, behindert durch ihre Klumpfüße, herbeigehumpelt, als Carl gerade sagte: »Wenn man es weiß, sieht man die welligen Erhebungen. Mit der Zeit hat sich natürlich das Erdreich gesetzt, deshalb sind es keine richtigen Hügel mehr.«

Er bohrte die Finger in die feuchte Grasnarbe und hob mit bloßen Händen nacheinander ein paar Grassoden ab. Dann scharrte er im Boden, bis er einen Stein zu fassen bekam ... und noch einen ... und noch einen. Es waren offensichtlich die runden Wacken, wie man sie zuhauf im Rotbach fand.

Pfarrer Strohmaier traf am Nachmittag ein, um sich an Ort und Stelle ein Bild zu machen. Carl hatte ihm ausführlich berichtet, dass es sich um die Gräber Riedmüller'scher Vorfahren handeln könnte – und auch, dass Johanna die Fehlgeburt ihrer Schwägerin Elisabeth Stübi dort begraben hatte.

»Ja, Riedmüller, in den damaligen Pest- und Kriegszeiten ist es oft vorgekommen, dass die Menschen ihre Toten ohne christliches Begräbnis unter die Erde bringen mussten. Durch die ganzen Wirrnisse, die damals herrschten, ist heute meistens gar nicht mehr bekannt, wo sich all die Gräber befinden. Theoretisch spräche nichts gegen eine Umbettung der Toten auf den Friedhof. Aber welche Namen zum Beispiel sollte man auf die Grabsteine setzen, wenn man nicht genau weiß, um wen es sich bei den Toten handelt? Auch wird nicht mehr viel von den sterblichen Überresten vorhanden sein. Dafür die

Totenruhe zu stören, halte ich nicht für angemessen. Nein, Riedmüller, ich denke, es ist am besten, alles so zu lassen, wie es ist.«

Carl nickte ein paar Mal leicht mit dem Kopf. »Pfarrer Strohmaier, könntet Ihr denn nicht wenigstens hier nachträglich die Totengebete sprechen und den Segen spenden, damit die armen Seelen ihre Ruhe finden?«

Strohmaier presste die Lippen zusammen und ließ ein langgezogenes »Hmmm« hören. »Grundsätzlich ja, da aber auch ein möglicher Selbstmörder und eine Fehlgeburt hier zu liegen scheinen, kompliziert das den Sachverhalt. Selbst ausgereifte, tot geborene Kinder, denen die Taufe versagt geblieben ist, dürfen nicht in geweihter Erde begraben werden und Selbstmord ist eine Todsünde, wie Ihr wisst. Auch in einem solchen Fall versagt die Kirche ein christliches Begräbnis.

»Ich erinnere mich ziemlich genau, dass Johanna Riedmüller geschrieben hat, sie habe das Tuch mit seinem traurigen Inhalt *bei* den Steinhügeln begraben. Es kann also gut sein, dass es auch ein Stückchen weiter weg war. Und ob es sich bei den sterblichen Überresten unter der Linde wirklich um einen Selbstmörder gehandelt hat, werden wir nie mit Gewissheit sagen können. Der Mensch könnte auch im Krieg dort aufgeknüpft worden sein.« Carl spürte, wie wichtig es ihm war, dass die Erde, in der die Toten ruhten, wenigstens nachträglich noch gesegnet werden würde.

»Ja, wer weiß! Wir können heute sowieso nicht mehr nachvollziehen, was damals wirklich passiert ist. Es ist sicher im Sinne des barmherzigen Gottes, nachträglich für die Toten zu beten.«

Mit seiner wohltönenden, kräftigen Stimme hob der Pfarrer darauf an: »Vater unser, der Du bist im Himmel ...« Mit einem »Lass sie ruhen in Frieden« spendete er im Namen des Vaters, des Sohnes und des Heiligen Geistes abschließend den Segen.

Nur der Gesang der Vögel erfüllte die folgende, ergreifende Stille.

Am Abend zog sich Carl, genauso wie am Tag zuvor, gleich nach dem gemeinsamen Vesper in sein Schlafzimmer zurück. Das Buch lag auf der Waschkommode neben den bereits gelesenen bereit. Da es noch hell war, setzte sich Carl mit einem Stuhl ans Fenster und warf, bevor er das Buch aufschlug, noch einen Blick hinaus auf die hügelige Landschaft und den Rotbach, von dem er aus diesem Blickwinkel ein kurzes Stück sehen konnte, bevor er hinter dem Wald verschwand.

Jacob junior, Anno Domini 1707

10. September

Vater hat mir die Aufzeichnungen übertragen und so ist mein erster Eintrag die Geburt unserer Tochter Dorothea, die heute um zwei Uhr in der Nacht auf die Welt kam. Außer Johannes Melchior, der von meiner ersten Frau Maria stammt, ist es mein viertes Kind mit meiner zweiten Frau Anna.

Mein Leben hat sich nach dem Tod von Maria durch die Heirat mit Anna wieder zum Guten gewendet. Seit ich den Hof 1696 von Vater übernommen habe, konnte ich noch einiges verbessern. So halten wir jedes Jahr zwei Schweine, die im Herbst geschlachtet werden und deren Fleisch uns, getrocknet, eingesalzen oder geraucht, gut über den Winter bringt. Die Wildschweinjagd, auf die Vater sich ab und zu unerlaubterweise begeben hat, haben wir ganz aufgegeben. Es ist einfach zu gefährlich, denn die Jäger und Aufseher der Landvogtei haben neuerdings ihre Augen überall.

Unsere Getreideernten sind reichlich. Das Wetter hat uns seit Jahren keinen Strich mehr durch die Rechnung gemacht, und mit den Preisen, die wir für das Korn erzielen, sind wir zufrieden.

Besonders gut rechnet sich auch der Flachsanbau, obwohl wir nicht jedes Jahr eine gleich gute Qualität erreichen. Es lässt sich nicht machen, mit dem Fruchtwechsel die nötigen fünf bis sechs Jahre zu warten, was den besten Flachs garantieren würde. Dazu haben wir einfach nicht genug Land zur Verfügung. Im Winter spinnen wir nach wie vor Garn, das wir aber nicht mehr in Leutkirch auf dem Markt verkaufen, sondern an reisende Garnaufkäufer. Sie zahlen bessere Preise und verkaufen die begehrte Ware nach Appenzell und St. Gallen weiter, wo in großen Mengen beste Schweizer Leinwand hergestellt wird.

Überhaupt gehen wir nur noch selten nach Leutkirch, denn seit der Franzosenkönig Ludwig XIV. und Kaiser Leopold I. einen Krieg um die spanische Erbfolge führen, sind dort Soldaten einquartiert und es kommt in der Nähe der Stadt immer wieder zu Gefechten. Tausende von Kaiserlichen, Franzosen, Bayern und Sachsen sind in der Stadt und fressen den Bewohnern schier die Haare vom Kopf. Sonderbarerweise unterstützt Kurfürst Max Emanuel von Bayern Ludwig XIV. Wer versteht schon die Politik?

Im November 1703 rückte dann auch noch Ludwig von Baden, der sogenannte Türkenlouis, mit der Reichsarmee an. Da er und sein Heer nicht mehr viel Essbares vorfanden, rissen sie die Holzvertäfelungen der Häuser ab und auch sonst alles, was sich zum Verbrennen und für ein Feuerchen gegen die Kälte eignete. Die ganze Umgebung haben sie abgesucht. Bis zum Ober- und Unterburkhartshof sind sie gottlob nicht gekommen. Zur Zeit ist es wieder ruhig, aber wer weiß – der Krieg ist noch nicht zu Ende.

Die Seiten, die Vater beschrieben hat, ließ er in Leutkirch in Ziegenleder binden. Aus der Zeit, als auf dem Unterburkhartshof Ziegen gehalten wurden, ist noch immer ein schönes Stück weißes Leder da, das auch noch für meine Aufzeichnungen einen schönen Einband abgeben wird.

2. November

Meine Schwester Elisabeth, die schon von klein an schwach und kränklich war, ist, versehen mit den heiligen Sterbesakramenten, heute Morgen an ihrem Magenleiden gestorben. Sie wurde sechsundzwanzig Jahre alt.

Anno Domini 1709

14. Juli
Unser Sohn Anton ist geboren. Wir haben gleich nach Pfarrer Scherer geschickt, damit er ihn tauft, da das Kind sehr schwach ist.

6. August
Anton ist heute an Gichtern gestorben. Er wurde nur drei Wochen alt.

Anno Domini 1710

31. Januar
In den frühen Morgenstunden ist unsere Mutter Barbara gestorben. Seit ein paar Monaten wurde sie immer weniger, während ihr Bauch immer dicker wurde. Der Stadtarzt von Leutkirch, zu dem Vater sie, als die Schmerzen immer schlimmer wurden, vor Weihnachten gebracht hatte, diagnostizierte ein Geschwür im Unterleib. Er verschrieb Tee vom Frauenmantel und Tropfen gegen die Schmerzen. Mutter wurde dreiundsechzig Jahre alt.

3. Februar
Auf dem Oberburkhartshof ist Joseph geboren.

29. September
Heute Morgen ist Franziska geboren. Sie ist meiner Frau Anna wie aus dem Gesicht geschnitten und ihr Köpfchen ist mit einem hellblonden Flaum bedeckt.

Anno Domini 1712

Auf dem Oberburkhartshof ist Johannes geboren und einen halben Tag nach der Geburt gestorben. Mein Vetter Johannes und seine Frau Anna Maria sind sehr unglücklich darüber, dass ihnen schon der zweite kleine Johannes weggestorben ist.

Anno Domini 1713

23. März
Carl Anton ist geboren. Anna und das Kind sind wohlauf.

25. November
Auf dem Oberburkhartshof ist wieder ein Johannes geboren. Wie letztes Jahr sein Bruder ist auch er nur ein paar Stunden alt geworden.

Anno Domini 1715

5. Februar
Franz Anton ist geboren. Es war eine schwere Geburt. Das Kind ist gesund, aber Anna hat viel Blut verloren und ist recht schwach.

24. März
Auf dem Oberburkhartshof ist wieder ein Bübchen zur Welt gekommen. Mein Vetter und meine Base haben ihn wieder Johannes taufen lassen. Aber sie haben kein Glück. Auch dieses Kind ist bald nach der Geburt wieder gestorben.

April

Anna hat sich gut vom Wochenbett erholt. Ich danke Gott dafür.

Juni

Vor drei Tagen haben wir unseren Vater Jacob zu Grabe getragen. Er ist am 10. Juni sanft entschlafen. Als Anna ihm seine Morgensuppe bringen wollte, lag er tot im Bett und war bereits kalt. Am Tag zuvor hat Vater darauf bestanden, dass ihm Pfarrer Scherer die heiligen Sterbesakramente spendet. Vater hat jahrelang am Rheumatismus gelitten. Zum Schluss konnte er sich fast nicht mehr bewegen und verließ deshalb seine Kammer neben der Stube nicht mehr. Meistens lag er im Bett. Den ganzen Tag über stand aber die Tür offen, damit er am Familienleben teilnehmen konnte.

Anno Domini 1716

19. Juli

Auf dem Oberburkhartshof ist wieder ein kleiner Johannes geboren und bald darauf gestorben. Es ist, wie wenn der liebe Gott nicht will, dass mein Vetter seinen Namen weitergibt.

Anno Domini 1717

14. März

Elisabeth ist geboren. Alles ist gutgegangen.

3. November

Auf dem Oberburkhartshof ist Anna Catharina geboren.

Dezember

Welch entsetzliches Unglück. Auf dem Weg nach Diepoldshofen ist der Schlitten von Vetter Johannes vom Oberburkhartshof auf einer Eisplatte ins Trudeln gekommen. Das Pferd hat sich dabei wohl so erschreckt, dass es einen Satz machte und dabei der Schlitten umfiel. Johannes wurde so unglücklich von einer Schlittenkufe am Kopf getroffen, dass er sofort tot war.

Wir sind alle fassungslos. Wir müssen jetzt zusammenstehen und Anna Maria und ihre fünf Kinder unterstützen. Die alten Ehrmanns, die Verwandten von Johannes' Mutter, sind ja schon gestorben und ihre Kinder haben den Hof verlassen, die Mädchen, um zu heiraten und der Sohn, um sein Glück beim Militär zu suchen.

Anno Domini 1719

31. Mai

Heute Abend ist Johannes geboren. Wir haben ihn im Gedenken an unseren Vetter so getauft.

Auf dem Oberburkhartshof geht alles seinen Gang. Base Anna Maria ist sehr tapfer. Der Knecht ist tüchtig und auch ich helfe mit unseren älteren Buben zusammen bei den Ernten.

Anno Domini 1724

7. September

Maria Viktoria ist geboren. Die Geburt war wieder schwer. Anna ist immerhin schon vierundvierzig Jahre alt. Es ist unser elftes Kind.

Carl Anton ist jetzt, nach dem Tod seiner beiden Brüder, der Älteste. Er kommt ziemlich nach mir. Er hat meine braunen Locken und auch die Statur. Allerdings ist er mit elf Jahren schon fast so groß wie ich. Er kann vom Pflügen bis zum

Ernten alle Arbeiten durchführen und ist sehr interessiert an allem, was auf dem Hof zu erledigen ist.

Die Ernte war dieses Jahr wieder sehr gut. Die Getreidepreise könnten nicht besser sein. Mit jedem Jahr bleibt uns eine schöne Summe übrig. Die Zeiten sind seit dem Frieden von Utrecht, der den Spanischen Erbfolgekrieg 1713 beendet hat, ruhig. So gesehen können wir zufrieden sein.

Anno Domini 1728

18. April

Unsere älteste Tochter Barbara hat heute den Joseph Henkel von Diepoldshofen geheiratet.

Anno Domini 1734

30. April

Morgen ist die Hochzeit von Carl Anton mit Franziska Kellermännin von Diepoldshofen. Carl Anton ist einundzwanzig und Franziska siebzehn Jahre alt. Obwohl sie ein noch junges Paar sind, kommt mir die Heirat gelegen. Mit meinen sechzig Jahren fällt mir die Arbeit inzwischen schwer und auch Anna ist nicht mehr so gut auf den Beinen – ihre Füße sind bis über die Knöchel hinauf seit einiger Zeit immer stark geschwollen.

Franziska ist ein lebhaftes, tüchtiges Mädchen. Sie ist genauso groß wie Carl Anton, der mich um einen Kopf überragt, mit dunkelbraunem Haar und sehr schlank – aber ich glaube, auch sehr zäh. Ihre Mitgift ist nicht gerade üppig, da sie viele Geschwister hat, jedoch zufriedenstellend.

Nach der Trauung durch Pfarrer Öttel wird die Hochzeitsfeier im »Adler« in Diepoldshofen sein, da wir die zahlreiche Verwandtschaft von beiden Seiten unmöglich auf dem Unterburkhartshof bewirten könnten.

Kinder von Carl Anton und Franziska Riedmüller
- 1. Februar 1735: Ignaz Simon
- 1. Dezember 1736: Anna Barbara
- 1. Mai 1738: Maria Josepha
- 12. Juni 1739: Maria Anna Antonia
- 19. September 1740: Franz Joseph
- 26. Oktober 1741: Maria Viktoria

Anno Domini 1742

10. Dezember
Meine gute Frau Anna ist heute gestorben.

Anno Domini 1743

März
Im Einvernehmen mit meinem Sohn Carl Anton und dessen Frau Franziska werde ich zu meiner Tochter Barbara Henkel und deren Familie nach Diepoldshofen ziehen. Meine Aufzeichnungen habe ich in das restliche weiße Ziegenleder binden lassen und zusammen mit den anderen drei Büchern im unteren Fach des Schrankes mit dem geschwungenen Gesims verstaut, damit sie geschützt sind und nicht einstauben. Carl Anton habe ich ans Herz gelegt, die Familienaufzeichnungen fortzusetzen. Allerdings war er davon nicht besonders begeistert. Nun ja, er muss selber wissen, wie wichtig es ihm ist.

Carl, 1825

Carl ließ das Buch sinken. Die Dämmerung war bereits hereingebrochen und hatte ihm gerade noch genügend Licht gelassen, um die letzten Seiten zu lesen. Die vielen Namen, Geburten, Sterbefälle und Hochzeiten vom Unterburkhartshof und der Stübis vom Oberburkhartshof verwirrten ihn. Er versuchte die zahlreichen Angaben zu ordnen. Jacob junior ... Carl begann zu überlegen: Ja natürlich, Jacob junior war sein Urgroßvater. Der von Jacob junior in den Aufzeichnungen erwähnte Sohn Carl Anton war sein früh verstorbener Großvater, der Mann seiner Großmutter Franziska. Außer ihren sechs im Buch aufgeführten Kindern gab es, soviel er wusste, noch weitere sieben. Die jüngsten waren seine Tante Josepha und sein Onkel Joseph.

Großvater Carl Anton hatte die Aufzeichnungen also nicht mehr fortgeführt. Vielleicht hatte er die Bücher vergessen und sein plötzlicher Tod hatte womöglich verhindert, dass er sie seiner Frau gegenüber erwähnte.

Carl wurde die lange Reihe seiner Vorfahren mit einem Mal sehr bewusst. Ihr ganzes Leben hatte sich, ebenso wie das seine, hier auf dem Unterburkhartshof abgespielt, wenn man von Melchior und Johanna einmal absah. Geburten, Hochzeiten, Tod, der immer gleiche Wechsel am immer gleichen Ort – und doch war jedes Schicksal anders, jedes Leben besonders, in seiner besonderen Zeit.

Und nun würde er den Hof seinem Sohn Mathias übergeben. Ein neues Ende und ein neuer Anfang.

Am 21. Oktober 1825 lud das Gericht alle Beteiligten zur Vornahme der Unterschriften bezüglich der Erbteilung und Hofübergabe von Carl Riedmüller an seinen Sohn Mathias vor. Für die Vertretung der Interessen der beiden noch minderjährigen Kinder Ignaz und Franziska wurde der Bauer Joseph Wirth von Übendorf bestellt und in Pflicht genommen.

Nun, da Carl die Familiengeschichte kannte, hoffte er noch inständiger als bisher, dass sein Sohn Mathias bald eine passende Braut finden würde – mit sechsunddreißig Jahren war das wahrhaftig nicht zu früh. Jedes Mal, wenn er darüber nachdachte, überkam ihn ein unbestimmtes, unangenehmes Gefühl. Bisher hatte Mathias sich nicht ernsthaft für ein Mädchen interessiert. Allerdings interessierten sich die Mädchen auch nicht für ihn. An seinem Aussehen konnte es unmöglich liegen. Eher an seiner unverbindlichen, ja, fast langweiligen Art. Konfrontationen waren ihm ebenso ein Gräuel wie Entscheidungen und am liebsten wählte er den Weg des geringsten Widerstandes. Vielleicht, so überlegte Carl, hing das mit der anfälligen Gesundheit seines Sohnes zusammen. Womöglich könnten Elsbeermus und Leinsamen hier Abhilfe schaffen, denn nicht selten klagte Mathias über Magenbrennen und saures Aufstoßen, das sich bei jeder Art von Aufregung noch verschlimmerte. Vielleicht war deshalb sein liebstes Wort »Ja«. Schon als Kind hatte er herausgefunden, dass dieses Zauberwörtchen ihm Ruhe und den begehrten Seelenfrieden bescherte. Im Umgang mit anderen geizte er nicht mit freundlicher Zustimmung und bereitwilligem Einverständnis – vermied es jedoch, so gut es ging, Dinge, die ihm ungelegen kamen, in die Tat umzusetzen.

Carl wollte für Mathias die besten Voraussetzungen schaffen und ihm genügend Platz auf dem Hof einräumen, weshalb er mit Hinblick auf die Hofübergabe für Ignaz und Theresia und letztendlich für sich selbst bereits Ende Februar ein halbes Haus in Diepoldshofen erworben hatte.

Die vormalige Besitzerin, die Witwe Haggenmüller, war knappe vier Wochen vorher gestorben – genau einen Tag bevor Carls Frau ebenfalls von dieser Welt in die nächste gegangen war. Das Häuschen war an das Haus von Anton Gromaier angebaut und verfügte über drei winzige Kammern. Öffnete man die Haustüre, stand man direkt in der Küche, die gerade mal einem Herd, einem Schüttstein und einem schmalen Küchenkasten Platz bot. Die Witwe hinterließ eine bedauernswerte Tochter, die ebenfalls Theresia hieß. Obschon dreiundvierzig Jahre alt, war sie völlig hilflos. Nicht nur dass sie von Geburt an eine stark verkrümmte Wirbelsäule und einen Buckel hatte, weshalb sie beim Gehen stark behindert war, sie verfügte auch nur über den Verstand eines Kindes. Gleich nach dem Tod der Haggenmüllerin war deshalb die alte Maria Ursula Kuhnin als Pflegerin eingezogen, um Theresia gegen eine angemessene Bezahlung aus dem mütterlichen Erbe hilfreich beizustehen.

Carl und Gromaier einigten sich insoweit, dass Carl auf die Nutzung von Stall und Scheuer verzichtete und im Gegenzug Theresia mit ihrer Pflegerin in das vorne am Haus des Gromaier angebaute Stüble einziehen durfte. Somit war das Häuschen zunächst für Carls Kinder frei, die sich dort auch umgehend einrichteten.

Der zweiundzwanzigjährige Ignaz verdiente sich mit einfachen Säcklerarbeiten ein bescheidenes Zubrot. Gelernt hatte er das Handwerk in Kißlegg bei Säcklermeister Xaver Büchele, der ihn während der Ausbildungszeit mit viel Geduld angeleitet hatte. Jetzt versorgte Carl ihn mit gegerbtem Leder, aus dem Ignaz verschiedene Riemen, Beutel und Geldtaschen in allen möglichen Größen herstellte. Seltener kam es vor, dass ein Bauer ein paar Lederhandschuhe oder Lederhosen bestellte. Für einen solchen Auftrag brauchte Ignaz lange, da er alles genau ausmessen, zuschneiden und mit kleinen Stichen zusammennähen musste.

Seine um drei Jahre ältere Schwester Theresia stellte mit Geduld und nie versiegender Leidenschaft seit Jahren Blumen aus feiner weißer Leinwand her, die für haltbare Blumengebinde zu besonderen Anlässen, meist aber als Schmuck für Trauerkränze, ihre Abnehmer fanden. Während der Arbeit vergaß Theresia alles um sich herum. Mit großer Sorgfalt führte sie die nötigen Arbeitsschritte aus. Zuerst weichte sie das Leinen zwei Tage lang in frischem Brunnenwasser ein, damit es aufquoll und recht dick wurde. Danach strich sie die Leinwand mit einem beinernen Messer auf eine saubere Glasscheibe und ließ sie, im Sommer an der Sonne, im Winter am warmen Ofen trocknen. Sie achtete dabei sorgfältig darauf, dass der Stoff keiner allzu jähen Hitze ausgesetzt war, denn sonst hätte er sich gelb verfärbt. War die Leinwand trocken und steif, zog sie sie vom Glas ab, schnitt geschickt die entsprechenden Blütenblätter heraus und band sie zu Rosen, Lilien oder sonstigen Blumen um einen dünn mit Leinen umwickelten Draht, der als Stiel diente. Zum Schluss bestrich sie die kleinen Kunstwerke dünn mit Hasenleim, was ihnen einen feinen Glanz verlieh.

Theresia war wie ihr Bruder Ignaz mit einem Klumpfuß zur Welt gekommen. Als Kinder waren sie deshalb oft gehänselt und verspottet worden. Vor allem der Besuch der Sonntagsschule war für beide immer eine Herausforderung gewesen. Zwei oder drei robuste, rotgesichtige Bauernbuben waren immer dabei, sich über die unförmigen, in plumpen Lederstiefeln steckenden Gliedmaßen der beiden lustig zu machen. Beide Geschwister waren zudem von zarter Statur und blasser Hautfarbe, was den Unterschied zu ihren Mitschülern noch besonders stark hervorhob. Ignaz graute es jedes Mal vor den Schulbesuchen und er hätte gerne ganz darauf verzichtet.

Der Lehrstoff, den der von einem schweren Lungenleiden geplagte Pfarrer Bullinger vermittelte, war sowieso mehr als dürftig. Während der Schulstunden ließ er die Kinder nur lesen. Geschrieben und gerechnet wurde gar nicht, das gab er als Hausaufgaben auf, die von den meisten Schülern weder erledigt noch von ihm je geprüft wurden. Bullinger lag der Schulunterricht nicht besonders, aber er war ein eifriger Seelsorger, der den Bau des Pfarrhauses vorantrieb, und ein Wohltäter der Armen. Obwohl sein Schulunterricht so mangelhaft war, lagen die Kinder ihm am Herzen und er legte großen Wert auf einen regelmäßigen Unterricht.

Bei Ignaz hatte Pfarrer Bullinger allerdings die Hoffnung schon aufgegeben und er rief ihn, um sich selber und dem Kind die Pein zu ersparen, nur noch selten auf. Ignaz stotterte dann an den einzelnen Buchstaben herum, die sich für ihn einfach nicht zu Worten und Sätzen formen wollten.

Seine Schwester Theresia dagegen las flüssig. Da sie aber fast taub war, betonte sie das Gelesene oft seltsam und an den falschen Stellen, was ihre Mitschüler wiederum zu unterdrücktem Gekicher reizte. Zum Glück lag Carl sehr viel daran, dass alle seine Kinder schreiben und rechnen lernten, und so profitierten Ignaz und Theresia besonders davon, dass ihr Vater sich jeden Morgen nach dem Frühstück eine Viertelstunde Zeit nahm, um sie mit dem Einmaleins und den Grundrechenarten vertraut zu machen und sie unermüdlich einzuüben. Von jedem Kind verlangte er zudem, dass es ihm jeden Sonntagmorgen einen säuberlich abgeschriebenen Bibelvers vorlegte.

»Wer gut durchs Leben kommen will, muss lesen, schreiben und rechnen können, sonst kann es gut sein, dass ihr von anderen übers Ohr gehauen werdet«, war seine häufige Ermahnung.

Carl, 1772–1825

Es lag in Carls Naturell, wichtige Dinge nicht aufzuschieben, sondern sofort anzugehen und für komplizierte Sachverhalte oder Probleme Lösungen zu suchen. Da kam er ganz nach seiner Großmutter Franziska. Sie hatte er sich als Vorbild auserkoren, sie war es, die er als junger Mann um Rat fragte, und sie war es auch, die ihn unterstützte, als es darum ging, auf dem Unterburkhartshof wieder Ordnung zu schaffen. Nach dem Tod von Carls Vater Ignaz im Januar 1772 hatte seine Mutter

Barbara noch im Herbst desselben Jahres den Knecht Georg Rau geheiratet. Franziska hatte der Ehe mit einiger Skepsis zugestimmt. Sie sah aber durchaus die Notwendigkeit, dass ihre Schwiegertochter dringend Unterstützung brauchte.

Georg stammte von einem Hof aus der Nähe von Legau. Da sein älterer Bruder Hofnachfolger war, war ihm – wollte er nicht der Knecht seines Bruders sein – nichts anderes übrig geblieben, als sich auf einem fremden Hof zu verdingen. So war er in die Dienste von Ignaz Riedmüller getreten. Georg war von angenehmer Wesensart und konnte tüchtig zupacken. Er fühlte sich wohl auf dem Hof und es gefiel ihm, dass der Bauer hin und wieder durch ein Lob zum Ausdruck brachte, dass er seine Arbeit schätzte. Ignaz war bemüht, seinen fleißigen Knecht zu halten, und so kam es, dass bald weder der eine noch der andere daran dachte, das Arbeitsverhältnis zu beenden.

Barbara hatte sich mit ihrer neuen Ehe arrangiert, auch wenn Ignaz ihre große und unvergessene Liebe blieb. Georg dagegen brachte sie eine freundliche Zuneigung entgegen, die sich auch nachts im ehelichen Bett nicht änderte. Der Tag konnte noch so sehr mit Arbeit angefüllt gewesen sein, Georg begehrte seine Frau fast jede Nacht und Barbara gab sich ihm sanft und bereitwillig hin. In den folgenden Jahren erlitt sie mehrere Fehlgeburten, bevor sie im September 1777, mit einundvierzig Jahren, ihrem Mann seinen lang ersehnten Stammhalter gebar. Doch schon neun Tage später starb das Kind. Ein Jahr später kam Creszentia zur Welt. Es war eine schwere Geburt und Barbara starb wenige Tage danach am Kindbettfieber. Die kleine Tochter folgte ihr einen Monat später.

Carl hatte die Entwicklungen mit zunehmender Sorge verfolgt. Nach dem Tod seiner Mutter zeichnete sich die finanzielle Misere, in die der Unterburkhartshof zwischenzeitlich gekommen war, deutlich ab. Nur noch wenige Gulden waren geblieben, die zwischen den Kindern und dem Witwer aufgeteilt werden konnten. Georg hatte zwar stets ordentlich und viel gearbeitet, mit der Führung eines großen Hofes und der damit verbundenen Weitsicht war er all die Jahre jedoch überfordert gewesen. War Geld in der Kasse, gab er es aus. Schon bald nach der Hochzeit mit Barbara hatte er beim Stellmacher in Leutkirch einen Landauer bestellt, eine elegante, gut gefederte viersitzige Kutsche mit einem klappbaren Verdeck. Das Gefährt war so schwer, dass es von zwei Pferden gezogen werden musste. Kakao und Kaffee hielten Einzug auf dem Unterburkhartshof. Gekocht oder aufgebrüht mit Milch fanden die teuren, neumodischen Getränke großen Anklang in der Familie. Carl machte da keine Ausnahme. Als die gerösteten Kaffeebohnen auf die Dauer zu teuer wurden, kaufte Georg den neu erfundenen billigeren Kaffeeersatz aus Zichorie. Auch an neuer Kleidung in bester Qualität für sich und seine Familie sparte er nicht. Die mittelalterliche Kleiderordnung verlor zunehmend an Bedeutung und machte es auch den Bauern möglich, sich prunkvoller und mit edleren Stoffen zu kleiden. Georg trug als Erster in der Gemeinde eine gemusterte Samtweste unter seinem dunkelgrauen Rock. Die Leute sollten ruhig sehen, dass sich der neue Herr vom Unterburkhartshof etwas leisten konnte. Vor allem sonntags, wenn er mit Barbara und den jüngsten Kindern an der Kirche vorfuhr, genoss er die verstohlene Aufmerksamkeit der anderen Kirchgänger.

Franziska war mehr als besorgt über die Zustände und überlegte tage- und nächtelang, wie sie den drohenden Ruin vom Hof abwenden und ihn für ihre Enkel erhalten konnte. Carl als ältester Sohn war in ihren Augen der rechtmäßige Hofnachfolger. Aber Carl war beim Tod seiner Mutter erst vierzehn und Sabina, die Jüngste, gar erst acht Jahre alt. Die Kinder und der Hof waren dem Georg Rau also auf Gedeih und Verderb ausgeliefert. Franziska sorgte dafür, dass Georg gleich nach der Beerdigung seiner Frau eine tüchtige Magd einstellte. Insgeheim hoffte sie, so verhindern zu können, dass Georg schon bald wieder heiratete und eine neue Familie gründete. Denn dann würden ihre Enkel gänzlich ins Hintertreffen geraten.

Eine Zeitlang ging alles gut, doch nach etwas über einem Jahr heiratete Georg wieder. Die neue Frau, Maria Viktoria Müllerin von Altusried, war einunddreißig Jahre alt und eine kleine dralle Person mit hellblonden Haaren. Gott der Herr hatte sie mit einem schlichten, aber sonnigen Gemüt gesegnet, und so verging kein Tag, an dem nicht ihr hohes, leicht meckerndes Lachen auf dem Hof zu hören war. Maria Viktoria schenkte jedes Jahr einem neuen Kind das Leben und Georg war stolz darauf, nun endlich leibliche Kinder zu haben.

Besser wirtschaften hatte er indessen nicht gelernt. Bald blieb es nicht aus, dass er mit den Abgaben in Rückstand geriet und die notwendigen Reparaturen am Haus aufgrund des Geldmangels nicht mehr durchführte.

In der Zwischenzeit verdichteten sich die Gerüchte über erneute Grenzstreitigkeiten zwischen der Landvogtei und der Herrschaft Waldburg-Zeil. In Franziska reifte langsam ein Plan heran. Ausführlich beratschlagten sie und ihr Mann Sebastian das Vorhaben. Eines schönen Sonntages im Juli, nach dem Gottesdienst, luden sie Carl zum Mittagessen ein. Carl war sehr erfreut, schaute seine Großmutter aber fragend an, da eine solche Einladung sicher einen bestimmten Grund hatte.

»Komm nur«, sagte Franziska mit bedeutsamer Miene, »wir müssen etwas Wichtiges besprechen und das können wir am besten bei uns zu Hause.«

Nun war Carls Neugierde endgültig geweckt und er konnte es kaum erwarten, bis der Mittagstisch abgeräumt war und die Großmutter endlich zur Sache kam.

»Ich denke«, teilte Franziska schließlich ihrem Enkel mit, der sie schon ganz gespannt anschaute, »ich habe die Lösung gefunden, wie wir der Misswirtschaft auf dem Hof ein Ende bereiten können. Mein größtes Anliegen ist, dass ich noch erlebe, wie du Bauer auf dem Unterburkhartshof wirst. Die Zeit für eine Veränderung scheint günstig zu sein, und das Schicksal könnte uns dabei in die Hände spielen. Wie man hört, streiten sich die Herrschaften wieder einmal um ihre territorialen Ansprüche. Der stetige Stachel im Fleisch der Waldburger schmerzt sie zunehmend mehr. Sie streben an, endlich das alte vorderösterreichische Anwesen, das wie ein Fremdkörper in ihren Besitzungen liegt, an sich zu bringen. Es scheint nur noch eine Frage der Zeit zu sein, bis die Verhandlungen darüber abgeschlossen werden. – Ich habe mir also Folgendes überlegt«, fuhr Franziska fort. »Du bist letzte Woche zwanzig Jahre alt geworden. Noch etwas jung, aber nicht zu jung zum Heiraten. Dein Großvater war bei unserer Hochzeit schließlich auch nicht viel älter. Ich werde mich umhören und eine anständige Frau mit einer anständigen Mitgift für dich finden. Die neue Herrschaft wird gewiss nicht erpicht darauf sein, einen hoch verschuldeten Lehenbauer, wie es der Georg Rau ist, mit zu übernehmen. Wenn du dich dann als ehrbarer Ehemann mit einem ansprechenden finanziellen Rückhalt als neuer Lehensnehmer bewirbst, stehen deine Aussichten sicher nicht schlecht.«

Carl lehnte sich zurück und kratzte sich nachdenklich im Nacken. »Der Plan scheint nicht schlecht zu sein. Ich bin auf jeden Fall einverstanden. Es ist allemal besser, als weiterhin mit ansehen zu müssen, wie Georg das Anwesen vollends herunterwirtschaftet. Ich sitze mit meinen Geschwistern ja geradezu auf einem Pulverfass. Wo sollen wir hin, wenn unsere Heimat vollends den Bach hinuntergeht?«

Drei Monate später, am neunten Oktober 1784, heiratete Carl die schlanke, dunkelblonde Anna Maria Netzer aus Baldenhofen, einem kleinen Weiler in der Nähe von Isny. Anna Maria war drei Jahre älter als Carl und brachte neben 1800 Gulden Bargeld Aussteuerwaren im Wert von nochmals 150 Gulden mit in die Ehe. Carl war zuversichtlich. Seine Frau war von umgänglichem Wesen, das war ihm sehr wichtig. Zudem bot sie einen angenehmen Anblick mit dem dicken Zopf, der sich wie eine Krone um den Kopf legte und ein paar Löckchen über der Stirn frei ließ. Wenn sie lachte, bildeten sich zwei Grübchen auf ihren Wangen, die es Carl besonders antaten.

Wenige Monate später schlossen Österreich und die Grafen von Waldburg-Zeil einen Tauschvertrag, in dem der Unterburkhartshof an das gräfliche Haus fiel. Carl Riedmüller wurde anstandslos als neuer Lehensnehmer eingesetzt.

Carl fiel ein Stein vom Herzen. Besser hätte es nicht kommen können, so blieb ihm auch noch die unangenehme Aufgabe erspart, Georg und seine Familie vom Hof zu schicken, das hatte die neue Herrschaft bereits für ihn erledigt.

Carl ließ keine unnötige Zeit verstreichen. Zuallererst bezahlte er die rückständigen Zinsen und Abgaben an die neue Lehensherrschaft. Dann, noch vor dem Winter, besserte er, zusammen mit seinen Brüdern Ignaz und Gebhard, das schadhaft gewordene Dach aus. Beim Schindelmacher Ettel in Übendorf besorgten sie sich etliche der langen, hölzernen Landern. Sie bauten extra für diesen Zweck ein stabiles Holzgerüst und stellten es zuerst auf der einen Seite des Daches auf, um die Arbeiten durchzuführen, bevor sie danach die ganze Prozedur auf der anderen Seite wiederholten. Als endlich alle morschen und durchgefaulten Dachschindeln ausgewechselt waren, betrachteten sie zufrieden ihre Arbeit. Mit Genugtuung sammelten sie auf dem Dachboden die Eimer, Schüsseln und Zuber ein, die seit geraumer Zeit das eindringende Regenwasser aufgenommen hatten.

Als Nächstes nahmen sie sich die Außenfassade des Hauses vor. Die lädierten Bretter der Verkleidung des oberen Stockwerkes wurden gegen neue ausgetauscht und die Risse im Putz des unteren Stockwerkes ausgebessert. Ein frischer Anstrich des Putzes mit weißer Kalkfarbe setzte das i-Tüpfelchen auf die Renovierung. Das Haus erstrahlte in neuem Glanz und bot darüber hinaus seinen Bewohnern wieder einen ordentlichen Schutz für den bevorstehenden Winter.

»Mit dem Wetter hatten wir wirklich Glück«, stellte Carl zufrieden fest, als im Dezember die ersten Schneeflocken fielen.

Der Winter war hart und dauerte bis in den Mai hinein, denn die Unmengen von Schnee schmolzen nur langsam in der Sonne. So hatten sie unfreiwillig mehr Zeit für das Ausdreschen und Reinigen der verschiedenen Getreidesorten. Maria Theresia, die älteste Schwester, half ihren Brüdern bei der schweren Arbeit. Auch Maria Barbara und Sabina, die ebenfalls noch ledigen jüngeren Schwestern, halfen an manchen Tagen mit, um Carl in seinem Bemühen, den Hof wieder voranzubringen, zu unterstützen und ihm dadurch die Ausgaben für einen Knecht zu ersparen. Carls Tatendrang war trotz der anstrengenden Arbeit ungebrochen. Er kontrollierte die Räucherkammer und merkte sich vor, dass sie später, bei milderen Temperaturen, einen neuen Verputz benötigte.

Das Bestellen der Felder verzögerte sich durch den langen Winter und überdies verwehte ein starker Ostwind den unbedeckten Samen der Winterfrucht. Carl entschloss sich kurzerhand, die Äcker umzupflügen und gleich das Sommergetreide auszusäen. Der Sommer war dann kalt und nass und verzögerte die Heuernte bis in den August hinein.

Carl nutzte die Zeit und verputzte die Räucherkammer neu. Während er den Putz mit weit ausholenden Bewegungen mit der Kelle verteilte, gingen seine Gedanken bereits zu seinem nächsten Vorhaben. Auf dem geräumigen Hofraum sollte ein Wasch- und Backhaus entstehen. Den ganzen Winter über hatte Carl bereits eine Zeichnung um die andere angefertigt und wieder verworfen, bis er endlich zufrieden war. In dem Gebäude sollten sich Wasch- und Backhaus vereinigen – nur durch eine Wand mit einem gemeinsamen Kamin getrennt. Anna Maria war begeistert. Abgesehen davon, dass sie und ihre Schwägerinnen an den Wasch- und Backtagen Schwerstarbeit leisten mussten, war währenddessen auch die Küche ganz mit Beschlag belegt. Im Sommer stellten sie den Waschkessel zwar ins Freie, im Winter jedoch musste, in Ermangelung eines geeigneten Kellers, in der Küche gewaschen werden. Am Backtag war es nicht besser, da der sperrige Backtrog nur mitten in der Küche Platz fand. Und weil der Herd zum Brotbacken nicht wirklich geeignet war, dauerte es endlos lange, bis alle Laibe ausgebacken waren.

Im vierten Jahr ihrer Ehe bat Anna Maria eines Morgens im Spätsommer ihren Mann, eine Wallfahrt machen zu dürfen. Pfarrer Wagner hatte bei einem der letzten Sonntagsgottesdienste nach der Predigt verkündet, es sei der Wunsch etlicher Gemeindemitglieder, zum Fest der Kreuzerhöhung am 14. September auf den Gottesberg bei Wurzach zu wallfahren. Wer sich mit aufmachen wolle, um ein Anliegen vorzubringen, Buße für begangene Sünden zu leisten oder einfach Gott Dank zu sagen, sei herzlich eingeladen.

Carl konnte sich gut an den Aufruf des Pfarrers erinnern.

Um Fassung ringend sagte Anna Maria derweil mit gepresster Stimme: »Ich weiß mir sonst einfach nicht mehr zu helfen.« Verzweifelt versuchte sie die Tränen zurückzuhalten. »Jetzt sind wir schon so lange verheiratet und haben immer noch kein Kind – und ich bin schon siebenundzwanzig.« Die Tränen liefen ihr nun doch über das schmale Gesicht.

Betroffen legte Carl den Arm um sie und zog sie zärtlich an seine Brust. »Das ist ein guter Einfall«, pflichtete er ihr sanft bei und küsste sie dabei auf die Nasenspitze, um sie etwas aufzuheitern. »Du könntest mit Tante Josepha gehen, die ist ledig, und Großmutter Franziska kommt bestimmt auch einmal ein paar Tage ohne sie aus.«

Einen Tag vor dem Fest der Kreuzerhöhung machten sich Anna Maria und Josepha, angetan mit ihren besten gut besohlten, kalbsledernen Stiefeln, zusammen mit der Pilgergruppe in aller Frühe betend und singend auf den Weg. Der Pfarrer führte die kleine Prozession an. Links und rechts von ihm gingen zwei Männer, die Stangen mit einem Kreuz und den geschnitzten Figuren der Heiligen Familie trugen.

Als Anna Maria drei Tage später wieder zurück war, wurde sie abends in der Stube nicht müde, Carl von der Wallfahrt zu berichten. Zuerst seien sie auf der Handelsstraße gepilgert. Angesichts des regen Verkehrs habe der hochwürdige Herr Pfarrer Wagner aber bald beschlossen, den Staubwolken, die Kutschen, Fuhrwerke und Reiter nach sich zogen, auszuweichen und in den Fluren weiterzugehen. Einmal hätten sie bei einer kleinen Kapelle und einmal bei einem Flurkreuz eine Pause eingelegt. In Wurzach angekommen, habe die Pilgergruppe unweit der mächtigen Kirche ein einfaches Nachtquartier in einem Gasthof genommen, und alle seien sogleich todmüde auf die Strohsäcke gesunken. Am nächsten Morgen hätten sie in der Pfarrkirche gebeichtet, bevor sie unter lautem Beten an den einzelnen Kreuzwegstationen den Weg bis hinauf zur Wallfahrtskapelle auf dem Gottesberg zogen.

»Ach Carl, wenn du nur dabei gewesen wärest, so etwas Schönes hast du noch nicht gesehen«, sprudelte es aus Anna Maria heraus. »In der Kapelle auf dem Hochaltar steht eine Kreuzigungsgruppe und die Seitenaltäre sind mit reichem Schnitzwerk verziert. Sie stellen den Tod der Mutter Gottes und des heiligen Josef dar. Und dann gibt es noch die Heilig-Blut-Reliquie in einem ganz prunkvollen Behältnis, das man Reliquiar nennt. Das Unglaublichste aber ist, dass man in die Altäre die Leiber von drei Märtyrern aus Rom eingebettet hat. Du kannst dir nicht vorstellen, was für eine besondere Stimmung in der Kapelle ist, und wie erhebend die heilige Messe dort gefeiert wird. Das ist ein wahrer Zufluchtsort, an dem es mir ganz leicht gefallen ist, still mein Anliegen vorzubringen und Gott um Kindersegen zu bitten. Ich bin voller Zuversicht. Auf dem ganzen Rückweg war mir so leicht ums Herz wie noch nie. Und schau nur, was ich mitgebracht habe!«

Anna Maria zog ein kleines ovales Medaillon aus Zinn aus ihrer Rocktasche. Eingefasst von der Inschrift: »Ich bin die Auferstehung und das Leben« zeigte es auf einer Seite den Heiland am Kreuz und auf der anderen das Lamm Gottes mit der Siegesfahne. Mit den Worten: »Das ist geweiht« legte sie es behutsam unter das Kreuz im Herrgottswinkel.

Anna Marias Bitten wurden erhört. Im Sommer des nächsten Jahres kam der kleine Franz Joseph zur Welt, ein hübsches, gesundes Kind, das der Himmel seinen Eltern für fünf Jahre schenkte. Franz Joseph bereitete ihnen viel Glück und Freude – bevor er sein Leben beim Spielen im Rotbach verlor.

Carl machte die Geburt seines Sohnes überglücklich. Die neue Verantwortung und der Wunsch, seinem Ältesten, wenn die Zeit gekommen wäre, einen stattlichen Hof zu übergeben, trieb ihn an, die Landwirtschaft auszubauen und zu erweitern. Er kaufte zweieinhalb Morgen Wald und ein Ackerfeld. Neben der Wagenremise ließ er einen separaten Schweinestall bauen, der zwei Muttersauen und ihrem Nachwuchs Unterkunft bot. Als ein Jahr später noch Mathias zur Welt kam, löste sich endlich die Beklemmung über die Unfruchtbarkeit, die ihn während der ersten Ehejahre oft erfasst hatte und die er vor seiner Frau stets verheimlichte, um ihren Kummer nicht noch zu vermehren.

Bald trug Carl sich mit dem Gedanken, Branntwein zu brennen. Das würde ihm neben der Landwirtschaft eine weitere Einnahmequelle bescheren. Brennen, so überlegte er, könnte man neben dem herkömmlichen Getreideschnaps auch Kartoffeln und Obst. Er inspizierte die Bäume des Obstgartens und stellte fest, dass manche der alten Bäume nur noch wenige Früchte trugen und große Teile der Baumrinden mit Moos und graugrünen Flechten überzogen waren. Einige der altersschwachen Äste lagen als Opfer des letzten Sturmes abgebrochen in der Wiese.

Ignaz und Gebhard übernahmen es, die Bäume auszuschneiden, einzelne marode Obstbäume zu fällen, ihre Wurzelstöcke in schweißtreibender Handarbeit auszugraben und mit Hilfe des Apfelschimmels auf die Rückseite des Hofes zu ziehen. Dort konnte alles trocknen und später zu Brennholz verarbeitet werden.

Als Carl zu den Brüdern trat und den Holzhaufen in Augenschein nahm, sprangen ihm die Stämme eines Birnbaumes und eines Elsbeerbaumes ins Auge. Ihr Holz wies an den Schnittstellen nur geringe morsche Stellen auf.

»Die legen wir zur Seite und bieten sie, wenn sie gut getrocknet sind, dem Schreiner Netzer in Hinlishofen zum

Kauf an, ein paar Gulden zahlt der allemal dafür – und wenn nicht, probieren wir es beim Steinhauser oder Löchle in Diepoldshofen. Wenn wir die neuen Bäumchen pflanzen, dürfen wir auch ein neues Elsbeerbäumchen nicht vergessen. Erst kürzlich habe ich gelesen, dass alle Raupenarten eine Vorliebe für diese Baumgattung zeigen und sich dort einspinnen und verderben. Der Elsbeerbaum bietet danach vorübergehend zwar einen hässlichen Anblick, dafür werden aber alle umstehenden Obstbäume von den Schädlingen verschont.«

Die Vorratskammer mit der Räucherkammer hinter der Küche bot sich für die Branntweinbrennerei an. Sie war so geräumig, dass sie mit einer Mauer geteilt werden konnte. Der Vorratsraum erhielt einen neuen Zugang von der Küche aus. Die Branntweinbrennerei mit dem Brennhafen und den weiteren Gerätschaften fand im anderen Raum ausreichend Platz. Die Lage am Ende des langen Flurs gleich beim hinteren Eingang war ideal. Früchte, Getreide und Kartoffeln konnten problemlos hinein- und die Behältnisse mit dem gebrannten Schnaps genauso problemlos wieder heraustransportiert werden. Der Weg hinter dem Haus wurde für diesen Zweck verbreitert und gekiest, so dass ein Fuhrwerk zum Be- und Entladen bequem bis vor die Tür fahren konnte. Sowie die gesetzliche Erlaubnis vorlag, begannen sie zu brennen.

Leider fielen die folgenden Ernten oft schlecht aus. Das Wetter hatte sich mit der Zeit verändert. Kalte und niederschlagsreiche Jahre waren keine Seltenheit mehr. Trotzdem brannten sie in einem durchschnittlichen Jahr immer Obstwasser, Korn- und Kartoffelschnaps.

Es gelang ihnen jedes Jahr zwei bis drei Eimer Branntwein herzustellen. Dafür war ein Steuersatz von 43 Kreuzern zu entrichten. Verkauft wurden die hochprozentigen Wässerchen auf dem Markt und an die Bauern der umliegenden Höfe und Dörfer. Einige Flaschen fanden sogar in Diepoldshofen Abnehmer, obwohl dort der Adlerwirt ebenfalls eine Branntweinbrennerei betrieb.

Der Tod seiner Großmutter Franziska im Frühsommer 1792 brachte Carls Tatendrang jäh zum Erliegen. Carl und Anna Maria hatten die alte Frau regelmäßig nach dem sonntäglichen Gottesdienst besucht. Sie erzählten ihr jedes Mal, was sich auf dem Hof ereignete und welche Neuerungen es gab. Franziska saß bei diesen Gelegenheiten in ihrem mit pastellgrünem Samt bezogenen Polstersessel, vor dem ein ebenfalls gepolstertes und mit demselben Stoff bezogenes Fußbänkchen stand, auf dem ihre geschwollenen Füße ruhten. Franziska war im Alter hager geworden und in dem schmalen, mit feinen Fältchen überzogenen Gesicht traten die Wangenknochen jetzt markant hervor. Ihr Geist indessen war noch immer ungebrochen rege. Sie lauschte jedes Mal mit großem Interesse den Berichten ihres Enkels und seiner Frau. Erst letzten Sonntag hatten sie zum ersten Mal die neun Wochen alte Barbara mitgebracht und ihr in den Schoß gelegt. Franziska war entzückt, als das kleine Mädchen sie mit wachen Augen anschaute und dabei das Mündchen zu einem kleinen Lächeln verzog.

Seit ein paar Jahren hatte Franziska Wasser in den Beinen, was ihr das Gehen zunehmend erschwerte. Anfangs brachte sie, auf einen Stock gestützt und bei ihrer Tochter Josepha eingehakt, noch kleine Wege hinter sich. Den Weg zur Kirche und den Besuch auf dem Friedhof, wo nun auch ihr Mann Sebastian seit zwei Jahren lag, wollte sie sich lange nicht nehmen lassen. Die Schmerzen unterdrückte sie dabei beharrlich. Doch bald war auch das nicht mehr möglich. Zu der Wasseransammlung in den Beinen gesellte sich eine Kurzatmigkeit, die sie vollends ans Haus fesselte.

Josepha war, ebenso wie ihr Bruder Joseph, ledig geblieben. Die Arbeit teilten sie sich wie ein altes Ehepaar. Josepha war für den Haushalt zuständig und sorgte liebevoll für die Mutter. Joseph hielt zwei Ziegen und ein paar Hühner und mästete jedes Jahr ein Schwein. Franziska hatte das kleine Anwesen in der Diepoldshofer Vorstadt, zu dem eine abschüssige kleine Wiese gehörte, nach der Hochzeit mit Sebastian kurz entschlossen mit einem Teil ihres Erbes gekauft und zu einem behaglichen Heim gemacht. Ihre beiden jüngsten Kinder Josepha und Joseph hatte sie mit in die neue Ehe gebracht. Im Laufe der Zeit hatte es sich so ergeben, dass sie an den einen oder anderen Bauern Geld auslieh, was ihr jährlich gute vier Prozent Zinsen einbrachte. Sebastian und Franziska waren damals beide um die fünfzig und führten mit Josepha und Joseph ein harmonisches, beschauliches Leben.

Die einzige wirkliche Aufregung in all den Jahren, bei der sie sogar um ihr Heim fürchten mussten, hatte sich im Jahr 1777 ereignet, als das Wirtshaus »Adler« plötzlich in Flammen stand. Der »Adler« mit dem danebenliegenden großen Salzstadel lag direkt an der Hauptstraße, schräg gegenüber von Franziskas erhöht am Hang stehendem Haus. Was das Feuer in den frühen Morgenstunden ausgelöst hatte, war unklar. Ungläubig standen sie alle am Fenster und blickten wie gelähmt hinüber zu dem brennenden Gebäude. Der Dachstuhl war bereits mit ohrenbetäubendem Krachen in sich zusammengestürzt.

Nachdem der erste Schrecken überwunden war, stürzten sie, wie alle anderen Dorfbewohner, mit den ledernen Löscheimern, die in jedem Haus für den Notfall bereitstanden, zum Bach, bildeten eine Kette und reichten die Eimer hastig bis zur Brandstelle weiter. Franziska fürchtete nichts mehr als den Funkenflug. Ein einziger Funke würde genügen, um das Landerndach ihres Hauses in Brand zu setzen. Das Wirtshaus und der anliegende Stadel wurden ein völliger Raub der Flammen. Mit ihrem unermüdlichen Einsatz konnten die Helfer wenigstens erreichen, dass der langgestreckte Salzstadel neben dem »Adler« die Feuersbrunst unbeschadet überstand. Es war ein Segen, dass es an jenem unglückseligen Tag so gut wie windstill war und weder Franziskas Haus noch die anderen Häuser der Vorstadt durch den Brand in Mitleidenschaft gezogen wurden.

Am Abend vor Franziskas Tod war alles wie an anderen Abenden gewesen. Josepha half ihrer Mutter, das weiße Leinennachthemd anzulegen, reichte ihr die Nachthaube mit dem spitzenbesetzten Rand, setzte sie auf die Bettkante, stellte die Waschschüssel mit warmem Wasser bereit und hob schließlich ihre Beine leicht an, damit sie sich mit einer Drehung ins Bett legen konnte. Das Bett stand seit Franziskas Krankheit in der Stube, da es ihr nicht mehr möglich war, die Treppe zur Schlafkammer hinaufzusteigen.

Als Josepha am nächsten Morgen die Vorhänge aufzog, lag Franziska noch so da wie am Abend zuvor. Die Augen waren geschlossen, der Mund nur leicht geöffnet, da die zur Schleife gebundenen Bänder der Haube das Herabsinken des Unterkiefers verhinderten. Es sah aus, als ob sie noch schliefe – nur dass kein Atem mehr die Brust hob und senkte. Als Josepha sie mit einem leisen »Mutter« am Arm berührte, zuckte sie zurück, erschrocken von der Kälte, die sie sofort und ungemildert durch den Stoff des Nachthemdes an ihrer Hand verspürte.

Der Schmerz wühlte tagelang in Carls Brust. Erst nach der Beerdigung ließ er etwas nach. Auch wenn Franziska mit sechsundsiebzig Jahren ein gesegnetes Alter und ein friedlicher Tod beschieden war, fühlte er sich dadurch nicht getröstet. Er konnte sich nicht vorstellen, dass sie nicht mehr da war. Es war doch erst letzten Sonntag gewesen, dass er sie noch lebend gesehen hatte. Alles Mögliche ging ihm durch den Kopf. Wie sie sich damals nach dem Tod seiner Mutter für ihn und seine Geschwister eingesetzt hatte. Dass er ohne ihren kühnen Schachzug von damals nicht mit Anna Maria verheiratet und ganz bestimmt nicht Bauer vom Unterburkhartshof geworden wäre.

Carl verschloss den Schmerz und die Erinnerungen in seinem Herzen, denn niemand hätte wirklich verstanden, dass er so tief um die alte Großmutter trauerte.

Franziska hinterließ ein Testament, das sie noch zu Lebzeiten mit den Beteiligten abgesprochen hatte. Josepha und

Joseph erbten das Haus. Sollte einer der beiden noch heiraten, würde das zurückbleibende Geschwister das Haus übernehmen und dem abziehenden sein Erbteil auszahlen. Weiterhin legte sie fest, dass, wenn im Falle einer Pflegebedürftigkeit aufgrund von Krankheit oder Alter ein selbständiges Wirtschaften der beiden nicht mehr möglich sei, ihr Enkel Carl den Onkel und die Tante zu sich auf den Unterburkhartshof nehmen sollte. Das Haus ginge in diesem und jedem anderen Falle in Carls Eigentum über. Dieses könne er verkaufen, um mit dem Erlös alle ihm entstehenden Kosten zu decken. Der Rest des Geldes bliebe Carls alleiniger und rechtmäßiger Besitz.

Josepha und Joseph waren zum Zeitpunkt des Todes ihrer Mutter vierzig und achtunddreißig Jahre alt, gesund und munter. Beide verspürten keinerlei Neigung zum Heiraten und so war es für sie selbstverständlich, ihr Leben auch weiterhin gemeinsam in ihrem gemütlichen Heim fortzusetzen.

Josepha vertiefte ihre Kenntnisse der Kräuterkunde. Bei sonnigem Wetter war sie nun stundenlang unterwegs, um auf Wiesen und an Waldrändern Pflanzen zu sammeln. Viele der Dorfbewohner kauften oder tauschten die Heilkräuter gerne bei ihr. Einer Eingebung folgend, machte sie sich eines Tages mit einer schönen Auswahl von getrockneten und frischen Kräutern auf den Weg nach Leutkirch und bot sie dort in der Stadtapotheke zur weiteren Verarbeitung an. Apotheker Plebst, ein hochgewachsener Mann, musterte neugierig zuerst sie und dann den Inhalt ihres Henkelkorbes. Ja, grundsätzlich könne er immer das eine oder andere Kraut für die Herstellung seiner Arzneien gebrauchen. Früher, so berichtete er, habe zur Apotheke lange Zeit auch ein Kräutergärtlein gehört. Irgendwann habe man dann aufgehört, die notwendigen Kräuter selbst zu ziehen. Er befingerte Josephas Angebot, hob das eine und andere Kraut an die wohlgeformte Nase und sagte dann: »Ich sehe wohl, dass die Qualität der gesammelten Pflanzen erlesen ist und Ihr sie mit Sachverstand gesammelt habt. Fünfzig Kreuzer kann ich Euch für alles zusammen geben.«

Josepha war glücklich. Mit der Zeit entwickelte sich eine lose Geschäftsbeziehung zwischen den beiden, bei der jeder Handelspartner mit seinem erzielten Verdienst zufrieden war.

Das Summen eines Bienenschwarms in einem hohlen Baum am Rande des Waldes, nahe am Rotbach, brachte Carl eines Tages auf die Idee, es mit der Imkerei zu versuchen. Also machte er sich, mit einem ordentlichen Stück geräuchten Schinkens bewaffnet, nach Diepoldshofen auf, wo der alte Joseph Capeter mehrere Bienenvölker hielt und sich einer guten Nachfrage an Wachs und Honig erfreute.

Carl traf Capeter hinter seinem Haus an, wie er sich gerade, einen rauchenden irdenen Topf schwenkend, an seinen Bienenkörben zu schaffen machte. Carl zählte zwölf Körbe, die in Reih und Glied am Ende der an sein Haus angrenzenden Wiese aufgestellt waren. Als er Carl kommen sah, stellte Capeter den qualmenden Topf ab und kam auf ihn zu.

»Ja, Carl, dass du auch einmal bei mir vorbeischaust«, begrüßte er den unverhofften Besucher mit einem breiten Lächeln, als der noch einige Schritte von ihm entfernt war.

Nach einem freundlichen Wortgeplänkel über dies und das erzählte Carl von dem Wildbienenschwarm, den er entdeckt hatte.

»Ich würde sie gerne in einen Bienenkorb umsiedeln, um damit den Grundstock für eine Imkerei zu legen«, erklärte Carl dem alten Mann, der hager und mit gebeugtem Rücken aufmerksam lauschend vor ihm stand.

»Kein schlechter Einfall ... und jetzt brauchst du einen Korb und ein paar Ratschläge, stimmt's?«

»Ganz genau.«

»Also pass auf.« Capeter war nun ganz in seinem Element. »Zufällig habe ich gerade zwei Körbe übrig. Die Bienen sind mir bei der letzten Ernte leider abgestorben. Das kommt beim Herausschneiden der Waben manchmal vor.«

Carl folgte ihm zu einem kleinen Schuppen, in dem neben zwei leeren Bienenkörben eine klobige hölzerne Honigpresse auf vier Beinen, mit einer großen gedrechselten Holzschraube und einem Drehkreuz versehen, stand. An den Wänden hingen verschiedene Stöcke, Messer und Haken, Siebe und Trichter. Ein schwacher Geruch nach Wachs und Honig hing in der Luft, der Carl angenehm in die Nase stieg.

»Die kann ich dir überlassen«, sagte Capeter und zeigte auf die beiden noch gut erhaltenen Strohkörbe. »Du siehst ja, dass sie unten offen sind. Am besten stellst du sie auf ein Brett oder verschließt sie sonst irgendwie. Aber nicht fest, denn wenn du am Ende eines Sommers an das Wachs und den Honig willst, musst du den Boden leicht öffnen können, um schnell einen leeren Korb mit der Öffnung nach oben unterzuschieben. Das Bienenvolk zieht dann, so Gott will, in den neuen Korb um und du kannst die Waben im alten Korb herausschneiden. Nimm aber immer ein Gefäß mit qualmenden Sägespänen oder getrockneten Kräutern mit, wenn du zu den Bienen gehst. Der Rauch stellt sie ruhig und sie stechen dann nicht. Meistens jedenfalls«, kicherte Capeter. »Wenn du die Imkerei im größeren Stil betreiben willst, wirst du nicht umhin können, dir eine eigene Honigpresse anzuschaffen. Fürs Erste kannst du die Waben aber auch bei mir pressen. Ich kann dir dann gleich zeigen, wie Wachs und Honig weiterverarbeitet werden. An deiner Stelle würde ich jetzt zuerst einmal versuchen, den wilden Schwarm in den Korb zu locken, dann kannst du die Waben aus der Baumhöhle herausschneiden.

»Was bekommst du denn für die beiden Körbe, Josef?«

»Wenn das ein Schinken ist, der da aus dem verschnürten Paket duftet, das du schon die ganze Zeit in der Hand hältst, und er für mich ist, hast du mehr als reichlich bezahlt.«

Carl lachte. »Ja, das ist ein selbstgeraucher Schinken und er ist in der Tat für dich. Ich bin froh, dass du dir die Zeit genommen hast und mir überdies die Körbe mitgibst. Gleich heute Nachmittag versuche ich mein Glück.«

Die wilden Bienen fanden Gefallen an dem Strohkorb, den Karl unter den Baum gestellt hatte, und ließen sich darin nieder. Carl hatte lange auf diesen Augenblick gewartet. Jeden Tag war er zum Baum gekommen, bis er eines Tages sah, dass die Bienen durch das kleine Flugloch im Korb aus und einflogen.

Endlich war es so weit. Während Carl mit einem langen Messer und einem qualmenden Töpfchen bewaffnet auf einer Leiter bis zu der Höhlung im Baum hochkletterte, hielt Gebhard unten die Leiter fest. Ignaz stand daneben und schaute gespannt nach oben. Zu seinen Füßen lag eine flache, weite Schüssel im Gras bereit, um den Fund aufzunehmen. Ein paar Bienen flogen auf, als Carl damit begann, die honigtriefenden Waben herauszuschneiden. Der Rauch stimmte die Bienen wie erwartet friedlich und sie behelligten Carl nicht weiter bei seiner Arbeit. Die Schüssel war voll, als Carl gerade einmal die Hälfte der Waben herausgeschnitten hatte. Ignaz eilte nach Hause und kehrte bald wieder mit der leeren Schüssel zurück, die den Rest der klebrigen, süßen Ernte gerade noch fasste. Die drei Männer konnten sich nicht verkneifen, die Finger in die Masse zu tauchen, um genüsslich den würzigen Honig zu kosten.

Sie schafften ihre Honigernte zu Josef Capeter nach Diepoldshofen, der sie interessiert begutachtete.

»Wir pressen am besten alles aus. Für die Zukunft könnt ihr euch merken, dass besonders schöne Waben auf dem Markt oder von den Honigaufkäufern gerne als Ganzes gekauft werden. Die hier sind nicht so besonders, deshalb pressen wir sie, ein paar Pfund kommen da schon zusammen.«

Als die zähe, goldgelbe Masse in einer der Schüsseln glänzte, nahm Capeter die zurückbleibenden Wachswaben heraus und legte sie in eine zweite Schüssel. Ausführlich erklärte er Carl und seinen Brüdern, wie sie weiter vorgehen sollten.

»Die Waben könnt ihr zu Hause auskochen, dann erhaltet ihr nach einer Weile der Lagerung das sogenannte Met, den Honigwein. Das zurückgebliebene, geschmolzene Wachs könnt ihr mir dann nochmals zum Pressen vorbeibringen. Es eignet sich danach vorzüglich zum Kerzenmachen. Wenn ihr die Kerzen nicht selbst fertigen wollt, könnt ihr das Wachs auch als Rohmaterial auf dem Markt oder direkt an einen Händler verkaufen. Wie ihr seht, ist die Imkerei ein vielfältiges Geschäft.«

Manche Wiesen um den Unterburkhartshof herum waren feucht und mussten durch schmale Gräben entwässert werden. Auf einem ganz morastigen Stück legte Carl einen Torfstich an, da die abgestochenen und an der Luft getrockneten Torfwasen ein vorzügliches Brennmaterial abgaben. In der Mitte einer anderen Wiese entsprang eine Quelle, deren wohlschmeckendes Wasser bislang ungenutzt in einem kleinen Graben bis in den Rotbach floss. Um das Wasser in der Nähe des Hofes nutzen zu können, wollte Carl die Quelle nun fassen. In bewährter Gemeinschaft machten sich Carl, Ignaz und Gebhard an die Arbeit. Aus Feld- und Flusssteinen bauten sie eine Brunnenstube mit einem Wasserbecken, in dem sich das Trinkwasser sammeln konnte. Zum Schutz gegen Verunreinigungen und eindringendes Oberflächenwasser deckten sie das Bauwerk zu guter Letzt mit einer massiven Holzklappe ab.

Schon bald nach der Fertigstellung fragte die Gemeinde Übendorf bei Carl an, ob sie im Notfall, zum Beispiel bei Wasserknappheit oder Verseuchung des eigenen Trinkwassers, aus seiner Brunnenstube Wasser entnehmen dürfe. Carl freute sich über die indirekte Anerkennung seiner Arbeit und erklärte sich sogleich und ohne Umschweife dazu bereit. Das eingeräumte Recht besiegelten beide Parteien vor dem Magistrat mit einem Vertrag, der bis auf Weiteres gültig sein sollte.

Der Bau der Brunnenstube war die letzte gemeinsame Arbeit der Brüder. Ignaz heiratete im Mai, zwei Monate vor seinem dreiunddreißigsten Geburtstag, auf einen Bauernhof in Bauhofen. Und Gebhard wurde im Herbst desselben Jahres so schwer vom Huf des Apfelschimmels am Kopf getroffen, dass er auf der Stelle tot war. Als das Unglück geschah, war Gebhard gerade dabei gewesen, das Pferd einzuschirren, um es vor das Fuhrwerk zu spannen. Das ansonsten brave Tier musste sich an irgendetwas so erschreckt haben, dass es plötzlich ausschlug und davongaloppierte. Alles ging so schnell, dass Carl, der in der Nähe stand, gar nicht eingreifen konnte. Als er völlig entsetzt zu seinem am Boden liegenden Bruder hinrannte und sich neben ihm auf die Knie warf, hatte der bereits seinen letzten Atemzug getan.

Carl war tagelang wie gelähmt. Erst nach der Beerdigung und als auch Ignaz mit seiner Frau wieder gegangen war, wurde ihm bewusst, wie verlassen er sich fühlte. Mit seinen Brüdern hatte er sich seit jeher ohne große Worte verstanden. Sie waren eine eingeschworene Gemeinschaft gewesen, die nach dem frühen Tod ihrer Eltern fest zusammenhielt und dem Schicksal trotzte – nun waren sie beide nicht mehr bei ihm.

Jetzt lebte nur noch Maria Theresia, seine älteste Schwester, auf dem Hof. Sie war groß, schlank und dunkelhaarig und sah ihrer Großmutter Franziska erstaunlich ähnlich. Obschon inzwischen über dreißig Jahre alt, war sie noch ledig. Im Gegensatz zu ihren jüngeren Schwestern Maria Barbara und Sabina verspürte sie wenig Lust, einen Handwerker zu heiraten, wie diese es getan hatten, und in bescheidenen Verhältnissen zu leben. Sie liebte die Freiheit des Lebens auf dem Hof und in der Natur so sehr, dass sie die tägliche schwere Arbeit dafür gerne in Kauf nahm. Es gab jedoch Stunden, da sehnte sie sich aber doch nach der Aufmerksamkeit und den Zärtlichkeiten eines Mannes. So kam es, dass sie sich auf einer Hochzeitsfeier von ihren beiden Kellermann'schen Vettern hofieren ließ. Das Brautpaar kredenzte zu einem üppigen Essen reichlich Bier, das die gute Laune der Gäste entsprechend anhob. Maria Theresia genoss die Neckereien und Späße der Tischgenossen und lachte mit ihren Vettern um die Wette. Als wie zufällig der eine mit seinem Knie unter dem Tisch ihr Knie berührte, durchlief sie ein wohliger Schauer. Sie schenkte ihrem Tischnachbarn ein kleines kokettes Lächeln und erwiderte die Berührung mit leichtem Druck. Es ging hoch her im Saal, und als der andere Vetter einen seiner Späße zum Besten gab, legte er ihr beherzt den Arm um die Taille und wiegte sie wie im Tanz hin und her.

Maria Theresia wusste später nicht mehr genau, wie es gekommen war, dass sie sich mit beiden Vettern im Heustadel des »Adlers« wiederfand und sich von beiden küssen und liebkosen ließ. Sie genoss lustvoll die Hände, die sie überall gleichzeitig auf ihrem Leib spürte, in vollen Zügen und gab sich, wie im Rausch und glühend vor Erregung, allen beiden hin.

Das böse Erwachen kam, als sie merkte, dass sie ein Kind erwartete. Ihre Schwägerin Anna Maria sprach sie eines Tages darauf an. Maria Theresias Leib rundete sich bereits unübersehbar.

»Maria Theresia, wie soll es denn weitergehen? Willst du uns nicht sagen, wer der Vater deines Kindes ist? Du könntest doch auch heiraten – oder ist der Mann etwa schon verheiratet?«, fragte Anna Maria, als sie die verschlossene Miene ihrer Schwägerin sah.

Maria Theresia versuchte zuerst, sich um eine Antwort herumzuwinden, nicht zuletzt, weil sie sich schämte, sich mit ihren Vettern eingelassen zu haben. Selbst wenn sie gewollt hätte, hätte sie nicht zu sagen vermocht, welcher von beiden der Vater ihres Kindes war.

»Ich kann über den Vater des Kindes nicht sprechen«, sagte sie schließlich. »Und heiraten kann ich ihn erst recht nicht«, fügte sie nach einer Weile bestimmt hinzu.

Anna Maria rieb sich verlegen die Hände an ihrer Schürze. »Dann bleibst du eben hier bei uns. Ich kann mir nicht vorstellen, dass Carl etwas dagegen hat«, sagte sie in ihrer warmherzigen Art.

Carl machte sich ergebnislos Gedanken, warum seine Schwester nicht einmal den Namen des Kindsvaters preisgeben wollte. Schließlich musste man doch auch an den Unterhalt des Kindes denken. Aber es war nichts zu machen. Maria Theresia schwieg.

Die Geburt war schwer. Maria Theresia presste und schrie sich schier die Seele aus dem Leib. Als das Kind schließlich da war, hatte es die Nabelschnur um den Hals und war blau angelaufen. Eilends nahm die Hebamme eine Nottaufe vor, damit die Seele des unglücklichen Kindes den Weg in den Himmel fände. Mit ein paar schnappenden Atemzügen beendete das kleine Mädchen wenig später sein Leben. Maria Theresia erholte sich erstaunlich schnell. Sie war erleichtert – und dankbar, dass sie niemand mehr auf das Ereignis ansprach.

Im April 1815 auf der Hochzeit von Anton Groß vom Oberburkhartshof ging es bei weitem nicht so lustig zu wie damals auf der Hochzeitsfeier im »Adler« in Diepoldshofen. Antons Vater Mathias hatte an schwerem Gelenkrheumatismus gelitten, bevor er vier Jahre zuvor gestorben war. Anton war das einzige Kind von Mathias Groß und Franziska Stübi. Seine beiden jüngeren Geschwister waren bereits im Kindesalter verstorben. So war Anton zur ganzen Hoffnung seiner Eltern geworden. Nicht dass sie ihn zu einer Heirat drängten, gerne gesehen hätten sie es trotzdem. Aber Anton ließ sich Zeit. Erst als er sich in einer ruhigen Stunde wieder an das lange verdrängte Gespräch erinnerte, das seine Eltern kurz vor dem Tod des Vaters führten und das er zufällig mit angehört hatte, gab er sich einen Ruck und begab sich auf Brautschau.

»Sei doch ehrlich«, hatte er damals seine Mutter durch die offene Küchentür zu seinem Vater sagen hören, »du kannst die Arbeit nicht mehr machen, schon allein das Mithelfen fällt dir schwer, und mit dem Knecht allein wird es Anton auf die Dauer auch nicht schaffen. Wer weiß, wie lange der Knecht überhaupt bleibt, dann müssen wir uns wieder nach einem neuen umsehen. Sieben Jahre ist es schon her, dass wir den Hof umgebaut haben, und das Geld ist noch lange nicht wieder hereingewirtschaftet.«

Anton hatte noch den weinerlichen Ton seiner Mutter in den Ohren, als diese weiter lamentierte: »Ach Mathias, der schöne Hof, der geht noch den Bach hinunter, wenn nicht bald eine junge Frau mit Bargeld ins Haus kommt. Der Hausname Stübi ist ja bereits ausgestorben.«

Mit der Anspielung auf ihre alteingesessene Familie hatte seine Mutter beim Vater offensichtlich einen wunden Punkt berührt.

»Ja, ja, ich bin ja nur der Mathias Groß von Urlau und du bist die Franziska Stübi vom Oberburkhartshof«, warf er ihr verbittert vor. »Ich kann auch nichts dafür, dass mich der Rheumatismus am Kragen hat und die Kur im Willerazhofer Bad rein gar nichts genutzt hat! Und dass deinem Vater die Söhne weggestorben sind und es den Namen Stübi auf dem Oberburkhartshof nicht mehr gibt, dafür kann ich erst recht nichts.«

»Komm, jetzt lass uns nicht streiten«, hatte seine Mutter daraufhin versöhnlich eingelenkt, »es muss doch weitergehen ...«

Franziska fiel ein Stein vom Herzen, als Anton sie endlich mit der Ankündigung überraschte, er habe eine junge Frau im Auge, um deren Hand er anhalten wolle. Mit Creszentia schien er die Richtige gefunden zu haben. Sie war ein bildhübsches und fleißiges Mädchen mit einem angenehmen, freundlichen Wesen – und eine gute Partie obendrein. Franziska war sofort einverstanden. Am Abend vor der Hochzeit kramte sie das alte Holzkästchen hervor und nahm die goldene Kette mit dem grünen Stein heraus. Die sollte Creszentia, wie vor ihr alle Stübi-Frauen, an ihrem Hochzeitstag tragen.

Die Hochzeitsfeier fand im kleinen Rahmen auf dem Oberburkhartshof statt. Außer der Familie der Braut und dem Pfarrer waren nur noch die Riedmüllers zu dem reichlichen Hochzeitsmahl eingeladen.

Jetzt, wo seine Brüder nicht mehr da waren, stellte Carl einen Knecht ein. Sein Großonkel Joseph erklärte sich bereit, ebenfalls auf dem Hof mitzuhelfen. Der Weg von der Diepoldshofer Vorstadt bis zum Unterburkhartshof war nicht weit, wenn man den direkten Weg über das Greut nahm. Joseph bemühte sich, was ihm nicht immer leicht fiel. So schwere Arbeit war er nicht gewohnt, war sein Leben bisher doch eher beschaulich gewesen.

Carl, der bislang bei der Getreideernte am anstrengenden Sichelschnitt festgehalten hatte, um den Körnerverlust so gering wie möglich zu halten, ging nun dazu über, Hafer und Gerste mit der Sense zu mähen. Nachdem er alles durchgerechnet hatte, kam er zu dem Ergebnis, dass es trotz eines größeren Verlusts an Körnern und der Kosten für die Anschaffung spezieller Sensen auf die Dauer billiger käme, das Getreide nach der neuen Methode zu schneiden als einen weiteren Knecht anzustellen. Das Dengeln der Sensen überließ er Joseph, dem die Arbeit am Dengelbock, einem kleinen, keilförmigen Amboss, Spaß machte. Mit einem Dengelhammer bearbeitete er hingebungsvoll die Sensen so lange, bis sie wieder scharf waren.

Auch die zeitraubende Reinigung des ausgedroschenen Korns mit Wurfschaufeln und Sieben suchte Carl zu verbessern. Er schaffte eine moderne Blähmühle an, ein wahres Wunderwerk der Handwerkskunst, bei dem die Reinigung des Getreides durch ein Windrad und Siebe erfolgte. Eine einzige Person genügte, um die hölzernen Zahnräder über eine Drehvorrichtung in Bewegung zu setzen und das Gerät zu bedienen. So ausgestattet, kamen sie die nächsten Jahre ganz gut über die Runden.

Carls schwungvoller Eifer der letzten Jahre hatte nachgelassen, und manchmal beschlich ihn sogar ein beklemmendes Gefühl. Der Hof stand trotz aller wechselvollen Ereignisse gut da, daran konnte es nicht liegen. Schon eher daran, dass sein ältester Sohn mit fünf Jahren im Rotbach ertrunken war, seine Kinder Ignaz und Theresia beide mit einem Klumpfuß geboren waren, weitere Kinder behindert zur Welt kamen und starben, so wie zuletzt die Zwillingsschwester seiner jüngsten Tochter Franziska, die mit einem offenen Rücken zur Welt gekommen war.

Am meisten aber beunruhigten ihn die politischen Entwicklungen. Die aus der Französischen Revolution und dem unaufhaltsamen Vormachtsstreben Napoleons resultierenden

Koalitionskriege schwemmten flüchtende französische Adelige und danach Soldaten durch Leutkirch und das Umland. Französische, österreichische und russische Regimenter wälzten sich durch die Gegend, lieferten sich Gefechte und forderten mit dem größten Selbstverständnis Verpflegung und Quartier. Die Bevölkerung ächzte unter den immensen Natural- und Geldleistungen. Besonders die Stadt Leutkirch litt unter den andauernden Einquartierungen und Requisitionen. Carl war wie alle anderen gezwungen, Teile seiner Ernte und Vieh abzuliefern.

1801, im Frieden von Luneville, wurde der Rhein als Grenze zwischen Frankreich und Deutschland bestimmt, was zu einer durchgreifenden Neuordnung der Gebiete führte. 1803 teilte man, basierend auf dem Reichsdeputationshauptschluss, die geistlichen Gebiete, die Reichsstädte und kleineren Fürstentümer und Grafschaften auf. 1806 endete das Heilige Römische Reich Deutscher Nation endgültig.

Leutkirch wurde zunächst Bayern zugeschlagen. 1806 feierte die Stadt daher die Erhebung Bayerns zum Königreich. Die Grafen von Waldburg-Zeil, zu deren Besitz auch der Unterburkhartshof gehörte, wurden zwar in den Fürstenstand erhoben, im Zuge der Mediatisierung verloren sie aber die Landesherrschaft und mussten sich der württembergischen Landeshoheit unterordnen. Die Truppendurchzüge gingen weiter. Es kam zu weiteren Grenzverschiebungen, bei denen Leutkirch 1810 schließlich zum Königreich Württemberg kam und Oberamtsstadt wurde.

Mit der neuen württembergischen Verwaltung hielten viele Neuerungen ihren Einzug. Der württembergische König Friedrich I. drang sogleich auf eine Rechtsvereinheitlichung im ganzen Staat, die seine Beamten umsetzen sollten. Auch in der Landwirtschaft strebte er Reformen an. Eines seiner Ziele war, die Viehbestände zu erhöhen, um eine größere Fleisch- und Milchproduktion zu erreichen. Dazu führte er, im Gegensatz zur bisherigen Weidehaltung, die arbeitsintensivere Stallfütterung ein. Die Bauern mussten dafür mehr Klee und

Luzerne anbauen und als Viehfutter schneiden. Neuer Raum für die Lagerung von Heu und Öhmd wurde dadurch vonnöten, größere Dunglegen und Jauchegruben und, und, und ... Allen Bauern und Viehhaltern wurde eine gleichberechtigte Nutzung der Gemeinschaftsweiden zugesichert. Streitigkeiten blieben dennoch nicht aus.

Carl hatte gegen eine Aufstockung seines Viehbestandes grundsätzlich nichts einzuwenden. Wenn es für Fleisch, Milch und Käse auch einen Absatzmarkt gab, sollten ihm all die Neuerungen recht sein.

Die schnelle Umsetzung der ehrgeizigen württembergischen Vorhaben kam erst einmal nicht recht in Gang. Napoleon hielt mit Kriegen und Feldzügen die Nationen in Atem.

Wie ein Schlag traf 1812 die Bauern die Aufforderung, ihre Pferde zum Dienst in der königlichen Armee abzugeben. Sie sahen ihre Existenz bedroht, denn wie sollten sie ohne Pferde die Äcker bestellen. Carl brach fast das Herz, als er seine beiden gut gepflegten Rösser aus dem Stall führte, um sie nach Diepoldshofen zur Sammelstelle zu bringen. Den Pferdebesitzern wurden kurzerhand Bescheinigungen für eine Entschädigung ausgehändigt, mit der sie sich neue Pferde für die Feldarbeit anschaffen sollten.

»Was heißt neue Pferde anschaffen«, grollte Carl. »Das waren gut eingearbeitete Tiere, die lassen sich nicht so leicht ersetzen.«

Und überhaupt, wo sollte er jetzt so schnell Ersatz herbekommen. Auf dem Viehmarkt in Leutkirch würden in nächster Zeit bestimmt nicht so viele Pferde angeboten, dass all die Bauern, die nun neue Pferde brauchten, einen Handel abschließen konnten.

Es war, als ob sich weltliche und himmlische Mächte miteinander verschworen hätten. Denn neben der Belastung durch die Kriegshandlungen veränderte sich auch noch das Klima. In langen Abhandlungen und Zeitungsartikeln suchten die Gelehrten nach Erklärungen für das ungewöhnlich kalte und nasse Wetter, das seit den Missernten 1771 und 1772 ständig zunahm. Bald überwog die Ansicht, dass Vulkanausbrüche die Ursache sein könnten. Als dann 1815 in Indonesien der Vulkan Tambora ausbrach, schien das die Bestätigung für diese Hypothese zu sein. Tatsächlich trafen die Auswirkungen des gewaltigen Vulkanausbruchs die ganze Welt. Der nachfolgende Ascheregen und die Ausbreitung des Staubschleiers rund um die Erde dauerte fast zwei Jahre. Bis auf wenige Gebiete war die Veränderung des Klimas auf allen Kontinenten zu spüren. Die Zeitungen schrieben 1816 von einem »Jahr ohne Sommer«. Neuerliche Missernten waren unausweichlich.

Wucherer und Geschäftemacher nutzten wie immer die Notlage aus und trieben die Preise in die Höhe. Brot wurde zur Mangelware. Die bäuerlichen Getreidevorräte waren bald aufgebraucht. Auf dem Markt war das Angebot von Korn ebenso unerschwinglich teuer geworden wie Kartoffeln, Schmalz und Fleisch. Viele Menschen im Land sahen für sich keinen anderen Ausweg mehr als auszuwandern. Die meisten von ihnen versuchten ihr Glück in Russland oder Amerika.

Vorbei waren die Zeiten, da der Ofen im Backhäuschen jede Woche angeheizt wurde und der Duft von frisch gebackenem Brot über den Unterburkhartshof zog. Nur noch selten rauchte der Kamin. Anna Maria war in der Not dazu übergegangen, Brot aus dem gerade noch erschwinglichen Hafermehl mit einem großen Anteil an Kleie zu backen. Aber auch das konnte sie nicht mehr täglich auf den Tisch bringen. Überall versuchte man die Lebensmittel mit allem Möglichen zu strecken. Hätte das fürstliche Haus Zeil in dieser drangvollen Zeit nicht großzügig Getreide, Mehl und Geld zur Verfügung gestellt, wären sicher auch in Diepoldshofen und der Umgebung nicht wenige am Hunger gestorben.

Just im Hungerjahr 1816 trat Wilhelm I. das Erbe seines Vaters Friedrich I. an. Bereits im darauffolgenden Jahr gab er mehrere Edikte zur Vereinheitlichung der Verwaltung seines Königreiches heraus. An oberster Stelle stand die Neuordnung des Steuerwesens. Es sollte eine gerechte Grundlage für die Besteuerung von Grund und Boden geschaffen werden; dazu gehörte die Sicherung der Eigentumsgrenzen und der Rechtsverhältnisse am Grundeigentum. Voraussetzung für ein Grundkataster, in dem letztendlich alles festgehalten werden sollte, war die Ermittlung sämtlicher Flächen und Grundstücke. Der König ordnete deshalb eine systematische Landesvermessung an. Eigens zu diesem Zweck gründete man eine sogenannte Katasterkommission. Jetzt, nach einer mehrjährigen Probephase, wurde es ernst und man begann mit den Vermessungen.

Vom Schloss Solitude in der Nähe von Stuttgart aus wurde unter der Leitung des Tübinger Mathematikprofessors Bohnenberger eine gerade Grundlinie bis nach Ludwigsburg eingemessen. Von dieser Basis aus begann man mit einer Triangulierung, mittels der das ganze Königreich auf dem Papier in Dreiecke aufgeteilt wurde. Auf diese Weise entstanden mehrere tausend Signalpunkte – die trigonometrischen Punkte.

Der nächste Schritt war, dass man zur Vermessung der einzelnen Grundstücke das Land in quadratische Flächen einteilte, in die von den Geometern alle Grundstücke, Straßen, Wege und Wasserläufe, soweit sie Eigentumsgrenzen darstellten, eingemessen wurden.

In und um Diepoldshofen nahmen vier Geometer mit Messstangen und Messtischplatten ihre Arbeit auf. Die Männer wurden bald zu einem vertrauten Anblick für die Bevölkerung.

Carl war neugierig, er konnte sich nicht so recht vorstellen, wie man ein ganzes Land exakt vermessen wollte. Eines Tages schaute er dem Geometer, einem kräftigen, von Wind und Wetter gegerbtem Mann, der sich ihm als Beck vorstellte, über die Schulter, als der seinen Standort zwischen dem Ober- und Unterburkhartshof bezogen hatte und gerade ein Zeichenpapier auf die Messtischplatte spannte.

»Das Papier bildet ein genaues Quadrat von sechzehn württembergischen Zoll Seitenlänge«, erklärte Beck. »Jetzt bestimme ich die trigonometrischen Punkte, die daraufallen, und beginne dann mit der Vermessung der einzelnen Grundstücke.«

Carl war vermutlich anzusehen, dass er sich darunter nicht viel vorstellen konnte.

Der Geometer lachte. »So kompliziert, wie es sich anhört, ist es gar nicht. Das ganze Messungssystem beruht auf dem Grundsatz des rechten Winkels. In natura werden dann Marksteine gesetzt, die die Eigentumsgrenzen anzeigen. Das Marksteingeld für jeden gesetzten Stein beträgt übrigens drei Kreuzer. Letztendlich entstehen so viele Flurkarten im Maßstab 1 : 2500. Sie enthalten die trigonometrischen Punkte, die einzelnen Parzellen und die Standorte der einzelnen Marksteine.«

Zum Schluss, erklärte Beck, würden sämtliche Ergebnisse in einem Primärkataster zusammengestellt und der Bürgerschaft präsentiert, damit sie etwaige Beschwerden vorbringen könne.

Carl war beeindruckt und gespannt auf das fertige Kartenwerk, das auch den Unterburkhartshof und seine Umgebung aufzeigen würde.

In Diepoldshofen kam im Herbst 1817 der größte Teil der Gemeindemitglieder überein, die andauernde Unordnung und Uneinigkeit, die die ganzen Umgestaltungen mit sich brachten, zu beenden, indem man die Güter vereinödete, damit jeder Bauer seine Felder und Wiesen direkt bei seinem Hof liegen habe. Letztendlich konnten sie sich aber doch nicht einigen. Wochenlang stritten und zankten sie derart miteinander, dass am Ende aus dem ganzen Vorhaben nichts wurde.

Carl vom Unter- und Anton Groß vom Oberburkhartshof schätzten sich glücklich, dass sie den Auseinandersetzungen aus dem Wege gehen konnten. Seit jeher lagen ihre Wirtschaftsflächen und das wenige Brachland rund um ihre Höfe.

Inmitten des ganzen Umschwungs brach in Bauhofen, mitten im Frühjahr, plötzlich ein hitziges Fieber aus.

»Bitte Carl, bleib hier«, flehte Anna Maria mit einem verzweifelten Unterton in der Stimme ihren Mann an.

Anna Maria war in den letzten Jahren recht füllig geworden und das einstmals schmale Gesicht war mit dicken Hängebäckchen gepolstert. Die Grübchen, die Carl so sehr an ihr liebte, zeigten sich dennoch nach wie vor, wenn sie lächelte. Im Moment allerdings war sie weit entfernt davon, ein freundliches Gesicht zu machen. Eine Mischung aus Angst und Unmut stand ihr ins Gesicht geschrieben.

»Bitte, Carl«, sagte sie noch einmal, »sei vernünftig und bleibe hier, bis die Krankheit abgeklungen ist. In Rimmeldingen hat es schon zwei Tote gegeben.«

Carl stand, bereits mit seinen guten Stiefeln angetan, mitten in der Stube, hin- und hergerissen, ob er bleiben oder gehen sollte.

»Ignaz braucht bestimmt Hilfe. Wer weiß, vielleicht sind alle krank und niemand ist mehr da, um die Feld- und Stallarbeit zu verrichten.«

Anna Maria brach in Tränen aus. »Denk doch an die Kinder! Ich könnte es nicht ertragen, wenn sie sich anstecken und sterben würden.«

Carl legte seiner Frau beruhigend eine Hand auf die Schulter. »Das will ich natürlich auch nicht. Du hast recht – ich werde noch ein, zwei Tage warten.«

Am Morgen des dritten Tages steigerte sich seine Unruhe jedoch so, dass er endgültig nicht mehr aufzuhalten war. Er traf seinen Bruder Ignaz, seine Schwägerin Cäcilie und die acht Kinder wohlauf, aber noch recht schwach von der gerade überwundenen Krankheit in der Stube sitzend an.

»Drei Tote sind in Bauhofen zu beklagen«, berichtete Ignaz, auf dessen blassem Gesicht kurze, graue Bartstoppeln wuchsen.

»Seltsamerweise sind nur Bauhofen und Rimmeldingen betroffen, wunderte sich Carl.

»Angefangen hat es bei uns allen mit Schmerzen in den Gliedern. Dann kamen Schweißausbrüche und Fieberschübe dazu. Einige der Kinder klagten über Bauchschmerzen und mich selbst hat eine Nervosität erfasst, die mir bislang völlig fremd war«, erzählte Cäcilie noch immer ganz aufgeregt. »Vielleicht liegt es an dem selbstgemachten Käse, den wir alle gegessen haben«, fügte sie nachdenklich an.

Im Herbst wütete in Diepoldshofen die Rote Ruhr und forderte ihre Opfer. Der Ober- und der Unterburkhartshof blieben von der Krankheit nicht verschont. Fast alle Bewohner überstanden das plötzliche Fieber, das Erbrechen, die Bauchkrämpfe und die blutig-schleimigen Durchfälle mehr oder weniger unbeschadet. Alle bis auf Carls Schwester Maria Theresia, die mit fünfzig Jahren der Krankheit erlag. Auch in Diepoldshofen starben etliche ältere Leute.

Ob sich im November 1817 im Haus des Bauers Carl Goser in Diepoldshofen ein Kriminalfall oder nur ein Unglück ereignete, fand man nie heraus. Tatsache aber war, dass die Familie beim Nachtmahl saß und drei Geschwister und die Schwägerin von dem dampfenden Rübenkraut aßen. Schon bald nach dem Verzehr wurden alle vier von fürchterlichen Krämpfen geschüttelt. Nur der Gebrauch eines Brechmittels – einem starkem Salzwasser – und das baldige Eintreffen des Arztes konnten sie vor dem Tod retten. Niemand fand heraus, ob das Essen in diesen jammervoll schlechten Zeiten nur verdorben war oder ob sich jemand durch die Beigabe von Gift überflüssiger Esser entledigen wollte.

Der Vorfall machte weit über das Dorf hinaus die Runde. Am darauffolgenden Sonntag versuchte Pfarrer Strohmaier die Wogen zu glätten, indem er die Kirchenbesucher in seiner Predigt ermahnte. Niemandem stehe es zu, über andere zu urteilen, wichtig sei es aber, innerhalb der Familie auch in schweren Zeiten zusammenzustehen und ansonsten alle Geschicke vertrauensvoll in die Hände des allmächtigen Gottes zu legen.

Pfarrer Strohmaier war vor einigen Jahren Pfarrer Bullinger gefolgt, den sein Lungenleiden früh dahingerafft hatte. Noch über seinen Tod hinaus hatte er sich als Wohltäter der Armen erwiesen, indem er ihnen ein großzügiges Vermächtnis hinterließ. Pfarrer Johann Strohmaier war im Gegensatz zu seinem Vorgänger ein gesunder, kräftiger Mann, der schon bald sein Hauptaugenmerk auf die Verbesserung des Schulunterrichts und den Bau eines Schulhauses richtete. In den ersten beiden Jahren schaffte er sogar die Schulbücher auf seine eigenen Kosten an, denn seiner Meinung nach nützte die schönste Schule nichts, wenn das angemessene Unterrichtsmaterial fehlte.

Carl bedauerte, dass Ignaz und Theresia die Schule bereits verlassen hatten und nicht mehr in den Genuss des neuen, lobenswerten Unterrichts kamen.

Zu den vielfältigen Altersgebrechen von Tante Josepha hatte sich mit der Zeit noch die Zuckerkrankheit gesellt. Aufgrund der Krankheit verspürte sie einen häufigen Harndrang und bedurfte dann des Nachtstuhls. Ihr Bruder Joseph, der selbst kränklich geworden war, hatte seine Arbeit auf dem Unterburkhartshof längst eingestellt. Schlecht und recht wirtschafteten die beiden alten Geschwister zusammen in ihrem Haus in der Diepoldshofer Vorstadt.

Alle paar Tage schickte Carl abwechselnd Kreszentia und Franziska mit einem Korb Lebensmittel zu ihnen. Bei diesen Besuchen schauten die beiden Schwestern auch jedes Mal nach dem Rechten. Vor allem die siebzehnjährige Franziska seufzte laut, wenn sie das verkrustete schmutzige Geschirr abwusch, den Eimer des Nachtstuhls leerte, sich um die Wäsche kümmerte und eine warme Mahlzeit auf den Tisch brachte.

»Lange kann man die beiden nicht mehr alleine lassen«, dachte sie jedes Mal voller Sorge.

Es ging wirklich nicht mehr lange gut. An Josephas linkem Fuß hatte sich eine kleine offene Stelle gebildet, die nicht mehr zuheilte. Im Gegenteil, innerhalb kürzester Zeit vergrößerte sie sich zu einem hässlichen Geschwür. Dazu kam eine Muskelschwäche, die es ihr unmöglich machte, das Bett ohne fremde Hilfe zu verlassen.

»Vater, mit der Tante und dem Onkel kann es so nicht mehr weitergehen«, sagte Franziska und setzte sich am Abend zu Carl an den Tisch in der Stube, auf dem ein Wust von losen Blättern mit Aufstellungen und Zahlenkolonnen lag. »Tante Josepha ist gegenwärtig völlig bettlägerig und Onkel Joseph sagt zwar jedes Mal, er würde sich kümmern – aber wenn ich das nächste Mal komme, ist nichts erledigt.« Franziska war froh, sich einmal alles von der Seele reden zu können. »Die beiden ziehen sich auch keine sauberen Kleider mehr an und sie sehen überhaupt nicht mehr, wie unordentlich und schmutzig es in ihrer Wohnung ist. Wenn ich den Küchenschrank öffne, um den Tisch zu decken, steht alles wie Kraut und Rüben durcheinander und das Geschirr hat Schmutzränder.«

Carl schob seine Papiere zur Seite und schaute Franziska entsetzt an. Mit unübersehbar schlechtem Gewissen sagte er: »Du hast völlig recht. Bei meinem letzten Besuch habe ich wohl gesehen, dass bei den beiden nicht mehr alles zum Besten steht. Aber ich war gleich wieder so mit den Angelegenheiten hier auf dem Hof beschäftigt, dass ich es wieder vergessen habe.« Nach kurzem Nachdenken schlug er Franziska vor: »Wie wäre es, wenn ich eine Pflegerin besorge, die sich erst einmal um die beiden kümmert?«

»Vorübergehend ist das sicher die beste Lösung. Alleine kann man sie jedenfalls nicht mehr lassen«, stimmte Franziska erleichtert zu.

Tante Josephas Zustand verschlechterte sich von Tag zu Tag. Der Doktor machte Carl wenig Hoffnung und meinte, man müsse mit einem baldigen Ableben der Tante rechnen. Am 22. November 1822 schließlich schloss Josepha die Augen für immer.

Carl löste mit Unterstützung seines Sohnes Mathias und seiner Töchter den Haushalt in der Diepoldshofer Vorstadt auf und leitete den Verkauf des Hauses ein. Onkel Joseph beförderten sie mitsamt seiner Habe, unter lautstarkem Protest, auf dem Fuhrwerk zum Unterburkhartshof. Anna Maria richtete die Kammer neben der Stube mit seinen eigenen Möbeln liebevoll und gemütlich für den alten Mann ein. Seit dem Tod seiner Schwester war Joseph einsilbig geworden, dennoch verging kein Tag, an dem er nicht verkündete, er müsse jetzt nach Hause. Es war ein zweifelhaftes Glück, dass er den Weg nach Diepoldshofen nicht mehr fand.

Carl lehnte, auf eine Mistgabel gestützt, an der Tür zum Stall und betrachtete mit Wohlgefallen und Stolz seine acht Milchkühe mit ihrem samtig schimmernden hellbraunen Fell, den sanften dunkelbraunen Augen und ihren grauweiß melierten, gebogenen Hörnern. Sein Blick glitt über den Ochsen, die Stiere und das Jungvieh.

Ein Gefühl der Zufriedenheit erfasste ihn, als er sich erinnerte, was er in den Jahren seit seiner Hofübernahme geschafft hatte. Das alte, flach geneigte Dach war abgetragen worden. Stattdessen krönte jetzt ein deutlich steileres neues Satteldach das alte Haus und beherbergte die Heuernte des Sommers. Die von der Obrigkeit gewünschte Stallfütterung setzten er und Mathias inzwischen zum Teil um. Ungefähr ein halbes Jahr standen die Kühe im Stall, das andere halbe Jahr ließ er sie auf verschiedenen Flächen weiden. Den Weg hinter dem Stall, der zur Brennerei führte, hatte er in einem Bogen um die neue Dunglege herum verlegt. So konnte er den Mist direkt aus dem Stall auf den Misthaufen karren und ihn auf der anderen Seite im Herbst bequem direkt auf den Wagen laden, um die Felder damit zu düngen. Alles hing zusammen, denn ohne Düngung würde nicht genug Futter für die größere Anzahl Tiere wachsen.

Sein letztes Vorhaben war die Einrichtung einer Sennerei gewesen. Wie es seine Art war, hatte er alles gründlich überlegt und durchgerechnet. Die Knechtskammer gegenüber der Brennerei war groß genug gewesen, um sie zu unterteilen. Hier hatte er die Sennerei eingerichtet, um die Milch seiner Kühe zu Butter, Buttermilch und Käse zu verarbeiten. Er hatte sich, was die Käseherstellung betraf, kundig gemacht. Vor allem die Herstellung von Weichkäse aus Rohmilch war nicht ganz unproblematisch, da sie nicht über vierzig Grad erhitzt werden durfte, damit der Käse gelang. Dies barg allerdings auch die Gefahr in sich, dass der Käse bei falscher oder zu langer Lagerung leicht verderben konnte und so der Gesundheit schadete. Die größte Sorgfalt war also angesagt.

»Ach«, schoss es ihm plötzlich durch den Kopf, »könnte das Fieber, das damals in Bauhofen und Rimmeldingen ausgebrochen war und auch Ignaz und seine Familie niedergeworfen hatte, tatsächlich von verdorbenem Käse ausgelöst worden sein?«

Hatte seine Schwägerin das nicht ebenfalls vermutet? Das schien ihm mittlerweile eine durchaus plausible Erklärung zu sein.

Die Käseherstellung auf dem Unterburkhartshof klappte aber inzwischen, zur Zufriedenheit von Carl und Mathias, einwandfrei.

Auch was seine Familie betraf, war Carl weitgehend zufrieden. Bis auf Johann Baptist, der auf einen Hof in Wuchzenhofen geheiratet hatte, und Barbara, die in Oflings verheiratet war, waren die restlichen fünf Kinder noch zu Hause. Ignaz und Theresia würden auf Grund ihrer Behinderungen wohl ledig bleiben. Carl hoffte aber, dass sich für Mathias, Kreszentia und Franziska noch angemessene Ehepartner finden würden. Vor allem für Mathias wünschte er sich nach wie vor bald eine Frau.

Mathias, 1827–1831

Von Zeit zu Zeit kam der Viehhändler Notz auf den Unterburkhartshof. Er war dafür bekannt, dass er für sein Leben gern und gegen kleine finanzielle Zuwendungen Ehen stiftete. Da er viel bei den Bauern herumkam, war er immer auf dem neuesten Stand der Dinge. Schon so manches Mal hatte er Mathias auf die eine oder andere junge Frau aufmerksam gemacht, die gerne in den Stand der Ehe treten wollte. Mathias hatte jedes Mal abgewinkt und gemeint, das hätte noch Zeit. Notz schüttelte dann ebenfalls jedes Mal den Kopf und verdrehte die Augen leicht nach oben. Was war nur los mit dem jungen Riedmüller, der ja so jung gar nicht mehr war?

Seit dem Tod der Mutter, der die Erbteilung und die Hofübergabe vor zwei Jahren nach sich gezogen hatte, sah Mathias die Angelegenheit jedoch langsam in einem neuen Licht. Als der kleine, beleibte Viehhändler wieder einmal auf den Hof kam, sprach er ihn selbst diesbezüglich an.

Notz schaute ihn mit seinen in Fettpölsterchen gebetteten blauen Äuglein pfiffig an und sagte: »Mein lieber Mathias, ich glaube, da brauche ich nicht lange zu überlegen. Ich habe die perfekte Frau für dich. Der Bauer und Gemeinderat Josef Martin von Sieberatsreute bei Waldburg sucht für seine einzige Tochter Kreszentia einen Hochzeiter. Das Mädchen ist eine rechtschaffene Person mit einem nicht beträchtlichen Vermögen, und mit ihren siebenundzwanzig Jahren ist sie im Alter durchaus passend.«

Gleich am nächsten Sonntagnachmittag suchten Mathias und Carl die Familie in Sieberatsreute auf. Der Viehhändler hatte die beiden bereits angekündigt und so kam man, kaum dass alle in der Stube Platz genommen hatten, ohne lange Umschweife zum Kern des Besuches.

Während die Männer sich unterhielten, musterte Kreszentia Mathias genau. Was sie sah, gefiel ihr nicht schlecht. »Das ist wirklich ein schmucker Kerl«, dachte sie bei sich.

Und was die finanzielle Seite anbetraf, so schienen sich die beiden Väter schon einig zu sein. Mathias hatte natürlich das letzte Wort, da er ja bereits der Hofbauer war.

»Von meiner Seite aus wäre alles klar«, hörte Kreszentia ihn sagen. »Wenn dein Vater auch einverstanden ist, sagte er freundlich zu ihr, steht einer Hochzeit nichts mehr im Wege.«

Mathias war froh und auch ein wenig stolz, dass er die Angelegenheit so kurz und schmerzlos hinter sich gebracht hatte. Seine Braut war eine gute Partie und dass sie keine ausgesprochene Schönheit war, spielte bei seiner Entscheidung keine große Rolle.

Carl war überrascht von der Entschlossenheit seines Sohnes. Erst wollte er gar keine Frau und dann nahm er gleich die nächstbeste. Trotzdem war er zufrieden. Das Leben würde auch in Zukunft in geordneten Bahnen weitergehen – das war die Hauptsache. Die künftige Schwiegertochter hatte ja offensichtlich ein Auge auf Mathias geworfen, was der Aussicht auf eine gute Ehe nur förderlich sein konnte.

Kreszentia war kaum kleiner als Mathias. Das dunkelbraune, glänzende Haar thronte wie eine geflochtene Krone auf ihrem Kopf. Das ovale Gesicht, die braunen Augen und die gerade Nase hätten eine Schönheit vermuten lassen, wenn dem Betrachter die untere Gesichtshälfte mit dem schmallippigen Mund verborgen geblieben wäre. Was das Gesicht aber vollends unharmonisch machte, war das fliehende Kinn, das in einer schrägen Linie direkt in den Hals mündete. Auf den ersten Blick wirkte Kreszentia schlank. Der Oberkörper, mit einem vollen, runden Busen, war bis zur schmalen Taille wohlgeformt. Dann allerdings bauschte sich der Rock ausladend über einem breiten Becken und dicken Schenkeln. Um ihre unglücklichen Proportionen zu kaschieren, trug Kreszentia stets eine schmale Schürze mit zweifarbigen, hellen Streifen, die tatsächlich von ihrem plumpen Unterleib ablenkte.

Kreszentia freute sich auf das Leben als Ehefrau. Langsam war ihr schon ein bisschen bange geworden bei dem Gedanken, womöglich ledig bleiben zu müssen. Der einzige ernsthafte Bewerber war ein verwitweter Bauer mit einem Stall voller Kinder aus Waldburg gewesen. Kaum hatte er seine zweite Frau beerdigt, hielt er schon um Kreszentias Hand an. Ihr Vater war damals nicht abgeneigt gewesen – er wusste, wie schwer es sein würde, seine Tochter unter die Haube zu bringen, denn Kreszentia hatte, abgesehen von ihrem unvorteilhaften Äußeren, einen schwierigen Charakter. Sagte man Menschen mit einem fliehenden Kinn gerne ein nachgiebiges Wesen nach, so traf dies auf Kreszentia überhaupt nicht zu.

Gleichgültig, worum es ging – sie wollte ihren Willen durchsetzen und zudem immer Recht behalten.

»Vielleicht waren wir nicht streng genug mit ihr«, hatte ihr Vater mehr als einmal zu seiner Frau gesagt. Nur um im gleichen Atemzug anzufügen: »Aber sie ist nun einmal das einzige Kind, das uns geblieben ist. Deshalb haben wir ihr ihre Launen wohl immer durchgehen lassen.«

Als er seine Tochter von dem Antrag des Witwers in Kenntnis setzte, hatte sie entschieden abgelehnt.

»Ich mache doch nicht die Magd für den – zwei Frauen hat der schon unter die Erde gebracht. Nein, den nehme ich ganz bestimmt nicht«, hatte sie lautstark geschimpft.

Kreszentias Launenhaftigkeit war allgemein bekannt und der maßgebliche Grund, weshalb keiner der heiratslustigen jungen Männer sie in die engere Wahl zog. Ein freundliches Wesen hätte die Mängel ihres Äußeren sicher ausgeglichen – so aber hatte sie auf mögliche Bewerber immer eher abschreckend gewirkt.

In der Hochzeitsnacht löste Kreszentia sorgfältig ihren Zopf. Das von den Flechten gewellte, glänzende volle Haar umschmeichelte ihre Schultern und fiel ihr fast bis zur Taille. Ohne Eile und ohne Anzeichen jeglicher Scham entledigte sie sich ihres kostbaren, elfenbeinfarbenen Kleides aus Taft mit dem kleinen eckigen Ausschnitt und dem faltig angesetzten Rock und legte sich völlig nackt auf das Ehebett. Mathias traute seinen Augen kaum. Unbekannte Wellen der Erregung erfassten ihn beim Anblick des entblößten Körpers seiner Frau. Eilig schälte er sich aus den Kleidern und legte sich neben sie. Ohne lange zu säumen, zog ihn Kreszentia mit einem vielsagenden Lächeln über sich und öffnete lustvoll ihre dicken, weichen Schenkel.

Sechs Wochen später starb Mathias' Schwester Barbara, die in Oflings bei Wangen verheiratete war, nach einer schweren Geburt im Kindbett. Das Kind war am 19. März 1827, einem

Montag, um drei Uhr in der Frühe zur Welt gekommen. Es gab kaum ein Lebenszeichen von sich, so dass die Hebamme Antonia Gorßer gerade noch Zeit fand, eine Nottaufe vorzunehmen, bevor das Kindchen starb. Barbara hinterließ drei Kinder im Alter von drei, vier und sieben Jahren – Johannes Baptist, Maria Josefa und Karl.

Der Witwer, Martin Hener, war untröstlich. Wie versteinert saß er nach der Beerdigung im Kreise der Familie in der großen, mit Holz vertäfelten Stube und starrte aus dem Fenster, das den Blick auf die Oflingser Turmburg wie ein Gemälde einrahmte.

Das alte Gemäuer bot noch immer einen imposanten Anblick, hatte seine besten Zeiten aber bereits hinter sich. Einstmals diente es den Ministerialen des Klosters St. Gallen als Sitz, eine Zeitlang gehörte es als Verteidigungsanlage der Freien Reichsstadt Wangen, danach war es in privaten Besitz übergegangen.

»Ich habe keine Ahnung, wie es weitergehen soll«, sagte Martin ratlos. »Nur sieben gemeinsame Jahre hat der Herr uns zugemessen und von sieben Kindern hat er nur drei am Leben gelassen.«

Martin Hener hatte das große Anwesen 1819 bei einer Versteigerung erworben und ein Jahr später Barbara zur Frau genommen. Seither bewirtschaftete er den Hof, zu dem siebzehn Rinder zählten, zusammen mit einem Knecht. Die Arbeiten im Haus und im Stall hatte bisher Barbara mit Hilfe der Magd Sophie bewältigt. Sophie war Anfang zwanzig und geistig zurückgeblieben, kam aber gewissenhaft allen Arbeiten nach, die Barbara ihr anwies. Ohne die Anleitungen der Bäuerin war Sophie im Augenblick allerdings zu wenig nütze. Mit verweintem Gesicht lief sie im Haus herum und wollte nicht glauben, dass die Bäuerin für immer gegangen war.

»Mach dir keine solchen Sorgen, Martin«, sagte Mathias' Schwester Kreszentia zu ihrem Schwager. Sie war inzwischen neunundzwanzig Jahre alt und noch immer ledig, niemand würde sie auf dem Unterburkhartshof wirklich vermissen.

»Die beste Lösung wäre doch«, schlug sie Martin deshalb vor, »wenn ich die nächste Zeit hierbleibe und die Kinder versorge. Mit Sophie komme ich bestimmt zu Rande. Das ist dir doch recht, Mathias?«

Mathias nickte zustimmend. Auch seine Frau nickte und brachte keine Einwände vor. Insgeheim war sie froh, diese selbstbewusste Schwägerin, die nie ein Blatt vor den Mund nahm, auf diese Art loszuwerden. Auf lange Sicht wäre ein Zusammenleben mit ihr sicherlich nicht gut gegangen.

»Wer weiß, womöglich heiratet sie den Martin noch, dann wäre ich sie endgültig los. Mit Mathias' jüngerer Schwester Franziska werde ich schon fertig werden – die soll sich um den hinfälligen Onkel Joseph kümmern und sich anpassen, solange sie bei uns auf dem Hof lebt«, dachte die junge Ehefrau zufrieden bei sich.

»Ich bleibe am besten gleich da«, ließ sich Kreszentia vernehmen. Sie schlug einen munteren Ton an, um dem Witwer etwas Mut zu machen. »Kleider und meine persönlichen Dinge könnt ihr mir in den nächsten Tagen durch den Knecht schicken lassen«, sagte sie an Mathias gewandt.

Franziska hatte schnell begriffen, dass mit der Frau ihres Bruders nicht gut Kirschen essen war. Wollte sie sich nicht in ständigen Auseinandersetzungen mit ihr aufreiben, musste sie sich anpassen.

»Es wird ja nicht für ewig sein«, tröstete sie sich. »Irgendwann werde ich heiraten und meinen eigenen Hausstand haben.«

Carl zog schon bald zu seinen Kindern Ignaz und Theresia nach Diepoldshofen. Zunächst hatte er in Erwägung gezogen, Mathias noch eine Zeitlang auf dem Hof zu unterstützen, war aber bald davon abgekommen, da er sich in der Gesellschaft seiner Schwiegertochter nicht recht wohl fühlte. Außer seinem Bett und einem Schrank nahm er nur die Tagebücher und die alte Schwarzwälder Holzuhr mit dem aufgemalten Tannenbäumchen mit, an der sein Herz schon gehangen hatte, bevor er etwas über ihre Geschichte wusste. Mathias war mit allem einverstanden und stellte zu Lichtmess einen Knecht ein.

Kaum fünf Wochen nachdem Barbara beerdigt war, starb Theresia Haggenmüller, die in der anderen Haushälfte neben Carl, Ignaz und Theresia wohnte, an Brustwassersucht. In den letzten Tagen vor ihrem Tod war sie von ständigen Hustenanfällen geschüttelt worden und ihr keuchender Husten war Tag und Nacht bis in den Riedmüller'schen Teil des Hauses zu hören gewesen.

Die Witwe Kuhn hatte die Verstorbene gewaschen und sorgfältig angekleidet. Theresia besaß jede Menge Kleidung. Ihrer Mutter war es immer wichtig gewesen, dass ihr Kind, wenn es schon an vielerlei Gebrechen litt, stets gut gekleidet war. Die Pflegerin entschied sich schließlich für einen schwarzen Rock, ein grünes Jäckchen mit schwarzen Knöpfen und ein schwarzes, seidenes Halstuch. Die Tote wurde in dem kleinen Stübchen aufgebahrt, leicht zur Seite geneigt, da der verwachsene Körper die Lage auf dem Rücken nicht zuließ. Das Gesicht der Toten war verkrampft und ließ einen Todeskampf erahnen. Carl, Ignaz und seine Schwester stellten sich als Erste ein und sprachen mit den nach und nach eintreffenden Nachbarn die Totengebete.

Vier Wochen später erkrankte auch Carls Tochter Theresia. Sie litt unter einer starken Übelkeit mit Erbrechen, die mit einem unangenehmen Schwindelgefühl einherging. Theresia lag blass und zitternd in ihrem Bett, als Doktor Renz von Wurzach eintraf. Carl war höchst besorgt um seine Tochter und hatte ihn sogleich kommen lassen. Der Doktor untersuchte die Patientin sorgfältig. Hörte mit seinem hölzernen Hörrohr Herz und Lungen ab, fühlte ihren Puls, ließ sie die Zunge herausstrecken und tastete ihren Leib ab. Als er auf den Magen drückte, stöhnte Theresia auf.

»Alles deutet auf eine Magenverstimmung hin«, stellte Renz abschließend fest. »Bleibt ein paar Tage im Bett und nehmt nur eine leichte Haferschleimsuppe und viel Kamillentee zu Euch«, verordnete der Arzt mit lauter Stimme, nachdem Carl ihn auf

Theresias Schwerhörigkeit hingewiesen hatte. »In einer Woche müssten die Beschwerden ausgestanden sein.«

Tatsächlich besserte sich die Übelkeit bald. Der Schwindel aber blieb. Eine unbestimmte Angst erfasste Theresia. In ihren Träumen sah sie die aufgebahrte Theresia Haggenmüller, deren Leichnam mit lauter weißen Blüten aus Leinwand bedeckt war. Bald war es ihre verstorbene Mutter, dann wieder ihre verstorbene Schwester Barbara, die sie auf der Bahre liegen sah. Eine fürchterliche Angst vor dem Tod und dem eigenen Sterben ergriff von Theresia Besitz ... und ließ sie nicht mehr los.

Kreszentia sollte Recht behalten. Alsbald ließ sich ihre Schwägerin von Mathias ihr stattliches Erbteil ausbezahlen, um ihren Schwager Martin Hener zu heiraten. Im November 1827, sieben Monate nach Barbaras Tod, traute Pfarrer Müller das Paar in der Kirche in Deuchelried. Danach gab es auf dem Hof eine kleine Feier im Kreis der Familie.

Von Kreszentias Seite waren nur Carl und Mathias nach Oflings gekommen. Mathias' Frau war schwanger und wollte sich die lange Fahrt nicht zumuten. Als Trauzeugen waren Martins Schwester Ursula aus Arnach und sein Vetter Peter Paul Riether angereist. Carl freute sich, bei dieser Gelegenheit seine Nichte Antonia, eine der Töchter seines Bruders Ignaz, die inzwischen mit dem Bauern Xaver Würth im nahegelegenen Käferhofen verheiratet war, wiederzusehen. Antonia und Johann Baptist Hasel von Oflings, ein guter Freund und ehemaliger Nachbar von Martin, waren bei allen Kindern von Barbara und Martin Taufpaten gewesen und durften daher bei der Hochzeit nicht fehlen.

Carl war froh und traurig zugleich. Mehr als einmal sah er, wie seine Tochter ihren Mann mit zärtlichen Blicken bedachte. Martins jüngster Sohn, Johannes Baptist, der nach seinem Taufpaten benannt war, wich nicht von Kreszentias Seite. Mit einer seiner kleinen Händchen hielt er, seit die Hochzeitsgesellschaft die Stube betreten hatte, eine Falte von

Kreszentias Rock fest umschlossen. Kreszentia strich ihm liebevoll über das Haar. Die kleine Maria Josepha hüpfte unterdessen zwischen den Gästen herum, bis Antonia sie auf den Arm nahm und sie neben sich am Tisch platzierte. Karl, mit sieben Jahren das älteste der Kinder, setzte sich zwischen seinen Vater und seinen Taufpaten und schaute schüchtern in die Runde. Alle Kinder hatten das gleiche hellblonde Haar wie ihr Vater. Barbaras Haar war dunkelblond gewesen wie das ihrer Mutter, erinnerte sich Carl wehmütig – und nun waren beide tot und, so Gott wollte, im Himmel vereint. »Vielleicht ist es ganz gut, dass Kreszentia mit ihren dunklen Locken keinerlei Ähnlichkeit mit ihrer Schwester hat. Das wird es für beide Eheleute leichter machen, sich miteinander zurechtzufinden«, hoffte Carl.

Er erhob sich und hielt, bevor das Essen aufgetragen wurde, eine kleine Ansprache an die Festgesellschaft, in der er lobende Worte für die junge Ehefrau und den alten und neuen Schwiegersohn fand und ihnen viel Glück für ihre gemeinsame Zukunft wünschte.

Theresia hatte nicht zur Hochzeit ihrer Schwester kommen können. Sie war wieder so schwach und bettlägerig geworden, dass eine eigene Pflegerin für sie angestellt werden musste. Mathias hatte seufzend begonnen, eine Liste zu führen, in die er sämtliche Kosten eintrug, die er aus dem Erbteil seiner Schwester für deren Pflege bezahlte.

Carl wusste sich bald keinen Rat mehr. Theresia konnte kaum noch aufstehen. Monatelang lag sie nur im Bett, unfähig einen Fuß auf den Boden zu setzen. Der Schwindel zwang sie bei solchen Versuchen sofort wieder in die Kissen zurück. Nachts schlief die Pflegerin auf einer Pritsche in der Kammer der Kranken, die oft im Traum weinte und schrie.

Carl teilte sich die zweite Schlafkammer mit Ignaz. Tagsüber hielt er sich in der kleinen Stube auf, die über einen Ofen verfügte und in der Ignaz auch seine Säcklerarbeiten herstellte. Wenn sich dann die Pflegerin in ihren kleinen Pausen noch zu ihnen gesellte, war der Raum derart überfüllt, dass Carl jedes Mal über kurz oder lang ins Freie stürzte, um tief Luft zu holen. In diesen Momenten überlegte er ernsthaft, ob es nicht doch besser gewesen wäre, sein Altenteil bei Mathias auf dem Hof zu nehmen. Er musste sich aber eingestehen, dass es nur eine Gedankenspielerei war. Zum einen wollte er nicht unbedingt mit seiner Schwiegertochter unter einem Dach leben, zum anderen und wichtigeren konnte er Ignaz und Theresia nicht alleine lassen, wie sich gerade wieder einmal zeigte.

Carl zog, nachdem Doktor Renz mit der Behandlung der Patientin nicht weitergekommen war, den Doktor von Isny hinzu. Mathias bezahlte und notierte danach Kosten von neunundvierzig Gulden für Visitation und Arzneien, ohne dass sich der Zustand seiner Schwester auch nur im Geringsten verbesserte. Danach rief Carl Doktor Kollmann von Kißlegg an Theresias Krankenlager.

Als der Arzt, ein beleibter älterer Mann, seine sorgfältige Untersuchung abgeschlossen hatte, tätschelte er väterlich Theresias Hand und nickte nachdenklich mit dem Kopf: »Wichtig, mein liebes Kind, ist, dass du wieder mehr zu Kräften kommst. Nur mit Schleimsuppen geht das nicht. Zuerst einmal kocht Ihr eine gute Fleischbrühe«, sagte er zur Pflegerin. »Am Anfang verdünnt Ihr sie stark mit Wasser und zerdrückt eine gekochte Kartoffel darin. Wenn der Magen nicht rebelliert, kann die Brühe jeden Tag etwas stärker sein. Als Nächstes ist darauf zu achten, dass genügend frische Luft ins Krankenzimmer kommt. Jetzt im Januar, da es draußen kalt ist, genügt es, zwei-, dreimal am Tag das Fenster kurz zu öffnen, während sich die Kranke bis zum Hals gut zudeckt.« Er lächelte Theresia aufmunternd zu. »Und wenn die Behandlung anschlägt, ist der nächste Schritt, dass du dich langsam aufsetzt und dann die Füße auf den Boden stellst. Dann legst du dich wieder zurück und nach einer Weile probierst du es noch einmal. So lange, bis du aufstehen kannst, ohne dass es dir schwindelig wird. Und wenn du dann erst einmal aufgestanden bist, machst du einen um den anderen Schritt.«

Als der Doktor ihr zum Abschied die Hand reichte, zeigte sich ein zaghaftes Lächeln auf Theresias schmalem Gesicht.

In den folgenden Wochen ging es ihr von Tag zu Tag besser. Auch die nächtlichen Albträume verschwanden. Theresia saß bald wieder bei Ignaz in der Stube und stellte sogar wieder einige ihrer Leinenblüten her. In der Küche köchelte jetzt täglich eine fette Fleischbrühe und verbreitete ihren aromatischen Duft in dem kleinen Haus. Carl war sehr erleichtert. Wenn sie nun zu dritt im Stübchen saßen und ihm dabei die Luft knapp wurde, öffnete er einfach das Fenster. Seine Befürchtung, dass die schöne Wärme des Ofens durch das offene Fenster gänzlich verflog, stellte sich als unberechtigt heraus. Im Gegenteil. Die frische Luft erwärmte sich schnell wieder und verbreitete eine schönere Behaglichkeit als zuvor.

Noch dreimal brachte Carl seine Tochter zur Nachbehandlung mit einem gemieteten Fuhrwerk nach Kißlegg in die Sprechstunde des Doktors. Für alle Behandlungen, einschließlich einer stärkenden Medizin, stellte er Mathias lediglich sechsundzwanzig Gulden in Rechnung, der die Ausgabe sogleich in seiner Liste vermerkte.

»Da sieht man, dass das Teuerste auch nicht immer das Beste ist«, murmelte Mathias vor sich hin, als er sich an die Forderung des Isnyer Arztes erinnerte.

Das Ehe- und Alltagsleben von Mathias und Kreszentia klappte erstaunlich gut. Sie verstanden sich hervorragend. Mathias hatte keinerlei Interesse daran, seiner Frau Vorschriften zu machen oder ihr zu widersprechen. Er ließ ihr völlig freie Hand und verrichtete ohne viel Aufhebens die täglich anstehenden Arbeiten auf dem Hof. Kreszentia dankte ihrem Mann seine Großzügigkeit, indem sie tags mit Umsicht und Verstand ganz nach ihren Vorstellungen schaltete und waltete. Des Nachts ließ sie sich genussvoll neue Varianten und Spielarten der körperlichen Liebe einfallen, so dass Mathias ihr schon nach kurzer Zeit mit Haut und Haaren verfallen war.

Pünktlich neun Monate nach der Hochzeit, im Mai 1828, kam Maria Anna zu Welt. Da Mathias' verstorbene Mutter Anna Maria geheißen hatte und Kreszentias Mutter den Namen Maria Anna trug, war der Name des Kindes schnell entschieden.

Die Freude über den Familienzuwachs war allerdings getrübt, denn am Bauch des kleinen Mädchens wölbte sich eine hässliche Bruchgeschwulst. Der hinzugezogene Arzt drängte den Bruchsack, der Teile des Darmes enthielt, in die Leibeshöhle zurück und legte einen Verband an, um das weitere Austreten der Eingeweide zu verhindern.

Zunächst schien die Behandlung anzuschlagen. Doch nach einigen Wochen quälte sich das Kind mit Verdauungsbeschwerden und Koliken. Der Doktor diagnostizierte eine Verklebung der ausgetretenen Eingeweide. Er entfernte den Verband, und fortan sollten warme Bäder, Breiumschläge und als letztes Mittel ein Klistier die Entleerung des Darms herbeiführen. Die kleine Maria Anna schrie und krümmte sich vor Schmerzen. Das Stillen wurde für Mutter und Kind zur Qual. Maria Anna würgte und erbrach die Milch, die im Überfluss aus Kreszentias geschwollenen und schmerzenden Brüsten strömte.

In den folgenden Wochen und Monaten drehte sich alles darum, dass das Kind ausreichend Milch zu sich nahm und sie wieder ausschied. Kreszentias Mutter kam für eine Woche auf den Unterburkhartshof, um ihrer Tochter beizustehen. Tag und Nacht träufelte sie dem Kind tröpfchenweise die abgepumpte Muttermilch ein. Kreszentia war ihr unendlich dankbar und fiel nun, da sie bei der Mutter alles in besten Händen wusste, sofort vor Erschöpfung in einen bleiernen Schlaf. Eine erholsame Nachtruhe war für sie schon lange nicht mehr möglich gewesen.

Mathias war wieder in seine alte Schlafkammer umgezogen, denn das Kind schrie halbe und ganze Nächte. Die Verdauung kam langsam wieder in Gang und die Entzündung klang ab. Eine Zeitlang ging alles gut. Maria Anna trank gut, nahm zu und schlief in der Nacht einige Stunden am Stück. Mathias kehrte wieder ins eheliche Schlafzimmer zurück.

Doch der Friede währte nicht lange. Ende September sammelte sich erneut Kot in den ausgetretenen Darmschlingen an. Der Darm entzündete sich erneut. Das Kind fieberte, schrie bei jeder Berührung und erbrach sich ein um das andere Mal. Der eilig herbeigerufene Doktor ließ keinen Zweifel am Ernst der Situation.

»Die Darmschlingen scheinen eingeklemmt zu sein und die Entzündung ist lebensbedrohlich«, setzte er die hilflos dastehenden Eltern in Kenntnis. »Wenn Ihr einverstanden seid, werde ich einen Bruchschnitt durchführen, um die eingeklemmte Stelle zu erweitern.«

Mathias und Kreszentia sahen sich verzweifelt an und nickten dann zustimmend mit dem Kopf. Sie legten das Kind auf den Tisch in der Küche. Der Arzt öffnete seine Tasche und entnahm ihr ein Skalpell und ein mit Opium behandeltes Schwämmchen. »Ich brauche etwas Wasser«, sagte er zu Kreszentia, die seinem Wunsch mit fahrigen Bewegungen nachkam.

Er tauchte das Schwämmchen kurz ins Wasser, drückte es leicht aus und hielt es dem Kind vor Mund und Nase. Die Dämpfe wirkten schnell. Das Schreien des Kindes verebbte und es schlief ein. Mit dem Skalpell öffnete der Arzt den Bruchsackhals und entfernte die Kotanhäufung. Danach führte er den Bruch zurück in den Leib und legte einen festen Verband an. Das Kind lag mit fieberheißem Gesichtchen und flach atmend still auf dem Tisch. Zehn Minuten später war es tot.

Kreszentia war nicht in der Lage, der Beerdigung beizuwohnen. Gleich nach dem Tod ihres Kindes hatte der Doktor die Hebamme geschickt, die ihr mit geschickten Händen und mit Hilfe breiter Leinenstreifen die Brust hochband, um die Milch zum Versiegen zu bringen. Es war eine äußerst qualvolle Prozedur, bei der Kreszentia vor Schmerzen aufschrie.

»Ich kann das nicht aushalten, bitte nicht so fest!«, flehte sie die Hebamme an.

»Es hilft nichts, Riedmüllerin, es muss so fest sein, sonst hilft es nicht. Du willst doch nicht auch noch eine Brustentzündung bekommen.«

Kreszentia japste nach Luft und hatte wahrhaft Angst zu ersticken.

»Ruhig, ruhig, du musst ganz ruhig atmen, dann geht es schon«, redete die alte Hebamme besänftigend auf sie ein.

»Mein armes Kind – und jetzt das noch«, keuchte Kreszentia. Die Tränen liefen ihr unaufhaltsam über das Gesicht.

Endlich war die letzte Leinenbinde angezogen und festgesteckt. Kreszentia drehte sich von der Bettkante vorsichtig ins Bett, wo sie langgestreckt und flach atmend auf dem Rücken liegen blieb.

»Ich koche dir jetzt einen Baldriantee«, hörte sie wie aus weiter Ferne die Stimme der Hebamme sagen.

»Ich muss ganz ruhig liegen«, waren ihre einzigen Gedanken, »ich darf mich nicht verrückt machen. – Oh, lieber Gott, hilf mir«, betete sie verzweifelt, während die Tränen ihr nun aus den Augenwinkeln den Hals hinunterrannen.

Die Hebamme kam mit einer großen Tasse des Beruhigungstees und flößte ihn der Unglücklichen geduldig löffelweise ein.

Kreszentia blieb fünf Tage im Bett. Die meiste Zeit schlief sie. Es war gerade so, als ob sie die Erschöpfung der letzten vier Monate wegschlafen wollte. Manchmal wachte sie weinend oder schreiend auf, wenn sie die schrecklichen Bilder ihrer von Leiden geplagten kleinen Tochter in ihren Träumen sah.

Franziska und Mathias sahen mehrmals am Tag nach ihr. Sie versuchten ihr die mitgebrachten Leckerbissen schmackhaft zu machen oder halfen ihr auf den Nachtstuhl. Kreszentia wies alle Speisen zurück, lediglich das frische Brunnenwasser trank sie mit gierigen Zügen in großen Mengen. Am Morgen des sechsten Tages stand sie auf. Ihre Brüste schmerzten nicht mehr. Sie nahm den Verband ab und sah, dass kein Tropfen Milch mehr herauskam. Als sie in den kleinen rechteckigen Spiegel zwischen den beiden Fenstern des Schlafzimmers sah, blickte ihr ein schmal gewordenes Gesicht mit Resten dunkler Schatten unter den Augen entgegen. Beim Ankleiden stellte sie fest, dass ihr der Rock locker um die Taille tanzte. Sie schaute aus dem Fenster. Die Felder und der Wald erstrahlten in goldenen herbstlichen Farben. Erstaunt stellte sie fest, dass es ihr gutging.

Mathias war erleichtert, als er sah, dass seine Frau auf dem Wege der Besserung war und sie nach und nach ihre Arbeit wieder aufnahm. Auch Franziska und Onkel Joseph waren erleichtert. Noch lange fiel ihnen auf, dass die kleine Maria Anna nicht mehr schrie und nur noch die üblichen, gewohnten Geräusche des täglichen Lebens auf dem Anwesen zu hören waren.

Die zärtlichen und tröstenden Umarmungen, die sich Mathias und Kreszentia nach dem Tod ihres Kindes im Ehebett spendeten, mündeten schon bald wieder in die leidenschaftlichsten körperlichen Vereinigungen, in denen sie sich und alles um sie herum vergaßen.

Ende Juli entband die alte Hebamme Kreszentia von Zwillingen. Nach Marianne, einem gesunden, kräftigen Mädchen, kam fünfzehn Minuten später Benedikt, ein schwächlicher Junge, zur Welt. Er kränkelte ständig und starb nach sechs Monaten im Februar 1830.

»Wir haben kein Glück mit unseren Kindern«, seufzte Kreszentia unglücklich.

Mathias wusste nicht recht, was er sagen sollte. »Wir haben ja Marianne«, kam es ihm schließlich über die Lippen.

Mathias' Magenbeschwerden flammten wieder auf. Kaum hatte er sich mit dem Tod seines Sohnes abgefunden, erkrankte seine Schwester Theresia erneut. Es begann damit, dass sie des Nachts in der Wohnung herumgeisterte. Als ihr Vater sie daraufhin zur Rede stellte, klagte sie unter Tränen und am ganzen Leib zitternd, sie könne keinen Schlaf mehr finden.

Den alten Doktor Kollmann konnte man nicht mehr holen, denn er war vor Kurzem verstorben und seine Praxis noch nicht wieder besetzt. Nachdem Theresias Appetit mit jedem Tag mehr nachließ und die erneut herbeigerufene Pflegerin sie auch nicht mit vielen guten Worten zur Nahrungsaufnahme bewegen konnte, rief Carl Doktor Blank von Dietmannsried an das Krankenbett seiner Tochter.

Auch Doktor Blank, ein wortkarger, hagerer junger Mann, untersuchte Theresia gründlich. Er verschrieb ihr zur Beruhigung Tee aus Ehrenpreis, von dem sie eine Tasse abends vor dem Schlafengehen zu sich nehmen sollte, und gegen die Appetitlosigkeit und schleichende Abmagerung empfahl er das Kauen von Kalmuswurzel. Einmal in der Woche, ließ der Doktor wissen, praktiziere er in Frauenzell, das deutlich näher bei Diepoldshofen liege als Dietmannsried. Wenn also Bedarf sei, könne ihn die Patientin dort aufsuchen.

Siebenmal brachte Carl Theresia mit einem gemieteten Fuhrwerk dorthin zur Sprechstunde. Ihre Schlaflosigkeit besserte sich und sie gewann wieder deutlich an Gewicht. Bei einem ihrer Besuche verordnete der Doktor ihr zusätzlich an sechs hintereinander folgenden Tagen Fußbäder in einem Absud vom Johanniskraut. Er empfahl, nach vierzehn Tagen die Kur noch einmal zu wiederholen. Die Behandlung war ein voller Erfolg.

Mathias trug in seine Liste 90 Gulden und 53 Kreuzer für Arztkosten und Medizin ein.

Die Freude auf dem Unterburkhartshof war groß, als im Herbst 1830 endlich Franz Joseph, der lang ersehnte Stammhalter, das Licht der Welt erblickte. Das Kind war gesund, aber sehr zart, und so hütete Kreszentia es wie ihren Augapfel.

Die Freude wurde durch Theresias neuerliche Erkrankung getrübt. Obwohl sie in Diepoldshofen und nicht bei ihnen auf dem Hof lebte, lösten ihre fortwährenden Beschwerden bei Mathias jedes Mal aufs Neue Bestürzung und Ratlosigkeit aus. Was seiner Schwester wirklich fehlte, hatte noch keiner der Ärzte herausgefunden. Und die Behandlungen, schienen sie auch noch so erfolgreich, brachten keine dauerhafte Genesung. Auf jeden Fall schien sie einen ebenso schwachen Magen zu haben wie er selbst.

Theresia, 1831–1833

Was Mathias nicht wusste, war, dass seine Schwester Theresia sich in ihrer tauben Welt hoffnungslos gefangen fühlte und wie eine Ertrinkende versuchte, sich über Wasser zu halten. Die Angst vor dem Leben wechselte sich ab mit der Angst vor dem Sterben.

Dieses Mal brachte Carl sie innerhalb von zwei Monaten dreimal mit dem Fuhrwerk zum Doktor nach Wolfegg. Mathias vermerkte in seiner Liste seufzend 63 Gulden und 42 Kreuzer. Die Behandlung schlug immerhin so gut an, dass Theresia den Winter recht passabel überstand und man die Pflegerin nach Hause schicken konnte.

Im Frühjahr des folgenden Jahres konnte sie eines Morgens wieder nicht aufstehen. Jeder Versuch sich aufzusetzen verursachte ihr die größten Schwindelanfälle. An einen Arztbesuch war nicht zu denken. Die Pflegerin trat erneut ihren Dienst in dem kleinen Häuschen an, und dieses Mal reiste Doktor Stadelhofer in den nächsten Monaten dreimal von Zeil herunter. Zusammen mit Pillen und Tinkturen aus der Apotheke vermerkte Mathias dafür 60 Gulden und 20 Kreuzer.

Ignaz ertrug die sich ständig wiederholenden Krankheitszeiten seiner Schwester mit Gleichmut und widmete sich verstärkt seiner Arbeit. Jeden Tag verarbeitete er verschiedene Ledersorten und stellte mehr Riemenwerk her, als bestellt wurde. Sogar einige Paar Lederhandschuhe fertigte er auf Vorrat an. Manchmal setzte er sich abends auf die kleine Holzbank neben der Haustür und genoss einen kleinen Tratsch mit dem einen oder anderen Dorfbewohner.

Noch bevor es Ignaz selbst bewusst wurde, fragte ihn Carl nach der Ursache seines beständigen Hüstelns.

Ignaz schaute seinen Vater überrascht an: »Ich weiß nicht, es wird schon wieder weggehen.«

Carl war dennoch beunruhigt und befürchtete schon, dass auch Ignaz ernsthaft krank werden könnte. Er hielt es daher für das Beste, wenn Theresia für eine Weile nach Oflings zu ihrer Schwester Kreszentia ginge. Die Luftveränderung, so sagte er sich, würde ihr vielleicht guttun. Das Geld für die Pflegerin könnte man genauso gut Kreszentia für Kost und Wohnung geben, dann bliebe es zudem in der Familie. Ignaz und er selbst hätten für eine Weile mehr Ruhe und Platz im Haus, was nach den Aufregungen mit Theresias Krankheit für sie ebenfalls eine Erholung wäre.

Die Heuernte 1832 war gerade abgeschlossen, als Theresia in Oflings ankam. Carl brachte sie mit dem Fuhrwerk zum Hof seines Schwiegersohnes Martin Hener. Seit der Hochzeit vor fast fünf Jahren war Carl nicht mehr hier gewesen und dementsprechend groß war die Wiedersehensfreude. Kreszentia kam ihnen mit der knapp vierjährigen Maria Antonia und dem fünfzehn Monate alten Josef entgegen. Ihr Bauch unter der blau-weiß gestreiften Schürze wölbte sich beträchtlich und kündigte neuen Nachwuchs an. Auch Karl, Josefa und Baptist, die Kinder aus Martins erster Ehe mit Barbara, eilten herbei, um den Großvater und die Tante zu begrüßen.

»Mein Gott, seid ihr groß geworden«, staunte Carl, um gleich darauf über den abgedroschenen Spruch zu lachen und hinzuzufügen: »Natürlich seid ihr groß geworden, so soll es ja auch sein.«

Auf dem Henerhof fühlte sich Theresia vom ersten Augenblick an wohl. Die holperige Fahrt auf den staubigen Straßen war bereits vergessen, als sie sich mit den anderen in der Stube am Tisch niederließ, um bei einem Krug mit Wasser verdünntem Holundersaft die letzten Neuigkeiten auszutauschen.

Kreszentia hatte für Theresia die Kammer neben der Stube hergerichtet, damit sie mit ihrem Klumpfuß nicht die Treppe ins obere Stockwerk hinaufsteigen musste. Sie ließ sich nicht anmerken, wie sehr sie beim Anblick ihrer spindeldürren bleichen Schwester erschrocken war.

Kreszentia verwöhnte ihre Schwester, so gut sie konnte, und reichte ihr mehrmals am Tag kleine Leckerbissen. Schon bald hatte sie bei den Mahlzeiten beobachtet, dass Theresia, stellte man ihr eine normal große Portion Essen hin, beim Anblick des vollen Tellers sogleich den Appetit verlor.

Auf die Frage, was sie denn besonders gerne esse, antwortete sie: »Ich weiß nicht ... Eigentlich esse ich alles. Nur keine fette Wurst, auch Fleisch mag ich nicht besonders und Kraut vertrage ich gar nicht.«

»Aber Milch und Käse magst du schon? Oder Kartoffeln und Gemüse und Spatzen?«, fragte Kreszentia beharrlich.

»Mm ja, schon«, kam die zögerliche Antwort.

Also bekam Theresia fortan über den Tag verteilt hier eine halbe Tasse Milch, dort ein Stückchen Käse – nur so zum Probieren –, eine heiße Kartoffel mit einem Stückchen Butter darauf, ein weiches Ei, eine kleine Portion Spatzen mit frischem Schnittlauch und so weiter. Kreszentias Fantasie war unerschöpflich, wenn es darum ging, neue kleine Köstlichkeiten zusammenzustellen, um die Schwester aufzupäppeln.

Theresia saß gerne auf der Bank vor dem Haus, wo sie die belebte Straße nach Wangen gut im Blickfeld hatte. Stundenlang konnte sie hier sitzen und den regen Verkehr beobachten. Wenn Kreszentia Zeit fand, setzte sie sich zu ihr. Theresia erfuhr bei einer dieser Gelegenheiten, dass Kreszentias erstes

Kind am 4. September 1828, einem Mittwoch, nachmittags um drei Uhr geboren worden war. Es sei aber so schwach gewesen, dass der Pfarrer es noch am Abend um halb sieben Uhr eilig auf den Namen Franz Anton getauft habe. Keine Minute zu früh, wie sich erwiesen habe. Denn Pfarrer Müller sei kaum aus der Haustür gewesen, da habe das Bübchen seinen letzten Schnaufer getan.

»Es ist schlimm, ein Kind zu verlieren, dazu noch das erste. Ich war ja schon dreißig beim ersten Kind und hatte Angst, dass ich vielleicht schon zu alt bin, um Kinder zu kriegen. Unsere Schwester Barbara hat ja auch vier Kinder bald nach der Geburt verloren und das letzte hat sie sogar selbst das Leben gekostet.« Kreszentia legte eine Hand auf ihre gewölbte Schürze und seufzte: »Ich hoffe, dass das Kind, das jetzt heranwächst, gesund ist und am Leben bleibt.« – »Habe ich denn überhaupt laut genug geredet?«, fragte Kreszentia plötzlich erschrocken ihre Schwester. Über ihrer Erzählung hatte sie ganz vergessen, dass Theresia schwerhörig war.

Theresia fixierte den Hügel auf der anderen Seite der Straße. Ohne ihre Schwester anzuschauen, nickte sie ein paar Mal leicht mit dem Kopf, während sie die Lippen zusammenpresste.

Am nächsten Morgen hinderte ein starker Schwindel Theresia daran, das Bett zu verlassen. Die warme Milch und das Stückchen Schwarzbrot, das ihr Kreszentia ans Bett brachte, nahm sie zwar zu sich, erbrach es aber sofort wieder.

Martin holte den Doktor von Lindau, da der Stadtarzt von Wangen auswärts weilte und nicht erreichbar war. Aber alle Tees und Pillen, die der Doktor verordnete, halfen nicht. Theresia lag blass mit geschlossenen Augen im Bett und gab keine Antwort, wenn Kreszentia mit ihr sprach.

Carl kam, nachdem Theresia nun fünf Wochen in Oflings gewesen war, um sie wieder nach Hause zu holen. Da er schon ahnte, dass sie in ihrem Zustand unmöglich bei ihm auf dem Bock sitzen konnte, hatte er auf dem Wagen ein Lager aus einem Strohsack, Kissen und Decken hergerichtet. Martin trug seine Schwägerin, die leicht wie eine Feder in seinen Armen lag, aus ihrer Kammer zum Wagen und bettete sie behutsam darauf. Alle machten zum Abschied ernste Gesichter.

Als sie das Fuhrwerk unterhalb des Hofes auf die Straße in Richtung Leutkirch einbiegen sahen, sagte Kreszentia zu ihrem Mann: »Ich glaube nicht, dass wir sie noch einmal lebend sehen werden.«

Am 14. November 1833 starb Theresia morgens um neun Uhr in Diepoldshofen. Da die neue Pflegerin Agathe unterwegs war, um ein paar Einkäufe im Lebensmittelgeschäft von Anton Hengler zu machen, saß Carl in der Zwischenzeit bei Theresia am Bett. Traurig betrachtete er seine Tochter. Seit er sie vor zweieinhalb Monaten in Oflings abgeholt hatte, hatte sie kein Wort mehr gesprochen. Seit Tagen nahm sie, außer etwas Wasser, auch nichts mehr zu sich. Sie lag reglos mit geschlossenen Augen da, und wenn Carl sie nicht unverwandt angeschaut hätte, wäre ihm das schwache, letzte Luftholen mit Sicherheit entgangen.

Zärtlich strich er über die blasse, kühle Wange seiner Tochter und sagte laut: »Ich wünsche dir eine gute Reise, mein Kind«, und etwas leiser fügte er hinzu: »Deine Mutter und deine Geschwister erwarten dich bestimmt schon.«

Der herbeigerufene Arzt vermerkte im Totenschein »Magenschwäche« als Todesursache.

Mathias, 1832–1833

Niemand war wirklich überrascht von Theresias Ableben. Eigentlich hatten es alle erwartet. Auch Mathias. Dennoch hinterließ ihr Tod bei ihm eine unerwartete Lücke und eine unbestimmte Sorge. Magenschwäche! Vor ihm auf dem Stubentisch lag die Kostenaufstellung, die er heute, eine Woche nach der Beerdigung, zum Abschluss bringen wollte. Ein fahles Novemberlicht fiel durch die Fenster auf den Tisch und die lange Liste, die nun mit den Beerdigungskosten ihren Abschluss fand. Er vermerkte die Ausgaben für den Totenschauer, den Sarg, die Leichensager, die Leichenträger, den hochwürdigen Herrn Dekan für das Abhalten des Begräbnisses, den Mesner für das Läuten der Glocken, die Kreuz- und Fahnenträger, für Sträuße und Bändel am Kreuz, für den Leichenschmaus, für den Grabstein mit Kreuz samt Fassung und schließlich für das Lesen der kommenden Jahrtagsmesse.

Bis auf wenige Gulden war Theresias gesamtes Erbe aufgebraucht. Das restliche Geld und ihre wenigen Besitztümer wie Bett, Schrank, Kleider, vier Kerzen und vier Messbücher hatten die Geschwister untereinander aufgeteilt. Sein Vater verzichtete auf seinen Anteil an dem bescheidenen Erbe.

Mathias' Magen meldete sich mit schmerzhaftem Druck, als er den Schlussstrich unter die Rechnung setzte.

»Gott im Himmel, haben wir nicht genug mitgemacht, kannst du nicht endlich Ruhe einkehren lassen?«, richtete sich Mathias verdrießlich an seinen Schöpfer.

Er stützte den Kopf in die Hand und legte die andere auf den Magen. Sein Blick glitt durchs Fenster, hinaus in den grauen Tag, und seine Gedanken schweiften zurück zu den Ereignissen des letzten Jahres.

Gleich im Januar 1832 hatten sie zwei Wochen nach der Geburt die kleine Agatha verloren. Schlimmer als der Verlust selbst war für ihn damals der Schmerz seiner Frau, den er fast nicht ertragen konnte. Aber alles war nicht schlecht gewesen. Er erinnerte sich an den gemeinsamen Marktbesuch in Leutkirch einige Wochen später, bei dem Kreszentia wieder auflebte.

»Wir könnten am nächsten Markttag doch zusammen nach Leutkirch fahren«, hatte Kreszentia ihrem Mann eines Morgens Anfang März vorgeschlagen.

»Ja, fühlst du dich denn dazu schon in der Lage? Es ist doch kaum ein paar Wochen her, dass du vom Kindbett aufgestanden bist.«

Kreszentia presste die Lippen so fest zusammen, dass ihr Mund nur noch eine dünne Linie bildete. Sie sah ihre kleine Tochter Agatha vor sich, wie sie von Krämpfen geplagt nach zwei kurzen Wochen in ihren Armen gestorben war. Der Tod des Neugeborenen schürte erneut die Sorge um ihre beiden anderen Kinder – obwohl sich beide guter Gesundheit erfreuten. Nicht auszudenken, wenn ihnen etwas passieren würde.

»Natürlich können wir auf den Markt fahren«, drang wie aus weiter Ferne die Stimme von Mathias in ihre dunklen Gedanken.

Sie schob die traurigen Erinnerungen energisch beiseite und erklärte: »Ich würde mir gerne ein paar leichte Stoffe für Frühjahrs- und Sommerkleider kaufen. Bestimmt hat der eine oder andere auswärtige Händler sein Warenlager aufgeschlagen. Ich brauche unbedingt etwas Neues zum Anziehen und zudem ein wenig Abwechslung.«

Als Kreszentia und Mathias am folgenden Montagmorgen in Leutkirch ankamen, war der Markt bereits in vollem Gange. Der Marktplatz und die Marktstraße waren in ihrer ganzen Länge mit Ständen belegt. Sie stellten Pferd und Wagen im »Pflug« in der oberen Vorstadt ein und mischten sich unter die zahlreichen Marktbesucher. Gemächlich ließen sie sich mit der Menge treiben und genossen die seltene Abwechslung. Der Geruch von frischem Brot, getrockneten Kräutern, würzigen Würsten und reifem Käse wechselte sich ab mit dem herben Geruch von Seife und gegerbtem Leder.

Mathias blieb an einem Stand mit ledernem Zaumzeug stehen. Aber Kreszentia zog ihn bald weiter, auf der Suche nach geeigneten Stoffen. Endlich entdeckte sie einen Händler, der sein Tuch- und Modewarenlager beim »Goldenen Hirsch« am Marktplatz feilbot. Kreszentia schwelgte geradezu in der reichhaltigen Auswahl. Der Händler legte ihr geflissentlich englische, sächsische und französische Stoffe – einfarbig, klein und groß gemustert, mit schmalen und breiten Streifen – aus feiner Merino- und Lamawolle vor. Obenauf platzierte er schwungvoll einen Ballen mit einem wellig gekräuselten Gewebe, ein Crêpe de Paris, wie er seine Kundin wissen ließ. Er sprach es »Krep dö Pari« aus, um keinen Zweifel an seinen fachlichen und weltläufigen Kenntnissen aufkommen zu lassen.

»Nein, nein«, unterbrach Kreszentia seinen Redefluss. »Ich suche etwas Leichteres für das Frühjahr und den Sommer.«

»Selbstverständlich, die Dame! Da habe ich hier sehr schöne Chintze und andere Baumwollstoffe.«

Neben den übereinandergehäuften Ballen der Wollstoffe breitete er nun gestreifte, karierte und mit Streublümchen gemusterte Stoffe aus, indem er, wie schon vorher, elegant den Stoff ein Stück weit vom jeweiligen Ballen heruntergleiten ließ.

Kreszentia war begeistert von den leuchtenden Farben. »Ich weiß nicht recht.« Sie zupfte Mathias am Ärmel, der seinen Blick über die anderen Stände gleiten ließ. »Was meinst du, kann ich denn solche Farben tragen?«

Mathias, der gleich bemerkte, wie sehr seiner Frau die Stoffe gefielen, ermunterte sie mit einem »Warum denn nicht?«.

»Ich habe hier natürlich auch edle Seidenstoffe, wie zum Beispiel diese dicht gewebten, glatten und gerippten Gros de Naples, Gros de Berlin und Gros d' Orleans – sie sind natürlich etwas teurer.« Wieder sprach der Händler die Namen mit leichter Zunge französisch aus. »Baumwollchintz hat natürlich durch seine einseitig gewachste Seite, wie Ihr Euch denken könnt, den Vorteil, dass er den Schmutz länger abweist. Für die Echtheit der Farben garantiere ich selbstverständlich. Falls Ihr es aber selbst ausprobieren wollt, könnt Ihr vorerst auch nur ein Stoffmuster für fünfzehn Kreuzer die Elle mitnehmen, bevor Ihr Euch endgültig entscheidet.«

Kreszentia überlegte nur kurz und entschied sich dann für einen beigen Chintz mit gelben und braunen Streublümchen, die Elle für einundzwanzig Kreuzer. Für kühlere Tage wählte sie den schwereren, glatten Seidenstoff »Gros de Naples« in graublau für das Oberteil des Kleides und in blaugrau gestreift für den weiten Rock, von dem die Elle immerhin einen Gulden und vierundzwanzig Kreuzer kostete. Obwohl der Einkauf nicht gerade billig war, hob sich Kreszentias Gemütsverfassung deutlich. Aus dieser guten Laune heraus kaufte sie noch einen pastellgrünen Schal aus weichem Flanell, mit dem sie ihre Schwägerin Franziska überraschen wollte.

»Jetzt bringen wir die Stoffe gleich zum Schneidermeister Geiger, damit er mir die Kleider anmessen kann.«

Sie dirigierte Mathias, der sich den in Packpapier eingewickelten Einkauf unter den Arm geklemmt hatte, wieder die Marktstraße hinunter. Mit einem verspäteten Mittagessen im »Pflug« ließen sie den Marktbesuch ausklingen.

Das Gasthaus war erst im Januar des letzten Jahres, vermutlich durch Brandstiftung, völlig abgebrannt. Aber der Wirt Matthäus Huith säumte nicht lange und ließ es noch im selben Jahr großzügiger als zuvor mit Stallungen und modernen Abtritten wieder aufbauen. Gleich im erhöhten Erdgeschoss war die geräumige Gaststube. Daneben lag ein gemütliches Stübchen, das schnell zu einem beliebten Treffpunkt der Leutkircher Honoratioren geworden war. In den Obergeschossen befanden sich mehrere Fremdenzimmer und ein Speise- und Tanzsaal.

Mathias und Kreszentia hielten in der überfüllten Gaststube Ausschau nach freien Plätzen. Eiligst setzten sie sich auf zwei gerade frei werdende Stühle an einem der langen Tische. Das ständige Kommen und Gehen und die lebhaften Unterhaltungen der Gäste summierten sich zu einer Lautstärke, die Mathias zwang, der Bedienung die Bestellung: »Zweimal Krautspatzen und zwei Gläser Bier« ins Ohr zu brüllen.

Der Nachmittag war schon recht fortgeschritten, als sie endlich wieder auf dem Unterburkhartshof eintrafen.

»Das war vielleicht einmal ein schöner Ausflug«, schwärmte Kreszentia ihrer Schwägerin vor, als sie ihr den Schal überreichte.

Franziska war überrascht und gerührt von Kreszentias unerwartetem Geschenk. »Danke, Kreszentia, so ein schöner Schal … und die Farbe, was für ein wunderschönes helles Grün … gerade so wie junges Blattgrün!«

1833, im Jahr darauf, kurz bevor sein Vater Theresia nach Oflings brachte, hatte Mathias' Frau ihm dann im Juni eine gesunde Tochter geschenkt. Und er hatte nicht vergessen, wie glücklich er darüber war und wie sehr er darauf bestanden hatte, das Kind nach seiner Mutter Kreszentia zu nennen.

Im Oktober desselben Jahres war von Oflings immerhin noch eine weitere gute Nachricht gekommen, nämlich dass seine Schwester mit einem kleinen Anton niedergekommen war, und dass Mutter und Kind sich guter Gesundheit erfreuten.

Mathias Magenschmerzen verstärkten sich jedoch unwillkürlich, als ihn seine Gedanken erneut in das Jahr 1832 und zum Tod von Onkel Joseph zurückführten, der weitere unerfreuliche Dinge nach sich gezogen hatte.

Franziska, 1832–33

Onkel Joseph starb im November 1832 im Alter von 78 Jahren. Kreszentia hatte ihn nur als hinfälligen alten Mann gekannt, um den sie sich in all der Zeit nie besonders gekümmert hatte. Seine Pflege hatte sie ganz und gar ihrer Schwägerin Franziska überlassen. Die umsorgte den alten Onkel, dessen Verstand nicht mehr ganz beieinander war und der beständig hüstelte, rührend. Sie wusch ihn und kleidete ihn oft mehrmals am Tag an und aus, da er zunehmend auch seine Blase nicht mehr unter Kontrolle halten konnte. In seinem Bett hatte sie ein großes Stück Leder unter das Leintuch gelegt, damit der Strohsack trocken blieb. Bald kam sie mit dem Waschen der eingenässten Leintücher nicht mehr nach und so hängte sie sie, jedes Mal mit einem schlechten Gewissen, nur zum Trocknen auf. Erst wenn der Uringeruch unerträglich in die Nase stach, legte sie ein neues Leintuch auf.

Daneben kümmerte sich Franziska um ihre Nichte Marianne und ihren Neffen Franz Joseph. Sie unterstützte Kreszentia im Haushalt und ihren Bruder in der Sennerei, im Stall und auf dem Feld. Mit der Zeit wurde ihr Gesicht immer schmaler und bald schlotterten ihr die Kleider am Leib. Mit eisernem Willen versuchte sie, allen Aufgaben gerecht zu werden.

Ein schmerzhafter Schleimhusten mit einhergehender Atemnot begann Onkel Joseph zu plagen. Als er vor Mattigkeit das Bett nicht mehr verlassen konnte, stellte Mathias eine Witwe aus Stegroth als Pflegerin an, die sich nun bis zu seinem Ableben Tag und Nacht um den Kranken kümmerte.

Natürlich war Mathias aufgefallen, dass Franziska am Ende ihrer Kräfte war. Kaum war der Onkel unter der Erde, brach sie zusammen. Der Arzt verordnete Bettruhe und nahrhafte Speisen, damit sie wieder zu Kräften komme.

Bald wuchs Kreszentia die viele Arbeit über den Kopf. »Mathias, du musst eine Magd einstellen«, sagte sie mit unnatürlich hoher Stimme, die gefährlich nahe an einem Kreischen war. »Kinder, Haushalt, Stallarbeit und jetzt auch noch die Pflege deiner Schwester – ich kann das nicht alles alleine bewältigen – jetzt, wo sich wieder ein Kind angekündigt hat.«

Glücklicherweise fand sich im folgenden Jahr noch vor Lichtmess eine junge Magd, die Mathias gleich in Dienst nehmen konnte. Kreszentia scheuchte das Mädchen gereizt und ungeduldig von einer Arbeit an die nächste. Verwöhnt von Franziska, die selbst sah, wo angepackt werden musste, riss Kreszentia oft der Geduldsfaden, wenn sie dem jungen Ding ständig sagen musste, was es tun sollte.

Franziska lag währenddessen in ihrem Bett und hörte beklommen das Geschrei und Gezeter, das jedes Mal bis in ihre Kammer im ersten Stock vordrang. Bald fand sie keine ruhige

Minute mehr. Es belastete sie schwer, wenn sie in das mürrische Gesicht ihrer Schwägerin blickte, wenn diese ihr das Essen brachte. Um den ewigen Streitereien ein Ende zu bereiten, stand sie schließlich auf, wenngleich sie sich noch immer schwach fühlte.

»Kreszentia, es geht jetzt wieder«, behauptete Franziska, als sie auf wackeligen Beinen vor der Schwägerin in der Küche stand. »Ich kann doch wenigstens kochen und im Haushalt helfen.«

Von nun an mühte sich Franziska täglich in der Küche ab. Kreszentia sah nicht – oder wollte nicht sehen –, wie schwer ihr die Arbeit fiel. Allein wenn sie die schweren Töpfe vom Herd heben musste, überstieg das fast ihre Kräfte. Mathias erfasste ständig ein schlechtes Gewissen, wenn er seine Schwester erblickte, die wie ein Schatten ihrer selbst die Hausarbeiten verrichtete.

Franziskas Zustand verschlechterte sich wieder. Eine bleierne Müdigkeit erfüllte sie schon morgens beim Aufstehen und hielt hartnäckig den ganzen Tag über an. Sie litt unter Schweißausbrüchen und Schwindelanfällen, die sie zwangen, sich mitten in der Arbeit zu setzen, wollte sie nicht riskieren, bewusstlos umzusinken. Manchmal war sie so müde, dass sie glaubte, keinen Fuß mehr vor den anderen setzen zu können.

Im Frühjahr 1833 kam Carl auf den Unterburkhartshof, um beim Zurichten der Felder zu helfen und dadurch Mathias zu entlasten. Es war nämlich vertraglich festgelegt, dass Mathias Lein- und Kleesamen für den Eigenbedarf seines Vaters anzusäen hatte.

Carl war geradezu entsetzt, als er sah, wie schlecht es seiner Tochter ging. »Um Himmels willen, Franziska – bist du krank?«, fragte er sie.

Franziska wischte sich mit dem Ärmel den Schweiß aus dem Gesicht und erzählte dem Vater mit matter Stimme, wie schlecht es ihr seit Wochen ging, dass sie das Bett gehütet habe, aber wegen der Streitereien zwischen der Schwägerin und der neuen Magd wieder an die Arbeit gegangen sei.

»So kann das mit Franziska nicht weitergehen«, sagte Carl nach dem gemeinsamen Mittagessen entschieden. »Franziska, du legst dich jetzt sofort ins Bett.«

Kreszentias Gesichtszüge verhärteten sich augenblicklich bei dem Gedanken an die zusätzliche Arbeit, die ihr dadurch wieder aufgebürdet würde.

Carl war ihre Reaktion nicht entgangen. »Das Beste wäre, ihr würdet noch einen weiteren Knecht einstellen«, fuhr er mit seiner freundlichsten Stimme fort. »Die Frauen müssten dann nicht auch noch bei der Stall- und Feldarbeit mithelfen.« In der Absicht, sie für seinen Vorschlag zu gewinnen, wandte er sich direkt an seine Schwiegertochter: »Wäre dir das nicht eine große Hilfe, Kreszentia?«

Kreszentia fühlte sich so geschmeichelt, dass ihr das taktische Manöver ihres Schwiegervaters ganz entging. Ihr anfänglicher Unwille, der sie bei der Vorstellung der Mehrkosten, die ein weiterer Knecht verursachen würde, ergriffen hatte, verflog sofort. »Ja, das wäre mir eine große Hilfe«, stimmte sie zu.

»Mir soll es auch recht sein«, beeilte sich Mathias zu sagen, dem sowieso nichts mehr am Herzen lag als das Wohl seiner Frau.

So nahm er auch seinem Vater nicht übel, dass er zuerst Kreszentia und nicht ihn um seine Meinung gefragt hatte, im Gegenteil. Er war ihm sogar dankbar, dass er so schnell eine befriedigende Lösung herbeigeführt hatte. Durch die ewigen Streitereien der letzten Zeit und den Anblick seiner leidenden Schwester hatten sich seine Magenbeschwerden wieder gemeldet.

Um dem schmerzhaften Brennen und Drücken Herr zu werden, trank Mathias Unmengen von Wasser. Früher hatte er die Schmerzen immer mit einem Glas Milch bekämpft. Die Wirkung hielt allerdings nie lange an. Durch einen Zufall – als ihn bei der Feldarbeit wieder einmal ein fürchterliches Magenbrennen attackierte und er in der Not die ganze Wasserflasche leer trank, stellte er überrascht fest, dass das frische Wasser seine Schmerzen anhaltend besserte.

Franziskas Gesundheitszustand hatte sich gebessert, wenngleich sie noch immer leicht ermüdete. Sie war erleichtert, dass sie die schwere Stallarbeit nicht mehr verrichten musste, seit der zweite Knecht auf dem Hof war. Jetzt, wo Onkel Joseph nicht mehr da war, kümmerte sie sich ausgiebig um die Kinder ihres Bruders. Die beiden Großen waren ständig in Bewegung und nichts war auf ihren Erkundungstouren vor ihnen sicher. Die kleine Kreszentia lag meist noch brav in ihrem Körbchen. Kreszentia, die schon seit längerer Zeit die Käseherstellung übernommen hatte, war über die Unterstützung sehr erfreut, dämpfte sie doch ihre ständige Sorge um die Kinder.

Marianne war jetzt viereinhalb und Franz Joseph ein Jahr jünger. Wenn die beiden Geschwister zusammen spielten, gab die temperamentvolle Marianne meist den Ton an. Sie war ein hübsches Kind, mit den dichten dunklen Haaren und dunklen Augen ihrer Mutter und den feinen Gesichtszügen ihres Vaters. Auch der kleine Franz Joseph hatte viel von seiner Mutter, war aber von zierlicherer Statur als seine Schwester. Leider hatte Kreszentia ihm ihr fliehendes Kinn vererbt, was dem zarten Bübchen etwas außerordentlich Verletzliches gab.

Kreszentia trug noch immer schwer an den Verlusten ihrer drei verstorbenen Kinder. Sie versuchte sich damit zu trösten, dass sie mit dreiunddreißig Jahren noch nicht zu alt für weitere Schwangerschaften war. Insgeheim wünschte sie sich, ihrem Mann viele Söhne zu schenken, da das ihrer Meinung nach der Beweis für ihre Vitalität wäre. Zudem passte reicher Kindersegen in ihr Bild, das sie sich von einer angesehenen Familie machte. Nur zu gut erinnerte sie sich noch an die Bemerkungen der Leute und ihre bedauernden Blicke, mit denen sie ihre Eltern bedachten, weil sie nur ein einziges Kind hatten.

Die Meinung der Leute war Kreszentia sehr wichtig. Sie selbst wollte nur im günstigsten Licht erscheinen. Deshalb legte sie größten Wert auf ihre äußere Erscheinung. Sie kleidete sich täglich mit größter Sorgfalt und wechselte ihre Schürzen, sobald sie auch nur den kleinsten Fleck aufwiesen. Als verheiratete Frau trug sie nun das Haar bedeckt. Üblicherweise hatte sie eine mit Rüschen verzierte Haube auf. Die geflochtene Haarkrone war gewichen, da sie ungesehen unter der Haube verschwunden wäre. Sie frisierte ihr Haar jetzt zu zwei Zöpfen und steckte sie zu kleinen Nestern fest, die zwischen dem Scheitel und den Ohren aus der Haube hervorschauten – eine gekonnte Ablenkung von ihrem schwachen Kinn. Bei warmem Wetter trug sie gerne einen modischen Strohhut, der an der Stirn mit einem breiten Rand versehen war, an den Ohren anlag und unter dem Kinn mit einem breiten Band zusammengehalten wurde.

Der Waschtag, den sie einmal im Monat zusammen mit Kreszentia erledigte, schien Franziska eine gute Gelegenheit zu sein, die Schwägerin für ihren neuen Plan zu gewinnen. Sie legte zwei neue Holzscheite ins Feuerloch des Waschkessels und klappte das Ofentürchen schwungvoll wieder zu.

»Das Wasser kocht schon fast«, rief sie Kreszentia, die ein längliches Stück Kernseife auf einer Reibe zu Seifenflocken raspelte, durch den Dunst des Waschhauses zu.

Kreszentia nahm vorsichtig den Deckel des Waschkessels ab, stellte ihn an die Wand und gab die Seifenflocken in das kochende Wasser. Franziska hatte die über Nacht in Zubern eingeweichten Wäschestücke bereits auf dem Waschbrett bearbeitet und legte sie nun mit einer langen hölzernen Zange langsam in den Waschkessel, so dass das heiße Wasser nicht herausspritzte. Wie an jedem Waschtag klebte den beiden Frauen in der feuchten Hitze des Waschhauses die Kleidung am Leib und einzelne nasse Haarsträhnen pappten sich an die Wangen ihrer verschwitzten Gesichter. Kreszentia bewegte die Wäschestücke vorsichtig mit einem überdimensionalen Holzlöffel in der siedenden Seifenlauge.

»Kreszentia, was würdest du denn davon halten, wenn ich meine Nähkenntnisse verbessere? Deine schönen neuen Kleider haben mich auf den Gedanken gebracht. Unsere Mutter hat uns zwar das Nähen für den Hausgebrauch beigebracht, aber zu viel mehr als zum Flicken und zum Nähen eines Rockes und einer einfachen Bluse reichen meine Fertigkeiten nicht.«

Kreszentia schaute ihre Schwägerin verständnislos an, da sie keine Ahnung hatte, auf was Franziska hinauswollte.

»Ich habe im Wochenblatt eine Anzeige gelesen, in der eine Anna Michaeli aus St. Petersburg Unterricht im Kleiderzuschneiden erteilt. In der Anzeige steht, dass man das in nur vierzehn Stunden lernen könne und die Zuschnitte sich nach den neuesten Modejournalen richten.«

»Eine Frau aus St. Petersburg? Ist das nicht in Russland?«

»Ja, schon«, bemerkte Franziska ungeduldig. »Wahrscheinlich ist sie nur kurze Zeit in Leutkirch, weil in der Anzeige steht, sie wohne bei Drechsler Zorns Witwe, neben dem ›Goldenen Rössle‹ – und dort könne man auch die weiteren Bedingungen erfahren.«

Kreszentia gab ein »Hm« von sich und spitzte dabei die schmalen Lippen. »Vierzehn Stunden, da müsstest du ja in Leutkirch übernachten und dann noch die Kosten für den Kurs, das ist ein teurer Spaß.«

»Wir könnten uns doch erst einmal erkundigen, was es kostet. Wenn ich Kleider zuschneiden könnte, würde ich alles für uns und die Kinder selber nähen und wir könnten so den Schneider sparen. Da kommen die Ausgaben bestimmt bald wieder herein.«

»Vielleicht hast du recht, ich muss mir das noch in Ruhe durch den Kopf gehen lassen, Franziska. Komm, lass uns erst einmal die Zuber mit dem Wasser zum Klarspülen füllen und die Wäsche fertig machen, dann reden wir noch einmal darüber.«

Der Gedanke, preiswert an modische Kleidung zu kommen, gefiel Kreszentia nicht schlecht. Sie unterbreitete Mathias gleich beim abendlichen Vesper Franziskas Anliegen. Nach kurzem Zögern erklärte er sich bereit, mit Franziska am nächsten Tag nach Leutkirch zu fahren, um bei Frau Michaeli Näheres in Erfahrung zu bringen.

Anna Michaeli war eine zierliche, quirlige Frau in den Dreißigern, mit blonden, kinnlangen Korkenzieherlocken links und rechts des Mittelscheitels und einem locker geschlungenen Knoten im Nacken. Auf ihrem Hinterkopf saß keck ein kleines, elfenbeinfarbiges Häubchen. Mathias und Franziska bestaunten gleichermaßen die ungewöhnliche Haartracht und Kopfbedeckung, die, wie sie vermuteten, wahrscheinlich ebenso der neuesten Mode entsprachen wie das hell- und dunkelgrün karierte Kleid, das bis zur Taille ihren wohlgeformten Oberkörper betonte und dann in einen weiten, schwingenden Rock überging. Die Ärmel lagen bis zum halben Oberarm eng an, um sich dann bis zum Handgelenk, wo sie mit einem schmalen Bändchen zusammengezogen waren, üppig zu bauschen. Das Ungewöhnlichste aber war der ovale Ausschnitt, den ein handbreiter feiner, elfenbeinfarbener Leinenkragen einrahmte, und das dunkelgrüne Gürtelband, das die schmale Taille betonte.

»Wenn diese elegante Erscheinung nichts von Mode versteht«, dachte Franziska überwältigt, »will ich fortan Xaver heißen.«

Der Kurs koste fünf Gulden – darin seien die Kosten für den Baumwollstoff zu einem Sommerkleid, ein Modejournal mit drei farbigen Modezeichnungen, ein Merkblatt, Packpapier für das Schnittmuster und die Benutzung einer erstklassigen Schneiderschere bereits mit eingerechnet, ließ Frau Michaeli in einem Wortschwall mit hartem russischem Akzent wissen. Außerdem, so fuhr sie fort, könne Franziska bei Interesse gleich hier bleiben, da sie in einer halben Stunde, also um zehn Uhr, in einem der drei Nebenzimmer des »Goldenen Rössle« mit dem Unterricht beginne. Neun Frauen hätten sich bereits angemeldet, und mehr als zehn könne sie in einem Kurs sowieso nicht aufnehmen, da sonst die Tische nicht ausreichten. Drei der Teilnehmerinnen seien wie Franziska von auswärts und würden bis morgen hier im Gasthaus logieren, was sie auch ihr nur empfehlen könne.

Franziska tauschte einen Blick mit Mathias und sagte: »Ich würde schon gerne teilnehmen – wenn es dir recht ist.«

»Aber du hast ja gar nichts dabei«, wandte Mathias ein.

»Ach, das macht doch nichts, für eine Nacht geht das schon«, entgegnete Franziska und zerstreute so schnell die Bedenken ihres Bruders.

Sie ließen sich vom Wirt Unterweger das Zimmer zeigen. Die kleine Kammer enthielt das Nötigste: ein Bett, einen Tisch mit Waschschüssel und Wasserkrug darauf, daneben ein zusammengelegtes Leinenhandtuch, zwei Stühle, von denen einer neben dem Kopfende des Bettes stand und als Ablage für einen Kerzenhalter mit einer halb abgebrannten Kerze diente. Statt einem Schrank gab es drei Haken, die an der Innenseite der Zimmertür befestigt waren. Es war eine von drei unheizbaren Kammern, was bei dem warmen Wetter aber kein Nachteil war.

Mathias bezahlte das Zimmer und vier Mahlzeiten im Voraus und drückte Franziska sechs Gulden in die Hand – außer dem Kursgeld noch einen in Reserve.

»Ja, Schwester, dann wünsche ich dir viel Erfolg. Morgen Nachmittag gegen drei hole ich dich wieder ab.«

»Danke, Mathias, dann bis morgen.«

Nach und nach waren auch die anderen Teilnehmerinnen eingetroffen und versammelten sich im Nebenzimmer. Frau Michaeli hatte auf einem Tisch, neben einem Stapel von Modejournalen, Stoffballen in verschiedenen Farben und Mustern ausgelegt. Während sie die Frauen bat, Platz zu nehmen, stellte sie sich seitlich an den Tisch mit den Stoffen, neben deren bunter Vielfalt sie sich in ihrem modischen Kleid äußerst vorteilhaft ausnahm.

»Meine Damen, ich begrüße Sie alle zusammen noch einmal recht herzlich. Ich freue mich, dass Sie sich entschlossen haben, an meinem Kurs teilzunehmen. Sie werden sehen, dass Sie mit den grundlegenden Kenntnissen, die ich Ihnen im Zuschneiden von Kleidern vermitteln werde, in Zukunft mühelos die Garderobe für sich und Ihre Familie herstellen können. Als Erstes möchte ich Ihnen etwas zu der Art und Weise sagen, in der ich meinen Unterricht aufbaue.«

Die Kursleiterin nahm den Stapel mit den Modezeitschriften vom Tisch und begann sie zu verteilen.

»Sie sehen schon, dass so ein Modejournal nicht nur Mode beinhaltet, sondern mit Themen wie Theater, Gesellschaftsnachrichten, Kurzgeschichten und Gedichten auch für Unterhaltung sorgt. Wenn Sie nun die Seiten mit den Modezeichnungen aufschlagen, werden Sie sich fragen: ›Wie kann ich denn das Modell und die Schnittzeichnung meiner Figur oder der Figur einer anderen Person, für die ich schneidern möchte, angleichen?‹ Denn man möchte ja das ausgewählte Kleidungsstück passgenau und nicht nur in etwa modellieren. Wie Sie natürlich wissen, ist ein Maßband außerordentlich hilfreich. Damit nehmen Sie die Ober-, Taillen- und Hüftweite ab. Ebenso die Rock- und Ärmellänge und so weiter. Am besten bewähren sich dazu nach wie vor Papierstreifen, in die man die Maße mit eingeschnittenen Keilen markiert.«

Das war Franziska neu, denn sie hatte sich bisher mit einem Bindfaden, den sie in der Länge des gewünschten Maßes abschnitt, beholfen. Sie richtete ihre Aufmerksamkeit aber sogleich wieder auf die dozierende Stimme von Frau Michaeli, die bei ihrem Vortrag kaum Atem zu holen schien.

»Um Ihnen, verehrte Damen, die Maße des menschlichen Körpers näherzubringen, mache ich einen kurzen Abstecher in die Welt der Kunst. Maler und Bildhauer verwenden seit jeher den sogenannten ›Goldenen Schnitt‹, auch bei der Abbildung des Menschen. Nach dem Maß des ›Goldenen Schnitts‹ ist die Gesichtslänge ein Zehntel der Körperlänge. Die Handlänge ist gleich der Gesichtslänge und die Körperlänge das Achtfache der Kopflänge. Keine Angst, meine Damen, ich gebe Ihnen nachher einen Merkzettel, auf dem alles notiert ist. Aber es geht noch weiter – die Spannweite der ausgestreckten Arme ergibt die Körpergröße, und die Länge des Unterarmes vom Ellenbogen bis zum Handgelenk stimmt mit der Fußlänge überein. Natürlich möchten Sie nun das Gehörte überprüfen, habe ich recht?«, fragte Frau Michaeli mit einem Lächeln.

Die Frauen begannen zuerst an sich selbst, soweit das möglich war, Maß zu nehmen, um sich nach und nach gegenseitig zu unterstützen. Alle fanden Gefallen an der lockeren Atmosphäre und Vertrautheit, die sich einstellte. Franziska war wie die anderen Teilnehmerinnen verblüfft, als sich die Maße zueinander genauso verhielten, wie es nach dem »Goldenen Schnitt« vorhergesagt war.

»Das Wichtigste für Sie ist nun die Erkenntnis«, war Frau Michaelis klare Stimme wieder zu vernehmen, »dass man auf diesem Wege von einer Modezeichnung durch Nachmessen ganz einfach zu den persönlichen Maßen für den Zuschnitt kommen kann. Wenn Sie dann noch die Maße in herkömmlicher Weise mit dem Maßband vom Körper abnehmen und mit den Maßen des Goldenen Schnitts vergleichen, werden Sie nicht nur Fehler aufdecken, sondern auch den perfekten Zuschnitt für Ihre Garderobe erreichen.«

Nach dem gemeinsamen Mittagessen in der Gaststube ging es weiter. Jede Teilnehmerin suchte sich aus ihrem Modejournal ein Kleidermodell und den passenden Stoff aus.

Franziska entschied sich für ein Kleid mit einer schmalen, leicht spitz zulaufenden Taille, einem weiten Rock und bauschigen Ärmeln, dessen Blickfang ein ausladender Kragen im gleichen Stoff war. Dazu wählte sie einen Karostoff in verschiedenen dunklen Blautönen, die einen guten Kontrast zu ihrem blonden Haar bildeten. Die Bedenken, wann sie denn ein solches Kleid tragen sollte, schüttelte sie schnell ab, schließlich hatte sie die Hoffnung auf eine Eheschließung noch nicht aufgegeben und da schadete es bestimmt nicht, wenn man sich vorab in einem schönen Kleid präsentieren konnte.

Der Nachmittag verging wie im Flug mit ausgiebigem Maßnehmen und dem Herstellen von Schnittmustern, die zuerst auf Bögen von Packpapier gezeichnet und dann ausgeschnitten werden mussten.

Franziska sank nach dem kalten Vesper, das sie zusammen mit den drei anderen Frauen, die ebenfalls im Gasthaus logierten, einnahm, todmüde in ihr Bett. Nie hätte sie sich vorstellen können, dass eine Arbeit, die körperlich gar nicht schwer war, sie derart ermüden könnte.

Am nächsten Morgen stellte der Wirt vor jede der Frauen eine Schüssel mit dampfender heißer Milch, der etwas Kaffee beigemischt war. In der Mitte des Tisches lagen auf einem Teller für alle zusammen dicke Scheiben frischen Schwarzbrotes. Franziska brockte, wie die anderen, das Brot in den Milchkaffee ein und löffelte die Schüssel dann genüsslich leer. So eine Morgensuppe gab es nicht alle Tage.

Wenig später versammelten sich alle Kursteilnehmerinnen im Nebenzimmer wieder um Frau Michaeli.

»Guten Morgen, meine Damen, ich hoffe, Sie haben gut geschlafen, so dass wir in aller Frische mit unserem Kleiderzuschnitt fortfahren können.«

Alle Frauen standen bereits erwartungsvoll an ihren Tischen und warteten auf die weiteren Anweisungen, die nicht lange auf sich warten ließen.

»Jetzt kommen wir zum Zuschneiden des Stoffes«, ertönte Frau Michaelis Stimme. »Sehr wichtig ist, dass wir dabei so wirtschaftlich wie möglich vorgehen und wenig Abfall produzieren. Diejenigen, die gemusterte Stoffe ausgewählt haben, müssen aber unbedingt darauf achten, dass das Muster an den Ärmeln und an den Nähten des Oberteils genau gleich ausgeschnitten wird. Alles andere würde das Ansehen des Kleidungsstückes zerstören. Man darf also nicht an der falschen Stelle sparen, wenn ein Musterabschnitt etwas mehr Stoff verbraucht. Vergessen Sie auch nicht die Nahtzugaben, sonst erleben Sie nach dem Zusammennähen eine unliebsame Überraschung, wenn das Kleid zu klein geraten ist.«

Franziska schob ihre Schnittmuster auf dem Stoff hin und her. Es war gar nicht so einfach, das Muster richtig herauszuschneiden und dazu noch wenig Abfall zu produzieren. Sie war deshalb froh, dass Frau Michaeli von Tisch zu Tisch ging und alles kontrollierte. Franziskas Gesicht war vor Aufregung gerötet, als ihre Arbeit endlich richtig zum Zuschneiden bereitlag. Sie war nicht die Einzige, der es so ging. Die anderen Frauen hatten ebenso rote Backen wie sie.

Bevor es nun endgültig ans Zuschneiden ging, unterbrachen sie die Arbeit erst noch zu einem gemeinsamen Mittagessen. Franziska fühlte sich wohl an dem großen Tisch, mit all den schwatzenden Frauen und Frau Michaeli, die erzählte, dass sie jeweils ein halbes Jahr in St. Petersburg bei ihrer Mutter lebe und das andere halbe Jahr herumreise, um ihre Kurse zu geben.

Nach dem Mittagessen, einer würzigen Bohnensuppe mit Kartoffelschnitzen, schnitten die Teilnehmerinnen mit größter Sorgfalt ihre Stoffe zu und verpackten die fertigen Teile. Dann räumten alle zusammen Papier- und Stoffschnitzel auf und bestätigten sich gegenseitig und vor allem ihrer Kursleiterin, wie gut es doch war, sich für diesen Kurs entschieden zu haben.

Franziska stand noch schwatzend mit ein paar Frauen vor dem Gasthaus und betrachtete dabei die imposante evangelische Kirche, als auch schon Mathias mit Pferd und Wagen vorfuhr. Als sie aufgestiegen war und ihr Paket verstaut hatte, winkte sie ausgelassen und fast ein bisschen wehmütig den zurückbleibenden Frauen zu.

»Hat sich denn die Ausgabe gelohnt?«, fragte Mathias.

»Auf jeden Fall, ihr werdet alle staunen, wenn ihr das fertige Kleid seht.«

Mathias, 1834–1837

Mathias hielt den Hof gut in Schuss. Das Wohnhaus samt Stall und Scheuer machten einen gepflegten Eindruck. In der Tenne hingen, in einem abgetrennten Verschlag, Reitsattel und Pferde- und Ochsengeschirre sorgfältig eingefettet an der Wand. Im Schopf warteten sieben Brechen und mehrere Schwingstöcke, Hecheln und Haspeln auf die Flachsbearbeitung. So lohnend wie in früheren Zeiten war der Flachsanbau nicht mehr. Die billige Baumwolle aus Amerika verdrängte zunehmend das teurere Leinen und brachte damit viele bäuerliche Existenzen ins Wanken.

Mathias überlegte noch, ob er der Idee eines gewissen Karl Hirnbein, einem Großbauer aus dem Dorf Wilhams, das auf dem Weg zwischen Isny und Immenstadt liegt, folgen sollte. Der hatte nämlich neuerdings durch die Herstellung von Weichkäse, oder Backsteinkäse, wie man ihn wegen seiner Form auch nannte, die Umsatzeinbrüche des Flachsanbaues aufzufangen verstanden. Erlernt hatte er die Weichkäseherstellung in Belgien, wohin er eigens zu diesem Zwecke gereist war. Einige Bauern waren, aus der Not heraus, dem Beispiel Hirnbeins bereits gefolgt.

Ebenfalls im Schopf standen vier hölzerne und zwei eiserne Eggen für die Bodenbearbeitung. Auf einer massiven hölzernen Werkbank und seitlich an der Wand lagen und hingen sämtliche Werkzeuge, die für die vielfältigen Arbeiten auf einem Hof ständig gebraucht wurden. Außerdem lagerte Mathias hier, als eiserne Reserve sozusagen, stets einige gegerbte Rinderhäute, deren Verkauf gutes Geld einbrachte. In der angebauten Wagenremise standen Heu- und Dungwagen sowie zwei Ackerwagen zum Einbringen der Feldfrüchte, schwerere und leichtere Schlitten – unerlässlich zum Bahnen der Wege und Mistführen in den strengen Wintern.

Das Wasch- und Backhäuschen war in tadellosem Zustand. Um den Stamm der alten Linde im Hofraum hatte er eine runde Bank gezimmert, unter der sich an warmen Tagen und abends nach einem späten Feierabend angenehm sitzen ließ. Die Brennerei und die Sennerei befanden sich ebenfalls in einem tadellosen Zustand.

Der Obstgarten mit über dreißig Bäumen war ebenso gepflegt und ertragreich wie die um den Hof liegenden Felder und Wiesen. Dass die Hälfte der Wiesen feucht war, ließ sich zu Mathias' Leidwesen trotz der schmalen Entwässerungsgräben, die sie durchzogen, nicht wirklich ändern. Mathias war dennoch zufrieden, wenn er jedes Jahr neben dem minderwertigeren Sauerheu ungefähr genauso viel gutes Wiesen- und Kleeheu ernten konnte. Das gleiche Verhältnis ergab sich beim zweiten Schnitt, der Ernte des Öhmds.

Der Torfstich war ebenfalls nach wie vor im allerbesten Zustand und lieferte mit den getrockneten Torfwasen nach wie vor gutes Brennmaterial für den Winter.

Einzig die Badehütte am Rotbach war inzwischen ein kleiner morscher Schandfleck geworden, der Mathias jetzt so störte, dass er sich vornahm, Abhilfe zu schaffen. Er spielte kurz mit dem Gedanken, die Hütte einfach abzubrechen. Aber dann besann er sich darauf, dass sein Vater großen Wert auf ihr weiteres Bestehen legte, seit er die Tagebücher von Johanna Riedmüller gelesen hatte, und sie regelmäßig im Frühjahr ausbesserte. Im Grunde war es ein unnötiger Luxus, fand Mathias. Waschen konnte man sich am Brunnen und am Bach auch ohne Hütte. Andererseits stand sie, seit er denken konnte, am Rotbach und beherbergte neben einer einfachen hölzernen Bank einige Zuber und Schöpfkellen. Er erinnerte sich, dass seine Mutter, bevor es das Waschhäuschen gab, an dieser Stelle im Sommer auch die Wäsche gewaschen hatte und sie immer voll des Lobes war, weil man hier ungestört baden und die Kleider ablegen konnte.

»Also gut«, sagte Mathias laut vor sich hin, »dann reiße ich die alte Hütte ab und baue eine neue. Kreszentia weiß die Annehmlichkeiten einer Badehütte schließlich auch zu schätzen.«

Die neue Badehütte wurde ein richtiges Schmuckstück. Mathias hatte mit den beiden Knechten die alte morsche Hütte innerhalb von zwei Stunden abgebrochen. Die wenigen Bretter, die noch brauchbar waren, legten sie zur Seite. Der andere, wesentlich größere Teil wurde an Ort und Stelle zu Brennholz zersägt, nachdem die geschmiedeten Nägel vorher herausgezogen und in einen Eimer geworfen wurden. Mit Pferd und Wagen transportierten sie das klein gesägte Holz zum Hof. Während der eine Knecht das Brennholz gleich im Holzschopf aufschichtete, begannen der andere Knecht und Mathias damit, die brauchbaren Bretter mit Sandpapier abzuschleifen. Sie waren nicht schlecht erstaunt, welch schöne helle Oberfläche sie dabei zutage förderten.

»Gutes Buchenholz ist eben doch langlebiger als das weiche Fichtenholz«, stellte Mathias zufrieden fest. »Als Nächstes klopfen wir noch die Nägel gerade. Morgen holen wir in Diepoldshofen genügend neue Bretter und fangen mit dem Aufbau an.«

Die neue Badehütte konnte sich sehen lassen. Den Grundriss, ein Quadrat, hatte Mathias beibehalten. Neu war, dass man die Hütte nun über eine kleine Veranda betrat, die sich über die Vorderseite erstreckte. Kreszentia und Franziska waren entzückt, als Mathias sie holte, um ihnen das neue Bauwerk mit dem hübschen, mit Landern gedeckten ungewöhnlichen Zeltdach vorzuführen.

Wenn Mathias an die sonnigen Wiesen seines Schwagers Martin Hener in Oflings dachte, wurde er jedes Mal ein bisschen neidisch. Beide Höfe waren ungefähr gleich groß. In Oflings wurde die Größe in Winterfuhren berechnet, von denen Martin siebzehn und eine halbe besaß. Die Fläche einer Winterfuhre war ausreichend, um eine Kuh oder ein Pferd über das Jahr hinweg zu ernähren. Der Unterburkhartshof dagegen wurde nach Rossbau bemessen, von denen er vier besaß. Ein Rossbau ergab Futter für fünf Stück Vieh.

Martin Heners Hof lag auf einem der zahlreichen Allgäuer Hügel. Der Nachteil dabei war, dass einige Wiesen recht abschüssig waren und daher nicht so leicht zu bewirtschaften wie die flachen oder nur leicht hügeligen Wiesen im weiten Tal des Rotbaches. Dafür war die Hälfte der flachen Wiesen des Unterburkhartshofes sauer, was auf dem Henerhof nicht der Fall war. Der Anbau von Klee und Luzerne machte diese Beeinträchtigung allerdings durch einen guten Ertrag wieder wett, so dass Mathias inzwischen neunzehn Milchkühe, zwei Farren, zehn Jungrinder und je nachdem ein bis zwei trächtige Jungkühe halten und auch durch den Winter füttern konnte.

Die Futterpflanzen hatten aber auch den Nachteil, dass sie das Vieh dann und wann aufblähten. Manchmal half es in so einem Falle schon, die Bauchwände des Rinds zu kneten, um ein Rülpsen herbeizuführen. Half das nichts, musste ein Bauchstich durchgeführt werden, um die Luft zum Entweichen zu bringen. Das war gefährlich und wurde nur im Notfall, wenn alle anderen Mittel nicht mehr halfen, angewendet. Sehr wirksam war es auch, dem Rind einen alten Käse ins Maul zu stecken. Die Wirkung, ein erleichterndes Rülpsen, trat meistens innerhalb von Minuten ein. Ein anderes Mittel war, dem Tier einen Schoppen Wasser mit zwei bis drei Esslöffeln des gasbindenden Salmiakgeists zu verabreichen und dies gegebenenfalls alle Viertelstunde zu wiederholen. Spätestens nach drei Viertelstunden stellte sich meist die Besserung ein. Letztere Methode wandte Mathias nur an, wenn kein alter Käse zur Hand war.

Nur einmal war er bisher gezwungen gewesen, eine Kuh zu stechen. Vor Anstrengung und Sorge, dass er den Stich nicht richtig setzen könnte, war ihm dabei der Schweiß von der Stirn gelaufen. Um den Tierarzt zu holen, der mit einem Trokar einen fachmännischen Pansenstich garantiert an der richtigen Stelle durchführen konnte, blieb keine Zeit. Um die Kuh zu retten, musste Mathias den Pansenstich selbst mit einem Messer machen. Er zwang sich zur Ruhe, klopfte dem Tier beruhigend den Hals und setzte den Stich an der linken Flanke, eine Handbreit unterhalb der Lendenwirbel an, zwischen der letzten Rippe und dem Hüfthöcker. Auf der Stelle entwich das Gas aus dem Pansen. Das Tier überstand die ganze Prozedur ohne Nachwirkungen.

Ganz so gut standen die Dinge im Häuschen in Diepoldshofen bei Carl und Ignaz nicht. Das Hüsteln von Ignaz wurde mehr und mehr zu schmerzhaften Hustenanfällen, die nicht selten von blutigem Auswurf begleitet wurden. Ein ständiges, leichtes Fieber und eine allgemeine Mattigkeit verhinderten, dass er seiner Arbeit noch regelmäßig nachgehen konnte.

Franziska kam nun jeden zweiten Tag und kümmerte sich um ihn. Sie hielt den Haushalt in Ordnung, wechselte wortlos Ignaz' Bettwäsche, wenn sie vom Husten verschmutzt war, und kochte jedes Mal so viel, dass es am nächsten Tag aufgewärmt noch einmal ein gutes Essen für ihren Vater und ihren Bruder abgab.

Der Husten und die unaufhaltsame Gewichtsabnahme bewirkten, dass sich Ignaz, als der Doktor mit ernster Miene die Diagnose Schwindsucht stellte, Gedanken über sein Ableben machte.

»Vater«, sagte er eines Morgens, während er die leergelöffelte Milchschüssel von sich schob, »wenn ich nicht mehr bin, wäre es mir lieb, wenn Franziska meinen Anteil am Haus erben würde. Sie erweist mir so viel Gutes. Bis auf sie sind alle Geschwister gut versorgt und wenn sie nicht heiratet, wäre sie mit dem Haus auf jeden Fall besser dran als mit dem Winkelrecht auf dem Unterburkhartshof.«

Carl war erschrocken und erleichtert zugleich, als sein Sohn das Thema ansprach. Schon lange überlegte er selbst, wie er Ignaz genau diesen Vorschlag am besten unterbreiten konnte. Immer wieder hatte er, in Ermangelung der rechten Worte, ein diesbezügliches Gespräch auf später verschoben.

»Du hast recht, Ignaz, man weiß nie, wie es noch kommt. Sobald deine Geschwister ihr Einverständnis gegeben haben, legen wir alles testamentarisch fest.«

Mathias stimmte dem Vorschlag gleich zu. Für ihn bedeutete es nur eine Entlastung, wenn er in Zukunft für seine Schwester keine Kammer mehr bereitstellen musste. Umso mehr Platz blieb für die Kinder. Gerade jetzt hatte sich wieder Familienzuwachs eingestellt und Mathias hoffte, genauso wie seine Frau, dass es noch nicht der letzte war.

Ein Jahr nach seiner Schwester Kreszentia hatte 1834 Johann Baptist das Licht der Welt erblickt. Im Gegensatz zu seinem zarten Bruder Franz Joseph brachte er schon bei der Geburt ein stolzes Gewicht auf die Waage. Kaum hatte er den Leib seiner Mutter verlassen, brüllte er aus vollen Lungen.

»Der weiß, was er will«, sagte die Hebamme, als sie Kreszentia den kleinen Schreihals in die Arme legte.

Mathias setzte sich zu Mutter und Kind ans Bett. Wie immer nach einer Niederkunft galt seine größte Sorge Kreszentias Wohlergehen. Offensichtlich hatte sie auch dieses Mal alles gut überstanden. Ein Gefühl des Glücks durchströmte ihn, als er sah, wie verzückt seine Frau auf das rotgesichtige Neugeborene blickte, dessen dichte, rabenschwarze Haare von seinem runden Köpfchen abstanden. Im Gegensatz zu seinem weit aufgerissenen kleinen Mund, aus dem kräftige Krählaute kamen, waren die in Speckröllchen eingebetteten Augen geschlossen.

Franziskas Freude über die Geburt des neuen Neffen war getrübt, da dieses Ereignis ihr wieder einmal vor Augen führte, wie weit sie selbst von der Gründung einer Familie entfernt war. Im September stand ihr dreißigster Geburtstag bevor, und mit jedem Lebensjahr steigerte sich ihre Sehnsucht nach einer eigenen Familie – ohne dass ein geeigneter Bewerber in Sicht kam. Im Großen und Ganzen fühlte sie sich wohl auf dem Unterburkhartshof, wenngleich ihr bewusst war, dass das Auskommen mit der Schwägerin nur funktionierte, wenn sie sich dem Willen Kreszentias unterordnete. Seit sie fast die gesamte Kleidung für die Familie schneiderte, war das Auskommen mit ihr allerdings nicht mehr besonders schwer. Sogar für Mathias hatte sie eine Weste genäht, nur an die Beinkleider mit Hosenschlitz und Taschen wagte sie sich noch nicht heran – die fertigte nach wie vor der Schneider in Leutkirch. Mode war Kreszentias Lieblingsthema und nun, da sie sich mit Franziska ausführlich darüber unterhalten konnte, waren sich die beiden Frauen nähergekommen.

Kreszentia hatte darauf bestanden, dass Franziska für sie beide neue schwarze Trauerkleider nähte – sozusagen vorausschauend – denn gestorben wurde schließlich immer. Franziska gab sich die größte Mühe und schneiderte die neuen Kleider nach einem modischen Schnitt, jedoch ohne Verzierungen.

Als auch die Einverständniserklärungen von Kreszentia aus Oflings und Johann Baptist aus Wuchzenhofen vorlagen, machte Ignaz sein Testament, in dem er sein Hauseigentum samt dem Mobiliar, der Baind und einer Wiese seiner Schwester Franziska vermachte. Franziska war einerseits über die Großzügigkeit ihrer Geschwister sehr gerührt, aber andererseits nagte die Vorstellung schmerzlich an ihr, dass die gesamte Familie sie bereits als alte Jungfer ansah.

Am 9. April 1835 war der Körper von Ignaz von der Schwindsucht so ausgezehrt, dass er morgens um halb neun Uhr verstarb. Auch dieses Kind empfahl Carl in die Hände seines Schöpfers.

Zum Zeitpunkt von Ignaz' Tod war Kreszentia bereits wieder im siebten Monat schwanger und passte beim besten Willen nicht mehr in das neue Trauerkleid. Franziska trennte links und rechts der Taille die Nähte ein Stück weit auf und setzte aus den aufbewahrten Stoffresten zwei Spickel ein. Der modische Schnitt des Kleides war nun dahin. Kreszentia drapierte die Enden ihres schwarzen, wollenen Schultertuches allerdings so geschickt über die erweiterte Leibesmitte, dass es überhaupt nicht auffiel.

Zur Beerdigung kamen überraschend viele Leute. Ignaz, der gerne einen Schwatz mit allen gehalten hatte, war beliebt gewesen. Selbst sein Lehrherr, Xaver Büchele aus Kißlegg, erwies ihm zusammen mit seiner Frau Maria Anna und seinem Sohn Johann Nepomuk die letzte Ehre.

Zum anschließenden Leichenmahl fanden sich die Trauergäste im »Adler« ein, wo man es sich bei Bier, Brot, Wecken und Schüblingen mit Salat schmecken ließ. Für den hochwürdigen Herrn Pfarrer gab es statt Bier Wein und nach dem Essen einen extra Kaffee und eine Zigarre.

Die Familie Büchele saß bei den Riedmüllers am Tisch, wo sich bald ein lebhaftes Gespräch entspann. Xaver Büchele wurde nicht müde, die Vorzüge von Ignaz zu loben und seinen frühen Tod zu beklagen. Büchele war noch keine fünfzig Jahre alt und von temperamentvollem Wesen.

Sein Sohn Nepomuk, wie er von allen bei seinem zweiten Vornamen genannt wurde, hatte mit vierundzwanzig Jahren wenig Aussicht, in Bälde die Säcklerei seines rüstigen Vaters zu übernehmen. Bisher arbeitete er als Geselle bei ihm – eine andere Möglichkeit sah er in nächster Zukunft nicht für sich. Im Gegensatz zu seinem Vater war Nepomuk eher still und zurückhaltend. Was man, schloss man von seinem Äußeren auf seinen Charakter, auch nicht anders erwartete. Er war mittelgroß und schlank. Sein Haar hatte die Farbe von hellem Honig und sein Gesicht war oval, ebenmäßig und blass. Keine unansehnliche Erscheinung also, aber auch keine, die sich einem unbedingt einprägte. Am Gespräch beteiligte er sich kaum. Vielmehr hatte er die schlanke, dunkelblonde Franziska unauffällig ins Auge gefasst. Sie war deutlich älter als er, sechs bis sieben Jahre, schätzte er, aber sie gefiel ihm.

Auch Franziska schaute den jungen Mann mehrmals wie beiläufig an, und was sie sah, gefiel ihr ebenfalls. Bei der Verabschiedung schenkten die beiden sich ein kleines Lächeln.

Ungefähr ein halbes Jahr später sprach Nepomuk Büchele in Begleitung seines Vaters bei Carl in Diepoldshofen vor und hielt um die Hand seiner Tochter Franziska an. Carl war überrascht, denn seit Ignaz' Beerdigung hatte er nichts mehr von den beiden gehört und gesehen.

»Ja, Carl«, setzte Vater Büchele dem Antrag seines Sohnes hinzu, »wir wollten so kurz nach dem Tod von Ignaz nicht gleich mit einem Heiratsantrag kommen. Aber Nepomuk ging deine Franziska nicht mehr aus dem Kopf. Und natürlich haben wir uns gefragt, ob eine solche Verbindung überhaupt auf Gegenliebe stoßen könnte. Wir sind einfache Handwerker und das Vermögen von Nepomuk besteht lediglich aus den vorgeschriebenen zweihundert Gulden, die es ihm erlauben, eine Ehe zu schließen, zuzüglich einiger Fahrnis und seiner Kleider im Wert von fünfzig Gulden. Auch wenn das nicht allzu viel ist, kann ich sagen, er ist ein tüchtiger und anständiger junger Mann, der mit seiner Arbeit eine Familie unterhalten kann. Sage uns einfach frei heraus, ob du dir eine solche Verbindung vorstellen kannst.«

»Ich kann es mir schon vorstellen«, sagte Carl zu den beiden Männern, die gespannt auf seine Antwort warteten. »Was Franziskas Mitgift anbetrifft, so dürfte sie sich, das Haus hier mit eingeschlossen, leicht auf das Fünffache von der Deinen belaufen, Nepomuk. Ich möchte aber nichts über den Kopf meiner Tochter hinweg entscheiden, deshalb schlage ich vor, wir machen uns auf den Weg zum Unterburkhartshof und fragen sie selbst.«

Franziska sagte ja, ohne lange nachzudenken. Nepomuk war auch ihr nicht mehr aus dem Kopf gegangen. Dennoch hatte sie sich in den letzten Monaten mehr als einmal gefragt, ob er eine so viel ältere Frau überhaupt wollen würde. Sie hatte die Hoffnung, jemals wieder etwas von ihm zu hören, schon fast aufgegeben. Doch nun stand sie freudestrahlend mit heftig klopfendem Herzen und geröteten Wangen vor ihm.

Zusammen mit Mathias, der das Erbteil seiner Schwester auszuzahlen hatte, setzten sie sich in der Stube am Tisch zusammen, um alles genau zu besprechen. Nepomuk würde in Diepoldshofen das Bürgerrecht beantragen, um sich dort mit Franziska niederzulassen und sein Säcklerhandwerk auszuüben. Sie würden zu Carl in das Häuschen ziehen und ihm ein lebenslanges Wohnrecht gewähren.

Fast auf den Tag genau ein Jahr nach der Beerdigung von Ignaz fand im Sommer 1836 die Hochzeit statt. Mit dem Nähen des Hochzeitskleides hatte Franziska gleich nach Nepomuks Heiratsantrag begonnen. Nach einigen Überlegungen und nachdem Kreszentia sie bestärkt hatte, entschied sie sich gegen die übliche mehrfarbige Tracht mit Brautkrone und nähte sich aus cremefarbenem Taft in vielen Stunden ein wunderschönes Kleid, das durch seinen schlichten Schnitt – weiter Rock, enges Mieder und lange keulenförmige Ärmel – bestach. Das Haar frisierte sie – in Erinnerung an Frau Michaeli – zu einem am Hinterkopf festgesteckten, geflochtenen Knoten, der von einem zarten Kranz aus weißen Gänseblümchen und gelbem Huflattich umrahmt war. Die Korkenzieherlocken, die links und rechts vom Scheitel bis zum Kinn fielen, verliehen ihrem Gesicht einen fast mädchenhaften Ausdruck.

Franziska strahlte überglücklich, als sie mit ihrem frisch angetrauten Mann die Kirche verließ. Endlich, endlich war ihr Traum wahr geworden und sie konnte in ihrem neuen Heim ihrem eigenen Haushalt vorstehen.

In Carls Leben kehrte dadurch Ruhe ein. Es hatte lange gedauert, bis er über den Tod seiner Kinder und die Lücke, die sie in dem kleinen Häuschen hinterlassen hatten, hinweggekommen war. Die jahrelange Krankheit von Theresia und Ignaz war nicht spurlos an ihm vorübergegangen. Jetzt, da die Verantwortung für die beiden nicht mehr auf seinen Schultern lastete und er bei Franziska und ihrem Mann gut versorgt wurde, spürte er mit einem Mal die Müdigkeit des Alters.

Bei der nächsten Gemeinderatswahl ließ sich Carl nicht mehr für das Amt aufstellen. Dafür traten einige Diepoldshofer Bürger an Mathias heran, um ihn als Kandidaten zu gewinnen. Kreszentia fühlte sich dadurch noch mehr geschmeichelt als ihr Mann und bestärkte Mathias, sich der Wahl zu stellen. Tatsächlich erreichte er deutlich mehr Stimmen, als nötig gewesen wären.

Zwei Monate nach Ignaz' Tod hatte Kreszentia im Juni 1835 einen weiteren Sohn geboren. Die Geburt war ohne Komplikationen verlaufen und der kleine Wilhelm war gesund, aber ein Leichtgewicht und ein schlechter Esser.

Ein großer Haushalt mit fünf kleinen Kindern wollte nun versorgt werden. Gleich nachdem Franziska den Unterburkhartshof verlassen hatte, stellte Mathias Maria Antonia Pfiffner, die darauf bestand, dass man sie Mariantoni rief, aus Diepoldshofen als Hausmagd ein. Für Kreszentia mit ihrem Hang zur Vollkommenheit war der Umgang mit der neuen Magd nicht immer einfach. Sie spürte deutlich den Unterschied zwischen Franziska und Mariantoni, deren Auffassungsgabe langsam war.

Obwohl Kreszentia genauso wie Mathias von früh bis spät auf den Beinen war, hatte sich an den leidenschaftlichen nächtlichen Umarmungen nichts geändert. Bereits drei Monate nach Wilhelms Geburt war Kreszentia wieder schwanger.

Mathias hatte sich über die Weichkäseherstellung schlau gemacht und endgültig beschlossen, den Flachsanbau zu Gunsten der Käseherstellung einzuschränken. Auch Creszentia Groß vom Oberburkhartshof und ihr Sohn Franz Josef hatten nach einigen Diskussionen denselben Entschluss gefasst. Creszentia trieb den Hof seit dem frühen Tod ihres Mannes mit zwei Knechten und ihren Kindern um. Von elf Kindern waren ihr nur fünf geblieben, ihr Sohn Franz Joseph und vier Töchter. Maria Anna war mit nunmehr vierzehn Jahren die Jüngste. Die Mädchen nahmen die Idee von der Backsteinkäseherstellung begeistert auf und drängten ihre Mutter und den Bruder, den nötigen Kessel und die sonstigen Gerätschaften anzuschaffen, damit sie bald beginnen konnten. Zwischen den Bewohnern des Ober- und des Unterburkhartshofes begann ein lebhafter Austausch über alle Kenntnisse, die man brauchte, um einen guten Weichkäse herzustellen.

Für Kreszentia war dies und die Geburt von Sophia im August 1836 ein willkommener Anlass, die Beziehungen mit denen vom Oberburkhartshof wieder enger zu knüpfen. Die Tagebücher, die Carl damals bei der Hofübergabe an Mathias in die Hände gefallen waren, kannte sie nur aus Carls Erzählungen. Er betonte immer wieder, dass beide Familien seit langer Zeit miteinander verwandt waren. Da schien es ihr nur natürlich, dass man sich wieder einmal zu einem Familienfest zusammensetzte.

Der Zeitpunkt, als Kreszentia vom Wochenbett aufstand, fiel ungefähr mit dem Ende der Erntearbeiten zusammen. Die kleine Sophia, auch sie ein überaus zartes Kind, war längst getauft, dennoch ließ es sich Kreszentia nicht nehmen, nachträglich an einem Sonntagnachmittag Anfang September eine kleine Feier zu veranstalten. Eingeladen waren Creszentia Groß vom Oberburkhartshof mit ihren Kindern, die Taufpaten Franziska und Nepomuk sowie Carl.

Die Gäste staunten nicht schlecht, als sie unter der Linde im Hof an eine lange Tafel gebeten wurden, die mit weißen Tischtüchern und Kreszentias bestem Geschirr gedeckt war. Auf Platten und Schüsseln verteilten sich hauchdünn aufgeschnittenes Rauchfleisch, kalter Braten, Käse, dunkles und helles Brot, gelblich glänzende Butterstückchen, Honig, Marmelade, Schmalzgebackenes und eine Schüssel mit Schlagrahm. Mariantoni servierte, angetan mit ihrer besten Schürze, Kaffee, Kakao und Most. Für Mariantoni und die Knechte stand vor der Scheuer ein Tisch mit denselben Köstlichkeiten bereit.

Als sich die Erwachsenen satt auf ihren Stühlen zurücklehnten, begannen die Kinder herumzutollen und Holzstöckchen zu werfen, die Strolch, der Hofhund, ein braun-weiß gefleckter Hühnerhund, mit Begeisterung apportierte.

Carl kam auf die alten Tagebücher zu sprechen. Er hatte offensichtlich das Bedürfnis, wieder einmal etwas von den früheren Begebenheiten preiszugeben. Zwar hatte er Creszentia Groß gegenüber schon früher das eine oder andere erwähnt, die Geschichte der Halskette zum Beispiel, die sie bei ihrer Hochzeit getragen hatte, oder auch warum Anton Stübi den Bildstock hatte errichten lassen. Aber ansonsten war Carl sparsam mit seinen Erzählungen und hütete die alten Familiengeschichten sorgsam. Umso aufmerksamer und gespannter lauschte die Familie deshalb, als Carl ausführlich zu erzählen begann, wie der junge Jacob und sein noch jüngerer Bruder Georg seine Eltern Johanna und Melchior unverhofft und fast gleichzeitig zu Großeltern gemacht hatten.

Für Marianne, die Älteste, und den zarten Franz Joseph stand die Einschulung bevor. Kreszentia und Mathias hatten beschlossen, die beiden Kinder gleichzeitig einzuschulen, damit sie den Schulweg gemeinsam zurücklegen konnten. Die hübsche, dunkelhaarige Marianne hatte das Temperament ihrer Mutter geerbt. Ging etwas nicht gleich nach ihrem Willen, stampfte sie mit ihren kräftigen Beinen auf den Boden. Franz Joseph dagegen war ruhig und folgsam.

An den ersten Schultagen erwartete Carl seine Enkelkinder oberhalb des Greuts am Dorfeingang. Er hielt sie eindringlich dazu an, die stark befahrene Straße, die das Dorf durchschnitt, erst zu überqueren, wenn weder eines der zahlreichen Fuhrwerke noch eine Kutsche oder ein Reiter daherkamen. Nach der Schule stand Carl wieder bereit und übte mit den Kindern aufs Neue, wie sie sicher über die Straße kamen.

Beide Kinder besuchten den Unterricht, der jedes Mal mit Gesang und Gebeten begann und ebenso endete, recht gerne. Aber während Marianne alles nur schlecht und recht mitmachte, legte Franz Joseph in allen Fächern einen wahren Eifer an den Tag. Franz Joseph störte sich auch nicht besonders daran, dass der Schullehrer Schwarz ein launischer Mann war, der am einen Tag einen Schüler lobte und ihn am nächsten Tag wegen einer Nichtigkeit züchtigte. Franz Joseph wollte lernen und saugte den Unterrichtsstoff in sich auf wie ein Schwamm. Mühelos lernte er rechnen, schreiben und lesen. Las er einen Text ein- bis zweimal, konnte er ihn bereits auswendig. Dem Religionsunterricht des Herrn Pfarrers lauschte er mit besonderer Andacht und beim täglichen Singen traf er mit seiner glockenhellen Stimme jeden Ton.

Marianne, die das Herz auf der Zunge trug, erzählte zu Hause gerne, was sich in der Schule zutrug, und sparte dabei auch nicht die Launen des Lehrers aus. Zudem, setzte sie mit wichtiger Miene hinzu, käme der Lehrer oft zu spät zur ersten Stunde, und manchmal ließe er die Schüler Rechenaufgaben machen und ginge dann für längere Zeit aus dem Klassenzimmer.

Kreszentia wurde stutzig. Es war ihr nicht entgangen, dass Marianne bei Weitem keine so gute Schülerin war wie Franz Joseph, dessen gute Leistungen sie mit großem Stolz erfüllten.

»Mathias«, sagte sie eines Tages, »ich glaube, mit dem Lehrer stimmt etwas nicht. Ich frage mich so langsam, ob Marianne in der Schule schlecht ist, weil das Verhalten des Lehrers so ungebührlich und unberechenbar ist?«

Mathias, der es für nicht so wichtig erachtete, dass ein Mädchen in der Schule gute Noten erzielte, führte Franz Josephs glänzende Leistungen ins Feld und dass demnach der Unterricht so schlecht nicht sein könne. Aber Kreszentia gab keine Ruhe.

»Vielleicht solltest du einmal mit dem Herrn Pfarrer sprechen, um seine Meinung zu dem Schullehrer Schwarz zu hören.«

Mathias, dessen empfindlicher Magen sich wie immer bei solchen Gelegenheiten mit einem Brennen meldete, gab klein bei und sagte: »Wenn ich das nächste Mal nach Diepoldshofen komme, kann ich mich ja darum kümmern.«

Mathias musste Pfarrer Strohmaier gar nicht mehr aufsuchen, da sich die Ereignisse plötzlich überstürzten. In seiner Eigenschaft als Gemeinderat erfuhr er, dass sich schon mehrere Eltern beim Pfarrer und auf dem Schultheißenamt über den Schullehrer beschwert hatten. Eines Tages erschien sogar die Ehefrau des Lehrers Schwarz auf dem Rathaus, um sich beim Bürgermeister über ihren Mann zu beklagen. Sie halte das Leben an der Seite ihres Mannes schier nicht mehr aus, erklärte sie unter Tränen. Täglich trinke er mehr, als er vertrage, und schlage sie dann im Rausch grün und blau.

Es stellte sich heraus, dass der Kirchenkonvent Schwarz schon mehrmals ermahnt hatte, sich rechtschaffen zu betragen. Man hatte das Vorgehen jedoch nicht an die große Glocke gehängt, um die Unruhe in der Bürgerschaft nicht noch mehr zu schüren. Der Konvent ordnete eine monatliche Überprüfung durch das Königliche Oberamt an.

Alle Ermahnungen und Überprüfungen fruchteten jedoch nicht, denn Schwarz hatte sich mittlerweile ganz dem Trunk ergeben. Seine Schüler litten nach wie vor unter seinem mangelhaften Unterricht und seinen Launen und seine Frau unter seinen täglichen Schlägen.

Mit Vernunft und guten Argumenten schien man dem Mann nicht mehr beizukommen. Als auch ein Arrest von morgens sieben Uhr bis abends sieben Uhr bei Wasser und Brot keine Einsicht und Besserung bewirkte, blieb nichts anderes mehr übrig, als ihn aus dem Schuldienst zu entfernen. Bis ein neuer Lehrer eingestellt wurde, übernahm der hochwürdige Herr Pfarrer den Unterricht selbst, was besonders Franz Joseph gut gefiel, der nichts lieber hörte als die biblischen Geschichten, die nun öfters die anderen Schulstunden ersetzten.

Mathias 1838–1842

Die Sennereiarbeiten mit der Herstellung von Backsteinkäse, die Stallfütterung und die damit verbundene Vorratshaltung des Heus, das tägliche Schneiden von Gras zur Fütterung der Milchkühe, das Bestellen der Felder, die Schweinehaltung, die Imkerei und alles, was sonst noch auf dem Hof anfiel, erwies sich als sehr arbeitsaufwendig. Und obwohl Mathias ein Arbeitstier war und diese Haltung auch seinen beiden Knechten abverlangte, war bald klar, dass er noch einen weiteren Knecht brauchte, wenn die anfallenden Arbeiten ordentlich erledigt werden sollten.

Zu Lichtmess 1838 stellte er deshalb auf ein Jahr den Bernhard Beyer von Ausnang ein. Beyer war schon Mitte dreißig, aber von kräftiger Statur, die darauf schließen ließ, dass er zupacken konnte.

Eines Abends kam der neue Knecht völlig betrunken nach Hause und kündigte dem überraschten Mathias den Dienst auf. Mathias fragte, was denn los sei, ob ihm jemand Unrecht getan habe. Schwankend und mit schwerer Zunge antwortete Beyer trotzig, niemand habe ihm Unrecht getan, aber er sei die ganze Arbeit leid und deshalb ginge er auf Georgi und wolle jetzt seinen Lohn für die vergangenen zwei Monate.

Am nächsten Morgen begab sich der Knecht schnurstracks auf das Schultheißenamt und gab zu Protokoll, sein Dienstherr Mathias Riedmüller habe ihm »den Feierabend gegeben« und ihn fortgeschickt. Den ausstehenden Lohn für zwei Monate wolle er ihm jedoch nicht zahlen.

Als Mathias den Vorwurf hörte, fiel er aus allen Wolken und gab nun seinerseits zu Protokoll: Es sei wahr, dass er den Beyer auf ein Jahr angestellt und ihm dafür zwei Gulden Haftgeld zur Bekräftigung des Dienstvertrages gegeben habe. Es sei allerdings überhaupt nicht wahr, dass er ihn fortgeschickt habe. Beyer sei betrunken nach Hause gekommen und habe selbst gekündigt. Da er inzwischen nicht mehr zur Arbeit erschienen sei, habe er einen anderen Knecht anstellen müssen. Es sei durchaus nicht einzusehen, warum er dem Beyer neben den bereits erhaltenen zwei Gulden noch Lohn bezahlen solle, da in den zwei Monaten zwischen Lichtmess und dem ersten April in der Landwirtschaft naturgemäß wenig Arbeit anfalle.

Das Schultheißenamt wies die Klage von Beyer ab und gab Mathias recht, dass er dem Knecht keinen weiteren Lohn zu zahlen habe.

Mathias ärgerte sich dermaßen über den Vorfall, dass ihm danach wochenlang sein Magen zu schaffen machte. Selbst im ehelichen Bett gelang es Kreszentia nicht, ihn zu besänftigen.

»Es ist doch wahr«, schimpfte er ein um das andere Mal, »da behandelt und bezahlt man seine Knechte gut und dann muss man sich wegen einer frechen und verleumderischen Klage vor dem Schultheißenamt rechtfertigen.«

Mariantoni musste ihm Haferschleimsuppe und Elsbeermus kochen, da ihm schon der Anblick und Geruch des normalen Essens Übelkeit verursachte. Kreszentia war um den Gesundheitszustand ihres Mannes sehr besorgt und da ihr nichts Besseres einfiel, beschloss sie, ihn in jeder Beziehung erst einmal in Ruhe zu lassen.

Der neue Knecht, Franz Joseph Steinhauser, kam aus dem Bayerischen und entschädigte seinen neuen Dienstherrn für den erlittenen Ärger. Steinhauser war Anfang dreißig. Aus seinem Dienstbotenausweis ging hervor, dass er jeweils mehrere Jahre bei einem Bauern im Dienst gewesen war. Mathias' Magenschmerzen klangen in dem Maße ab, wie er sah, mit welchem Eifer Steinhauser sich ins Zeug legte. Steinhauser schien alles zu können. Die Pferde ließen sich von ihm ebenso bereitwillig einspannen wie die Ochsen. Die Furchen, die er mit dem Pflug machte, sahen aus wie mit dem Lineal gezogen. Beim Säen gönnte er sich keine Pause, solange das Saatgut nicht breitwürfig und gleichmäßig auf dem ganzen Feld verteilt war. Überhaupt verrichtete er alle Arbeiten so, als wäre es sein eigener Hof.

So gut sich Steinhauser jedoch mit seinem Dienstherrn verstand, umso schwieriger war das Verhältnis zu seinem Nebenknecht Baptist. Der betrachtete ihn von Anfang an mit Misstrauen. Der übergroße Fleiß und die beständige Freundlichkeit gegenüber dem Bauern und der Bäuerin kamen ihm unnatürlich vor und ärgerten ihn ständig. Bald fühlte er sich neben Steinhauser wie ein ungehobelter Tölpel. Der Stallschweizer Josef dagegen, ein umgänglicher junger Bursche, arbeitete gerne mit Steinhauser zusammen, der nur höchst selten einmal fluchte und mit den Tieren so freundlich umging wie mit den Menschen. Selbst Mariantoni, die sich in ihrer behäbigen Art nicht so leicht beeindrucken ließ, gefiel der neue Knecht.

Im nächsten Jahr kündigte Baptist zu Lichtmess den Dienst auf. Mathias stellte daraufhin den Xaver Lauber von

Diepoldshofen und den Joseph Anton Reuter von Bauhofen ein, da die Arbeit auf dem Hof inzwischen gut und gerne Arbeit für drei Knechte und einen Stallschweizer bot.

Knappe zwei Wochen nach Lichtmess 1838 kam Kreszentia erneut nieder. Das kleine Bübchen war gesund und kräftig und seinem Vater wie aus dem Gesicht geschnitten.

»Das Kind hat eine so große Ähnlichkeit mit dir, Mathias, dass es auch deinen Namen tragen soll«, eröffnete Kreszentia ihrem Mann gleich, als er nach der Geburt an ihr Bett trat.

Mathias betrachtete sein Söhnchen neugierig und stellte dann mit einem seltenen Anflug von Humor fest: »Im Gesicht sieht er mir ja vielleicht schon ein bisschen ähnlich, aber Haare habe ich deutlich mehr als er.«

In Diepoldshofen kam Mathias' Schwester Franziska bald darauf mit einem Sohn nieder. Nepomuk und sie tauften das Kind Alois, nach seinem Taufpaten. Drei Jahre waren seit ihrer Hochzeit vergangen und Franziska hatte sich bereits die größten Sorgen gemacht, dass sie womöglich gar kein Kind mehr bekommen würde. Umso größer war nun das Glück. Und auch ihre Schwester Kreszentia Hener von Oflings war wieder Mutter geworden. Sehr zur Freude von Franziska wurde das kleine Mädchen nach ihr auf den Namen Franziska getauft.

Doch kaum vier Wochen nach all den freudigen Ereignissen bereitete der kleine Wilhelm seinen Eltern die größten Sorgen. Er war immer ein schwächliches Kind geblieben. Und so sehr Kreszentia auch darauf achtete, dass er ausreichend aß, schlug das Essen sich nicht in seinem Körper nieder. Er blieb mager und blass. Wenn seine Geschwister herumtollten, beschränkte sich Wilhelm aufs Zusehen und saß still an der Seite. Er wurde immer weniger, ohne dass Kreszentia es hätte verhindern können. Einmal, als sie ihn über das Köpfchen des neugeborenen Mathias hinweg anschaute, durchfuhr sie der Gedanke: »Er ist schon so dünn, dass wir ihn bald gar nicht mehr sehen werden.«

Und genauso war es auch. Als Kreszentia eines Morgens an sein Bettchen trat, hatte er sein Leben mit noch nicht einmal drei Jahren über Nacht ausgehaucht.

Wilhelms Tod traf Kreszentia schwer und drückte ihr auf das Gemüt. Das Wochenbett lag kaum hinter ihr und sie fühlte sich ihren vielfältigen Aufgaben, bei denen ihr nur die Hausmagd zur Hand ging, nicht mehr gewachsen. Zu ihrem Aufgabenbereich zählte neben allen Hausarbeiten wie kochen, waschen, putzen der große Gemüsegarten, die Versorgung der Hühnerschar und die Arbeit in der Sennerei. Die Beaufsichtigung der Kinder kam nach Kreszentias Ansicht dabei zu kurz. Kein Tag verging, an dem sie sich nicht Vorwürfe machte und sich fragte, ob sie den Tod von Wilhelm hätte verhindern können, wenn sie noch mehr auf ihn geachtet hätte.

Eines Sonntagmorgens auf der Fahrt zur Kirche sprach sie mit Mathias darüber.

»Du hast völlig recht«, stimmte der seiner Frau sofort zu, »die Arbeit ist für dich und Mariantoni in letzter Zeit zu viel geworden. Wir sollten eine Kindsmagd einstellen.«

»Es müsste aber schon eine gute und zuverlässige Person sein«, erwiderte Kreszentia besorgt. »Du weißt, was die Kinder anbetrifft, bin ich besonders heikel.«

Als sie kurz darauf den Oberburkhartshof passierten, kam Kreszentia die rettende Idee: »Wir könnten doch Creszentia Groß fragen, ob nicht eine ihrer Töchter die Aufgabe der Kindsmagd bei uns übernehmen möchte.«

Nach dem Gottesdienst bot sich gleich die Gelegenheit zur Nachfrage. Wie immer standen die Kirchgänger noch eine Weile in Grüppchen beieinander, um sich zu begrüßen und Neuigkeiten auszutauschen. Mathias und Kreszentia gesellten sich zu denen vom Oberburkhartshof und Kreszentia brachte ihr Anliegen gleich ohne Umschweife vor.

Maria Anna, die Jüngste, zeigte sofort Interesse: »Mutter, wenn du einverstanden bist, würde ich das gerne machen. Die Entfernung von uns bis zum Unterburkhartshof ist ja nicht allzu weit. Ich könnte morgens hingehen und abends wäre ich wieder zu Hause und könnte daheim sogar noch bei der einen oder anderen Arbeit mithelfen.«

Schnell war man sich einig. Maria Anna sollte gleich am nächsten Tag anfangen und jeden Monat einen Gulden für ihre Arbeit erhalten.

Um die Bienenstöcke hatte sich Mathias bisher immer selbst gekümmert. Die Zahl der Bienenkörbe war, seit sein Vater die Imkerei damals mit zwei Körben angefangen hatte, auf neunzehn angewachsen. Mathias verlagerte die Körbe nach der Hofübergabe von der Außenwand des Speichers an den Waldrand. Dort hatte er eine Holzhütte gebaut, in der er die Honigpresse und die sonstigen Gerätschaften unterbrachte. Links von der Hütte reihten sich nun auf stabilen Holzbänken die Bienenkörbe. Der neue Standort war sonniger und für Bienen und Menschen ungestörter.

Mathias übertrug den größten Teil der Imkerarbeiten jetzt an den tüchtigen Knecht Franz Joseph, der auch damit Erfahrung besaß.

Franz Joseph Steinhauser war etwa ein Jahr auf dem Unterburkhartshof, als Mathias ihn zu seinem ersten Knecht beförderte. Der war darüber hocherfreut. Nicht nur weil dadurch seine Ehre zunahm, sondern auch sein Geldbeutel. Mit dem etwas älteren Xaver Lauber kam er gleich gut zurecht, da der ohne viel Aufhebens seine Arbeit tat. Zwar war er etwas maulfaul, aber gutmütig. Joseph Anton Reuter, ungefähr im gleichen Alter wie Steinhauser, schien ebenfalls recht umgänglich und arbeitswillig zu sein. Obwohl er sich weder auffällig benahm noch seine Arbeit Grund zur Beschwerde gab, war etwas in seiner Art, das Steinhauser Unbehagen bereitete – ohne dass er es hätte benennen können. So sei es eben oft, wenn auf einem Hof mehrere Dienstboten aufeinandertreffen, die einen mag man lieber, die anderen weniger, suchte er sich seine zwiespältigen Gefühle zu erklären.

Kreszentia fiel bald auf, dass Reuter sie jedes Mal eingehend musterte, wenn er ihr über den Weg lief. Er grüßte dabei mit einem kaum wahrnehmbaren Nicken und deutete ein Lächeln an. Kreszentia dachte sich nicht besonders viel dabei, denn seit Maria Anna sich den ganzen Tag um die Kinder kümmerte, stürzte sie sich in die Arbeiten, die ihrer Ansicht nach zugunsten der Kindererziehung liegen geblieben waren.

Nach und nach verschaffte sie sich einen genauen Überblick über die einzelnen Arbeitsabläufe. Sie überprüfte den Hühner- und Schweinestall, inspizierte die Sennerei mitsamt dem Käsekeller und die Brennerei auf das Genaueste auf ihre Sauberkeit. Sie sah im Bienenhaus nach dem Rechten und entdeckte dort das zurückbehaltene Wachs, das für die Herstellung von Kerzen für den eigenen Bedarf gedacht war. Vergessen lagen die Waben in einer Ecke. Kreszentia schmolz sie ein und goss das flüssige Wachs in die Kerzenmodel, wo es sich nun langsam um den Docht herum wieder verfestigen konnte. Als Nächstes nahm sie sich den Gemüsegarten vor. Mit leichtem Unmut stellte sie fest, dass Mariantoni hier nur das Nötigste getan hatte.

»Wenn man sich nicht selbst um alles kümmert!«, schimpfte sie leise vor sich hin, während sie begann, das Unkraut zu jäten. »Höchste Zeit, dass die Schlampereien aufhören.«

Dann stand ein Hausputz auf dem Programm. Jeden Raum nahm sich Kreszentia einzeln vor. Sie dirigierte Mariantoni herum, die mithelfen musste, die Möbel zu rücken, damit auch noch das versteckteste Stäubchen entdeckt und beseitigt werden konnte. Mariantoni schnitt Grimassen, wenn ihr Kreszentia den Rücken zukehrte – denn sie fand die ganze Putzerei völlig übertrieben.

Als sie mit den Schlafkammern und der Stube endlich fertig waren, ordnete Kreszentia an, dass die Küche und die Vorratskammer einer ganz besonders gründlichen Reinigung unterzogen werden sollten.

»Wo habe ich nur meine Augen gehabt?«, fragte sie sich, als sie die mit klebrigem Staub bedeckten Bretter der Vorratsregale genauer in Augenschein nahm.

Mariantoni brachte gottergeben auch diese Aufgabe hinter sich, nicht ohne sich mehrfach zu wünschen, dass die Kindsmagd nie ins Haus gekommen wäre. Sie war geradezu heiter gestimmt, als sich Kreszentia den Hühnerstall vornahm und sich zur Unterstützung ein anderes Opfer suchte.

Kreszentia bat Mathias, ihr einen der Knechte an die Seite zu stellen, der nach ihren Anweisungen die Stangen und Bretter ausbauen, den Mist von den Wänden kratzen und auch sonst den Stall säubern sollte, bevor die gereinigten Stangen und Bretter wieder eingebaut würden. Mathias schickte ihr Reuter. Als Kreszentia nach einigen Stunden wiederkam, stellte sie befriedigt fest, dass der Knecht gewissenhaft ihre Anweisungen befolgt hatte.

»Jetzt sieht es schon viel besser aus«, lobte sie ihn verhalten.

Reuter lächelte, indem er einen Mundwinkel nach oben zog und Kreszentia dabei fest in die Augen schaute.

»Dann kannst du mir gerade noch helfen, die Hühner hereinzuscheuchen, damit sie heute Nacht der Fuchs nicht holt«, forderte Kreszentia ihn auf.

Zusammen machten sie sich daran, das gackernde Hühnervolk zusammenzutreiben. Als endlich auch die letzte Henne im Stall verschwunden war, griffen sie beide gleichzeitig nach der Tür. Reuter streifte dabei wie zufällig mit der Hand Kreszentias linke Brust. Wie Feuer fuhr die Berührung durch Kreszentias Körper. Sie schaute Reuter entgeistert an. Der erwiderte den Blick lange, bevor er sich langsam umdrehte und davonging, als ob nichts geschehen wäre.

Im Herbst sammelte Kreszentia zusammen mit den älteren Kindern eimerweise Beeren, die sie mit Mariantoni bis spät in die Nacht zu Marmelade einkochte. Der Garten wurde abgeerntet, das Gemüse eingelagert oder getrocknet. Je eine Kiste Äpfel und Birnen wurde zum Dörren vorbereitet. Maria Anna hatte sich angeboten, mit den Kindern diese Arbeit zu übernehmen, so wie sie mit der Zeit überall mit anpackte, wenn es sich mit der Beaufsichtigung der Kinder vereinbaren ließ. Kreszentia blühte auf, seit sie durch Maria Anna entlastet wurde. Ja, sie strotzte geradezu vor Tatendrang. Eine neue Schwangerschaft hatte sich nach der Geburt von Mathias vor acht Monaten bisher nicht eingestellt, was Kreszentia überrascht, aber nicht als unangenehm zur Kenntnis nahm. Immerhin hatte sie sechs Kinder, auf die sie stolz war und die alle gut gediehen. Eine kleine Pause, was das Kinderkriegen anbetraf, war nicht schlecht, fand sie.

Mathias war seit der leidigen Auseinandersetzung mit dem Knecht Beyer verändert. Gesundheitlich ging es ihm mittlerweile wieder gut, aber im Ehebett ließ er zunehmend Ruhe einkehren. Kreszentia führte es auf sein Alter zurück. Immerhin war er mit seinen achtundvierzig Jahren zehn Jahre älter als sie.

Die Berührung des Knechts ging ihr nicht mehr aus dem Kopf. War das wirklich zufällig gewesen? Wenn sie daran dachte, wie sie noch am selben Abend Mathias nach allen Regeln der Kunst verführt hatte, um das Feuer, das seit der Berührung in ihr brannte, zu löschen, schämte sie sich ein wenig. Sie ertappte sich dabei, dass sie die gemeinsamen Mahlzeiten herbeisehnte, nur um eine Weile die Gegenwart des Knechts zu genießen und wenn möglich den Blick mit ihm zu kreuzen. Sah sie ihn bei der Arbeit, sog sie seine Gestalt regelrecht in sich auf: Er war untersetzt, aber gut proportioniert. Das gescheitelte dunkelblonde Haar ging auf Ohrenhöhe in einen Backenbart über, der sein volles Gesicht einrahmte. Seine Bewegungen waren kraftvoll und geschmeidig.

Reuter benahm sich wie immer und wie immer musterte er Kreszentia, sobald er sie sah. Gelegentlich begegnete ihm Kreszentia, wenn sie in den Käsekeller hinabstieg, um den Backsteinkäse zu schmieren. Als sie wieder einmal im Keller war, kam Reuter zu ihr herunter. Ohne ein Wort zu sagen, stellte er sich dicht vor sie und schaute sie an.

Kreszentia versuchte, sich ihre Erregung nicht anmerken zu lassen, und sagte, da ihr nichts Besseres einfiel: »Ich schmiere gerade den Käse.« – »Mein Gott, was rede ich denn für einen Unsinn!«, schoss es ihr durch den Kopf.

Reuter ging jedoch nicht auf ihre Worte ein. Er legte eine Hand auf Kreszentias Hintern und flüsterte ihr ins Ohr: »Ich will dich!«

Als Kreszentia sich nicht gegen die Berührung wehrte, zog er sie vollends an sich und presste seinen erregten Unterleib gegen den ihren.

»Hör auf, wenn jemand kommt«, flüsterte sie.

»Da kommt niemand. Der Bauer ist mit den Knechten auf dem Feld und der Stallschweizer ist mit einem neugeborenen Kalb beschäftigt.«

Kreszentia erwiderte den Druck mit einer kleinen kreisenden Bewegung ihres Beckens. Sie drehte sich um und stützte sich auf einem der Bretter ab, auf denen der Käse reifte. Ohne zu zögern, hob Reuter ihr die Röcke bis zur Taille hoch, während Kreszentia ihm bereitwillig ihr ausladendes, nacktes Hinterteil entgegenreckte.

Danach trafen sie sich heimlich, so oft es ging, zu kurzen, leidenschaftlichen Vereinigungen. Nicht nur der Käsekeller, auch das Gebüsch hinter der Badehütte wurde für sie ein verschwiegenes Plätzchen, bis die Witterung es nicht mehr zuließ. Weder vor noch nach ihren Treffen unterhielten sie sich. Worte spielten keine Rolle, was hätte es auch zu sagen gegeben? Dass Kreszentia mit dem Knecht die Ehe brach? Oder dass Reuter auf bequeme Art seine Lust befriedigte? Oder dass es überhaupt darum ging, beider Triebe zu befriedigen?

Im Januar 1839, kurz nachdem Kreszentia festgestellt hatte, dass sie in Umständen war, kam es während des Dreschens in der Tenne unter den Knechten zu einem fürchterlichen Streit. Zur Unterstützung seiner drei Knechte hatte Mathias noch den Alois Stemmer von Diepoldshofen gedungen, der nun mit ihnen und Mariantoni zusammen die Dreschflegel schwang und ebenfalls Zeuge der unschönen Auseinandersetzung wurde. Sie waren schon mehrere Tage bei der schweren, schweißtreibenden Arbeit, als Steinhauser, der erste Knecht, eine seltene schlechte Laune, die er an diesem Tag schon seit dem morgendlichen Aufstehen verspürte, an Reuter ausließ.

»Gell, das geht an die Kraft!«, rief er mit hämischem Blick seinem Nebenknecht zu. »Und wenn man schon sonst nichts ist, muss man es wenigstens den Frauen zeigen.«

Reuter ließ mit lautem Gepolter den Dreschflegel fallen, sprang mit einem Satz auf Steinhauser zu und packte ihn am Hals. Nachdem er ihn ein paar Mal hin und her geschüttelt hatte, versetzte er ihm mehrere Schläge auf die Brust und schrie dabei: »Du Hurenkerle, du elender.«

Steinhauser war, nach Luft japsend, zu Boden gegangen und rieb sich den schmerzenden Brustkorb. Aber Reuter war noch nicht mit ihm fertig. Er riss bebend vor Zorn Steinhausers Jacke von einem Balken und warf sie auf ihn.

»Ich scheiß dir den Kittel voll, du Hurenkerle!«

Steinhauser hatte sich inzwischen wieder hochgerappelt und schrie nun seinerseits wutentbrannt: »Das wirst du noch büßen! Das weiß doch jeder, dass du es mit der Bäuerin treibst! Der Bauer soll dich nur behalten, dann kannst du seinem Weib weiter an den Vorbau langen!«

Nicht nur dass Steinhauser schnurstracks auf das Schultheißenamt rannte und gegen Reuter Klage erhob, er berichtete auch Mathias von dem Vorfall, ohne dabei seine Anschuldigungen zu verschweigen. Mathias war wie vom Donner gerührt. Etwas schien ihn inwendig eiskalt zu erfassen.

»Schick mir den Reuter her«, wies er mit erzwungener Ruhe Steinhauser an. »Ich erwarte ihn in der Stube.«

»Stimmt es, hast du etwas mit der Bäuerin?« Mathias fixierte Reuter mit einem eisigen Blick.

Reuters Gesicht war mindestens so abweisend wie das von Mathias. In seinem Kopf schossen die Gedanken durcheinander. Was sollte er sagen? Alles zugeben? Seine Stelle hatte er sowieso schon verloren, da machte er sich nichts vor. Alles abstreiten? Und wenn die Bäuerin es zugab – dann stand er als Ehebrecher und Lügner da. Egal. Er wollte Kreszentia nicht schaden. Alles auf sie zu schieben kam nicht in Frage – er war schließlich kein Feigling.

»Nein«, sagte er daher bestimmt.

In Mathias keimte Hoffnung auf. Hatte Kreszentia ihn doch nicht mit diesem grobschlächtigen Kerl betrogen? »Ich werde sie nachher genauso direkt fragen«, nahm er sich vor. Zu Reuter sagte er: »Wie es auch sein mag, ich kann dich nicht länger auf dem Hof dulden, schon alleine deshalb nicht, weil du dem Steinhauser vor Zeugen aufs Übelste mitgespielt hast. Pack deine Sachen zusammen und geh.« Mathias schob die bereits abgezählten Münzen für den ausstehenden Lohn auf dem Tisch in Reuters Richtung. »Auf der Stelle, ich will dich hier nicht mehr sehen.«

Als Mathias sie zur Rede stellte, stritt Kreszentia, genau wie Reuter, alles ab – ohne dass sie dabei auch nur mit der Wimper zuckte.

»Dann ist das Kind, das du trägst, von mir?«

»Natürlich ist es von dir. Du wirst doch nicht dem Steinhauser glauben und seine Unverschämtheiten durchgehen lassen? Du solltest diesen Lugenbeutel aus dem Dienst entlassen«, keifte Kreszentia, um ihrer Unschuld Nachdruck zu verleihen.

Mathias überhörte mit Absicht seine innere Stimme, die ihm mehr als einmal zuflüsterte: »Die beiden lügen.« Er wollte nicht einmal die Möglichkeit eines Seitensprunges seiner Frau in Betracht ziehen. Nein! Alles sollte in geregelten Bahnen weitergehen, so, als wäre nichts geschehen.

Drei Wochen später, zu Lichtmess, musste auch Steinhauser gehen. Mathias stellte nun Xaver Lauber fest als Knecht an und zudem einen jungen Bauernburschen aus Willerazhofen, der zum ersten Mal in Dienst ging.

Vordergründig ging das Leben auf dem Unterburkhartshof friedlich weiter. Mathias kam mit den neuen Knechten gut zurecht, auch wenn er sich manchmal die Tüchtigkeit seines ehemaligen ersten Knechtes zurückwünschte. Nur die Tüchtigkeit. Nicht die Person. Mittlerweile hatte sich Mathias so lange vorgesagt, dass an den Anschuldigungen gegen Kreszentia und Reuter nichts dran war, dass er es selbst glaubte. Sein Magen hatte nach dem Vorfall heftig rebelliert und wieder einmal nur breiige Speisen, vornehmlich Haferschleim, vertragen.

Kreszentia benahm sich wie immer. Nichts ließ bei ihr auf ein schlechtes Gewissen schließen. Sie war klug genug, sich nicht zu verraten. Bald wuchs Gras über die ganze Sache und selbst die Dienstboten waren inzwischen der Ansicht, dass Steinhauser sich alles nur ausgedacht hatte, um Reuter, den er nie besonders gut leiden konnte, eins auszuwischen.

Kreszentias Schwangerschaft verlief beschwerlich. Einmal musste sogar die Hebamme gerufen werden, weil im achten Monat eine schwache Blutung einsetzte. Kreszentia fühlte sich abgeschlagen. In den letzten Wochen vor der Geburt hatte sie heftige Rückenschmerzen und wusste bald nicht mehr, wie sie nachts im Bett liegen sollte.

»Das ist die Strafe für das, was ich getan habe«, dachte sie oft.

Dass Mathias der Vater des Kindes war, hielt sie für möglich, aber sie bezweifelte es. Viel wahrscheinlicher war es, dass Reuter der Vater war, mit dem sie sich im in Frage kommenden Zeitraum mehrmals getroffen hatte. Insgeheim plagten Kreszentia große Gewissensbisse.

Nach langem Überlegen entschloss sie sich, zur Beichte zu gehen. Unmöglich konnte sie die heilige Kommunion empfangen, wenn sie weiter mit dieser Sünde beladen war. Der Kommunion länger fernbleiben und es mit Unpässlichkeiten der Schwangerschaft zu entschuldigen, konnte sie aber auch nicht, weil das Anlass zu Fragen, Klatsch und Tratsch gegeben hätte. Also beichtete sie schweren Herzens und ließ die schier nicht enden wollende Strafpredigt des Beichtvaters, Pfarrer Strohmaier, über sich ergehen und betete gewissenhaft mehrere schmerzhafte Rosenkränze, Vater unser und Gegrüßet seist du Maria, die er ihr zur Buße aufgegeben hatte.

Die Geburt im September 1839 verlief ohne Komplikationen. Aber Kreszentia war danach so erschöpft, dass es Monate dauerte, bis sie sich wieder erholte. Mathias war damit einverstanden, das kleine Mädchen auf den Namen Agatha zu taufen. Vom Aussehen des Kindes konnte man schwerlich Rückschlüsse auf den Vater ziehen. Es hatte einen Flaum dunkler Haare und ein schwach ausgeprägtes Kinn wie seine Mutter. Doch wie vor sieben Jahren, als schon einmal eine kleine Agatha nach Krampfanfällen nur zwei Wochen alt geworden war, geschah es auch dieses Mal.

Im Frühsommer 1840 bemühte sich der hochwürdige Herr Pfarrer Strohmaier auf den Unterburkhartshof, um bei Mathias und Kreszentia vorzusprechen. Er kam zu Fuß über das Greut, um, wie er sich ausdrückte, den Weg zur geistlichen Erbauung zu nutzen. Kreszentia war die Begegnung mit dem Pfarrer, bei dem sie ihren Fehltritt gebeichtet hatte, unangenehm. Sie ließ sich jedoch nichts anmerken und bat ihn in die angenehm kühle Stube herein.

Trotzdem dachte sie etwas respektlos bei sich: »Wie immer die Erbauung auch ausgesehen hat, auf jeden Fall hat sie ihn zum Schwitzen gebracht.«

In der Tat ließ sich der beleibte, geistliche Herr mit hochrotem Gesicht auf einen Stuhl fallen. Umständlich zog er ein großes, blütenweißes Taschentuch aus der schwarzen Soutane und wischte sich den Schweiß von der Stirn. Eilends holte Kreszentia einen Krug mit frischem Wasser aus der Küche und schenkte ihm ein Glas ein.

»Ich will Euch keine Umstände bereiten«, sagte er, nachdem er einen tüchtigen Schluck genommen hatte. »Der Anlass meines Besuches ist, wie Ihr Euch vielleicht denken könnt, Euer Sohn Franz Joseph. Er besucht jetzt im vierten Jahr unsere Schule, und ich muss gestehen, viel können wir ihm dort nicht mehr beibringen.«

Mathias schaute, mit einem Seitenblick auf seine Frau, den Pfarrer fragend an.

»Nun ja«, fuhr der fort, »er ist nicht nur ein ausgezeichneter Schüler, sondern auch ganz besonders am Religionsunterricht interessiert. Ich möchte Euch deshalb vorschlagen, den Buben nach Ravensburg auf das Gymnasium zu schicken, wo er neben Latein, Griechisch und Hebräisch auch noch in Fächern wie Geschichte, Erdkunde und höherer Mathematik unterrichtet werden würde. So eine Begabung wie die Eures Sohnes gilt es unbedingt zu fördern. Franz Joseph könnte nach Beendigung des Gymnasiums, wo übrigens fast alle Lehrer Theologen sind, das Priesterseminar besuchen, denn er hat durchaus das Zeug für den Priesterberuf.«

»Er ist unser Ältester und soll einmal den Hof übernehmen«, erklärte Mathias unwillig. In Kreszentias Kopf überschlugen sich indessen die Gedanken: »Was für eine Ehre wäre es, einen Priester zum Sohn zu haben! Schließlich haben wir noch zwei weitere Söhne, von denen einer den Hof ebenso gut übernehmen kann!« Und wenn sie es sich recht überlegte, brachte der zarte Franz Joseph doch gar nicht die Voraussetzungen für die schwere Bauernarbeit mit. Ganz im Gegenteil zu seinem Bruder Johann Baptist, der mit robuster Gesundheit gesegnet war und schon heute, mit seinen sechs Jahren, lieber auf dem Hof mithalf, als für die Schule zu lernen.

»Mathias, ich glaube, der Herr Pfarrer hat recht. Ich kann mir gut vorstellen, dass Franz Joseph das Talent zum Priester hat. Und was den Hof angeht – als deinen Nachfolger kann ich mir Johann Baptist sowieso besser vorstellen.«

Mathias schwieg eine ganze Weile. »Es ist ja nicht nur die Hofnachfolge«, sagte er endlich, »so ein Studium ist teuer. Ich will ja nicht sagen, dass es uns schlecht geht, wir haben unser Auskommen – aber ein Studium?«

Nun, da der Pfarrer eine gewisse Bereitschaft der Eltern spürte, versuchte er die Geldfrage herunterzuspielen.

»Vielleicht besteht die Möglichkeit, dass Ihr die Ausgaben für die Ausbildung auf das Erbe des Buben anrechnet. Leider kommt die Stiftung unseres seligen Pfarrers Öttel in diesem Falle nicht in Frage, derzufolge der jeweilige Pfarrer alle zwei

Jahre einen bedürftigen Jüngling oder eine bedürftige Jungfrau mit unbescholtenem Ruf und Lebenswandel benennen kann, die einer Unterstützung würdig sind.«

»Ja«, warf Mathias ein, »das ist mir bekannt. Aber das gilt nur für die Übernahme von Lehrgeld für einen Buben oder die Aussteuer für ein Mädchen.«

»Gewiss, gewiss, darin und dass keine Bedürftigkeit vorhanden ist, liegt in Eurem Fall das Problem«, bestätigte der Pfarrer. »Die Bezahlung eines Studiums sieht die Stiftung nicht vor. Die Unterkunft und die Verpflegung kämen natürlich noch zum Schulgeld hinzu. Gleich gegenüber dem Gymnasium bietet die mir persönlich bekannte Witwe Kleiner drei Kost- und Logisplätze. Die Frau ist kinderlos und eine Seele von Mensch. Seit dem Tod ihres Mannes, eines ehemaligen Verwaltungsbeamten, kümmert sie sich hingebungsvoll und mütterlich um Schüler, die während der Ausbildung auf den Schutz ihrer Familien verzichten müssen. Wenn sich Franz Joseph durch gute Noten auszeichnet, wovon ich bei ihm ausgehe, besteht auch noch die Möglichkeit, dass er ein Stipendium erhält. Das würde für Euch natürlich eine finanzielle Entlastung bedeuten.«

An einem windigen Herbsttag brachte Mathias seinen Sohn mit dem Fuhrwerk nach Ravensburg. Kreszentia hatte eigens beim Schreiner in Diepoldshofen einen Reisekoffer anfertigen lassen, den der Schlosser anschließend mit glänzenden Messingbeschlägen versehen hatte. Neben einer anständigen Ausstattung an Kleidung und Schuhwerk fanden auch noch Rauchfleisch, Käse und Obst in dem geräumigen Koffer Platz.

Franz Joseph, der bei seinem Vater auf dem Bock saß, drehte sich immer wieder um und betrachtete das Schmuckstück, das nun hinten auf dem Wagen lag. Ihm war mulmig zumute. Er kannte niemanden, der mit zehn Jahren sein Zuhause verlassen hatte, um eine weit entfernte höhere Schule zu besuchen. Ein paar Kinder seines Alters, oder sogar noch jüngere, waren zu auswärtigen Bauern in Dienst gegeben worden – meist zum Viehhüten – aber konnte man das vergleichen? Der Wind pfiff ihm um den Kopf und er zog seine Mütze über die Ohren und so weit ins Gesicht, dass er gerade noch aus den Augen schauen konnte. Er warf seinem Vater einen Seitenblick zu, der ebenfalls dick eingemummt auf dem Bock saß und ihm über den Rand seines Schals hinweg aufmunternd zulächelte.

Als sie Ravensburg erreichten, war Franz Joseph tief beeindruckt von der Stadt mit ihren hohen Häusern, Mauern und Türmen. Die neuen Eindrücke verdrängten das flaue Gefühl und machten einer unverhohlenen Neugier Platz. Franz Joseph suchte alles in sich aufzunehmen, er drehte und wendete den Kopf, damit ihm ja nichts entging, während sie die belebten Straßen passierten. Mathias lenkte das Fuhrwerk durch die Stadt bis an das südliche Ende des großen Platzes, an dem bald die Kirche und das Gebäude des ehemaligen Karmeliterklosters auftauchten, in dem sich jetzt das Gymnasium befand.

Der Rektor, Johann August Beigel, ein dünner, sich sehr aufrecht haltender Mann, begrüßte Vater und Sohn freundlich. Er führte sie sogleich durch die weitläufigen Räumlichkeiten und zeigte ihnen Franz Josephs künftiges Klassenzimmer im Obergeschoss. Ein beklemmendes Gefühl ergriff Mathias bei der Vorstellung, den zarten Franz Joseph hier alleine zurückzulassen.

»Wie mir der Herr Pfarrer Strohmaier angekündigt hat, wird Franz Joseph bei der Witwe Kleiner in Pension gehen«, stellte der Schulleiter fest. »Eine anständige Person, du wirst dich dort wohlfühlen«, ermutigte er Franz Joseph, der mit hängenden Schultern neben seinem Vater stand. »Morgen früh, pünktlich um acht Uhr, beginnt der Unterricht.«

Die Wohnung der Witwe Kleiner lag im zweiten Stock eines großen Bürgerhauses. Die Witwe erwartete sie bereits. Sie war eine stattliche, ganz in schwarze Seide gekleidete Erscheinung. Auf dem silbergrauen Haar trug sie ein spitzenbesetztes, ebenfalls schwarzes Häubchen, das unter dem Kinn von einem Band gehalten wurde.

»Nur herein und grüß Gott miteinander«, begrüßte sie ihre Gäste und dirigierte sie durch den langen, breiten Gang in die gute Stube.

Ein hoher, weißer Kachelofen verströmte eine angenehme Wärme und Mathias war mit einem Mal erleichtert.

»Hier kann sich Franz Joseph wohlfühlen«, dachte er.

»Ich habe eine Kleinigkeit vorbereitet«, sagte die Witwe und deutete dabei auf den Tisch.

Auf einer weißen Spitzendecke standen drei Porzellantassen auf Untersetzern, eine aufgeklappte silberne Zuckerdose mit Zuckerwürfeln, über denen eine ebenfalls silberne Zuckerzange lag, eine Kanne mit heißem Kakao und ein mit Puderzucker bestäubter Gugelhupf. Mit äußerster Vorsicht führten sowohl der Vater als auch der Sohn die kostbaren Tassen an den Mund, jeder darauf bedacht, alles richtig zu machen.

Franz Joseph sei der jüngste ihrer Logiergäste, berichtete die Witwe, die anderen beiden seien zwölf und vierzehn Jahre alt. »Du wirst dich bestimmt gut mit ihnen verstehen. Sie sind auf eurem gemeinsamen Zimmer, und du wirst sie gleich kennen lernen.«

Als der letzte Krümel des köstlichen Kuchens verspeist war, besichtigten sie die Küche, die in ihrer Größe der Stube nicht viel nachstand. In der Mitte stand ein quadratischer Holztisch mit vier Stühlen.

»Hier nehmen die Buben unter der Woche mit mir zusammen die Mahlzeiten ein. Sonntags serviere ich das Mittagessen in der Stube.«

Das Zimmer, das die Witwe Kleiner untervermietete, lag wie die anderen Zimmer der Wohnung nach vorne hinaus, mit Blick auf die Kirche und die Schule. Das Zimmer war sehr geräumig und bot Platz für drei Betten und drei schmale Kleiderschränke. Auch hier sorgte ein Kachelofen für angenehme Wärme. In der Mitte des Zimmers, an einem langen Tisch, saßen zwei Buben über ihren Büchern.

»Das ist euer neuer Mitbewohner Franz Joseph, den sein Vater heute hergebracht hat. Und das sind Johannes und Alois«, sagte die Witwe freundlich zu den Buben. Sie war eine kluge Frau, die es verstand, den bevorstehenden Abschiedsschmerz in Grenzen zu halten. Ohne viele Umstände sagte sie daher liebenswürdig und bestimmt: »So, Franz Joseph, nun wollen wir deinem Vater eine gute Rückfahrt wünschen und danach zeige ich dir, wo du deine Sachen einräumen kannst.«

Sie begleitete Mathias bis zur Wohnungstür, wo er ihr das Geld für Kost und Wohnung bis zum Jahresende im Voraus überreichte.

Das Verhältnis zwischen Mathias und Kreszentia war, nachdem fast zwei Jahre seit den unseligen Ereignissen vergangen waren, annähernd so gut wie vorher. Jeder ging gewissenhaft seiner Arbeit nach, was zur Folge hatte, dass der Hof, trotz der allgemeinen wirtschaftlichen Schwankungen, im Großen und Ganzen gut dastand. Die Begegnungen im ehelichen Bett allerdings hatten an Leidenschaft verloren und waren selten geworden. Dennoch war Kreszentia im Herbst, als Franz Joseph auf das Gymnasium in Ravensburg kam, wieder schwanger.

Ihre Schwägerinnen Kreszentia Hener von Oflings und Franziska Büchele von Diepoldshofen hatten beide im Januar 1840 einem gesunden Mädchen das Leben geschenkt und sie beide im Andenken an ihre verstorbene Schwester auf den Namen Theresia getauft. Genau wie Kreszentia waren auch sie erneut schwanger, und alle drei erwarteten nun ihre Niederkunft im kommenden Mai.

Über Weihnachten brachte ein Mietfuhrwerk Franz Joseph nach Hause auf den Unterburkhartshof. Es war ein lebhaftes Willkommen und Franz Joseph stand geraume Zeit im Mittelpunkt. Immer wieder musste er von der Schule und den Lehrern erzählen.

Der Unterricht sei sehr interessant, aber ganz anders als in Diepoldshofen in der Dorfschule, berichtete er. Er habe jetzt Fächer wie Geschichte, die von alten Kulturen, Kriegen, Kaisern und Königen handle. Und in den Erdkundestunden lerne er viel über fremde Länder und die Gebirge und Flüsse, die sie durchzogen. Ganz zu schweigen von Latein, das eine ganz alte Sprache sei und die in der Theologie eine große Rolle spiele.

Am meisten fasziniert aber waren alle, als er erzählte, dass es in der Wohnung der Witwe Kleiner nicht nur ein eigens eingerichtetes Badezimmer, sondern auch einen Abort gab.

»Nicht wie bei uns, wo man in den Stall muss, um seine Notdurft zu verrichten, sondern direkt in der Wohnung – ohne dass man extra ins Freie muss«, schilderte Franz Joseph ausführlich und begeistert. Frau Kleiner sei immer freundlich, nur wenn es um die Hausaufgaben gehe, verstehe sie überhaupt keinen Spaß, und sie achte streng darauf, dass sie ordentlich erledigt würden.

Die Weihnachtsferien vergingen wie im Fluge. Anfang Januar brachte Mathias Franz Joseph wieder nach Ravensburg. Der Schnee lag so hoch, dass er statt des Wagens den Schlitten einspannte, mit dem sie schneller vorankamen. Im niedriger gelegenen Ravensburg mit seinem milden Klima lag längst nicht so viel Schnee wie im Allgäu. Das Straßenpflaster war gerade noch ausreichend bedeckt, damit der Schlitten auf den Straßen dahingleiten konnte.

An einem Mittwoch Ende April 1841 wachte Kreszentia morgens wie üblich in aller Frühe auf. Sie wuchtete zuerst ihren schweren Leib zur Seite, schwang die Beine aus dem Bett und stellte dann die Füße auf den Boden. Die Dielen des Fußbodens waren kalt und sie zog sich deshalb gleich Strümpfe und Schuhe an. Mathias schlief noch tief und fest und schnarchte leise. Nachdem sie sich vollends angekleidet hatte, ging sie um das Bett herum und rüttelte ihn leicht an der Schulter. Sein Schnarchen verstummte und er öffnete die Augen.

»Schon Zeit zum Aufstehen?«, brummelte er verschlafen.

»Ja, es wird schon hell und so, wie der Himmel aussieht, wird es ein schöner Tag werden«, antwortete Kreszentia, während sie zum Fenster hinaussah.

Über dem Rotbach hing ein leichter Dunstschleier, der sich auflösen würde, sowie die Sonne höher stieg. Kreszentia schaute morgens gerne eine Weile aus dem Fenster, bevor sie sich ihren täglichen Pflichten zuwandte. Die Beständigkeit des Ausblicks – der Wald, der Bach und die Hügel im immer wiederkehrenden Wandel der Jahreszeiten stärkten sie jedes Mal erneut. Als sie damals, nach dem Tod ihres ersten Kindes, wieder auf die Beine gekommen war, hatte ihr der Blick aus diesem Fenster Kraft und Lebensmut gegeben. Seitdem begann sie jeden Tag auf diese Weise.

»Etwas ist anders heute«, dachte sie, ohne dass sie hätte benennen können, was es war.

Mathias war inzwischen ebenfalls aufgestanden. Er ging zur Kommode, auf der die Waschschüssel und ein Krug mit Wasser standen, und spritzte sich Wasser ins Gesicht. Zum Schluss der kurzen Morgentoilette tauchte er beide Hände in die Schüssel und fuhr sich damit durch die Haare. Mit dem Kamm aus gelblichem Horn kämmte er entgegen der Mode, sich einen Scheitel zu ziehen, alle Haare aus dem Gesicht, die sich, wenn sie getrocknet waren, gefällig bis zu den Ohren um seinen Kopf legten. Kreszentia wusch sich Gesicht und Hände und trocknete sich danach sorgfältig ab. Den Becher mit den Zahnbürsten rückte sie zur Seite. Nur einmal in der Woche wurden die Zähne geputzt, damit der Zahnschmelz und das Zahnfleisch nicht zu sehr strapaziert wurden. Kreszentia hielt sich da streng an die Empfehlungen der Zahnärzte. Sie schlug die Bettdecken zurück, schüttelte die Kissen auf und öffnete eines der beiden Fenster. Mit der vollen Waschschüssel und dem leeren Wasserkrug machte sie sich auf den Weg in die Küche.

Mariantoni hatte bereits den Küchenherd angeheizt und Milch für den Haferbrei aufgestellt. Der Einfachheit halber nahmen sie unter der Woche ihr Frühstück in der Küche ein. Kreszentia deckte den Küchentisch mit kleinen Schüsseln und Löffeln für die Morgenmahlzeit der Schulkinder Marianne, Kreszentia und Johann Baptist. Danach ging sie wieder nach oben, und bevor sie die Kinder weckte, schüttelte sie im ehelichen Schlafzimmer die Zudecken kräftig auf, klappte sie in der Mitte zusammen, strich sie glatt und schloss das Fenster.

Die Kinder löffelten bereits ihren Brei, als Maria Anna mit frischem Gesicht gutgelaunt in die Küche trat und einen guten Morgen wünschte. Kreszentia trank mit der Magd und der Kindsmagd wie jeden Morgen eine Tasse Milchkaffee, während die Kinder aßen. Eine kräftige Brotzeit würde es erst gegen neun Uhr geben, wenn Mathias mit den Knechten die ersten Stall- und Feldarbeiten erledigt hätte.

Maria Anna, die Kinder und Mariantoni hatten die Küche bereits verlassen, als Kreszentia plötzlich bewusst wurde, was heute anders war. Das Kind in ihrem Leib bewegte sich nicht. Eine unbestimmte Angst stieg in ihr hoch. Sie klopfte mit der flachen Hand auf ihren Bauch und sagte beschwörend: »Wach auf, komm, beweg dich!« Als keine Reaktion erfolgte, stand sie auf und lief in der Küche auf und ab. Was sollte sie jetzt tun? Gleich nach der Hebamme schicken? Warten?

»Gott im Himmel, bitte, lass das Kind nicht tot sein!«

Um sich zu beruhigen, nahm sie sich vor, zur Badehütte hinunterzugehen und dort sauberzumachen. Wenn sich das Kind danach immer noch nicht bewegte, wollte sie erst einmal Mathias Bescheid sagen. Dann würde man weitersehen.

Das Gras stand schon knöchelhoch und war an schattigen Stellen noch mit Tau bedeckt, so dass sich Kreszentias Schuhe schon nach ein paar Schritten von der Nässe dunkel färbten. An der Badehütte angekommen, öffnete sie die Tür und die beiden Fenster, damit sich der kleine Raum mit frischer Frühlingsluft füllen konnte. Sie trug die kleinen Zuber und Schöpfkellen ins Freie und zog die schmale Holzbank und einen größeren Holzzuber auf die Veranda. Danach beseitigte sie mit dem Reisigbesen die Spinnweben von der Decke und den Wänden. In einer Ecke lag eine vertrocknete Kröte, die Kreszentia mit einem leichten Ekelgefühl mit Hilfe des Besens aufnahm und hinter der Hütte in die Büsche warf. Beim Anblick des Gebüschs stieg die Erinnerung an die heimlichen

Treffen mit Joseph Anton Reuter in ihr hoch. Ein zwiespältiges Gefühl erfasste sie, als sie sich an die Lust erinnerte, die sie beide hier zusammengeführt hatte. Die Scham über ihr Verhalten und die Lügen, die es nach sich gezogen hatte, überwog inzwischen. »Schluss! Aus und vorbei!«, rief sie sich zu und fegte energisch, mit ausholenden Bewegungen, den Staub des Holzbodens zur Türe hinaus. Danach stellte sie Bank, Zuber und Kellen wieder an ihren Platz und kehrte das trockene Laub und den Staub von der Veranda ins Gras.

In ihrem Leib rührte sich nichts. Nach der Brotzeit nahm sie Mathias zur Seite. Der schaute sie entsetzt an, als sie ihm die Situation schilderte.

»Ich lasse gleich nach der Hebamme schicken, die wird wissen, was in einem solchen Fall zu tun ist«, sagte Mathias, dem es nur schlecht gelang, die Aufregung in seiner Stimme zu verbergen.

Als die Hebamme eintraf, saß Kreszentia auf der Bank neben der Haustür. Ein plötzliches Bedürfnis nach Luft und Licht hatte sie aus dem Haus getrieben. Sie stieg mit der Hebamme ins Obergeschoss hinauf, wo sie sich auf deren Anweisung hin im Schlafzimmer auf ihr Bett legte. Die morgens sorgfältig zurechtgemachte Zudecke legte sie auf Mathias' Bett.

Die Hebamme tastete ausführlich Kreszentias Leib ab. »Ich kann den Kopf des Kindes spüren, er ist oben, das Kind hat sich also nicht gedreht«, kommentierte sie. »Herztöne höre ich keine«, stellte sie fest, nachdem sie ihr rechtes Ohr lange an den Bauch der Schwangeren gehalten hatte, die mucksmäuschenstill auf dem Rücken lag.

Kreszentia fing an zu weinen: »Gestern Abend, als ich ins Bett ging, hat es sich noch bewegt.« Sie wischte sich mit dem Saum ihrer Schürze über Augen und Nase und schniefte kräftig. »Wie geht es denn jetzt weiter?«

Die Hebamme wiegte nachdenklich den Kopf. »Überstürzen muss man nichts«, sagte sie langsam. »Eine kleine Hoffnung besteht, dass das Kind noch am Leben ist. Wenn es sich aber bis spätestens morgen früh nicht rührt, müssen wir davon ausgehen, dass es abgestorben ist. Das kann viele Gründe haben, genau kann man es zum jetzigen Zeitpunkt nicht sagen. In solchen Fällen kommt das Kind fast immer durch eine ganz normale Geburt zur Welt.«

Sie klopfte Kreszentia, die inzwischen auf der Bettkante saß, liebevoll auf den Oberarm. Dann setzte sie sich neben sie und kramte aus ihrer geräumigen Ledertasche ein Schreibtäfelchen hervor, auf dem sie das Ergebnis der Untersuchung in Stichworten notierte, damit sie es später zu Hause in ihr Tagebuch eintragen konnte.

»Ich komme morgen früh wieder«, sagte sie, »außerdem werde ich gleich dem Doktor Bescheid geben, damit er entscheiden kann, wie wir weiter verfahren.«

Kreszentia nickte. »Kann mir denn nichts passieren, wenn das Kind tot ist und in meinem Leib bleibt?«, fragte sie ängstlich, was ihr die ganze Zeit schon auf der Zunge brannte.

»Solange die Fruchtblase nicht vorzeitig springt, habt Ihr nichts zu befürchten. Sollte dies allerdings passieren, soll Euer Mann mich sofort holen und am besten auch gleich den Doktor. Aber beunruhigt Euch nicht unnötig, jetzt warten wir erst einmal ab.«

Mathias stand mit besorgter Miene unten an der Treppe.

»Eure Frau wird Euch alles erklären«, sagte die Hebamme zu ihm. »Ich komme auf jeden Fall gleich morgen früh noch einmal vorbei. Behüt Euch Gott.«

Bereits um sieben Uhr in der Frühe stand die Hebamme in der Küche. »Ich bin auf dem Weg zu einer Entbindung in Stegroth. Das kann eine Weile dauern, da es das erste Kind ist. Deshalb wollte ich vorher noch nach Euch sehen.

»Das Kind hat sich nicht mehr bewegt«, platzte es aus Kreszentia heraus. Tränen rannen ihr über die Wangen. Um Fassung bemüht, sagte sie dann: »Setzt Euch doch und trinkt eine Tasse Kaffee, bevor Ihr Euch nach Stegroth aufmacht.«

Die Hebamme kam der Einladung gerne nach und sagte dann: »Ich möchte Euch auf jeden Fall noch einmal untersuchen, bevor ich gehe.«

Die Prozedur vom Vortag wiederholte sich und leider auch das Ergebnis.

»Ich kann den Kopf immer noch tasten. Allerdings liegt er etwas anders als gestern. Ich bin mir jetzt ganz sicher, dass das Kind abgestorben ist, denn es ist bezeichnend, dass es mehr und mehr in sich zusammensinkt. Deshalb wird auch Euer Leibesumfang bis zur Geburt abnehmen.«

»Mir ist angst und bange«, gestand Kreszentia.

»Nur Mut, Riedmüllerin. Der Doktor hat zugesagt, dass er Geburtshilfe leisten wird, wenn es so weit ist. Auch ist es nicht Eure erste Schwangerschaft, sondern die elfte. Sogar eine Zwillingsgeburt habt Ihr gut überstanden. Versucht ruhig zu bleiben und vermeidet unnötige Grübeleien. Es ist, wie es ist, und mit Gottes Hilfe werdet Ihr alles gut überstehen.«

Sechs Tage später, am Nachmittag des ersten Mai, setzten die Wehen ein. Die Hebamme war kurz darauf zur Stelle. Der Arzt war verständigt. Die Tage des angstvollen Wartens hatten Kreszentia nervlich zerrüttet. Weinend lag sie auf dem Bett, unfähig, ihren Tränen Einhalt zu gebieten. Die Wehen kamen zwar regelmäßig alle paar Minuten, waren jedoch schwach. Als der Arzt eintraf, wies er die Hebamme an, Kreszentia eine kleine Dosis Hofmannstropfen zu verabreichen, damit die Gebärende durch die belebende Wirkung angeregt würde. Tatsächlich verstärkten sich die Wehen und sie kamen in kürzeren Abständen. Endlich erfolgte der Blasensprung und bräunliches Fruchtwasser ergoss sich in die dick ausgelegten Tücher zwischen Kreszentias Beinen. Mit nur einer Presswehe war das Kind geboren. Die Nabelschnur war um den Hals des Bübchens gewickelt und hatte es schon vor Tagen stranguliert. Der kleine Körper war bereits in Fäulnis übergegangen, die Haut war blasig aufgeworfen.

Die Hebamme wickelte das Kind in ein Tuch, so dass nur noch das eingefallene Gesichtchen zu sehen war. »Es ist ein Junge«, sagte sie. »Wollt Ihr ihn sehen?«

Kreszentia lag erschöpft, aber auch erleichtert darüber, dass alles vorbei war, in den Kissen. »Ja«, sagte sie leise.

Die Hebamme legte ihr das kleine Bündel in den Arm.

Kreszentia betrachtete ihren Sohn eine kurze Weile, ohne ein Wort zu sagen. Dann bat sie die Hebamme: »Bitte nehmt ihn wieder.«

Die Nachgeburt ließ auf sich warten. Der Arzt begab sich in die Küche hinunter, wo ihm Mariantoni eine reichliche Brotzeit richtete.

Als er wieder nach Kreszentia sah, war der Zustand unverändert. Die wiederkehrenden, schwachen Wehen brachten den Mutterkuchen nicht ans Licht. Der Arzt war eine Weile unentschieden, denn das Lösen der Nachgeburt war umstritten. Er begann Kreszentias Bauchdecke zu massieren. Als die nächste Wehe eintrat, drückte er ihr auf den Bauch und zog gleichzeitig an der Nabelschnur. Der Mutterkuchen glitt daraufhin heraus.

»Alles scheint vollständig zu sein«, sagte er mehr zu sich als zur Hebamme, die sich ebenfalls begutachtend über die übel riechende Masse beugte.

»Ja, ich denke auch, dass alles mitgekommen ist«, pflichtete die Hebamme bei.

Die folgende Blutung konnte als normal gelten und gab keinen Anlass zur Besorgnis. Der Arzt verabschiedete sich und ließ Kreszentia in der Obhut der Hebamme zurück, die noch eine Weile bei ihr blieb.

Mathias hatte das Kind bereits in den kleinen Holzsarg gelegt, den er vom Schreiner hatte anfertigen lassen, nachdem klar war, dass es eine Totgeburt werden würde. Am nächsten Morgen brachte er den Sarg mit dem Fuhrwerk nach Diepoldshofen, wo ihn der Totengräber in aller Stille in einer Ecke des Friedhofes begrub – neben all den anderen ungetauften Kindern. Eine christliche Beerdigung war in so einem Falle nicht vorgesehen, da die Erbsünde nicht mehr durch die Taufe abgewaschen werden konnte.

»Ich will kein Kind mehr haben«, schluchzte Kreszentia.

Mathias hatte sich einen Stuhl ans Bett gezogen, um seiner Frau ein wenig Gesellschaft zu leisten. Seit der Geburt waren zehn Tage vergangen, und Kreszentia war immer noch schwach und erholte sich nicht recht. Düstere Gedanken wechselten sich mit unbestimmten Ängsten ab.

Zum wiederholten Male erklärte sie ihrem Mann: »Tagelang ein totes Kind im Leib zu tragen und es dann zur Welt zu bringen – das ist einfach schrecklich.«

Mathias schaute seine Frau betreten an. Als Verursacher der Schwangerschaft fühlte er sich mitschuldig. »Geht es dir denn schlechter?«, fragte er mit belegter Stimme.

»Nein, aber besser geht es mir auch nicht. Noch nie habe ich mich so schlecht gefühlt, diese Geburt hat mir die ganze Kraft genommen.«

»Soll dir Maria Anna die Kinder hochbringen, damit du auf andere Gedanken kommst?«

Kreszentia hob unschlüssig die Schultern. Schließlich sagte sie: »Ja, sag ihr Bescheid, vielleicht tut mir die Abwechslung gut.«

Die Hebamme kam täglich. Als sie an einem der folgenden Tage das Schlafzimmer betrat, fand sie Kreszentia mit unnatürlich geröteten Wangen in den Kissen liegend vor. Sie legte ihr die Hand auf die Stirn und war von der Hitze sogleich alarmiert.

»Habt Ihr Kopfschmerzen?«

»Ja, seit ich heute Morgen aufgewacht bin – und fürchterlichen Durst.« Kreszentia langte nach einem Glas mit Wasser, das ihr Mariantoni mitsamt dem Wasserkrug auf den Nachttisch gestellt hatte, und trank es in einem Zug leer.

Die Hebamme schlug die Bettdecke an Kreszentias Füßen zurück und sah sofort, dass sie angeschwollen waren. »Habt Ihr noch gar nicht bemerkt, dass eine Blutung eingesetzt hat?«, fragte sie Kreszentia, mit einem Blick auf die rot gefärbten Laken.

»Eine Blutung, nein – oder doch, jetzt, wo Ihr es sagt, spüre ich, dass es nass ist.«

»Ich sage gleich der Magd Bescheid, damit sie die Laken wechselt. Vorher lege ich Euch aber einen Tampon an, um die

Blutung aufzuhalten. Ich schicke auch gleich nach dem Doktor, damit er Euch untersucht.«

Aber der Doktor war mit seinem Medizinerlatein schnell am Ende. »Vielleicht sind doch Reste der Nachgeburt zurückgeblieben«, mutmaßte er, »oder die sich zersetzenden Stoffe des toten Kindes sind in die Blutbahn der Mutter gelangt und vergiften sie jetzt langsam.«

Kreszentia fiel in den nächsten Stunden mehrmals in Ohnmacht, aus der sie der scharfe Geruch von Salmiak zurückholte, den die Hebamme ihr in einem Fläschchen unter die Nase hielt. Am nächsten Tag setzten Krämpfe ein, bei denen sie jedes Mal die Augen verdrehte.

Mathias stand am Fußende des Bettes. Die Gewissheit, dass er seine Frau verlieren würde, dehnte sich unaufhaltsam in ihm aus. Er trat zu ihr und strich ihr die schweißnassen Strähnen ihres schönen dunkelbraunen Haares aus der Stirn. »Wann sind denn all die silbernen Fäden in Kreszentias Haar gekommen?«, fragte er sich hilflos.

Am 13. Mai 1841, zwei Wochen nach der Geburt, schloss Kreszentia, im Alter von einundvierzig Jahren, die Augen für immer.

Mathias war fassungslos. Die Kinder verstört. Carl und die Verwandten zutiefst betroffen. Wie eine riesige Glocke senkte sich die Trauer auf den Unterburkhartshof.

Über Nacht hatten sich Mathias' Haare grau gefärbt. Sein Magenleiden war wieder aufgeflammt und es kostete ihn all seine Kraft, den Hof am Laufen zu halten. Maria Anna war ganz auf den Hof gezogen, um die Kinder zu versorgen und Mariantoni im Haushalt zu unterstützen. Bei oberflächlicher Betrachtung ging alles seinen gewohnten Gang. Mitunter war sogar Kinderlachen zu hören und ließ für Augenblicke die Schwermut vergessen, die den Vater der Kinder umgab.

An einem warmen Frühsommertag erschien Carl auf dem Hof. Mit Hilfe seines Stockes hatte er sich auf den Weg gemacht, um seinem Sohn ins Gewissen zu reden.

»Mathias, du darfst dich nicht gehen lassen. Du musst weitermachen – für deine Kinder. Ich weiß, wie schmerzlich so ein Verlust ist, aber ich weiß auch, dass die Zeit alle Wunden heilt. Nicht gleich und meistens auch nicht schnell, aber glaube mir, der Schmerz lässt nach – jeden Tag ein wenig mehr. Und vergiss nicht, du bist Gemeinderat und damit ein Vorbild in der Gemeinde.«

Mathias sah seinen Vater an. Wie alt er geworden war, und wie aufrecht er trotzdem vor ihm stand.

»Du hast ein langes Leben hinter dir, Vater, und ich weiß, wie viele Schicksalsschläge dich getroffen haben – aber du warst immer aus dir selbst heraus stark. Ich dagegen war nur durch Kreszentia stark. Sie ... sie fehlt mir so sehr.«

»Komm«, sagte Carl, »zeig mir den Hof und wie alles steht.«

Mathias führte seinen Vater herum. Nach den Ställen besichtigten sie die Brennerei und stiegen sogar in den Käsekeller hinunter, wo wie immer der Backsteinkäse in den Regalen reifte. Sie warfen einen Blick in das Wasch- und Backhäuschen, wo Mariantoni gerade die Asche aus dem heißen Backofen entfernte, um gleich die bereitstehenden Brotlaibe einzuschießen.

Als sie am Waldrand vor den Bänken mit den Bienenkörben standen, erinnerte sich Carl mit leichter Wehmut: »Ach, wenn ich daran denke, wie ich damals mit einem wilden Bienenvolk und zwei Körben vom alten Capeter mit der Imkerei angefangen habe ...«

Sie gingen weiter bis zum Torfstich, wo Alois und Xaver damit beschäftigt waren, die frisch gestochenen Torfwasen zum Trocknen auszulegen.

»Da gibt es gutes Brennmaterial für den nächsten Winter!«, rief Carl den Männern zu, bevor er mit Mathias in Richtung Obstgarten weiterging.

Sie schritten die Wiesen und Felder ab und hielten sich dabei möglichst am Rand, da das Gras schon hoch stand. Sie begutachteten die Badehütte und standen eine Weile am Rotbach, wo sie die Fische beobachteten, die elegant und unbeschwert durchs Wasser glitten. Und mit einem Mal bemerkte Mathias, dass ihm leichter wurde ums Herz.

»Wenn man bedenkt, wie lange es den Hof schon gibt, und mit wie viel Mut und Tatkraft unsere Vorfahren Melchior und Johanna ihn nach dem Dreißigjährigen Krieg wieder hochgebracht haben, dann ist es doch ein wunderbares Vermächtnis, das es zu erhalten gilt«, beendete Carl zufrieden seine Lektion, als er sah, dass sich der Gesichtsausdruck seines Sohnes aufhellte.

In den Sommerferien kam Franz Joseph nach Hause. Trotz seines zurückhaltenden Naturells brachte er einen frischen Wind mit auf den Hof. Er war stark gewachsen, und wie es in diesem Alter oft vorkommt, nicht überall gleichmäßig. Die Arme und die Beine schienen irgendwie zu lang zu sein, was ihm ein schlaksiges Aussehen verlieh. Er erzählte begeistert von der Schule, vom Unterricht und dem Leben in Ravensburg, das, wie er betonte, mehr als dreitausend Einwohner hatte, und sicherte sich damit für einige Tage die Aufmerksamkeit aller. Bald aber verlor sich seine wichtige Miene, die er dabei aufsetzte, und er half seinen Geschwistern bei den verschiedenen Arbeiten, die sie täglich zu erledigen hatten. Oft genug fanden sie jedoch Zeit und spielten zusammen am Bach, wo sie mit Begeisterung Wind- und Wasserrädchen aus biegsamen Weidenruten bauten.

Sein Bruder Johann Baptist ließ sich von den Berichten aus dem fernen Ravensburg nicht lange beeindrucken, sondern erklärte nun seinerseits Franz Joseph alles, was sich auf dem Hof verändert hatte. Mit festem Schritt stampfte er mit seinen kräftigen Beinen voran und zeigte seinem Bruder die neuen Ferkel, das Fohlen und die Kälber, und selbst vor Strolch machte er nicht halt, denn der musste auf sein Geheiß vorführen, wie gut er Männchen machen konnte.

Marianne, die älteste Schwester, rümpfte bei den Wichtigtuereien ihres fünf Jahre jüngeren Bruders Johann Baptist stets die Nase – was sollte das schon Besonderes sein – das war doch immer so, dass es neue Ferkel, Fohlen und Kälber gab. Das hübsche dunkelhaarige Mädchen half lieber Mariantoni im Haushalt oder, wenn es sein musste, bei der Beaufsichtigung ihrer jüngsten Geschwister. Maria Anna achtete nämlich stets darauf, völlig übertrieben, wie Marianne fand, dass die fünfjährige Sophia und der dreijährige Mathias ja nicht alleine am Bach spielten oder den Pferden zu nahe kamen.

Für ihre Schwester Kreszentia dagegen gab es nichts Schöneres, als sich mit den Tieren zu beschäftigen. Sie war es auch, die Strolch beigebracht hatte, Männchen zu machen, da brauchte sich ihr Bruder gar nicht so aufzuspielen und so zu tun, als ob das sein Werk gewesen wäre. Da Kreszentia aber sanftmütig war, trug sie Johann Baptist seine Angeberei nicht lange nach.

Als das Gras zum zweiten Mal geschnitten wurde, war Franz Joseph längst wieder zurück in Ravensburg. Mathias beobachtete mit sorgenvoller Miene den Himmel. Sie waren gerade mit dem Mähen der zweiten Wiese fertig, als sich der Himmel grau bezog und ein kräftiger Wind aufkam.

»Hoffentlich gibt es kein Unwetter«, dachte er. »Das würzig duftende Gras liegt in regelmäßigen Reihen. Was für ein Jammer, wenn es jetzt hineinregnen würde.«

Der nächste Schritt wäre, die Reihen mit der Gabel aufzulockern und das Gras zu verstreuen, damit es vollends trocknete. Im Gegensatz zum Heu des ersten Schnittes, das sie immer auf Heinzen hängten, trocknete Mathias das kürzere Öhmd des zweiten Schnittes lieber auf dem Boden. Ausnahmen hatte er nur in besonders nassen Sommern gemacht, wo das Öhmd sonst auf dem Boden verfault wäre. Dieses Jahr schwankte er. Zwar regnete es oft in diesem Sommer, aber dazwischen lagen jedes Mal trockene, heiße Tage. Es war immer das Gleiche. Als Bauer musste er sich auf seine Erfahrung und sein Gespür verlassen, wenn die Entscheidung zum Mähen anstand.

Erleichtert stellte Mathias fest, dass der Wind die Wolken vertrieb und bereits wieder blaue Fetzen des Himmels freigab.

»Ich glaube, wir haben noch einmal Glück!«, rief er seinen drei Knechten zu. »Joseph, geh und hol die Mariantoni und die älteren Kinder, damit sie beim Verstreuen helfen.«

Das Schlimmste, was an einem heißen Sommertag wie diesem passieren konnte, war ein Hagelschlag. Alle paar Jahre kam es vor, dass die Ernten dadurch kleiner ausfielen und im schlimmsten Fall ganz vernichtet wurden. Dann war das Elend groß und Vieh musste zum Schlachten verkauft werden, da das Futter nicht reichte, um es über den Winter zu bringen. Ganz so schlimm hatte es Mathias Gott sei Dank noch nie getroffen.

Mariantoni traf mit Marianne, Kreszentia und Johann Baptist ein, alle mit dreizinkigen Heugabeln bewaffnet. Der siebenjährige Johann Baptist kämpfte mit seiner Gabel, deren Stiel für den kleinen Kerl viel zu lang war. Aber von solchen Widrigkeiten ließ er sich nicht aufhalten und geschickt begann er das Gras zu verstreuen.

Am späten Vormittag des nächsten Tages machten sich wieder alle auf, um das bereits angetrocknete Öhmd erneut zu wenden und aufzulockern. Die Sonne strahlte von einem wolkenlosen Himmel.

»Besser könnte es gar nicht sein«, dachte Mathias zufrieden.

Am Nachmittag war das Öhmd völlig trocken und verströmte einen herrlichen Duft. Die Kinder trugen es zu Haufen zusammen, damit die Erwachsenen es mit den Gabeln in großen Büscheln aufnehmen und auf den vom Pferd gezogenen Wagen laden konnten. Einen um den anderen Wagen fuhren sie auf diese Weise ein und verstauten die kostbare Ernte letztendlich auf dem Heuboden. In den nächsten Tagen kontrollierte Mathias mehrmals die Temperatur des eingelagerten Öhmds, das sich, wenn es nicht völlig durchgetrocknet war, so erhitzen konnte, dass es einen Heustockbrand auslöste.

Als auch die Getreideernte abgeschlossen war, lud Mathias seinen Vater und seine Schwester Franziska mit Mann und

Kindern ein, sie an einem Sonntagnachmittag zu besuchen. Jetzt, wo die Ablenkung durch die Anstrengungen der Erntearbeiten vorüber war, brach über Mathias der Schmerz wieder herein. Es war nicht mehr der beißende Schmerz der Anfangszeit. Es war mehr ein dumpfes Drücken in seiner Brust, das ihn jedes Mal erfüllte, wenn ihm bewusst wurde, dass Kreszentia nicht mehr da war. Die Nähe der Familie schien ihm eine gute Medizin dagegen zu sein.

Franziska und Nepomuk brachten außer ihren Kindern Alois und Theresia auch ihre erst wenige Monate alte Tochter Josefa mit. Die Stube füllte sich mit Leben. Wie zu Kreszentias Zeiten wurde reichlich aufgetischt. Mariantoni und Maria Anna gaben ihr Bestes und überraschten Mathias und die Gäste voller Stolz außer mit Brot, Wurst und Käse auch mit einem frisch gebackenen Apfelkuchen und einer Schüssel Schlagrahm.

Später nahm Maria Anna die ganze Kinderschar, bis auf die kleine Josefa, mit hinaus und spielte mit ihnen Verstecken. Carl berichtete, dass es Kreszentia und ihrer Familie in Oflings gutgehe und auch die kleine Agatha, die drei Tage vor dem Ableben von Mathias' Frau auf die Welt gekommen war, wohlauf sei. Völlig neu war Mathias die Nachricht, dass sein Bruder Johann Baptist vor Kurzem seinen Hof in Wuchzenhofen verkauft und sich in Achen bei Isny ein neues Anwesen zugelegt hatte.

»Das sind ja Neuigkeiten«, staunte Mathias.

»Davon gibt es noch mehr«, meldete sich Nepomuk. »Wir planen nämlich auch eine Veränderung. Du weißt ja, wie beengt wir wohnen. Jetzt, mit drei Kindern, ist es so eng, dass wir uns fast nicht mehr drehen können.«

Carls Nicken bekräftigte die Ausführungen seines Schwiegersohnes.

»Die Säcklerei«, fuhr Nepomuk fort, »betreibe ich, wie Ignaz damals, in der Stube – zumindest im Winter. Wenn es wärmer ist, erledige ich manche Arbeiten im Freien – eine richtige Lösung ist das auf die Dauer jedoch nicht. Als ich erfahren habe, dass der Josef Weg sich altershalber verkleinern will, habe ich ihm angeboten, dass wir unsere Häuser tauschen. Wie du weißt, Mathias, ist Wegs Haus an das Haus von Josef Anton Koch angebaut. Die dazugehörige Baind und der Garten sind fast doppelt so groß wie bei uns und außerdem gehört eine Allmende von ungefähr sieben Morgen mit Wald und Weide dazu, was es uns ermöglicht, eine Kuh zu halten. Die Verhandlungen sind noch nicht ganz abgeschlossen, aber so, wie wir es bisher besprochen haben, übernehme ich vom Josef seine gelbe Kuh, den Wagen, den Pflug, die Egge, die Blähmühle, den Güllewagen, eine Waldsäge, zwei Kuhgeschirre und sämtliches Zubehör. Einen Simri Lein, fünf Viertel Hafer und die vorhandenen Landern will er mir ebenso überlassen wie die gesamte Anblum im Feld. Dafür müsste ich ihm 697 Gulden draufzahlen, aber nicht auf einmal, sondern in vier Raten.«

Mathias dachte kurz nach, dann sagte er: »Das hört sich nicht schlecht an.«

»Dazu kommt noch, dass ich dem Josef Weg und seiner Frau, solange sie leben, jährlich ein Klafter Brennholz bereitstellen muss.«

»Trotzdem ist es ein reelles Geschäft«, schaltete sich Carl ein.

Nach vielen Gesprächen rang sich Mathias endlich dazu durch, ein für ihn sehr heikles Thema anzusprechen: »Franziska, ich hätte da noch eine Bitte.«

Seine Schwester schaute ihn fragend an.

»Kreszentias Kleider ... der Schrank und die Truhe sind voll davon. Ich habe mir gedacht, dass du sie nehmen könntest, vielleicht willst du auch das eine oder andere Stück an Kreszentia in Oflings geben. Du hast ja so viele von Kreszentias Kleidern genäht, da dachte ich, es ist nur recht, wenn du sie bekommst. Marianne mit ihren zwölf Jahren passen sie ja noch lange nicht.«

Franziska war gerührt und betroffen zugleich. »Oh, Mathias ... Kreszentias schöne Kleider ... danke, so machen wir es, das ist eine gute Idee. Das eine oder andere kann ich sicher für unsere Schwester abändern.«

Ein paar Wochen später, nach dem Umzug von Franziska und ihrer Familie in das neue Haus, ließ Mathias die gesamte Garderobe seiner verstorbenen Frau von Maria Anna und Mariantoni in Leinentücher einschlagen. Mathias schluckte schwer, als er half, die drei prallen Bündel auf den Wagen zu laden, damit der Dienstknecht Xaver sie noch am selben Tag nach Diepoldshofen bringen konnte.

Maria Anna hatte bei dieser Gelegenheit den Schrank und die Truhe ausgewischt und Mathias' verbliebene Kleider mit reichlich Luft dazwischen wieder eingeräumt. Sie stellte fest, dass sie in einer weiteren Truhe eine kostbare Goldhaube und zwei weiße Leinenhauben übersehen hatte.

Als sie Mathias ihre Entdeckung mitteilte, winkte der ab: »Lass sie hier, vielleicht hat Marianne später einmal Verwendung dafür.«

Mathias kam nicht wirklich zur Ruhe. Zunehmend machte ihm sein Magenleiden zu schaffen. Zum Dreschen im Winter 1841/1842 stellte er einen Taglöhner ein, da ihm schon nach kurzer Zeit die Kraft für die anstrengende Arbeit fehlte.

Mariantoni hatte sich schon daran gewöhnt, dass sie für den Bauern extra kochen musste. Morgens nahm er nur noch einen Teller Haferschleimsuppe zu sich, unter den sie zwei Löffel Elsbeermus mischen musste – darauf legte er großen Wert. Mittags und abends passierte sie Kartoffeln und Gemüse mit ein wenig gekochtem Getreide, da ihm schon die kleinsten Brocken Magendrücken bereiteten. Fleisch lehnte er völlig ab und mit Wurst brauchte sie ihm gar nicht mehr zu kommen. Schon der Geruch verursachte ihm Übelkeit. Was er reichlich zu sich nahm, war Buttermilch, in die er ab und zu eine Scheibe Brot ohne Rinde einbrockte. Doch bald lag ihm das Brot so schwer im Magen, dass er auch darauf verzichtete.

Mathias suchte den Doktor in Kißlegg auf. Der verordnete ihm zur Magenstärkung mehrmals täglich die Einnahme von einigen Tropfen Zimttinktur und Melissen- oder Pfefferminztee – am besten lauwarm getrunken.

Inzwischen standen die Frühjahrsarbeiten an und Mathias versuchte, sich damit abzulenken. Aber anders als nach Kreszentias Tod, als er seinen Verlust bei der Arbeit vergessen konnte, verschwanden die Magenschmerzen nicht. Während der letzten Monate hatte er einiges an Gewicht verloren und die Arbeit strengte ihn in einem nie gekannten Maße an. Er gewöhnte sich an, nach dem Essen eine Stunde zu ruhen.

Nichts half.

Nach der Aussaat begab er sich erneut zum Arzt. Man könne es mit Heilerde versuchen, schlug der vor. Ein Teelöffel in Wasser eingerührt, morgens und abends eine halbe Stunde vor dem Essen genommen, habe schon in manchen Fällen Wunder gewirkt. Anstatt Melissen- und Pfefferminztee solle er es in der nächsten Zeit mit Schafgarbe- und Brennnesseltee versuchen.

Mariantoni kochte täglich mehrmals Kräutertee und seihte ihn in eine Kanne, damit Mathias sich jederzeit eine Tasse davon einschenken konnte.

Seit er denken konnte, hatte Mathias einen schlanken, aber muskulösen Körper besessen. Jetzt erschrak er vor sich selbst, wenn ihm sein eingefallenes Gesicht aus dem kleinen Spiegel im Schlafzimmer entgegenblickte und er den Gürtel wieder um ein Loch enger schnallen musste, damit ihm die Hosen nicht von den Hüften rutschten.

Zur Heu- und Getreideernte stellte er wieder einen Taglöhner ein, da er nicht mehr die Kraft besaß, den ganzen Tag auf dem Feld zu arbeiten.

Am 8. Juli, einem Freitag, saß Mathias erschöpft auf der Bank neben der Haustür, um sich auszuruhen, als sich in kürzester Zeit die Sonne verdunkelte. Die Zeitungen hatten das

Ereignis einer absoluten Sonnenfinsternis zwar schon wochenlang vorher angekündigt – aber jetzt war es doch sehr unheimlich. »So stelle ich mir den Jüngsten Tag vor«, dachte Mathias.

Selbst die bescheidene Kost, die er noch zu sich nahm, verursachte ihm inzwischen solche Übelkeit, dass er sich öfter erbrechen musste.

»Bauer, wir müssen den Doktor holen, so kann das doch nicht weitergehen«, drängte Mariantoni mit besorgter Miene.

Auch Maria Anna war aufs Äußerste beunruhigt und pflichtete ihr bei.

»Nein, keinen Doktor. Der kann mir auch nicht helfen«, wehrte Mathias unter Aufbietung all seiner Kraft ab.

Creszentia Groß vom Oberburkhartshof kam und redete ihm ins Gewissen: »Mathias, sei doch vernünftig und lass den Doktor holen.«

Blass und zusammengesunken saß Mathias am Küchentisch. »Creszentia, der kann auch nichts mehr machen. Ich spüre ganz genau, dass meine Zeit zu Ende geht.«

Als Creszentia in sein abgezehrtes Gesicht schaute, brachte sie es nicht übers Herz, ihm etwas Beschwichtigendes wie: »Du wirst bestimmt wieder gesund«, zu sagen. Stattdessen schlug sie vor: »Am besten wäre es, wenn du dich ein paar Tage ins Bett legst, das tut dir bestimmt gut.«

Als sich Mathias wieder einmal schmerzhaft in den Eimer erbrach, den Mariantoni ihm vorsorglich neben das Bett gestellt hatte, kam ein Schwall Blut mit. Er erschrak zutiefst. Mühsam stand er auf und wusch sich das Gesicht. Dann öffnete er die Tür des Schlafzimmers und schleppte sich die Treppe bis zur halben Höhe hinunter. Es war ein heißer Tag, so, wie der ganze Sommer in diesem Jahr besonders heiß war. Selbst im Haus hatte sich die Hitze ausgebreitet. Unten war Maria Anna gerade auf dem Weg in die Küche.

»Maria Anna! Hol den Pfarrer und sag meinem Vater und meiner Schwester Bescheid.«

Mathias starb am 16. August 1842, einem Dienstag, abends um halb acht Uhr. Seine Tochter Marianne, sein Vater Carl, Maria Anna und ihre Mutter Creszentia Groß waren bei ihm, als er seinen letzten Atemzug tat.

Epilog

Sein unerschütterlicher Glaube an Gott bewahrte Carl davor, dass er an den Geschehnissen zerbrach. Mathias wurde unter Fahnenschwingen, Musik und einer hochlöblichen Leichenrede des Schultheißen Wölfle von Pfarrer Strohmaier beerdigt. Der Friedhof fasste schier die Menschen nicht, die gekommen waren, um ihm die letzte Ehre zu erweisen. Pferde, Kutschen und Fuhrwerke säumten die Straße und den Platz vor der Kirche. Carl standen die Tränen in den Augen, als er in vorderster Reihe neben seinen Enkelkindern am offenen Grab stand.

»Ich habe ihm Unrecht getan«, dachte er reumütig. »Ich habe ihm nichts zugetraut. Aber er hat mich eines Besseren belehrt. Er hat ein ehrbares und verantwortungsvolles Leben geführt. Mit Kreszentias Hilfe. Und nun sind beide tot, und ihre Kinder werden auseinandergerissen werden.« Eine Welle des Schmerzes durchzog seine Brust bei diesem Gedanken.

Franziska und Nepomuk konnten keines der Kinder bei sich aufnehmen. Sie hatten vor Kurzem ihr viertes Kind bekommen und Franziska war seit der Geburt gesundheitlich angeschlagen und erholte sich nicht recht. Das Waisengericht hatte den Kindern einen Vormund beigestellt, der sich um die Unterbringung und die Vermögensverwaltung kümmerte. Alle sechs Kinder im Alter von dreizehn bis vier Jahren sollten gleich nach der Beerdigung auf ihre Pflegestellen verteilt werden. Die dreizehnjährige Marianne kam zu Pfarrer Müller nach Arnach, wo sie seiner Schwester im Pfarrhaushalt zur

Hand gehen sollte. Für Franz Joseph ergab sich die geringste Veränderung. Er blieb bei der Witwe Kleiner in Ravensburg in Pension und würde weiterhin das Gymnasium besuchen. Kreszentia kam als Hirtenmädchen zu Creszentia Groß auf den Oberburkhartshof. Johann Baptist und Sophia nahm der Pfarrer Hofer von Hauerz in Pflege und den vierjährigen Mathias nahm sein Onkel Johann Baptist von Achen zu sich.

Der Unterburkhartshof war als Familienbesitz nicht zu retten. Die Anzeige für den Gutsverkauf war bereits kurz nach Mathias' Tod im Wochenblatt erschienen. Die jahrhundertelange Heimat der Riedmüllers würde in fremde Hände übergehen.

Das Gut wurde zunächst mit oder ohne Inventar angeboten und konnte täglich eingesehen werden. Der Verkauf im September 1842 zog sich über eine Woche hin. Die zahlreichen Interessenten reisten zum Teil bis aus dem Bayerischen an, bevölkerten das Anwesen und inspizierten alles auf das Genaueste. Carl blieb dem Ausverkauf des Hofes fern. Er konnte schon allein die Vorstellung nicht ertragen, wie ein Stück Vieh nach dem anderen aus dem Stall geführt werden würde – und wie bekannte und fremde Leute ohne Scheu alles im Haus befingern und nach einem vorteilhaften Kauf durchsuchen würden.

Am Mittwoch, den 21. September 1842, der – welche Ironie des Schicksals – der Tag des heiligen Matthäus war, also der Namenstag des verstorbenen Mathias, erstand Andreas Hengler aus Reichenhofen für 5200 Gulden das Falllehengut, den eigentümlichen Wald und die Felder. Die bisherigen Gült- und Geldabgaben hatte er in gleicher Höhe weiterhin an die Herrschaft Waldburg-Zeil zu entrichten.

Am Donnerstag, den 22. September, wurden die Pferde, das Rindvieh, zwei Mutterschweine, der Hund und sämtliches Geflügel verkauft. Johann Baptist Riedmüller von Achen kaufte eine scheckige Kuh für 40 Gulden. Creszentia Groß vom Oberburkhartshof kaufte den Hund Strolch für 3 Gulden.

Am Freitag, den 23. September, waren die Wagen, Pflüge, Eggen, das Eisenzeug und alle übrigen bäuerlichen Geräte an der Reihe. Johann Baptist Riedmüller kaufte eine Blähmühle, eine Kuhglocke, einen Vogelkäfig, eine Waage, ein Markschloss, einen Deckel und drei Hobel. Der Sohn von Ignaz Riedmüller von Bauhofen kaufte ein Sieb, einen Rossstriegel und einen Güllewagen. Auf den Oberburkhartshof gingen: ein Büschel Schindeln, ein Klammhaken und zwei Stängele, ein Kehrhaken und eine Blähmühle.

Am Samstag, den 24. September, standen zum Verkauf: die Sommer- und Wintergarben, Stroh und Heu, das bereits geerntete oder noch stehende Öhmd sowie ungefähr zwei Morgen Kartoffeln. Crescentia Groß kaufte einen Sack Hanfsamen.

Am Montag, den 26. September, wurden verkauft: Schreinwerk aller Art, wie Kästen, Bettladen, Tische usw. und sonstiger Hausrat. Einer der Knechte kaufte ein doppeltes Bett. Mariantoni erwarb ein Kerzenmodel, Werkzeug, ein Büschel Draht, ein Nudelbrett und eine Laterne. Nepomuk Büchele erstand einen Sack.

Am Dienstag, den 27. September schließlich, waren noch zu haben: Küchengeschirr, Kupfer und Zinn, die Einrichtung der Sennerei und zwei Branntweinbrennhäfen samt der weiteren Einrichtung. Crescentia Groß kaufte zwei Teller für 17 Kreuzer. Ansonsten wurde das Geschirr pfundweise verkauft.

Die drei Frauenhauben, die Maria Anna beim Zusammenstellen von Kreszentias Kleidern vergessen hatte, fanden ebenfalls Kaufliebhaber. Der Steigwirt kaufte die beiden weißen Frauenhauben aus Leinen für 10 Kreuzer. Die Goldhaube ging für 6 Gulden und 12 Kreuzer an jemanden namens Greck von Riedlings.

Am Dienstag, den 11. Juli 1843, starb Carl Riedmüller abends um neun Uhr im Alter von 79 Jahren an einer Lungenlähmung. Drei Tage später, am Freitag, den 13. Juli, wurde er morgens um acht Uhr auf dem Friedhof in Diepoldshofen beerdigt. Bereits am 26. Juni hatte er den Ratsschreiber zu sich bestellt und ihm sein Testament diktiert, nach dem seine Kinder und Enkelkinder jeweils 75 Gulden erbten.

Mathias' Schwester Franziska starb am 2. Dezember 1846 im Alter von 42 Jahren an einem Nervenfieber und hinterließ vier Kinder im Alter zwischen vier und sechs Jahren. Ihr Mann Nepomuk Büchele heiratete zwei Jahre später zum zweiten Mal. Aus der Ehe mit Theresia Schneider gingen sechs weitere Kinder hervor.

Glossar

Abtritt	*Abort, Toilette*
Allmende	*gemeinsam genutzte Gemeindeflur, z. B. Wald, Weide*
Ammann	*Vertreter der Grundherrschaft*
Anblum	*angesätes Feld*
Baind	*eingezäuntes Grundstück*
Blatterrose	*Gürtelrose*
Eimer	*altes Hohlmaß, ca. 60 Liter (regional verschieden)*
Elle, württ.	*altes Längenmaß, 61,42 cm*
Fahrnis	*(Einrichtungs-) Gegenstände*
Falllehenhof	*dem Bauern auf Lebenszeit geliehenes Gut, das nach dessen Tod wieder an den Lehensherrn zurückfällt*
Farren	*männliches Rind*
Feldscher	*Wundarzt*
Fuder, württ.	*1 Fuhre, Wagenladung*
Fuß, württ.	*altes Längenmaß, 28,65 cm*
Georgi	*23. April*
Gichter	*Krampf, wurde oft bei unklarer Todesursache angegeben*
Gulden	*Währung, 1 Gulden (fl) = 60 Kreuzer*
Greut	*Land, das durch Roden urbar gemacht wurde*
Gült	*Lehenszins, meist in Form von Getreide*
Heinzen	*Holzgestelle zur Heu-, Öhmd- oder Flachstrocknung*
Herrgottswinkel	*Zimmerecke in der Wohnstube, die mit dem Kruzifix u.a. geschmückt ist.*

Hofraithe	*Hofraum*
Jauchert	*altes Flächenmaß, 0,468 ha bei Acker, 0,36 ha bei Wald*
Klafter	*Volumenmaß für Brennholz, ca. 3,4 Kubikmeter (württ.)*
Knittle	*zusammengedrehte und gebundene lange Flachsfasern*
Kunkel	*Spindel, Spinnrocken*
Lädine	*hölzerner Lastensegler*
Landern	*längliche, hölzerne Dachschindeln*
Leichensager	*Sie gingen von Haus zu Haus, um von einem Ableben zu berichten.*
Lichtmess	*2. Februar*
Magistrat	*Gemeindeverwaltung*
Metze	*altes Hohlmaß, ca. 37,06 Liter, regional verschieden*
Morgen	*Flächenmaß, 31,52 Ar*
Öhmd	*getrockneter, zweiter Grasschnitt*
Pfisterei	*Bäckerei*
Requisition	*Beschlagnahmung*
Riffelbaum	*Vorrichtung mit spitzen Zinken zur Trennung der Samenkapseln des Flachses von den Stängeln*
rote Kinderblattern	*Masern*
Schoppen	*altes Hohlmaß, ca. 0,4 Liter*
Säckler	*Lederhandwerker*
Schreinwerk	*Möbel*
Schüblinge	*rote Würste*
Schultheiß	*Bürgermeister*
Schumpen	*junges Rind*
Simri	*altes Hohlmaß, ca. 22 Liter*
Sommergarben	*gebündeltes Sommergetreide (Hafer, Sommergerste, Sommerroggen, Sommerweizen), wird im Frühjahr gesät und im Sommer bis Herbst geerntet*
Spatzen	*Spätzle (schwäbisches Teiggericht)*

Stängele	*kleine Stange*
Stallschweizer	*Stallknecht, vor allem für das Melken der Kühe zuständig*
Tagwerk	*Feld, das einem Tag bearbeitet werden kann*
Trokar	*medizinisches Gerät, ein Tubus, in dem ein beweglicher Stift sitzt*
Vereinödung	*Flurbereinigung, Hof und Felder wurden zusammengelegt*
Viertel	*altes Hohlmaß, ca. 5,5 Liter*
Wasen	*abgestochene Torfstücke*
Wintergarben	*gebündeltes Wintergetreide (Dinkel, Wintergerste, Winterroggen, Winterweizen), wird im Herbst gesät und im folgenden Jahr im Sommer bis Herbst geerntet*
Werg	*kurze Fasern des Flachses*
Winkelrecht	*Wohnrecht*
Zoll, württ.	*altes Längenmaß, 2,86 cm*

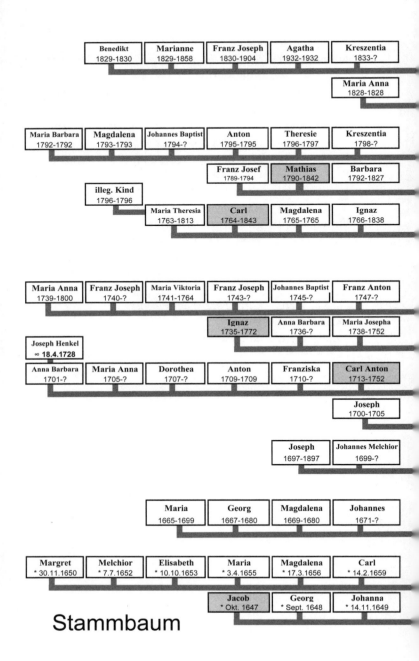

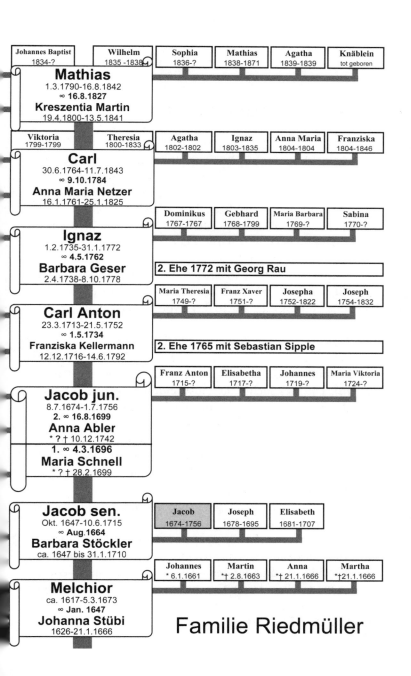

Anmerkungen

»Sommergarben« ist ein Roman mit authentischem Hintergrund und basiert auf der Familien- und Hofgeschichte der Familie Riedmüller, eingebettet in die politischen und regionalen Ereignisse der jeweiligen Zeit. Die Höfe standen – und stehen noch – in Ober- und Unterburkhardshofen. Im Roman habe ich sie Ober- und Unterburkhartshof genannt.

Während der Hof in Unterburkhardshofen nach dem Tod von Mathias Riedmüller mehrmals die Besitzer wechselte, ist der Hof in Oberburkhardshofen noch heute über die weibliche Linie im Besitz der Nachfahren von Caspar Stübi.

Von Melchior Riedmüller ist mir lediglich das Sterbedatum bekannt, ebenso wie von einem Caspar Stübi (ob das der Sohn vom fiktiven Caspar aus der Schweiz war, sei dahingestellt). Die Geschichte der Auswanderung in die Schweiz und die gemeinsame Rückkehr von Melchior, Johanna und Caspar sind frei erfunden und stehen exemplarisch für die Aus- und Einwanderungen in der Zeit während und nach dem Dreißigjährigen Krieg. Die verwandtschaftlichen Beziehungen habe ich angenommen, da nach Melchiors und Caspars Lebzeiten keine Hochzeiten unter den Familien Riedmüller und Stübi stattgefunden haben, obwohl sie in nächster Nachbarschaft lebten.

Aus einem Verzeichnis über den Eingang von Lehensgeldern und Steuern der Landvogtei Schwaben geht hervor, dass Melchior Riedmüller den öden Lehenshof seines Vetters Martin Riedmüller, dessen Geschichte frei erfunden ist, Jahre nach dessen Ableben für sich requirierte und dies bei der österreichischen Regierung anzeigte.

Die Lebensdaten von Jacob senior, Jacob junior, Carl Anton, Ignaz, Carl, Mathias und ihrer Familien sowie der Stübis sind belegt und waren sozusagen das Gerüst für meinen Roman. Die Beschreibungen von Aussehen und Charakter der Personen entspringen allerdings ebenso meiner Fantasie wie große Teile der Handlung.

Der angefügte Stammbaum der Familie Riedmüller entspricht nicht exakt den genealogischen Regeln, er soll dem Leser lediglich dem Roman entsprechend eine zusätzliche Übersicht bieten.

Eine »Copia Der Erschröcklichen Geschicht Bläsin Endrisen Factorn zu Wangen welcher den 9. Augusti diß 1585 Jars siben Haußmordt begangen und zu Biberach den 20. Augusti ist gericht worden«, in der über die Mordgeschichte im »Schwarzen Adler« in Wangen am Abend der Übernachtung von Melchior und seiner Familie von einem Handwerksmeister berichtet wird, kann in »Meine Heimat Wangen im Allgäu« ausführlich nachgelesen werden.

Unterburkhardshofen war, bis es 1785 in einem Tauschvertrag an das gräfliche Haus Waldburg-Zeil kam, nachweislich ein vorderösterreichisches Lehen. In einem Schreiben der vorderösterreichischen Regierung in Innsbruck von 1755 an die vorderösterreichische Regierung in Freiburg wird der »Burkhardtshof« mit einem Verweis auf das Jahr 1580 erwähnt.

Die Geschichte der habsburgischen bzw. österreichischen Vorlande, die später Vorderösterreich genannt wurden, ist sehr vielfältig und geht bis ins 13. Jahrhundert zurück. Immer wieder kam es im Süden Deutschlands zu Territorialstreitigkeiten zwischen der vorderösterreichischen Regierung und Städten, den adeligen und geistlichen Herrschaften.

In den Familienregistern ist Melchior Riedmüller zwar als Ammann erwähnt, welche Aufgaben dieses Amt für ihn damals umfasste, konnte ich nicht recherchieren. Im Roman habe ich Melchior Riedmüller daher fiktiv als Ammann nach Gebrazhofen zum Einzug der Abgaben und zu Gerichtstagen nach Altdorf, dem Verwaltungssitz der (österreichischen) Landvogtei, geschickt.

Dass das Kloster Waldsee in »Burkhartshofen« besondere Rechte besaß, ist im Waldburg-Zeil'schen Gesamtarchiv belegt. Dass 1381 der Ritter Burkhart vom Stain, den es tatsächlich gab, den Unter- und den Oberburkhartshof gegründet hat, habe ich mir allerdings ausgedacht.

Die Rechte und Gerechtigkeiten, die das Kloster Waldsee der Grafschaft Waldburg-Zeil überließ, sind im Tauschvertrag vom 15. September 1662 nicht näher beschrieben und entspringen im Roman ebenso meiner Fantasie wie die Bemerkung, dass der Oberburkhartshof »frei und eigen« war. Belegt ist lediglich, dass er immer zehntfrei war. Aus dieser Tatsache heraus mag sich später die Annahme entwickelt haben, es handle sich hier um einen früheren Adelssitz.

Die Namen der jeweiligen Pfarrer, Lehrer, Ärzte, Apotheker und Wirte sind belegt. Der Faktor Gabriel Zollikofer und Jacob Staiger, der Wirt des »Goldenen Löwen« in Rorschach, sind historische Personen. Die Beziehung von Gabriel Zollikofer zu Melchior Riedmüller ist jedoch ebenso fiktiv wie die Geschichte um Jacob Staiger und seiner von mir erdachten Frau Lucia.

Die Buchkassette »Der goldene Schnitt« habe ich vor Jahren auf dem Flohmarkt erstanden. Leider war sie unvollständig, so dass ich im Roman, was die Umsetzung der menschlichen Maße in ein Schnittmuster betrifft, meine Fantasie walten ließ.

Quellen

Diözesanarchiv Rottenburg
Hauptstaatsarchiv Stuttgart
Ortsarchiv Diepoldshofen
Pfarrarchiv Kißlegg
Stadtarchiv Leutkirch
Stadtarchiv Ravensburg
Stadtarchiv Wangen
Waldburg-Zeil'sches Gesamtarchiv
Schloss Zeil (Leutkirch)

Literaturauswahl

Der Goldene Schnitt: Das Werkzeug zur Selbstausbildung im praktischen Zuschneiden für die einfache Hausschneiderei. Verlag »Der Goldene Schnitt«, Hamburg 1939.
Eggmann, Ferdinand: Geschichte des Illerthales. Ulm 1862.
Furtenbach, Gabriel: Oberländische Jammer- und Strafchronik. Wangen 1669.
Hermann, Isabell: Die Bauernhäuser beider Appenzell. Herisau 2004.
Loy, Johann Wilhelm: Geist- und weltliche Geschichte der des H. Röm. Reichs freien Stadt Leutkirch. Kempten 1786.
Schneider, Alois: Wangen im Allgäu: Archäologischer Stadtkataster, Bd. 17. Stuttgart 2001.

Treben, Maria: Gesundheit aus der Apotheke Gottes: Ratschläge und Erfahrungen mit Heilkräutern. Steyr, o. D.

Meine Heimat Wangen im Allgäu: Ein Heimatkundebuch – auch für Erwachsene. Wangen 1992.

Vogler, Emil: Leutkirch im Allgäu: Geschichte, Wirtschaft und Kultur im Spiegel der Jahrhunderte. Leutkirch 1980 (erw. Auflage).

Weber, J. Reinhard: Stadt und Bezirk Rorschach in alten Ansichten. St. Gallen 1990.

Willi, Franz: Geschichte der Stadt Rorschach und des Rorschacher Amtes. Rorschach 1947.

Danksagung

Dank sagen möchte ich:

Frau Claudia Marzari, die mich im Rahmen ihrer Nachforschungen zur Diepoldshofer Häuserchronik freundlicherweise mit Quellenmaterial zu den Häusern von Carl, Ignaz, Theresia und Franziska Riedmüller bzw. Büchele versorgt hat.

Ebenso Herrn Ortsheimatpfleger Wolfgang Roth für das ausführliche Telefonat, in dem er mir über den alten Zollstadel in Neuravensburg berichtete.

Und Herrn Dr. Louis Specker für seine sachkundigen und freundlichen telefonischen Erklärungen zum fürstäbtischen Bezirk in Rorschach.

Sollten mir bei der Wiedergabe Fehler unterlaufen sein, liegt das einzig und allein in meiner Verantwortung.

Und zu guter Letzt danke ich meiner Lektorin Bettina Kimpel für die ersprießliche Zusammenarbeit.

Aus vergangener Zeit ...

In Ihrer Buchhandlung

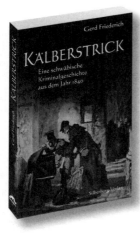

Gerd Friederich
Kälberstrick
Eine schwäbische Kriminalgeschichte aus dem Jahr 1840

Eine skurrile, urkomische Kriminalgeschichte und das einzigartige Porträt eines schwäbischen Landstädtchens im Biedermeier. Palmsonntag 1840: Dem Schultheiß, Lindenwirt und Weingärtner Fritz Frank wird gemeldet, der Häfnerbauer liege mit einem Strick um den Hals im Heu. Kriminalpolizei und Kriminaltechnik sind noch nicht erfunden und die hohe Obrigkeit ist weit weg. Also muss sich die dörfliche Dreifaltigkeit aus Pfarrer, Schultheiß und Lehrer wohl oder übel des Falles annehmen.

»Das Buch besitzt etwas sehr Seltenes: Tiefe und Leichtigkeit zugleich.« (Stuttgarter Zeigung)

216 Seiten.
ISBN 978-3-87407-985-3

www.silberburg.de

… zum Weiterlesen

In Ihrer Buchhandlung

Gerd Friederich
Der Dorfschulmeister
Historischer Roman aus Württemberg

Von einem oberschwäbischen Bauernjungen, der den Beruf des Schulmeister lernen musste. Ein farbiger Roman, der den Leser ins Württemberg des 19. Jahrhunderts und zu den Anfängen des heutigen Schulwesens entführt.

360 Seiten, fester Einband.
ISBN 978-3-87407-783-5

Gerd Friederich
Der Kainsmaler
Roman

Ein Panorama des beginnenden 20. Jahrhunderts, ein spannender Künstler- und Familienroman: Der Maler Gustav Ginther kommt einem unglaublichen Geheimnis auf die Spur.

376 Seiten, fester Einband.
ISBN 978-3-87407-825-2

Silberburg-Verlag

www.silberburg.de